EVA ALMSTÄDT

Düsterbruch

Weitere Titel der Autorin:

Kalter Grund
Engelsgrube
Blaues Gift
Grablichter
Tödliche Mitgift
Ostseeblut
Düsterbruch
Ostseefluch
Ostseesühne
Ostseefeuer
Ostseetod
Ostseejagd
Ostseerache
Ostseeangst
Ostseegruft
Ostseefalle
Ostseekreuz

Ostseemorde
Ostseelüge - mit MP3-CD Kalter Grund

Dornteufel

Titel auch als Hörbuch und E-Book erhältlich

Über die Autorin:

Eva Almstädt absolvierte eine Ausbildung in den Fernsehproduktionsanstalten der Studio Hamburg GmbH und studierte Innenarchitektur in Hannover. Ihr erster Roman KALTER GRUND wurde zum Auftakt der erfolgreichen Serie um die Lübecker Kommissarin Pia Korittki. Eva Almstädt lebt in Hamburg.

Eva Almstädt

Düsterbruch

Pia Korittkis siebter Fall

Kriminalroman

Lübbe

Die Bastei Lübbe AG verfolgt eine nachhaltige Buchproduktion.
Wir verwenden Papiere aus nachhaltiger Forstwirtschaft und verzichten darauf, Bücher einzeln in Folie zu verpacken. Wir stellen unsere Bücher in Deutschland und Europa (EU) her und arbeiten mit den Druckereien kontinuierlich an einer positiven Ökobilanz.

NACHHALTIG PRODUZIERT

MIX
Papier | Fördert gute Waldnutzung
FSC® C014496

Dieses Werk wurde vermittelt durch die
Michael Meller Literary Agency, München

Dieser Titel ist auch als E-Book erschienen

Schanzenstraße 6 – 20, 51063 Köln, Deutschland
Bei Fragen zur Produktsicherheit wenden Sie sich bitte an:
produktsicherheit@bastei-luebbe.de

Titelillustration: © plainpicture/Design Pics
Christin Wilhelm, www.grafic4u.de unter Verwendung von Motiven von ©Alamy Stock Foto/Mira; © shutterstock/asphotographic; shutterstock/TreasureGalore
Umschlaggestaltung: Christin Wilhelm, www.grafic4u.de
Satz: hanseatenSatz-bremen, Bremen
Druck und Verarbeitung: GGP Media GmbH, Pößneck
Printed in Germany
ISBN 978-3-404-17176-7

10 12 14 13 11

Sie finden uns im Internet unter
luebbe.de
Bitte beachten Sie auch: lesejury.de

1. Kapitel

Dieser Ort ist kein schlechtes Omen, versicherte sich Oxana. Sie standen zu dritt vor dem Altar der Düsterbrucher Kirche, um mit dem Pastor Jörgs ihre Hochzeit zu besprechen. Durch die drei Fenster in der Apsis fiel nur wenig Licht. Es war später Nachmittag, und die Dunkelheit kroch die alten Feldsteine hinauf.

Oxana Markowa verschränkte fröstelnd die Arme vor der Brust. Sie versuchte, sich ihre russischen Verwandten und die »Geschäftsfreunde«, die ihr Bruder Fjodor unweigerlich anschleppen würde, hier in den Kirchenbänken sitzend vorzustellen. Die würden denken, sie seien im falschen Film! Einfach, schmucklos, fast schäbig wirkte die Kirche in der Dämmerung. Nein, schäbig wollte sie nicht denken. Es war eine ländliche Feldsteinkirche. Überhaupt kein Vergleich zur Nikolaus-Marine-Kathedrale in St. Petersburg. Als sie eben Pastor Krispin gegenüber ihre Zweifel, die feierliche Ausstattung der Dorfkirche betreffend, angedeutet hatte, war er für einen Moment irritiert gewesen. Dann hatte er sie milde lächelnd auf ein verwaschen aussehendes Heiligenbild aus dem fünfzehnten Jahrhundert hingewiesen. Genau. Darauf würde sie jeden mit der Nase stoßen, der eine abfällige Bemerkung über diese Umgebung machen sollte.

Jörg lag viel daran, in der Kirche von Düsterbruch zu heiraten. Generationen von Seesens waren hier getauft, konfirmiert, verheiratet und ausgesegnet worden. Immerhin hatten sie für die anschließende Feier einen ausreichend großen

Saal reservieren können. Aber auch hier war die Dekoration ein Problem. Und weder Jörg noch seine Mutter oder Schwester wussten, was *Tamada* war. Geschweige denn, dass eine professionelle, zweisprachige Moderation unabdingbar zu einer deutsch-russischen Hochzeit dazugehörte.

»Wollt ihr zusammen zum Altar gehen, oder wird Ihr Vater oder ein anderer Verwandter Sie hinführen, Frau Markowa?«, unterbrach der Pastor ihre Gedanken.

Oxana zuckte mit den Schultern. Sie kannte sich mit protestantischen Hochzeitsbräuchen nicht aus. Und sowieso: Ihre Eltern waren beide tot.

»Kein amerikanischer Quatsch, wir gehen zusammen!« Jörg wippte auf den Fußballen auf und ab. Oxana wusste, dass es ihn nach draußen zog. Er erwartete die Geburt zweier Kälber. Nicht, dass sein Highland Cattle das nicht sehr gut allein zu Wege brachte … Aber in geschlossenen Räumen herumzustehen und Däumchen zu drehen war ihrem zukünftigen Ehemann ein Graus. Sie warf ihm einen verständnisvollen Blick zu. Da schwang die Kirchentür auf. Begleitet von einem Schwall frischer Luft stand eine Frau auf der Schwelle. Zuerst sah Oxana nur ihren Umriss, der sich von dem helleren Hintergrund abhob. Die Frau verharrte kurz, als müsste sie sich erst orientieren. Dann ging sie steif und ungelenk wie eine Marionette den Mittelgang herunter.

Jörg erkannte sie als Erster. »Mutter?«, fragte er und eilte auf die Gestalt zu. Es war tatsächlich Hedwig Seesen, auch wenn sie sich bewegte, als wäre sie ferngesteuert. Nach ein paar Metern blieb sie stehen und hielt sich an einer der Bänke fest.

»Jörg!« Hedwigs Stimme hallte dumpf im Kirchenschiff wider.

Oxana riss sich von dem irritierenden Anblick los und ging auf die beiden zu. Sie ergriff Hedwigs Hand. Beinahe hätte sie

sie wieder losgelassen. Sie konnte die Handknochen spüren – zerbrechlich und eiskalt. »Ist dir nicht gut, Hedwig?«, fragte sie beunruhigt.

»Es tut mir leid.« Hedwigs Blick war auf ihren Sohn gerichtet. Die Wolkendecke riss auf und ließ noch ein paar späte Sonnenstrahlen hindurch. Das Licht fiel durch die Kirchenfenster auf einige Bankreihen und in den Mittelgang, und es erhellte auch Hedwigs Gesicht. Oxana bemerkte ein paar dunkelrote Spritzer darauf. Sie hielt erschrocken die Luft an. Das sah ja aus wie … Es war keine Einmachzeit, was konnte es also anderes sein als … Blut?

»Sind Sie verletzt? Gab es einen Unfall, Frau Seesen?« Der Pastor hatte es offenbar ebenfalls gesehen.

»Was ist denn passiert, um Himmels willen?« Jörg registrierte nicht einmal, dass er in einem Gotteshaus laut wurde.

Hedwig schwankte, sagte aber kein Wort. Sie fuhr sich mit der Hand durchs Gesicht. Dabei verwischte sie die Spritzer zu grotesken, roten Schlieren. Ihre Haut war so blass wie die weiß gekalkten Kirchenwände, und sie zitterte am ganzen Körper.

»Woher kommt das Blut, Mutter?«

»Blut? Ach, dieses Blut …« Hedwig rieb ihre verschmierte Hand achtlos am Hosenbein ab. Sie schien mit ihren Gedanken woanders zu sein. Dann gab sie sich einen Ruck und fixierte ihren Sohn mit starrem Blick. »Ich habe gerade einen Fehler gemacht.«

»Hedwig. Beruhigen Sie sich erst einmal!« In die sonst so angenehme Stimme des Pastors hatte sich ein scharfer Unterton geschlichen. Jörgs Mutter reagierte nicht auf ihn. »Ein Fehler«, wiederholte sie schwer atmend. Und dann so leise, dass es kaum noch zu verstehen war: »Es war … Mord.« Hedwig Seesen presste die Lippen aufeinander, und ihr Blick schien sich nach innen zu richten. Es waren die letzten Worte, die Oxana von ihr hören sollte.

Kriminaloberkommissarin Pia Korittki rollte den Gang entlang. Nein, sie rollte nicht wirklich. Aber so, wie sie ihren hochschwangeren Bauch vor sich herschob, fühlte sie sich wie die *Emma Maersk*, das weltgrößte Containerschiff, das den Nordostsee-Kanal passieren will. Der Gang zu ihrem Büro in der Bezirkskriminalinspektion Lübeck im Polizeihochhaus war schmal. Sie befürchtete inzwischen, sich gegen die Wand pressen zu müssen, wenn ihr jemand mit entsprechender Leibesfülle entgegenkommen sollte. Aber es war nur ihr Kollege Michael Gerlach, der aus seinem Büro trat, schlank – hassenswert schlank – und gut gekleidet wie immer. Er war gerade von einem Lehrgang zurück und hatte sie zwei Wochen lang nicht gesehen.

»Hi, Pia. Immer noch hier? Ich dachte, du wärst allmählich mal im Mutterschutzurlaub?«

»Ich darf bis zur Geburt weiterarbeiten, wenn ich das möchte. Das ist gesetzlich geregelt, und Gabler hat es sogar schriftlich. Solange das Kind noch nicht da ist und diese verdammten Fahrstühle mich noch hier hochhieven, sitze ich an meinem Schreibtisch. Was dachtest du denn?« Sie stoppte vor der Damentoilette, weil sie schon wieder musste. Das Baby drückte auf die Blase, und manchmal fühlte es sich so an, als würde es sogar hineinkneifen. »Aber da ich nichts Richtiges mehr zu tun bekomme, bin ich in Wahrheit nur hier, um bei euch pinkeln zu gehen«, setzte sie zynisch hinzu.

Gerlach grinste. »Das Damenklo hast du ja für dich allein. Doch wenn du auch mal wieder richtig arbeiten willst: Gerade ist was Neues reingekommen.«

»Was denn?«

Er deutete mit dem Kopf auf die Tür zu Broders' und Kürschners Büro und verschwand dann federnden Schrittes den Gang hinunter. Sie hätte ihn treten mögen. Neugierig war sie schon. Aber erst einmal ... Im Kampf gegen den freien Willen setzte die Natur sich letzten Endes immer durch. Das war ihr nie so bewusst gewesen wie in den letzten Wochen und Monaten.

»Das ist doch nichts mehr für dich«, blockte Wilfried Kürschner, der stellvertretende Leiter des Kriminalkommissariats 1, ein paar Minuten später ab. »Weißt du überhaupt, wo das passiert ist, Pia?«

Sie schüttelte ungeduldig den Kopf.

»Der Ort heißt Düsterbruch. Der Name sagt doch alles: am Arsch der Welt.«

»Wer weiß, ob die da überhaupt schon geteerte Straßen kennen«, setzte Heinz Broders feixend hinzu. »Und dann stell dir vor, diese Erschütterungen durch Schlaglöcher ...«

»Ich fahre ja nicht allein. Wenn du mitkommst, Broders, kannst du im Fall der Fälle gleich Geburtshilfe leisten. Das wolltest du doch so gern.«

Broders rollte mit seinem Bürostuhl zurück und machte eine abwehrende Geste, indem er sich mit der Hand vor dem Hals entlangfuhr.

»Findest du wirklich, dass das eine gute Idee ist, Pia?«, fragte Kürschner besorgt.

»Worum handelt es sich denn überhaupt?« Ging es um die Sache oder nur um die Lage des Tatortes? Was sollte das Ganze hier werden?

»Todesfall in einem Dorf. Auf dem Totenschein ist ›unnatürliche Todesursache‹ angekreuzt. Geöffnete Pulsadern. Vermutlich ein Suizid«, unterrichtete Kürschner sie. »Der Name des Opfers ist Hedwig Seesen. Sie wurde heute Morgen tot in ihrem Bett aufgefunden.«

»War von den Kollegen schon jemand da?«

»Die Schutzpolizei war als Erste vor Ort. Und ein Rettungsteam. Aber die konnten nichts weiter mehr tun, als den Tod der Frau festzustellen.«

»Warum fragen sie dann nach uns?«

»Bei den Kripo-Kollegen vor Ort herrscht gerade akuter Personalmangel. Also haben sie den Fall nach Lübeck weitergegeben.«

»Verdächtige Begleitumstände?«

»Auf den ersten Blick nicht. Aber ein mögliches Fremdverschulden muss eben erst noch ausgeschlossen werden.«

»Das klingt doch nach einem Routinefall. Dann ist das meiner«, sagte Pia und streckte die Hand nach der dünnen Akte aus.

»Gabler bringt mich um, wenn er das hört«, murmelte Kürschner. »Für dich nur noch Innendienst, hat er angeordnet.«

»So ein Routinefall ist doch zum allergrößten Teil Innendienst.« Pia lächelte unschuldig.

»Wenn du unbedingt willst. Du gibst ja eh keine Ruhe. Und es wäre schon eine Hilfe. Die anderen sind alle an dem Prostituierten-Mord dran, das kann noch dauern. Und dies hier«, er klopfte auf die Papiere vor sich auf dem Tisch, »ist einerseits eilig, wie immer, kann aber in zwei oder drei Tagen abgearbeitet sein.«

»Dann ist es entschieden.« Pia nahm die Unterlagen an sich, bevor Wilfried Kürschner es sich anders überlegte. Endlich mal wieder raus!

»Aber nicht im Alleingang, Pia«, rief er ihr hinterher. Sie musste lächeln, als sie hörte, wie Broders ihr grummelnd folgte.

2. Kapitel

Sie passierten das Ortsschild von Düsterbruch. Durch die nasse Windschutzscheibe hindurch sah Pia ein paar Bauernhäuser, die sich um einen weitläufigen Dorfplatz gruppierten. Seine abgelegene Lage hatte Düsterbruch vor dem Schicksal vieler Dörfer bewahrt, zu einer Durchfahrt-Schneise für Lkw und Pendler degradiert zu werden. Weit und breit war kein Mensch zu sehen. Vor einem Fachwerkhaus unter Reet hing die blau-weiß-rote Schleswig-Holstein-Flagge am Fahnenmast wie ein nasses Betttuch. Die hohen Linden, die den Dorfplatz säumten, zeigten in den Kronen erstes Grün, während schreiend gelbe Narzissen auf der Dorfwiese mit den bunten Plakaten für die nächste Scheunenfete konkurrierten.

Bei der angegebenen Adresse handelte es sich, den Hinweistafeln *Frische Eier* und *Highland-Cattle-Züchterverband* nach zu urteilen, um einen landwirtschaftlichen Betrieb. Das Haupthaus, ein lang gestreckter Backsteinbau von 1906, war von zweckmäßigen Nebengebäuden flankiert. Man hatte es weitgehend in seinem Ursprungszustand erhalten, nur die großflächigen Fenster mit den schneeweißen Kunststoffrahmen störten das Gesamtbild. Auf dem gepflasterten Vorplatz stand neben einem Golf und einem Mercedes mit Anhänger der weiße VW LT der Lübecker Spurensicherung.

Broders parkte quer davor, und sie stiegen aus.

Ein mittelgroßer Mann mit breiten Schultern öffnete ihnen die Tür. Sein Gesicht sah blass aus und stand in lebhaftem Kontrast zu seinen hellroten Haaren. Es war Jörg Seesen, Hausherr und Sohn der Verstorbenen. Nach einer knappen Vorstellung führte er Pia und Broders einen dunklen Flur hinunter in die Küche. Bei ihrem Eintreten drehte sich eine Frau zu ihnen um, die an der Spüle gestanden hatte.

»Meine Verlobte, Oxana Markowa«, erklärte Jörg Seesen. Sie war wohl zehn Jahre jünger als er, Anfang bis Mitte zwanzig. Pia fand sie auf eine unauffällige Art gut aussehend, mit glänzenden Augen und lebhaftem Mienenspiel.

»Unser Hausarzt hat uns schon vorgewarnt, dass die Kriminalpolizei kommt«, sagte Frau Markowa in fast akzentfreiem Deutsch. Sie warf einen neugierigen und auch zweifelnden Blick auf Pias nicht mehr zu übersehenden Bauch.

»Bei einem Todesfall mit unnatürlicher Ursache wird immer eine kriminalpolizeiliche Untersuchung durchgeführt«, bestätigte Pia. »Das ist reine Routine.«

Über ihren Köpfen waren Schrittgeräusche und leises Poltern zu hören. Jörg Seesen sah zur Zimmerdecke hinauf. »Das sind Kollegen von Ihnen. Sie stellen gerade Mutters Schlafzimmer auf den Kopf.«

Broders kündigte an, mit der Schutzpolizei sprechen zu wollen, die am Morgen mit als Erste vor Ort gewesen war. Pia ließ sich von Jörg Seesen den Weg nach oben zeigen. Schelling, ein von ihr sehr geschätzter Kollege vom K6, der Lübecker Kriminaltechnik, gab ihr eine Zusammenfassung der bisherigen Erkenntnisse.

»Hedwig Seesen wurde heute Morgen hier oben in ihrem Schlafzimmer tot aufgefunden. Du kannst von der Tür aus einen Blick in den Raum werfen, Pia. Wir haben aber auch alles auf Foto und Video.«

Sie sah in ein nüchtern und altmodisch eingerichtetes Zimmer. Bis auf den süßlichen Geruch und die Blutflecken auf der weißen Bettwäsche bemerkte sie nichts Ungewöhnliches. »Die Frau lag da auf dem Bett?«, fragte sie.

»Genau. Die Tote ist aber schon vor einer halben Stunde abgeholt worden. Neben dem Bett steht noch eine Plastikschüssel mit Wasser und Blut. Die mutmaßliche Tatwaffe, ein Rasiermesser, lag daneben am Boden. Das haben wir schon eingetütet.«

»Habt ihr irgendeinen Hinweis entdeckt, der auf Fremdverschulden hindeutet?«, wollte Pia wissen. »Brauchen wir den zuständigen Staatsanwalt vor Ort?«

»Von uns aus nicht.«

»Gibt es einen Abschiedsbrief?«

»Bisher hat sich keiner gefunden.« Schelling zog sich die Kapuze seines weißen Overalls herunter und kratzte sich am Kopf. »Wenn du meine Meinung hören willst: Die Tote hat alles wohlgeordnet hinterlassen. Die getragenen Kleidungsstücke zum Beispiel, die sauber gefaltet über dem Stuhl liegen. Das ist typisch. Außerdem weist die Leiche Probeschnitte auf, bevor die Pulsadern geöffnet wurden. Ein Suizid wie aus dem Lehrbuch.«

»Können Sie sich einen Grund dafür vorstellen, warum Ihre Mutter sich das Leben genommen hat?« Pia und Broders saßen Jörg Seesen im Wohnzimmer des Hauses gegenüber. Er hatte ihnen einen Platz in einer weichen, mit grauem Leder bezogenen Sitzgruppe angeboten. Pia vermied es, sich anzulehnen. Sie wusste nicht, ob sie ohne Hilfe wieder hochkommen würde.

»Nein, überhaupt keinen! Ich hatte eher den Eindruck, dass meine Mutter sich auf die bevorstehende Hochzeit freut. Oxana und ich wollen heiraten. In anderthalb Wochen ist es … wäre es so weit gewesen. Wir werden es wohl verschieben.«

Er runzelte die Stirn und schüttelte dann abwehrend den Kopf.

»Glauben Sie, dass Ihre Mutter ihrem Leben nicht selbst ein Ende gesetzt hat?«, fragte Pia vorsichtig.

»Nein! Was soll denn sonst passiert sein?«

Genau das war die Frage.

»Wer stand Ihrer Mutter nahe?«

»Wir. Ihre Familie natürlich.«

»Was ist mit Ihrem Vater?«

»Er ist gestorben. Ein Unfall. Das ist schon ewig her.«

»Ein Autounfall?«

»So ungefähr. Mit dem Trecker …« Er zögerte. »Mutters Familie, das sind nur meine Schwester Carola und ich. Carola wohnt auch in Düsterbruch. Alle anderen, Geschwister meiner Eltern und so, sind tot.«

»Hat sich Ihre Mutter gut mit Ihrer zukünftigen Frau verstanden?«

»Ja, natürlich.« Jörg Seesen presste die Kiefer aufeinander.

»Ist in den letzten Tagen etwas Besonderes vorgefallen? Etwas, das den Entschluss Ihrer Mutter, sich umzubringen, ausgelöst haben könnte?«

»Nein. Bis auf unsere Hochzeitsvorbereitungen. Vielleicht war das letzten Endes doch alles etwas zu viel für sie.« In seinem Gesicht spiegelten sich unterschiedliche Emotionen. Pia meinte Schock, Trauer, Ärger und ein gewisses Schuldbewusstsein herauszulesen. Aber auch das war normal. Er fragte sich bestimmt, ob er aufmerksam genug gewesen war oder ob er ihren Selbstmord hätte verhindern können.

»Wer hat Ihre Mutter zuletzt lebend gesehen?« Broders arbeitete die Routinefragen ab.

»Oxana und ich. Meine Mutter fühlte sich gestern nicht so wohl. Sie ist nach dem Abendbrot gleich zu Bett gegangen. So gegen neun. Als sie heute Morgen nicht wie gewohnt zum Frühstück erschien, ging Oxana hoch und … und hat sie gefunden.«

»Inwiefern fühlte Ihre Mutter sich nicht wohl?«

»Wir hatten gestern Nachmittag eine Art Hochzeitsprobe in der Kirche. Es wird eine deutsch-russische Hochzeit. Eine richtige *Swabda*, wie Oxana es nennt. Sie machen sich keinen Begriff, an was man da alles denken muss. Meine Mutter kam plötzlich in die Kirche gestürzt. Sie hatte eine Art … Nervenzusammenbruch, meinte Doktor Godewind.«

»Ist das Ihr Hausarzt? Hat er Ihre Mutter untersucht?«

»Er war kurz hier, aber sie hat nicht mit ihm gesprochen. Sie hat gar nicht mehr gesprochen.«

Seltsam. Pia sah zu Broders hinüber. Der nickte. Auch den Hausarzt würden sie befragen müssen. Und da war auch noch Oxana Markowa, die ja wohl ebenfalls Zeugin des sogenannten Nervenzusammenbruchs gewesen war. Sie ließen Jörg Seesen gehen und baten ihn, seiner Verlobten Bescheid zu sagen, dass sie auch befragt werden sollte.

»Möchten Sie mit Frau Markowa oder mit Oxana Alexejewna angeredet werden?«, fragte Pia, nachdem Seesens Lebensgefährtin ihren Namen zu Protokoll gegeben hatte. Pias Nachbar Andrej hatte ihr mal erklärt, was es mit Vor-, Vaters- und Nachnamen in Russland auf sich hatte.

»Das ist mir beides recht«, sagte Oxana und lächelte zurückhaltend. Sie hatte anmutig in einem Sessel gegenüber von Pia und Broders Platz genommen. Eine ungewöhnlich schöne Frau, dachte Pia, aber erst auf den zweiten Blick. Sie schien ungeschminkt zu sein, oder sie war so geschickt, dass es nur so aussah, als wäre sie es. Sie trug Jeans, eine helle Baumwollbluse und flache Schuhe und schaffte es, darin auch noch elegant auszusehen. Oxana Markowa antwortete präzise, wenn auch zurückhaltend auf ihre Fragen. Als sie zu dem Vorfall in der Kirche kamen, geriet sie ins Stocken. »Hedwig kam plötzlich rein. Sie sah so aus, als hätte sie etwas fürchterlich erschreckt.«

»Was könnte das gewesen sein?«

Oxana zuckte mit den Schultern.

»Beschreiben Sie bitte genau, was in der Kirche passiert ist.« Pia beugte sich ein Stück vor, musste aber in der Bewegung stoppen, weil ihr Bauch im Weg war.

»Es ging gerade darum, wie wir zum Altar gehen wollen. Jörg wurde langsam ungeduldig. Er hält sich nicht gern in geschlossenen Räumen auf.« Sie runzelte die Stirn. »Da ging die Tür auf, und Jörgs Mutter kam herein. Zuerst habe ich sie gar nicht erkannt. Es war dunkel da drinnen, und sie bewegte sich so komisch. Wie eine Fremde. Wir sind zu ihr gelaufen. Jörg sprach sie an. Sie sagte, dass sie einen Fehler gemacht habe.« Oxana Markowa wurde eine Spur blasser.

»Was für einen Fehler?«

»Ich weiß nicht. Sie war vollkommen verwirrt.« Die Russin presste die Lippen aufeinander und sah zur Seite.

»Und weiter?«, fragte Pia.

»Ich sah das Blut.«

»Blut?«

»Sie hatte Blutflecken im Gesicht und an den Händen.«

»Hatte sie sich verletzt?« Broders klang nun hellwach.

»Es war wohl Hühnerblut«, sagte Oxana Markowa matt. »Ich habe heute Morgen mit unserer Nachbarin gesprochen. Mona Falke. Sie hat mir erzählt, dass Hedwig gestern noch bei ihr war, kurz bevor sie in die Kirche gekommen ist. Mona hat gerade ihre Hähne geschlachtet. Sie sagte, Hedwig habe plötzlich neben ihr gestanden. Dabei sei sie aus Versehen mit dem Blut bespritzt worden. Hedwig ist dann, ohne ein Wort zu sagen, weggerannt. Mona macht sich Vorwürfe deswegen.«

Pia ließ sich die Adresse der Frau geben. Das mit dem Hühnerblut unterbrach die Routine dieser Ermittlung ein wenig. Nicht dass sie glaubte, dass es viel bedeutete, aber es war eine interessante Einzelheit.

»Um wie viel Uhr ist Hedwig Seesen in die Kirche gekommen?«, hakte Pia nach.

»Jörg und ich waren um vier mit dem Pastor verabredet. Und wir hatten schon eine Weile miteinander geredet. Ich schätze, es war so zehn nach vier oder vielleicht auch Viertel nach …«

»Kam für Sie Hedwig Seesens Selbstmord überraschend?«

»Ich weiß nicht. Hedwig war immer so …«, sie suchte nach dem richtigen Wort, »zurückhaltend. Ich dachte, es fällt ihr schwer, Haus und Hof an eine andere Frau zu übergeben. Aber Jörg hat mir versichert, dass seine Mutter glücklich ist, weil er mich gefunden hat.« Oxana blickte in Richtung Fenster. »Manchmal sah Hedwig traurig aus, aber sie hat nie etwas gesagt.«

Pia nickte. Es passte ins Bild, wenn die Frau etwas bedrückt hatte, über das sie aber nicht hatte sprechen wollen. Oxana leckte sich nervös die Lippen. »Gibt es noch etwas, das Sie uns sagen wollen?«, fragte Pia.

»Ich weiß nicht. Es kann sein, dass ich mich verhört habe. Ganz am Schluss sagte Hedwig noch etwas Merkwürdiges.«

»Und zwar?«

»Ich glaube, die anderen haben es gar nicht so mitbekommen. Sie sagte, dass es Mord war. Ich dachte erst, ich hätte mich verhört. Aber jetzt, wo ich weiß, dass Hedwig vorher im Hühnerstall war …«

»Sie denken, sie hat ein Huhn gemeint?«

»Was denn sonst?«

Pia hob die Augenbrauen. Der Gedanke daran, was am Nachmittag vor Hedwig Seesens Tod passiert war, löste ein seltsames Gefühl zwischen ihren Schulterblättern aus.

»Wen befragen wir als Nächstes? Unsere Mörderin? Die Dame, die das Hühnerblut verspritzt hat?«, schlug Pia vor, nachdem Oxana Markowa den Raum wieder verlassen hatte.

»Mona Falke steht auf meiner Liste. Aber wir brauchen auch noch die Aussagen der Tochter, die hier in Düsterbruch lebt, des Hausarztes und vielleicht des Herrn Pastor …«

Pia stemmte sich wenig graziös aus den weichen Polstern hoch. Sie sah, dass Broders sie ungeniert dabei beobachtete.

»Wen willst du als Erstes belästigen?«, fragte er.

»Das Auge, Ohr und Sprachrohr Gottes.«

»Jetzt weiß ich, was die Leute in diesem Dorf hält.« Broders sah zum Pfarrhaus zurück, das langsam hinter Bäumen und Büschen verschwand.

»Du spielst doch nicht auf den wahnsinnig gut aussehenden Pastor an, oder?« Pia watschelte ungelenk neben ihrem Kollegen her. Sie hatte sich beim Sitzen auf den harten Stühlen im Pfarrbüro einen Nerv eingeklemmt.

»Gegen den ist George Clooney ein Hühnerschiss! Da bekommt das Wort ›Gemeindearbeit‹ einen ganz anderen Klang. Meinst du, er ist verheiratet?«

»Ich habe weit und breit keine Frau gesehen. Über Hedwig Seesen wusste er allerdings auch nicht viel zu berichten. Ich hatte erwartet, dass er uns mehr erzählen würde – in so einem kleinen Ort kennt man sich doch.«

»Immerhin hatte er den Eindruck, dass sie etwas bedrückt hat«, verteidigte Broders den Pastor.

»Schade, dass er uns nichts Genaueres sagen konnte.«

»Vielleicht darf er das ja auch gar nicht.«

»Wieso?«

»Wenn Hedwig Seesen ihm mal etwas Persönliches anvertraut hat, fällt das unter seine Schweigepflicht als Pastor.«

»Du meinst das Beichtgeheimnis?«, fragte Pia.

»Das gibt es meines Wissens nach auch in der evangelischen Kirche.«

Pia und Broders bogen am Dorfplatz in eine leicht ansteigende Straße ein, an der, aufgereiht wie an einer Schnur, Einfamilienhäuser neueren Datums standen. Sie wollten auch noch Carola von Alsen befragen, Hedwig Seesens Tochter. Der leicht ziehende Schmerz in Pias Leiste wurde nicht besser. Um sich abzulenken, betrachtete sie die neu angelegten Gärten mit den Schaukeln, Trampolinen und Sandkisten. Hier wohnten dem Anschein nach nur junge Familien. Brauchten Kinder all das?, fragte Pia sich. Das würde sie ihrem Kind, das sie zurzeit noch komfortabel in ihrem Bauch mit sich trug, nicht bieten können. Schon finanziell ein Ding der Unmöglichkeit, selbst wenn Hinnerk sie unterstützte. Wenn … Sie war heute Abend mit ihm verabredet, weil er noch etwas mit ihr besprechen wollte. Das bevorstehende Treffen beunruhigte sie, trotz der Aussicht auf ein leckeres Abendessen in einem Restaurant.

Hinter dem letzten Einfamilienhaus begann eine Feldsteinmauer, dahinter lag dichter Tannenwald. Er gehörte zum Besitz der von Alsens, der Familie, in die Hedwig Seesens Tochter Carola eingeheiratet hatte. Hinter einer Kurve öffnete sich die Mauer zu einer Zufahrt, die in tiefem Schatten lag. Das Haus der von Alsens war ein imposanter Kasten, symmetrisch angelegt, mit zwei vollen Geschossen und einem mit Gauben versehenen Mansardendach.

»Pass auf, jetzt kommt der Butler«, scherzte Broders, nachdem sie zur Eingangstür hinaufgestiegen waren.

»Ich bin für Mrs. Danvers von Manderley.« Pia klingelte. Sie zuckte zusammen, als die Tür überaus schwungvoll aufgerissen wurde.

Eine junge Frau stand im Türrahmen, die so dünn war, dass Pia sich versucht fühlte, in ihrer Jackentasche nach einem Schokoriegel zu fahnden. Sie trug hautenge Jeans und ein Hemdchen, unter dem man einen leuchtend violetten BH erkennen konnte. Entweder scheute man hier keine Heizkosten, oder sie litt unter postpubertärer Hitze. »Was wollen Sie?«, fragte sie unfreundlich.

Ein großer Hund kam hinzu und setzte sich neben sie. Ein Rhodesian Ridgeback, dem Streifen gegen den Strich wachsenden Fells auf seinem Rücken nach zu urteilen. Eine Rasse, die aus dem südlichen Afrika stammte und angeblich die einzige war, die Löwen angriff. Der Löwenbezwinger schüttelte den Kopf, und feine Speicheltropfen flogen auf die Fliesen.

»Kriminalpolizei. Wir möchten mit Carola von Alsen sprechen.«

»Nee, die Kripo? Wow!« Das Mädchen verzog spöttisch das Gesicht. »Meine Stiefmutter ist beschäftigt. Warten Sie mal!« Sie knallte ihnen die Tür vor der Nase zu.

Broders griente. »Reizend, die Stiefmama!«

Carola von Alsen sah aus, als hätte sie geweint. »Mein Bruder hat Sie schon angekündigt. Sie müssen entschuldigen, aber ich stehe noch völlig neben mir«, sagte sie und wischte sich mit dem Ärmel über das rot verquollene Gesicht.

»Es dauert nicht lange. Wir haben nur ein paar Routinefragen.«

Sie nickte. »Kommen Sie. Wir gehen ins Gartenzimmer.«

Von der Stieftochter war nichts mehr zu sehen. Der Hund

tapste durch die Diele und nahm dann in einem gigantischen Hundekorb unter der Treppe Platz. Seine gelben Augen schimmerten im Dämmerlicht und folgten jeder ihrer Bewegungen.

Pia und Broders gelangten durch eine dunkle Zimmerflucht in einen verglasten Anbau. Ein fahrbarer elektrischer Heizkörper hing neben der Tür an der Steckdose und sog munter Strom, um den Wintergarten auf gefühlte achtundzwanzig Grad zu erwärmen.

Carola von Alsen deutete auf eine Rattan-Sitzgruppe und sank dann in einen der Sessel, der protestierend knirschte. »Ich kann immer noch nicht glauben, dass meine Mutter sich umgebracht hat«, sagte sie. »Ich hätte nie damit gerechnet. Obwohl … Sie war manchmal deprimiert. Die ganze Familie Seesen ist nicht gerade ein Karnevalsverein.«

»Wer gehört alles zur Familie Seesen?«

»Nur noch Jörg und ich.«

»Wer war die junge Frau, die uns die Tür geöffnet hat?«

»Tizia ist die Tochter meines Mannes. Er war in erster Ehe mit einer Amerikanerin verheiratet: Lindsay Parker. Sie hatte sich wohl in Titel und Herrenhaus verliebt, um dann festzustellen, dass es in Düsterbruch nicht halb so romantisch ist, wie sie es sich vorgestellt hat. Lindsay hat sich schnell wieder in die Staaten verdrückt und Enno mit dem Kind hier sitzen gelassen.«

»Enno von Alsen ist Ihr Mann?« Pia machte sich Notizen. »Wie war seine Beziehung zu Ihrer Mutter?«

Carola von Alsen zuckte mit den Schultern. »Enno kommt mit jedem gut aus. Er tritt niemandem zu nahe. So wurde er erzogen. Sie können ja mal mit meiner Schwiegermutter reden …« Carola von Alsen verdrehte die Augen und sah nach oben. »Sie wohnt im ersten Stock.«

»Kann Ihre Schwiegermutter uns etwas über die Beweggründe Ihrer Mutter sagen?«

»Oh, falls Sie an Vertraulichkeiten denken«, Carola von Alsen schüttelte den Kopf. »Veronika ist ein … Relikt. Sie ist derselbe Jahrgang wie meine Mutter, aber sie gehört trotzdem einer anderen Generation an. Sie wird Ihnen rein gar nichts über meine Mutter erzählen können. Höchstens, dass das Gemüse aus dem Seesen'schen Garten besser schmeckt als das aus dem Supermarkt.«

»Ich verstehe nicht ganz …«

»Veronika denkt, die von Alsens sind noch wer. Aber was hat diese Familie noch? Güter? Ländereien? Wenn es so weitergeht, haben wir bald nicht mal mehr ein Grundstück! Na, egal.«

Ein Vogel flog mit lautem »Tock« gegen eine der Scheiben und fiel zu Boden. Das erinnerte Pia an etwas.

»Gestern Nachmittag, bevor Ihre Mutter in die Kirche kam, da war sie angeblich bei einer Frau namens Mona Falke. Die hat gerade Hühner geschlachtet, und Ihre Mutter ist dabei mit Blut bespritzt worden. Sie soll darauf recht merkwürdig reagiert haben. Können Sie das erklären?«

»Nein. Meine Mutter hat zwar seit Jahrzehnten nicht mehr selbst geschlachtet, aber sie war an so was gewöhnt.«

»Wann haben Sie Ihre Mutter zuletzt gesehen?«, fragte Broders.

»Ich war vorgestern bei ihr. Ich konnte mit ihr über fast alles sprechen. Über Tizia zum Beispiel. Es ist nicht immer einfach mit ihr.« Eine steile Falte erschien zwischen Carola von Alsens Augenbrauen.

»Wie hat sich Ihre Mutter mit Oxana Markowa verstanden? Immerhin lebten sie ja unter einem Dach«, wollte Pia wissen.

»Meine Mutter war froh, dass Jörg endlich heiratet. Es wird ja auch höchste Zeit. Er ist schon vierunddreißig!«

Kaum älter als ich, dachte Pia. Das war doch nicht zu spät, um eine neue Partnerschaft einzugehen, oder? »Mochte Ihre Mutter ihre zukünftige Schwiegertochter?«

»Ich kann mir niemanden vorstellen, der Oxana nicht mögen würde«, wich Carola von Alsen einer konkreten Antwort aus.

»Warum ein Suizid, so kurz vor der geplanten Hochzeit?«

»Vielleicht war sie ja krank? Eine Art Gemütskrankheit? Ich halte nicht viel von ihrem Hausarzt, diesem Godewind! Wenn meine Mutter zu einem richtigen Arzt gegangen wäre, hätte der bestimmt erkannt, was mit ihr los war, und sie dagegen behandelt.« Carola von Alsen funkelte die Kriminalbeamten wütend an. Ihre Reaktion war nicht ungewöhnlich bei einem Fall von Suizid im Familienkreis. Denn darauf lief es wohl hinaus. Wenn es denn keine neuen Hinweise gab, die auf etwas anderes hindeuteten.

3. Kapitel

Schluss für heute?«, fragte Broders. »Du hast doch noch eine Verabredung? Ich setze dich zu Hause ab. Danach kann ich ja noch mit Gabler telefonieren und ihn auf den neuesten Stand bringen.«

Pia sah auf ihre Armbanduhr und nickte.

»Ist ja eh reine Routine«, meinte Broders. »Morgen machen wir nach der Frühbesprechung noch ein paar abschließende Befragungen, und das war's dann. Es sei denn, es kommt etwas dazwischen.«

»Was soll denn dazwischenkommen? Ach, *das!* Es ist noch mindestens zwei Wochen hin, Broders«, sagte Pia ärgerlich.

»Hauptsache, der da drinnen weiß das auch«, entgegnete Broders selbstgefällig.

»Der oder die.«

»Dass du das immer noch nicht weißt! Wir haben uns über den Namen deines Kindes ein paar Gedanken gemacht.«

Pia brauchte ihn nicht anzusehen, um zu wissen, dass er jetzt von einem Ohr zum anderen grinste. »Gerlach und ich, wir dachten, wenn du es schon nicht tust ...«

»Ich weiß die Namen«, sagte Pia würdevoll.

»Was hältst du von Kiki oder Nicki?«, fragte er und gluckste belustigt. »Kiki Korittki? Klingt doch toll, oder?«

Pia hatte gerade noch Zeit, zu duschen und sich umzuziehen, bevor sie zu ihrer Verabredung mit Hinnerk aufbrechen musste. In der engen, nachträglich in die Küche der Altbauwohnung eingebauten Kabine war das Duschen ein mühsames Unterfangen. Und auch das Umziehen machte keinen Spaß mehr, da sie nur die eine Schwangerschaftshose gegen die zweite austauschen konnte. Ihr weitestes T-Shirt spannte über ihrem Bauch, und die Jacke, die sie darüberzog, ließ sich nicht mehr schließen. Es war ja nicht mehr lange hin. Nach der letzten Untersuchung hatte ihre Ärztin ihr mitgeteilt, dass der Kopf ihres Kindes jetzt fest im Becken sitze. Ein Freifahrtschein für Unternehmungen jeglicher Art, von denen ein romantisches Abendessen mit Hinnerk noch das harmloseste war. Romantisch? Im äußersten Fall würde der Spaziergang dorthin romantisch werden.

Das Restaurant auf dem Koberg lag zu Fuß gerade mal eine Viertelstunde von ihrer Wohnung entfernt. Pia bog vom Rohwedders Gang in Richtung Obertrave, um am Wasser entlangzugehen. Sie sah zu den alten Salzspeichern am anderen Ufer hinüber und beobachtete, wie sich eine dunkelgraue Wolkenbank darüberschob. Noch leuchteten die Fassaden der Häuser an der Obertrave im Abendlicht, aber gleich würde es wieder regnen. Vielleicht sollte sie doch den kürzeren Weg, die große Petersgrube hoch durch die Altstadt, nehmen? Aber sie wollte ihre Ankunft im *Shanghai* noch etwas hinauszögern.

Warum eigentlich? Woher kam dieses Unbehagen? Hinnerk und sie waren nicht mehr zusammen. Sie hatten sich vorgenommen, befreundet zu bleiben, und er wollte sie in der neuen Situation mit Kind nach Kräften unterstützen. Er war mutmaßlich der Vater, aber ganz sicher war das nicht. Pia hätte nie geglaubt, dass ausgerechnet sie sich in so eine Zwangslage manövrieren könnte. Sie war damals, neun Monate war es her, noch mit Hinnerk zusammen gewesen. In der Beziehung hatte es gekriselt, woran sie selbst bestimmt nicht ganz unschuldig gewesen war. Aber ihn mit ihrer Schwester Nele zusammen vor einem Einkaufszentrum zu sehen, in trauter Zweisamkeit … das war ein regelrechter Schock gewesen. Kurz darauf war sie in Italien auf einer Dienstreise einem ehemaligen Freund und Kollegen, Marten Unruh, wieder begegnet. Sie hatte eine einzige, verhängnisvolle Nacht mit ihm verbracht. Und dann feststellen müssen, dass sie ungeplant schwanger geworden war. Doch wer war der Vater ihres ungeborenen Kindes?

Erst hatten Hinnerk und sie gehofft, dass die gemeinsame Verantwortung sie wieder zusammenbringen würde, aber die Verletzungen gingen zu tief. Der Kompromiss war eine Freundschaft, die für Pia von einem diffusen Unbehagen begleitet war.

Sie überquerte die Holstenstraße und ging an der Stadt-Trave weiter bis zur Drehbrücke. Dort bog sie nach rechts in die Engelsgrube, die zum Koberg hin anstieg. Viele Straßen und Orte in Lübeck erinnerten sie mittlerweile an Fälle, an denen sie mal mitgearbeitet hatte. Wie eine Landkarte des Verbrechens, nur in ihrem Kopf.

Oben, unter einem der Schwibbogen zwischen der Schiffergesellschaft und dem Gebäude, das das Restaurant *Shanghai* beherbergte, stand Hinnerk. Er wartete mit in den Jackentaschen versenkten Händen auf sie. Pia konnte immer noch nachfühlen, was sie damals zu ihm hinzogen hatte, und sie wappnete sich dagegen, alte Gefühle für ihn in sich aufsteigen zu lassen. Vorbei war vorbei.

»Na, wie geht es euch beiden?«

»Mir geht es gut.« Pia musterte ihn. Er sah gehetzt aus. »Und dir?«

»Bestens. Lass uns reingehen! Ich habe den schönsten Tisch für uns reserviert.«

Ihr Unbehagen verstärkte sich. Er kann zumindest nicht mit dir Schluss machen, weil längst Schluss ist, rief sie sich ins Gedächtnis. Himmel, er hatte doch wohl nichts wirklich Idiotisches vor?

Sie bestellten ihr Essen. Pia nahm als Vorspeise eine Wan-Tan-Suppe à la Shanghai. Es war eine Art Ritual. Mittlerweile hatte sie das Gefühl, das Universum müsse aus den Fugen geraten, sollte sie einmal in einem asiatischen Restaurant als ersten Gang Frühlingsrollen auswählen. Heute würde sie diesbezüglich bestimmt kein Risiko eingehen.

Hinnerk sah sie immer wieder lauernd an.

»Meine Kollegen nennen mich übrigens jetzt ›Boje‹«, sagte sie, um das unbehagliche Schweigen zu brechen.

»Willst du nicht langsam mal aufhören zu arbeiten? Mein Gott, Pia, wann ist der Stichtag? Am Dreizehnten? Das ist mal wieder typisch für dich, dass du so unvernünftig bist!« Er versuchte, den Vorwurf mit einem Lächeln zu mildern, doch es geriet ihm schief.

»Meine Ärztin hat nichts dagegen, vor der Geburt ist es gesetzlich erlaubt, und mir hilft's. Es heißt doch, wenn es der Mutter gut geht …« Sie nahm einen Schluck von der Cola, die ihr soeben serviert worden war.

»Ich bin mit dem Auto hier«, sagte er unvermittelt. »Ich habe eine Kiste mit Sachen von dir darin, die du mal bei mir auf dem Dachboden abgestellt hast, weißt du noch?«

»An die habe ich gar nicht mehr gedacht. Wieso jetzt gerade? Räumst du auf? Verlangt deine neue Mitbewohnerin etwa mehr Stauraum?« Nachdem klar gewesen war, dass Pia nicht mit in seine Vierzimmerwohnung einziehen würde, hatte Hinnerk wieder einen Mitbewohner gesucht und eine Studentin gefunden, mit der er die Miete (und wer wusste, was sonst noch) teilte.

»Ach, Jantje. Die ist schon längst wieder ausgezogen.«

Pia prüfte kurz ihre diesbezüglichen Gefühle. War sie erleichtert? Hinnerk sah so aus, als hätte er ein ziemlich schlechtes Gewissen. Was kam denn jetzt? Sie wollte wenigstens die Wan-Tan-Suppe essen, bevor er ihr den Appetit verderben konnte.

»Die Vorspeise kommt.« Pia sah erleichtert auf, und Hinnerk schien kurzfristig aus dem Konzept gebracht zu sein. Sie löffelten schweigend. Pia lauschte den Gesprächen am Nebentisch, die wesentlich lockerer zu verlaufen schienen als ihre Abendunterhaltung.

Als sie fast aufgegessen hatte, legte Hinnerk seinen Löffel beiseite und schob mit einer entschlossenen Geste seine Suppentasse von sich. Er beugte sich zu Pia hinüber.

»War die nicht in Ordnung?«, fragte sie. Irgendetwas trieb sie dazu, ihn nicht dazu kommen zu lassen, das zu sagen, was er sich vorgenommen hatte.

»Doch. Aber ich brauche noch etwas Platz für die Ente. Außerdem wollte ich …«

»Keine Sorge. Die Kiste mit meinen Sachen kannst du mir nach dem Essen geben. Ich bin allerdings zu Fuß hier. Vielleicht kannst du sie noch zu mir nach Hause fahren?«

»Kein Problem. Ich trage sie dir auch die Treppen hoch.« Er holte tief Luft.

»Irgendwo bekomme ich die Kiste bestimmt auch noch unter«, redete Pia entschlossen weiter. »Durch Wiege, Wickelkommode, Kinderwagen und Autositz ist es auf vierzig Quadratmetern allerdings mittlerweile recht eng …«

»Pia!« Hinnerk sah inzwischen so aus, als hätte er eine Notlandung mit einem Airbus vor sich.

»Da kommt unser Essen«, sagte sie lächelnd.

Die Ente war gut und lenkte Pia von ihrem verdrießlich

kauenden Gegenüber und der gesamten verfahrenen Situation ab. Da Hinnerk offenbar während des Essens nichts Weltbewegendes zu ihrer Konversation beitragen wollte, erzählte sie ihm von Broders' Namensvorschlägen.

»Das machst du doch nicht, oder?«, fragte Hinnerk erschrocken. »Das Kind Kiki nennen oder Nicki?«

»Es war ein Spaß!«

»Die Späße deiner Kollegen waren mir immer suspekt.«

»Fang bitte nicht wieder damit an.«

Hinnerk sah schweigend zu, wie der Kellner das Geschirr abräumte. Er fragte hoffnungsvoll nach ihrem Dessertwunsch, was Hinnerk einsilbig ablehnte. Pia, die sich auf eine Nachspeise gefreut hatte, schrieb das Dessert in seiner Gesellschaft ebenfalls ab. Was sollte das Ganze hier eigentlich? Ein entspannter Abend in einem Restaurant war jedenfalls etwas anderes.

Hinnerk warf ihr einen ängstlichen Blick zu und griff dann in seine Jacketttasche. Erst jetzt fiel Pia auf, dass er für seine Verhältnisse geradezu offiziell und feierlich gekleidet war: ein hellblaues Hemd und ein Jackett! Und was suchte er da in seiner Tasche? Als ihr einfiel, was das sein könnte, lief ihr ein heißer Schauer über das Gesicht. Nur das nicht!, dachte Pia. Er würde doch nicht …

Hinnerk zog ein zusammengefaltetes Blatt Papier hervor, strich es glatt und legte es ihr hin. Sie warf im Schummerlicht einen raschen Blick darauf, doch die Buchstaben verschwammen vor ihren Augen. Es sah aus wie ein behördliches Schreiben. Viel aufschlussreicher, wenn auch nicht gerade beruhigend, war Hinnerks Mienenspiel dazu: Aufregung, Freude, doch auch eindeutig ein schlechtes Gewissen.

»Was bedeutet das?«, fragte sie. Die Situation entwickelte sich nicht zu ihren Gunsten, das war klar.

»Meine Immatrikulationsbescheinigung.« Er lächelte stolz, aber auch verlegen. »Ich habe endlich einen Studienplatz für Medizin bekommen.«

»Das ist doch wunderbar. Herzlichen Glückwunsch!« Irgendwie hatte Pia das Gefühl, etwas zu übersehen. Ihre freudige Reaktion war ihm unangenehm.

»Die Sache hat einen Haken«, räumte er ein.

»Und zwar?« Noch konnte Pia sich nicht vorstellen, dass etwas unangenehmer sein könnte als die Vorstellung, er würde ihr aus purem Pflichtgefühl kurz vor der Geburt ihres Kindes einen Heiratsantrag machen. Sie hatte doch allen Ernstes befürchtet, er würde eine Schachtel mit einem Ring aus der Tasche zaubern, wie in einem alten Hollywood-Streifen.

»Ich kann sofort anfangen. Aber nicht in Lübeck, sondern in Budapest.«

»Budapest?« Vor Pias innerem Auge rollte sich eine Karte ab auf der Suche nach Budapest … nicht in Schleswig-Holstein, nicht in Deutschland – in Ungarn! Er hätte auch Timbuktu sagen können.

»Das Semester hat schon angefangen. Deshalb muss ich mir jetzt auch so schnell wie möglich in Budapest eine Wohnung suchen und umziehen.«

»Wann musst du weg?« Ihre Stimme klang fremd. »Und überhaupt. Sprichst du neuerdings Ungarisch?«

»Die Vorlesungen sind auf Englisch. Das werde ich schon schaffen. Es geht einfach nicht anders. Das verstehst du doch, oder?«

»Na klar.« Sie wollte nicht zynisch klingen. Sie war nur … überrascht. Auch von seinem Eifer und dem plötzlichen Glanz in seinen Augen. Er hatte offensichtlich gerade den unangenehmen Teil des Abends hinter sich gebracht. Nun war es an ihr, die Neuigkeit zu verdauen. Ganz ruhig. Es war gar nichts passiert. Sie griff nach ihrem Glas, um Zeit zu gewinnen. Es war leer.

»Soll ich dir noch was bestellen?«

»Nein, danke.« Dann, nach kurzem Nachdenken: »Läuft das jetzt über das Immatrikulationsamt: ›Herr Joost, in Deutschland haben wir leider momentan nichts für Sie, aber wie wäre es mit einem Medizin-Studienplatz in Ungarn?‹« Reiß dich zusammen, dachte Pia, kein Sarkasmus, sonst tut es dir später leid.

»Nein. Ein Freund hat mich auf die Idee gebracht. Ich musste mich schon selbst um alles kümmern. Billig wird das auch nicht. Aber was soll ich machen? Ich werde auch nicht jünger.«

Das war es also mit der gemeinsamen Verantwortung für das Kind. Ihr fiel nichts ein, was sie dazu sagen konnte.

»Ich muss doch auch an meine Zukunft denken«, meinte er trotzig.

»Klar. Ich verstehe das.« Pia winkte dem Kellner, um zu zahlen.

»Die Rechnung übernehm ich. Du bist eingeladen«, sagte er. War er erleichtert, so unkompliziert und schnell davongekommen zu sein?

»Warum das denn? Es ist alles in Ordnung.« Sie warf ein paar Geldscheine auf den Tisch und erhob sich.

Hinnerk winkte hektisch nach dem Kellner, um zu zahlen. »Pia, nun warte doch!«, rief er ihr halblaut hinterher.

Mitten auf dem weitläufigen Platz vor dem Restaurant blieb sie stehen. Vom Koberg hatte man einen schönen Blick auf das Heiligen-Geist-Hospital und die Jakobikirche. Tief durchatmen. Es war nichts passiert, was sie nicht sowieso schon geahnt hatte.

»Alles in Ordnung?«, fragte Hinnerk, der ihr gefolgt war.

»Ja. Ich hatte nur nicht damit gerechnet.«

»Ich weiß.« Er wagte nicht, ihr in die Augen zu sehen.

»Ich wünsche dir alles Gute in Ungarn, Hinnerk. Viel Erfolg!« Sie wandte sich zum Gehen.

»Pia!« Ein Anflug von Panik. »Soll ich dich nicht nach Hause fahren?«

»Nein, ich gehe lieber.« Ein Spaziergang durch die Stadt würde ihr guttun, dachte sie.

4. Kapitel

Pia schlief ein, als sich der Himmel, den sie durch das Dachflächenfenster über ihrem Bett sehen konnte, ins Lila-Grau der ersten Morgendämmerung verfärbte. Dementsprechend müde traf sie ein paar Stunden später im Polizeihochhaus ein. Sie fühlte sich wie unter einer Glasglocke gefangen. Ein Zustand, den sie unter normalen Umständen mit ein paar Bechern Kaffee bekämpft hätte. Nach der Frühbesprechung verabredete sie mit Broders, in einer halben Stunde noch mal nach Düsterbruch zu fahren. Bei der Aussicht darauf rauszukommen, hob sich ihre Laune. Sie wählte Schellings interne Nummer beim K6.

»Hast du noch was Neues im Fall Seesen für mich?«, fragte sie.

»Nichts, was deinen Pulsschlag nennenswert erhöhen würde. Das Zimmer von Hedwig Seesen war natürlich mit Spuren der Hausbewohner übersät. Die unbekannten Fingerspuren sind wahrscheinlich von dem Arzt, der sie zuerst untersucht hat. Das klären wir noch ab. Ansonsten war da nichts, was nicht da sein dürfte.«

»Und die Tatwaffe?«

»Darauf befinden sich nur die Fingerabdrücke des Opfers. Kein Hinweis auf Fremdeinwirkung. Morgen habt ihr unseren Bericht.«

»Was ist mit Hedwig Seesens Kleidung? Habt ihr Blutflecken darauf gefunden?«

»Ja, da war was. Die Klamotten lagen im Wäschekorb in

ihrem Zimmer. Ich habe sie mit ins Labor gegeben, aber das dauert noch etwas.«

»Es ist wahrscheinlich nur Hühnerblut«, sagte Pia. »Aber besser, wir prüfen das nach.«

»Hühnerblut? Mal was Neues …«

»Ich wünschte, es gäbe einen Abschiedsbrief«, sagte Pia. »Bisher haben wir kein Motiv für die Tat.«

»Vielleicht war sie unheilbar krank? Warte erst mal den Obduktionsbefund ab.«

»Das hätten die Angehörigen doch bestimmt gewusst. Irgendwas muss eine Kurzschlusshandlung ausgelöst haben.« Hühnerblut?, dachte Pia. Das war grotesk.

»Meistens bleibt uns nichts anderes übrig, als die Entscheidungen unserer Mitmenschen zu akzeptieren.« Schelling klang resigniert.

Als das Gespräch beendet war, starrte Pia noch einen Moment auf den Hörer. Das Kind in ihrem Bauch strampelte.

Dr. Godewind hatte in einem Nachbarort von Düsterbruch seine Praxis. An diesem Dienstagvormittag war das Wartezimmer gerammelt voll, trotzdem gelang es der Arzthelferin, ihnen kurzfristig zu einem Gespräch mit dem gefragten Arzt zu verhelfen.

Er war zunächst sichtlich irritiert, zwei Beamte von der Kriminalpolizei in seinem Sprechzimmer vorzufinden, hatte sich aber schnell wieder im Griff. Dr. Godewind verfiel in den jovialen Tonfall, mit dem er wohl auch seine Patienten nervte. Er sei lange Jahre Hedwig Seesens Hausarzt gewesen, erzählte er, aber er habe nie eine behandlungsbedürftige Depression bei ihr festgestellt. Und auch organisch sei sie gesund gewesen wie der sprichwörtliche Fisch im Wasser. Doch Klagen könne man sowieso nicht erwarten bei einer Frau ihres Alters und ihrer Herkunft. »Die kommen immer erst, wenn der Kopf schon ab ist«, meinte er. »Das ist hier auf dem Land nicht ungewöhnlich.«

Als er Hedwig Seesen am Morgen nach ihrem Tod untersucht hatte, war sie nach seiner Einschätzung schon mindestens zwei Stunden tot gewesen, eher länger. Sie hatte sich die Pulsadern aufgeschnitten, das hatte er sofort gesehen. Recht fachmännisch, seiner Einschätzung nach. Das Ganze sei ja gar nicht so einfach ... Die meisten Menschen wussten nicht, wie sie schneiden mussten. Hedwig Seesen war mal Schwesternschülerin gewesen, hatte er gehört, daher ihre Kenntnisse. Zwei oder drei Probeschnitte, dann das Öffnen der Schlagader mit einem Rasiermesser, ein Gefäß mit warmem Wasser. Das war's. Der Arzt wirkte bei dieser Feststellung durchaus zufrieden mit sich und der Welt.

Als Pia Godewinds Praxis verließ, war sie geneigt, die Einschätzung von Carola von Alsen zu teilen.

Mona Falke wohnte in einer Reetdachkate, die an einem unbefestigten Feldweg nahe der Düsterbrucher Kirche lag. Die Kate stand eng an den Wald geduckt, der zum Grundstück der von Alsens gehörte. Das Fachwerkgebäude war ein früher Repräsentant eines Doppelhauses. Die linke Haushälfte sah vernachlässigt und unbewohnt aus. Rechts hingegen strahlten blank geputzte Scheiben, hinter denen sich schneeweiße Vorhänge bauschten. Stiefmütterchen und Narzissen säumten in sauber geharkten Beeten den Plattenweg, der zur Haustür führte.

Pia betätigte den Türklopfer. Sie und Broders mussten den Kopf einziehen, um nicht gegen die ausladende Kante des Reetdaches zu stoßen.

Mona Falke war eine dünne Frau mit kurzem Haar in der Farbe von Kidneybohnen. Auf der Packung des Haarfärbemittels hatte sicherlich so etwas wie *Kastanie* oder *Mahagoni* gestanden, dachte Pia.

Das Wohnzimmer, in das sie geführt wurden, war klein, mit einer niedrigen Zimmerdecke und zu vielen Möbeln. Der Kamin, in dem ein künstliches Feuer flackerte, erinnerte Pia an die Puppenstube ihrer Kindheit.

»Arme Hedwig.« Mona Falke nahm ihnen gegenüber Platz. »Ich grüble und grüble, aber ich weiß einfach nicht, was vorgestern in sie gefahren ist.«

»Beschreiben Sie uns bitte, was am Tag vor ihrem Tod passiert ist!«

»Ich war gerade dabei, ein paar Hähne zu schlachten. Das Radio im Stall war an, deshalb habe ich es nicht gehört, als sie reingekommen ist.«

»Wissen Sie, um wie viel Uhr das war?«

»Die Nachrichten fingen kurz darauf an. Es muss ziemlich genau vier Uhr gewesen sein.«

»Was passierte dann?«

»Ich hatte das Tier nicht richtig erwischt. Die Halsschlagader, wissen Sie? Es spritzte. Ich wollte den geköpften Hahn gerade vom Hackklotz werfen … Die toten Vögel zappeln immer noch, und manche drehen noch 'ne Runde … Na ja. Da stand Hedwig plötzlich neben mir. Geradezu angeschlichen hatte sie sich. Ich hab mich ziemlich erschreckt!« Sie fasste sich an die linke Brust. »Und dann sah ich, dass Hedwig was von dem Hühnerblut abbekommen hatte. Da waren jedenfalls Blutspritzer in ihrem Gesicht. Gesagt hat sie kein Wort. Sie hat mich nur so seltsam angestarrt. Kreidebleich war sie! Sie hat ausgesehen wie ihr eigener Geist. Ehrlich. Genau das habe ich in dem Moment gedacht. Unheimlich, oder?«

»Und dann?«

»Ich hab sie darauf hingewiesen, dass sie etwas Blut abgekriegt hat, doch sie reagierte überhaupt nicht. Sie hat sich auf dem Absatz umgedreht und ist davongelaufen.«

»Wissen Sie, wohin?«

»Ich hab ihr nicht nachspioniert oder so. Später habe ich von Oxana gehört, dass sie wohl zur Kirche gerannt ist. Merkwürdig, so mit Blut besudelt, und dann in die Kirche zu laufen …«

»Kannten Sie Hedwig Seesen gut?«

»Ich kannte sie mein Leben lang. Ich habe früher oft bei den Seesens auf dem Hof ausgeholfen. Zur Ernte oder bei größeren Familienfesten. In letzter Zeit war ich aber kaum noch da. Und für Jörgs Hochzeit braucht man mich wohl gar nicht mehr. Da wird nämlich auswärts gefeiert. Eine Schande, bei dem großen Haus! Nun ja, muss ja ein jeder selbst wissen, wie er sein Geld rausscheddert, nicht wahr?«

Pia hatte den Eindruck, auf eine Quelle des Dorfklatsches gestoßen zu sein, und wollte sie so schnell nicht versiegen lassen. »Wie war das Verhältnis zwischen Hedwig Seesen und ihrer zukünftigen Schwiegertochter?«

»Oxana? Das ist eine ganz Gerissene. Ich versteh was vom Charakter der Menschen. Alle sehen nur ein hübsches Gesicht, von ihrem Körper ganz zu schweigen.« Sie warf Broders einen lauernden Blick zu. »Aber so recht werde ich nicht schlau aus ihr. Und dann noch diese Freundin, die dauernd hier herumlungert.«

»Welche Freundin?«

»Ach, Oxana hat eine Freundin, die schon ein paarmal hier war. Nadja Ivanov oder so ähnlich. Die Frau sucht bestimmt auch einen, den sie heiraten kann. Wenn der Jörg da mal keinen Fehler macht …«

Oxana Markowa hatte auf Pia nicht den Eindruck gemacht, dass sie aus wirtschaftlichen Gründen heiraten wollte. Im Gegenteil, sie glaubte, echte Zuneigung zwischen den beiden gespürt zu haben.

»Jörg hat Oxana in St. Petersburg kennengelernt«, berichtete Mona Falke weiter. »Er macht Geschäfte in Russland und in der Ukraine. Früher haben die Bauern sich von ihrem eigenen Grund und Boden ernährt, aber heute reicht das wohl nicht mehr. Angeblich ist Oxana die Tochter oder Schwester eines Geschäftsfreundes. Ein paar Wochen später, nachdem er sie kennengelernt hatte, kam sie nach Düsterbruch, um unseren Jörg zu besuchen. Er hatte keine Chance. Mit den Frauen lief es für Jörg Seesen bis dahin nämlich nicht allzu gut. Kaum eine will sich noch auf einem Hof die Hände schmutzig machen. Oder sie hauen nach kurzer Zeit wieder ab, so wie es Enno passiert ist mit seiner Amerikanerin.«

»Arbeiten Sie auch für die von Alsens?«

»Selten. Und wenn, dann nur für Veronika. Carola kann mich nicht ausstehen. Und wissen Sie, warum? Ich habe ihr auf den Kopf zugesagt, dass sie mit Tizia Probleme kriegt, wenn sie nicht härter durchgreift. Ich habe allein einen Sohn großgezogen. Ich weiß, wovon ich rede.«

»Lebt Ihr Sohn auch hier in Düsterbruch?«

»Der André? Nein. Er arbeitet in Kiel, wissen Sie.« Mona Falke kniff die Lippen zusammen.

Pia erhob sich. »Das war schon alles, Frau Falke. Falls Ihnen noch etwas einfällt …« Sie reichte ihr eine Karte.

Mona Falke steckte sie in die Schürzentasche. Hinter ihrem höflichen Lächeln verbarg sie ein paar andere Gefühle, das spürte Pia.

»Was sagst du?«, fragte sie, als sie auf dem Rückweg nach Lübeck waren. »Ist dir an Frau Falkes Aussage etwas aufgefallen?«

»Sie war froh, als sie uns los war.«

»Das wäre ich auch. Ich meine die Zeitdifferenz. Frau Falke sagt, Hedwig sei um kurz vor vier Uhr bei ihr gewesen. Die Nachrichten fingen gerade an. Es kommt natürlich auf den Sender an. Ich meine, es könnte auch fünf vor gewesen sein …«

»Ja, und?«

»Oxana und Jörg waren um vier mit dem Pastor in der Kirche verabredet. Etwa zehn Minuten bis eine Viertelstunde später soll Hedwig Seesen hereingekommen sein. Der Weg von Monas Haus zur Kirche dauert maximal zwei Minuten. Hedwig Seesen hat angeblich kein Wort gesagt, als sie bei ihr war. Was hat sie so lange gemacht, nachdem sie Mona Falke verlassen hatte?«

Broders kniff die Augen zusammen. »Unzuverlässige Zeugenaussagen.«

»Oder eine *falsche* Zeugenaussage.«

»Die Leute erzählen uns aus den seltsamsten Gründen Märchen. An dem Tatbestand des Suizids ändert das aber nichts.«

»Ja, ich weiß.« Pia knurrte der Magen. »Kommen wir eigentlich noch an etwas Essbarem vorbei? Ich könnte einen Burger vertragen.«

»Das ist ungesund für euch.« Broders' Miene war todernst. »Denk auch mal an das Ungeborene, Pia. Noch nicht mal auf der Welt zu sein und schon Junkfood vorgesetzt zu bekommen …«

»Wir haben beide Hunger!«, entgegnete Pia. »Das könnte gefährlich für dich werden.«

»Apropos Essen. Wie war eigentlich dein Treffen gestern

Abend?« Broders war über ihre Beziehung oder Nicht-Beziehung zu Hinnerk einigermaßen im Bilde. Von dem Vaterschaftschaos wusste er allerdings nichts. Pia wäre eher gestorben, als ihm zu sagen, dass Marten Unruh, eben der Marten Unruh, den Broders auch gut kannte, ebenfalls als Vater infrage kam.

»Ein Reinfall erster Güte«, sagte sie. »Bis auf das Essen selbst jedenfalls. Hinnerk war nervös. Er hat herumgedruckst und dann etwas aus seiner Tasche gezogen. Ich hatte schon Angst, er würde mir einen Heiratsantrag machen.«

»Und? Hat er?« In Broders' Ton lag eine gewisse Schärfe.

»Nein. Er hat mir mitgeteilt, dass er endlich den lang ersehnten Studienplatz für Medizin bekommen hat.«

»Ein bisschen spät, oder?« Broders wirkte regelrecht verärgert. Manchmal waren Pia seine Reaktionen ein Rätsel. Insbesondere, wenn es ihre Schwangerschaft betraf.

Sie zuckte mit den Schultern. »Hinnerk ist etwas jünger als ich. Besser, er nimmt es jetzt noch in Angriff, als den Rest seines Lebens einer verpassten Chance hinterherzuweinen und womöglich mir oder dem Kind die Schuld daran zu geben.«

»Wenn man es so sieht«, Broders' Gesicht war grimmig, »dann kann ich ja auch noch Popsänger werden. Meinst du, ich habe noch Chancen auf dem zweiten Bildungsweg?«

»Unbedingt!«, sagte sie.

Als das grelle Emblem eines Schnellrestaurants vor ihnen im grauen Dunst auftauchte, bog er schwungvoll von der Bundesstraße ab.

Pias Mundwinkel bogen sich nach oben. »Ich dachte, du findest, das ist zu ungesund!«

»Mit deinem Gerede über Burger hast du mir so einen Appetit gemacht, dass ich entgegen meinen Vorsätzen einfach nicht widerstehen kann.«

»Wie ist es gestern in Düsterbruch gelaufen? Hat sich im Fall Hedwig Seesen noch etwas Neues ergeben?«, fragte Horst-Egon Gabler.

Pia war gerade dabei, den abschließenden Bericht zu tippen, als er eintrat. Sie rollte mit ihrem Bürostuhl von ihrem Schreibtisch zurück, um Gabler besser ansehen zu können, und gab ihm eine Zusammenfassung der letzten Ergebnisse. »Die Sachbeweise sprechen dafür, dass es sich bei dem Tod von Hedwig Seesen um einen Suizid handelt.«

»Hm. Habt ihr auch mit der zukünftigen Ehefrau von Jörg Seesen gesprochen? Sie ist Russin, nicht wahr?« Das kam eine Spur zu beiläufig.

Pia musterte den Leiter des K1. Sein von Linien zerfurchtes Gesicht mit den kleinen, durchdringend blickenden Augen, der ewig gleiche Bürstenhaarschnitt. Seine Frage hatte nichts mit einem interessierten Gespräch über das Tagewerk eines Kriminalbeamten zu tun. Gabler war effizient. Deshalb zielte die Frage auch in eine ganz bestimmte Richtung. »Wir haben Oxana Markowa als Zeugin befragt. Es gibt eine schriftliche Aussage.«

»Habt ihr auch ihren Bruder kennengelernt? Einen Mann namens Fjodor Markow?«

»Nein. Wieso?«

»Er hätte ja zur Hochzeit seiner Schwester angereist sein können …«, meinte Gabler vage.

»Der Termin für die Hochzeit wurde wegen des Todesfalls kurzfristig abgesagt. Warum ist das wichtig?«

»Ich weiß nicht, was dahintersteckt. Das ist ja das Ärgerliche.« Gabler starrte einen Moment auf ihren Bauch, riss sich aber schnell wieder zusammen. »Da ist jemand im Besprechungsraum, der mit uns über den Fall in Düsterbruch reden will. Wo ist Broders überhaupt?«

»Schon zu Hause. Er hatte plötzlich Magenprobleme.« Drei große Burger waren wohl doch etwas zu viel gewesen.

»Na gut. Dann ist es so. Ich muss nämlich ebenfalls weg. Du kannst das auch allein übernehmen. Der Mann wartet schon im Besprechungsraum.« Er wandte sich zum Gehen.

»Moment! Mit wem soll ich über den Fall Seesen reden?«

»Ein Kollege vom Bundeskriminalamt hat gestern Abend plötzlich Interesse an unserem Fall geäußert. Ich bin direkt aus Wiesbaden angerufen worden. Bereich SO. Schwere organisierte Kriminalität. Sie haben jemanden vorbeigeschickt, der angeblich sowieso in der Gegend war. Die Termin soll eher inoffiziell sein.« Seine Miene zeigte keinerlei Regung.

Pia wurde der Mund trocken. Sie kannte jemanden, der zum BKA gewechselt und dem sogar zuzutrauen war, dass er sich hin und wieder in der Gegend aufhielt. Aber sie konnte jetzt unmöglich mit ihm sprechen. »Hat der Kollege vom BKA auch einen Namen?«

»Tut mir leid, es war ein bisschen hektisch vorhin. Ich habe ihn noch nicht gesehen. Sein Besuch ist mir nur von der Zentrale gemeldet worden.« Gabler hob abwehrend die Hände. »Ich bin selbst überrascht von diesem Überfall. Wir werden sehen. Wie gesagt, ich wäre gern dabei, doch es geht nicht.« Und weg war er.

Verdammt. *Wir werden sehen!* Aber dann würde es definitiv zu spät sein. Sie konnte jetzt unmöglich mit Marten reden.

Pia spürte ihr Herz klopfen. Sie hätte längst in den Mutterschutz gehen sollen. Spätestens gestern. Dann wäre ihr diese Situation erspart geblieben. Wie sollte sie Marten Unruh hochschwanger gegenübertreten, in dem Wissen, dass er der Vater ihres Kindes sein konnte, und ohne es ihm gesagt zu haben?

Halt, stopp! Wie hätte sie es ihm sagen sollen? Er hatte nicht gerade seine Kontaktdaten bei ihr hinterlassen. Außerdem waren diese Spekulationen müßig, denn Hinnerk war der Vater ihres ungeborenen Kindes. Allen Berechnungen nach und auch dann, wenn das Schicksal, wer oder was auch immer das war, einen Funken Mitgefühl für sie übrighatte.

Nein, Mitgefühl war nicht zu erwarten. Pia hatte ein so beklemmendes Gefühl im Brustkorb, dass sie kaum noch Luft bekam.

Sie erhob sich und ging den leeren Gang hinunter. Die Tür zum Besprechungsraum war geschlossen. Pia zögerte einen Moment, holte tief Luft und drückte die Türklinke herunter. Zumindest würde sie gleich wissen, woran sie war. Die Ungewissheit war am schlimmsten. Bestimmt hatte sie sich umsonst verrückt gemacht.

Die Tür schwang auf. Der Besprechungsraum war leer. Kein Mensch da. Nicht Marten Unruh und auch sonst niemand. Pias Erleichterung wandelte sich in Ärger, als sie über leere Tische und Stühle zu den spiegelnden Fensterflächen blickte, hinter denen es langsam dämmrig wurde.

5. Kapitel

Eine Weile stand Pia nur abwartend da. Ihre Beine fühlten sich schwer an, setzen wollte sie sich aber auch nicht. Sie hatte Gabler zugesagt, dieses Treffen wahrzunehmen.

Als nach zehn Minuten immer noch niemand aufgetaucht war, beschloss sie, BKA BKA sein zu lassen. Konnten die nicht vernünftig kommunizieren und anständige Termine verabreden? Sie war schon auf dem Weg zur Tür, als sie Schritte auf dem Gang hörte. Pia hielt die Luft an. Sie merkte, wie ihr schwindelig wurde, und zwang sich, langsam auszuatmen. Nicht dass sie hyperventilierte, wenn Marten Unruh gleich den Besprechungsraum betreten sollte!

Die Tür schwang auf, und ein ihr völlig unbekannter Mann trat ein. Der BKA-Beamte war groß und hatte Schultern wie ein Rugby-Spieler. Er trug ausgewaschene Jeans, ein graues T-Shirt und eine offene, schwarze Fleecejacke darüber. Ein inoffizieller Besuch. Sie schätzte den Mann auf Anfang bis Mitte vierzig, mit den entsprechenden Problemen, auf lange Sicht so in Form zu bleiben wie jetzt. Sein Kopf war kahl rasiert, dafür trug er einen bleistiftdünnen Bart, der seinen Mund umrahmte.

Seine dunklen Augenbrauen schnellten in die Höhe, als er Pia sah. In der einen Hand hielt er eine Flasche Mineralwasser, in der anderen eine Notebook-Tasche.

Pia atmete auf. Die Anspannung, womöglich gleich Marten gegenüberzustehen, verflüchtigte sich.

Nachdem das Überraschungsmoment vorbei war, wirkte

der BKA-Beamte eher desinteressiert. Er ging zu dem vorderen Tisch neben dem Whiteboard und stellte seine Sachen ab. Vielleicht fiel ihm auf, dass sie noch kein Wort miteinander gewechselt hatten, jedenfalls sagte er: »Oh, hallo. Falls Sie sich wundern: Ich habe gleich einen Termin mit zwei Kollegen aus dem Kommissariat eins, Korittki und Broders. Ich soll hier auf sie warten.«

Was dachte er, wer sie war? Die Putzfrau? Na prima! Dann könnte sie ja jetzt wieder gehen, und Korittki und Broders würden eben nicht auftauchen. Geschähe dem Kerl recht. Andererseits wollte Pia schon gern wissen, was das Bundeskriminalamt an dem Fall Seesen, einem klassischen Suizid in ländlichem Milieu, interessierte.

»Ich wundere mich nicht«, sagte sie. »Ich bin Pia Korittki.«

»Ach so. Franz-Xavier Lessing – angenehm.« Sein Händedruck war warm und kräftig. Wenn er erstaunt darüber war, dass sein Gesprächspartner die Form einer Boje hatte, verbarg er das gut. Er schien darauf bedacht zu sein, ihr ausschließlich ins Gesicht zu sehen.

»Mein Kollege Broders ist nicht mehr im Haus«, sagte Pia. »Wenn ihr euch etwas eher mit uns in Verbindung gesetzt hättet …«

»Keine Sorge. Alles bestens – solange du ebenfalls mit dem Fall Seesen vertraut bist.« Er duzte sie nun, so wie es unter Kollegen üblich war, schaffte es aber trotzdem, distanziert zu klingen.

»Setzen wir uns.« Pia deutete mit einer wenig einladenden Geste auf zwei Stühle. Was hatte Gabler ihr da aufgehalst? »Es gibt im Fall Seesen keinen einzigen Hinweis auf ein Fremdverschulden. Trotz Obduktion, Spurensicherung am Tatort, diversen Befragungen … Unsere Ermittlungen in Düsterbruch sind so gut wie abgeschlossen.«

»Das mag sein. Mich interessieren die dortigen Familienverhältnisse. War Oxana Markowa anwesend?«

»Ja. Wir haben mit ihr gesprochen.« Pia war erstaunt. »Sie ist die zukünftige Schwiegertochter der Frau, deren Tod wir untersucht haben.«

»Frau Markowa wird demnächst heiraten?«

War er persönlich an ihr interessiert? Seine Augen sahen so kalt aus wie polierter Granit. »Ja, das wurde uns gesagt. Aufgrund des plötzlichen Todesfalls in der Familie ist die Hochzeit aber erst einmal verschoben worden.«

»Ich sehe, ihr seid da ganz gut informiert.« Er schaute sie abwägend an.

Pia hätte ihm für die gönnerhafte Art gern vors Schienbein getreten, aber sie beherrschte sich. Er war nicht Marten Unruh. Sie musste dem Schicksal dankbar sein. »Und warum interessiert sich das Bundeskriminalamt für Oxana Markowa?« Pia ahnte es schon und fand die Richtung, in die ihre Gedanken automatisch gingen, deprimierend. Dachte sie an einen Zusammenhang zu organisierter Kriminalität, weil Oxana Markowa Russin war? Die meisten Verbrecher aus dem Bereich organisierter Kriminalität waren Deutsche.

»Tut mir leid«, meinte Lessing mit einem angedeuteten Lächeln. »Der Informationsfluss wird aus diversen Gründen nur in eine Richtung verlaufen können.« Er machte eine entsprechende Handbewegung. Lange Finger, keine Ringe, bemerkte Pia.

»Ich kann zu Oxana Markowa nicht viel sagen. Der Fokus unserer Ermittlungen liegt oder lag auf Hedwig Seesen. Ihre zukünftige Schwiegertochter hat unseren Erkenntnissen nach nichts mit ihrem Tod zu tun.«

»Aber ihr wart doch vor Ort und habt dabei ein paar Beobachtungen gemacht. Zum Beispiel, ob Verwandte von Frau

Markowa in Düsterbruch oder der näheren Umgebung anwesend sind.«

»Meines Wissens nach nicht«, sagte Pia. »Es wurde nur eine Freundin von Oxana Markowa erwähnt, die schon ein paarmal da gewesen sein soll. Ihr Name ist Nadja …« Verflixt, wie war noch mal der Name der Freundin? Pia hatte ihn sich notiert, aber ihre Notizen lagen auf ihrem Schreibtisch. »Nadja Ivanov, sagte man uns.« Sie hatte an Iwan den Schrecklichen gedacht, als sie den Namen gehört hatte. Zum Glück war ihr die Eselsbrücke wieder eingefallen.

»Nadja Glebowna Ivanova«, berichtigte Lessing. Na also. Warum fragte er dann wie die päpstliche Inquisition? Seine Stimme war tief und eine Spur zu laut für den Umstand, dass sie sich gegenübersaßen. »Nadja Ivanova ist immerhin ein Anfang.«

»Wofür? Soweit ich weiß, war sie zum Zeitpunkt des Suizids gar nicht in Düsterbruch anwesend.«

»Aber sie wird wiederkommen.« Er tat so, als setzte er sich bequemer zurecht. Seine lässige Körperhaltung konnte Pia nicht täuschen. Franz-Xavier Lessing war keineswegs entspannt. Er sah sie nachdenklich an. Sein linkes Auge hatte in der grauen Iris einen braunen Fleck.

»Warum ist das BKA an Oxana Markowa und Nadja Ivanova interessiert?«, fragte sie eindringlich.

»Sagen wir mal so: Wir beobachten seit Längerem eine Gruppe von Leuten, die mit den Markows in Verbindung stehen. Oxana Markowas Bruder heißt übrigens Fjodor Markow.«

Immerhin eine Information. Von wegen »Der Informationsfluss wird aus diversen Gründen bla, bla, bla«. Lessing erwartete für seine Offenheit natürlich eine Gegenleistung. Er sah sie auffordernd an. Und tatsächlich rief der Name Fjodor Markow sofort diverse Assoziationen in Pia wach. Import und Export, Rohstoffhandel, das Gasgeschäft und noch einiges mehr.

»Ihr habt in Düsterbruch mit der Schwester von Fjodor Markow in Kontakt gestanden. Seiner einzigen, geliebten kleinen Schwester.« Lessing lächelte herablassend.

»Der Name Markow ist in Russland keine Seltenheit«, entgegnete Pia. »Außerdem haben wir nur einen Suizid auf einem Bauernhof untersucht.«

»Ja. Zufälle gibt's.«

Pia drückte ihr Kreuz durch. Sie konnte langsam nicht mehr so sitzen. Das Baby strampelte. Die kleinen Füße schienen ihren unteren Rippenbogen zu attackieren. Ihr Bauch bebte. Lessing sah so aus, als hätte er für einen Moment den Faden verloren. »War das alles?«, fragte Pia, »oder kann ich sonst noch irgendwie Auskunft geben?«

»Wenn etwas Außergewöhnliches passiert in diesem Ort Düsterbruch, wäre ich gern darüber informiert.«

»Ist damit auch so etwas wie eine deutsch-russische Hochzeit gemeint?« Pia erhob sich. »Eine russische *Swabda* soll ja ein Erlebnis sein.« Ihr war nicht gut. Sie wollte möglichst schnell raus aus dem Besprechungsraum.

»Genau«, sagte Lessing. Der Spott prallte an ihm ab.

»Ich organisiere dir eine Einladung.« Ein durchdringender Schmerz ließ Pia zusammenfahren. Sie griff nach der Tischkante. Kleine Sünden strafte der liebe Gott immer sofort, oder wie war das? Was passierte mit ihr? War dieses fiese Ziehen im Bauch etwa eine richtige Wehe? Es fehlte gerade noch, dass das ausgerechnet jetzt losging! Geschah das nicht normalerweise nachts im Bett? *So* hatte sie sich das jedenfalls nicht vorgestellt.

Der Schmerz nahm weiter zu. Wie lange dauerte so eine verdammte Wehe? Endlich, nach einer kleinen Ewigkeit, ebbte das Gefühl, auseinandergerissen zu werden, ab. »Ich muss jetzt gehen. Ich habe gleich noch einen Termin.« Pia wunderte sich, wie ruhig sie klang. Sie ging vorsichtig, nicht recht wissend, ob sie ihrem Körper trauen konnte, in Richtung Tür. Wenn sie erst mal draußen war …

»Stimmt was nicht?« Er war schneller auf den Beinen, als sie es ihm bei seiner Statur und einem geschätzten Gewicht von knapp hundert Kilo zugetraut hätte. Dagegen war sie trotz der zwölf Kilogramm, die sie durch die Schwangerschaft zugenommen hatte, leicht. Offensichtlich war sie aber nicht mehr so beweglich wie er.

»Alles in Ordnung?« Sein Gesicht war plötzlich direkt vor dem ihren.

Er roch eigentümlicherweise nach Meer und etwas Grünem, Frischem. Und sie spürte, wie die nächste Wehe heranrollte. Pia hielt sich am Türrahmen fest und versuchte, tief ein- und auszuatmen. Warum hatte sie eigentlich darauf verzichtet, an einem Geburtsvorbereitungskurs teilzunehmen? Ach ja, richtig! Kinderkriegen war ja eine ganz natürliche Sache. Das hatte die Natur doch so eingerichtet. Aber das hier … Sie konnte nichts tun, als abzuwarten, bis der Schmerz nachließ. Und als es so weit war, spürte sie stattdessen Lessings Hand wie einen Schraubstock an ihrem Oberarm. Das würde einen hübschen blauen Fleck geben. »Du kannst mich loslassen«, sagte Pia. »Ich falle nicht um.«

»Entschuldigung.« Er trat einen Schritt zurück. »Kann ich irgendetwas tun?«

Die nächste Wehe kündigte sich an. Wie war das gewesen mit den Abständen am Anfang? Lagen die Wehen zehn Minuten auseinander? Fünf Minuten? Das hier ging eindeutig zu schnell.

»Ein Taxi bestellen?«, schlug sie vor.

»Kommt etwa das Kind? Jetzt?« Immerhin war es ihr gelungen, doch noch ein wenig an seiner Eiszapfen-Fassade zu kratzen. Er wirkte verunsichert. Lessing fischte ein winziges Mobiltelefon aus seiner Tasche. »Weißt du die Nummer eines Taxirufs in Lübeck? Oder soll ich einen Rettungswagen alarmieren?«

Rettungswagen – eine ganz üble Assoziation. »Ich muss nicht gerettet werden«, sagte sie scharf. Die Wehenpause erlaubte ihr, die Tür aufzureißen und auf den Gang hinauszutreten. Das Kommissariat 1 lag verlassen da. In Pias Wohnung befand sich seit Wochen ein Zettel, auf dem sie mehrere Taxinummern notiert hatte. Normalerweise wusste sie auch eine auswendig, nur gerade jetzt nicht. »Bis ich mit dem Fahrstuhl unten bin, hat sich bestimmt ein Taxi gefunden«, sagte Pia und machte sich bereit für die nächste Wehe. Da kam sie schon. Wie aus weiter Ferne hörte sie Lessing telefonieren. Das war jetzt wohl nicht die Art von Stress-Situation, auf die er stand. Adrenalinjunkies waren sie ja mehr oder weniger alle. Aber eine Frau mit Wehen … Wahrscheinlich hatte er nun einfach die Zentrale im Haus angerufen und um Hilfe gebeten.

Der Schmerz ebbte ab. Pia ging den langen Gang hinunter zum Fahrstuhl. Lessing, der ihr pflichtschuldig hinterherlief, hielt sich immer noch an seinem Mobiltelefon fest. Auf dem Weg nach unten starrte er auf die Fahrstuhl-Anzeige, die langsam, ganz langsam, in Richtung Erdgeschoss tendierte. Sein Gesicht sah nicht mehr ganz so gut gebräunt aus. Wahrscheinlich fand er die Zustände im Polizeihochhaus in Lübeck mehr als bedenklich.

Ralph Krispin überprüfte im Rückspiegel, ob keiner hinter ihm fuhr. Der Wald und die Straße sahen im Rückspiegel aus wie das schwarze Loch. Keine Scheinwerfer zu sehen. Alles in

Ordnung so weit. Also hielt er wieder Ausschau nach ihrem Wohnmobil. Irgendwo hier musste es doch sein.

Als er den unverwechselbaren, alten Winnebago zwischen den Baumstämmen erblickte, lächelte er. Der Pastor sah sich noch einmal um und bog dann in den schmalen Forstweg ab. Ralph Krispin gestand es sich ungern ein, aber er war nervös. Nicht gerade die besten Voraussetzungen für sein Vorhaben. Immerhin würde es ihn auf andere Gedanken bringen. Oh ja, das würde es, dachte er spöttisch. Hedwig Seesens Tod verfolgte ihn. Er musste noch die Rede für ihre Trauerfeier ausarbeiten. Es kam selten vor, dass er nach den passenden Worten suchte. Meistens fanden die richtigen Sätze ihn. Dieses Mal irrte er gewissermaßen durch den Morast der Sprache. Ha, ha, wie poetisch! Er sollte lieber aufpassen, dass er nicht gleich im Matsch stecken blieb.

Hedwig Seesen hatte sich ihm vor einiger Zeit anvertraut. Es war seine Aufgabe gewesen, sie davon zu überzeugen, dass Gott sich nicht von ihr abgewandt hatte. Aber ihm hatte die Gewissheit gefehlt. Die absolute Überzeugung, die es brauchte, um einen verzweifelten Menschen zu retten.

Der Pastor wusste, wie gefährlich sein Vorhaben heute Abend war. Das machte ja den Reiz der Unternehmung aus. Er konnte trotz aller Vorsichtsmaßnahmen gesehen werden. Und im Nachhinein abgegebene Erklärungen würden eher wie ein Schuldeingeständnis wirken. Er hatte die soziale Kontrolle in einem Dorf unterschätzt. Seine nächste Nachbarin war gleichzeitig die langjährige Reinigungskraft im Pfarrhaus. Und Mona Falke war die Neugierde in Person.

Eigentlich mochte er seine Arbeit in Düsterbruch. Die Menschen waren zum Teil erstaunlich aufgeschlossen. Er glaubte, dass sein Engagement nicht ins Leere lief. Es gab positive Momente, die ihm in der Hektik der Großstadt schlicht und ergreifend entgangen waren. In seiner früheren Gemeinde in Kiel war eine Gemeindeschwester direkt vor seiner Kirche überfallen worden. Junkies hatten der Frau auf dem abendlichen Heimweg ein Messer an den Hals gesetzt und sie schwer verletzt – für eine Geldbörse mit gerade mal dreißig Euro. Der Kirchhof war ein bekannter Drogenumschlagplatz gewesen. Aber er wollte sich nicht zu sehr von Äußerlichkeiten einnehmen lassen. In Düsterbruch lauerten ebenfalls Gefahren. Auch, oder besonders, für ihn. Der Pastor zwang sich, an das vor ihm Liegende zu denken. Er war jetzt weit genug von der Straße entfernt und stellte seinen Renault in der Zufahrt zu einem gesperrten Waldweg ab. Mit eingezogenem Kopf hastete er zurück zu dem Wohnmobil.

»Welch Glanz in meiner Hütte!« Cindy zeigte beim Lächeln ihre Zahnlücke zwischen den Schneidezähnen. Im Laufe einer katastrophalen Jugend war sie anscheinend sämtlichen Kieferorthopäden durch die Netze gegangen. Im Fußraum lag ihr Schäferhund Jimmy. Er blickte kurz zu dem Neuankömmling auf, legte dann mit einem Stöhnen den Kopf wieder auf die Pfoten. Cindy hatte ihm erzählt, sie habe Jimmy als verwahrlosten jungen Hund aus dem Tierheim geholt. Sie war davon überzeugt, der Schäferhund könne sie beschützen.

»Hallo, Cindy.«

»Sie haben Glück, dass ich noch da bin … Herr Pastor.« Sie drückte ihre Zigarette aus. Ihre Fingernägel waren pinkfarben lackiert, mit glitzernden Wellen darauf. »Ich wollte eben schon Schluss machen. Nichts los bei dem Wetter!«

»Du wusstest doch, dass ich heute herkommen würde.« Er versuchte, nicht vorwurfsvoll zu klingen. Nicht so sehr wie der Herr Pastor. Und ihr ausschließlich in die Augen zu sehen, was nicht ganz einfach war. Sie besaß den perfekten weiblichen Körper. Das zu beurteilen, war nicht schwer, denn ihre

Kleidung war ein Witz. Ein Stretchtop, ein ultrakurzer Mini aus weißem Lackleder und hohe Stiefel, die kein Zugeständnis an die Außentemperaturen, sondern an den Geschmack ihrer Freier waren. Die Enge des Wagens und der Geruch, eine Mischung aus Zigarettenrauch, Männerschweiß, Moschus und feuchtem Hund, setzten ihm mehr zu als sonst.

»Ich nehm's, wie es kommt«, entgegnete sie grinsend. Cindy griff in das Halsband des Hundes, um ihn nach hinten zu schicken. Draußen fuhr langsam ein Auto vorbei. Das Licht der Scheinwerfer erhellte einen Moment den dunklen Ansatz ihrer blonden Mähne und die deprimierende Innenausstattung des Wagens.

Ralph Krispin erstarrte. Was machte er hier? Das war verdammt dünnes Eis.

»Was ist los mit Ihnen?« Sie lächelte spöttisch. »Wollen wir reden, oder was?«

Vielleicht war es doch ein Fehlalarm? Was wusste sie schon davon! Auf der Fahrt in die Klinik rief Pia ihre Mutter und ihre Freundin Susanne an, um ihnen Bescheid zu sagen, dass es jetzt losging. So recht glauben konnte sie es immer noch nicht. Sie war eine Woche vor dem errechneten Termin. Die beiden hatten ihr angeboten, sie ins Krankenhaus zu begleiten, falls Hinnerk aus irgendeinem Grund nicht zugegen sein sollte. Doch Susanne, die selbst Ärztin war, musste arbeiten, und ihre Mutter war gerade in Flensburg und würde erst später eintreffen. Das Letzte, was Pia von Hinnerk gehört hatte, war, dass er sich auf dem Weg zum Flughafen befand, um nach Ungarn zu reisen. Er hatte ihr versichert, rechtzeitig wieder in Lübeck zu sein. Jeder musste in seinem Leben Prioritäten setzen.

Warum sie nicht eher gekommen sei, fragte die Hebamme kopfschüttelnd. Pia wurde in den Kreißsaal geschickt und an ein CTG angeschlossen: Man versicherte ihr, dass es dem Kind trotz der schnell aufeinanderfolgenden Wehen gut gehe.

Pia starrte auf die große runde Uhr über der Tür. Seit ihrer ersten Wehe war erst eine Stunde vergangen. Es reichte ihr jetzt schon. Und es konnte noch ewig so weitergehen, nach allem, was man sich von anderen Frauen so anhören musste, wenn man schwanger war. Es war ja ihr erstes Kind ... und würde es auch bleiben, dachte Pia, als die nächste schmerzhafte Kontraktion heranrollte. In was für Schwierigkeiten hatte sie sich da nur hineinmanövriert? Sie hatte sich bisher vollkommen naiv vorgestellt, dass sich ihr Körper vorher auf wundersame Weise verändern würde, wenn sie ein Kind bekommen sollte, eine höchst fernliegende Annahme, nebenbei bemerkt. Doch das war eine glatte Selbsttäuschung gewesen. Sie war hier, in einem Kreißsaal, und nichts an ihr, von dem schwangeren Bauch einmal abgesehen, hatte sich so verändert, dass sie gleich ein schätzungsweise sieben bis acht Pfund schweres Kind aus sich herauspressen konnte. Unmöglich.

Ihre Frauenärztin hatte beim letzten Termin das Gewicht und den zu erwartenden Kopfumfang ihres Babys berechnet, die Stirn gerunzelt und gesagt, diese Berechnungen seien ja zum Glück nur Anhaltswerte. Pia hatte sich keine Sorgen über die genannten Zahlen gemacht, denn wie gesagt, es wäre ja nicht ihr Körper, der ...

Eine Wehe folgte jetzt übergangslos der nächsten. Sie fluchte. Als Frau, die in einer Männerwelt arbeitete, hatte sie ein recht unterhaltsames Repertoire. Als sie glaubte, es nicht mehr auszuhalten, und entgegen all ihren Vorsätzen um ein Schmerzmittel bat, egal welches, wurde ihr mitgeteilt, dass es dazu nun zu spät sei. Dann hörte sie durch den Nebel des Grauens, wie eilig ein Arzt hinzugerufen wurde. Gab es Grund zur Besorgnis?

Pia warf noch einen Blick in Richtung Uhr: 21.28 Uhr. Das überlebe ich nicht, dachte sie. Schluss, aus, vorbei.

Um 21.43 Uhr wurde Felix geboren.

6. Kapitel

Tizia von Alsen reckte entschlossen das Kinn. Sie drückte erneut auf den Klingelknopf neben dem Namensschild *A. Falke*. Er war zu Hause. Er musste da sein! Von der Straße aus hatte sie Licht hinter einem seiner Fenster gesehen. Warum machte er ihr nicht auf?

Die Tür öffnete sich einen Spalt. Dahinter Dunkelheit.

»Hey, ich bin's, Tizz. Tizia!«

»Was zum Teufel willst du schon wieder hier?«

Tizia trat einen Schritt vor. »Lass mich rein, André!« Sie schlug mit der flachen Hand gegen das Türblatt. Er packte sie am Arm und zog sie hinein. Hinter ihr fiel die Wohnungstür ins Schloss.

»Willst du das ganze Haus aufschrecken mit deinem Lärm?«

»Aua. Lass mich los! Ich will dich sehen, weißt du! Was denn sonst?« Tizia versuchte, im Dämmerlicht sein Gesicht zu erkennen. Sie fand immer noch, dass er anders roch. Fremd. Auch der Flur roch fremd: Nicht wie früher, nach ihm und frischem Zigarettenrauch, sondern dumpf, nach irgendetwas aus gekochten Körnern. André hatte seine Wohnung die zehn Monate, die er im Knast gewesen war, an einen Studenten untervermietet. *Die er im Knast gewesen war* … Wie das klang! Mein Freund war im Knast. Ihr Vater würde ausrasten, wenn er das wüsste.

»Das passt mir jetzt nicht, Tizz. Ich hab gleich noch 'nen Termin.« Er trat einen Schritt zurück. Schemenhaft sah sie seine kantige Gestalt. Im Gefängnis war er dünner geworden, und sein neuer Haarschnitt betonte das auch noch.

Wie sie ihn vermisst hatte! »Ich habe zehn Monate auf dich gewartet, André.« Ihre Stimme klang schrill vor Enttäuschung.

»Und ich hab zu tun, Tizz!«

»Freust du dich denn nicht, mich wiederzuhaben?« Tizia war fest davon ausgegangen, dass er während seiner Abwesenheit die gleiche Sehnsucht, die gleiche Ungeduld empfunden hatte wie sie. Die letzten Monate waren für sie nur mit der Erinnerung an ihren letzten gemeinsamen Abend auszuhalten gewesen. Als er sie in den Armen gehalten und, da war sie sich sicher, beinahe geweint hatte ...

»Klar freu ich mich. Aber ich hab jetzt wirklich keine Zeit für dich.« Seine Stimme klang distanziert.

»Du glaubst gar nicht, wie schwierig es für mich ist, an einem Sonntagabend so spät noch herzukommen.« Sie hörte, dass sie vorwurfsvoll klang, doch sie konnte nicht anders.

»Da machst du sonst immer auf Familie, was?«, kam es spöttisch zurück. Das war ein Reizwort für ihn. Sein wunder Punkt.

»Nur auf eine Viertelstunde!«

André starrte sie einen Moment lang an. Dann hob er leicht die Schultern. »Wenn du schon mal hier bist ...« Er stieß die Tür zum Wohn-Schlaf-Raum seiner Einzimmerwohnung auf. Zerwühltes Bettzeug auf einem Futon, eine knallrote Couch vom Sperrmüll, die ihren Dienst an der Menschheit in einem schwedischen Möbelhaus begonnen hatte, Regale aus Baubohlen und Ytonsteinen. Der Laptop, der aufgeklappt auf dem Fußboden stand, glänzte neu.

»Willst du was trinken? Cola? Bier?«

Sie schüttelte den Kopf. Er sah so überaus lässig aus, barfuß, in Jeans, mit offenem Hemd ... Aber die Zeit im Gefängnis hatte ihn verändert. Sein Mund war schmaler geworden, und er hatte dunkle Schatten unter den Augen. Warum tat er in letzter Zeit so verdammt cool? Sie hatte gedacht, nach den zehn Monaten nur unter Männern müsste er geradezu ausgehungert sein. Tizia zog ihre Jacke aus und warf sie über den einzigen Stuhl. Das Trägertop flog hinterher. Die Luft war kühl, aber unter seinem durchdringenden Blick fühlte sich ihre Haut warm an.

»Lila, der letzte Versuch«, sagte er mit Blick auf den BH spöttisch. Sie öffnete den Verschluss, schmiss das Ding hinterher.

»Schon besser. Soll ich noch ein paar Fotos machen?« Er griff nach seinem Handy.

»Hör auf damit. Sonst gehe ich wieder.«

»Wie war das noch? Hilf mir mal. Haben wir es eigentlich schon mal miteinander getrieben?«

»Idiot!« Sie sprang auf ihn zu und hieb ihm ihre Fingernägel, brav rosa lackiert, aber ohne Frage spitz, in die glatt rasierte Brust.

»Jetzt erinner ich mich wieder!« Er zog sie an sich und küsste sie hart. Sie fuhr mit den Händen um seinen Brustkorb, den Rücken hinunter, umschloss mit den Fingern seinen Po. »Ich hab dich ehrlich vermisst«, keuchte er. Sie drängte ihn in Richtung Futon, wo sie beide unsanft und mit verrenkten Gliedern aufprallten, während das flache Holzgestell unter ihnen knirschend nachgab. »Ihr Frauen wollt doch immer nur das eine«, sagte er atemlos, während er mit einer Hand versuchte, ihr die Jeans abzustreifen.

Tizia wand sich und strampelte sich den harten Stoff von den Beinen. Er fuhr mit rauen Fingern unter ihren String, während sie noch mit seiner Gürtelschnalle kämpfte.

»Ich werde zu spät zu meinem Treffen kommen«, flüsterte er, während er sich über sie rollte. Doch Tizia wollte nichts davon hören. Er drang in sie ein, und sie wimmerte vor Lust. Dann ging alles sehr schnell. Ehe sie sich's versah, stand er schon wieder auf den Beinen und ging ins Bad. Sie lag wie betäubt da, unbefriedigt, enttäuscht, unfähig, sich zu rühren. Er kam wieder ins Zimmer und sah auf sie herunter, als müsste er sich erst erinnern, wer sie war. »Sorry. Morgen früh gibt's Nachschlag«, sagte er geistesabwesend und zog sich an.

»Wo willst du hin?«, fragte sie.

»Das geht dich nichts an.«

»Ich will aber mitkommen!«

»Keine Chance. Ist was Geschäftliches.«

»Um diese Uhrzeit?« Tizia wurde flau. »Doch nicht wieder was mit Speed oder so?«, fragte sie schneidend. Wegen der Dealerei war er zu zehn Monaten ohne Bewährung verurteilt worden. Damit wollte sie, bei aller Liebe, nichts zu tun haben. Manchmal benahm er sich so, er wäre er siebzehn und sie dreißig ... Sie suchte in dem Chaos aus Decken und Laken nach ihrer Unterhose.

»Keine Sorge. Ich bin doch nicht blöd. Ich treff mich nur mit 'nem Typen auf dem Parkplatz Schnakenkuhl.«

»Was willst du denn da?« Sie wusste sofort, von welchem Ort er sprach, und verzog angewidert das Gesicht.

»Geschäfte, sagte ich doch schon. Wenn du mir nicht glaubst, dann kannst du ja meinetwegen doch mitkommen.«

»Dahin kriegen mich keine zehn Pferde.« Sie streifte ihre Jeans über. Warum hatte er plötzlich seine Meinung geändert? Hatte er sich das mit dem Parkplatz nur ausgedacht, um sie abzuschrecken?

»Komm schon, Tizia. Ich weiß, dass dich das anmacht. Und außerdem ist da heute wahrscheinlich sowieso nichts los.«

»Die Fotos im Internet haben mir gereicht, Andi. Vergiss es. Ich bin nicht neugierig.«

»Aber natürlich bist zu das!« Seine Stimme klang einschmeichelnd. Er zog sie hoch, und sie spürte seinen warmen Atem an ihrem Hals. »Meine süße, kleine, freche Tizz … Du brennst vor Neugierde. Ich kenne dich. Besser übrigens, als du dich selbst kennst.« Das war, was die Reaktionen ihres siebzehnjährigen Körpers betraf, nicht zu leugnen. Seine Hand umfasste ihre Taille. Seine Finger wanderten über ihren flachen Bauch nach oben, streichelten ihre spitzen, kleinen Brüste. Seine Hände spielten auf ihr wie auf der Tastatur eines Keyboards.

»Okay, ich komme mit. Aber nur zum Gucken.«

André ließ schnell, viel zu schnell, wieder von ihr ab.

Minuten später saß sie auf dem Beifahrersitz seines neuen Wagens. Sie beobachtete, wie er im Schein der Armaturenbrettbeleuchtung aus der Stadt fuhr, die Augen konzentriert auf das dunkle Asphaltband vor ihnen gerichtet. Es war ein Fehler, ihm nachgegeben zu haben. Der Parkplatz Schnakenkuhl, der in der Nähe von Düsterbruch lag, war als Treffpunkt für Paare bekannt, die sich beim Sex zuschauen lassen wollten, und das entsprechende Publikum natürlich. »Outdoor-Sex« nannten sie das auf der Website, wie andere Leute Outdoor-Sportarten wie Walking oder Freeclimbing betrieben. André hatte ihr augenzwinkernd vorgeschlagen, sie solle den Namen des Parkplatzes mal in eine Suchmaschine im Internet eingeben, und da hatte sie sie gefunden: Fotos von Männern, die Gesichter mit der Hand bedeckt, die sich im Auto von einer Frau mit rot gefärbten Haaren den Schwanz lutschen ließen. Kopulierende Paare, von hinten und von vorn, zu zweit und zu dritt, auf der Motorhaube des Familienkombis. Schlechte Schnappschüsse von Handys oder einfachen Digitalkameras, ohne jede Finesse. Man sah den Aufnahmen den Geifer, der den Fotografen dabei aus dem Mundwinkel gelaufen war, geradezu an.

Tizia hatte sich schon beim Betrachten der Bilder schmutzig gefühlt. Dass André da unbedingt hinwollte, machte ihn ihr fremd. Und mit zunehmender Fahrzeit steigerte sich ihre Nervosität in echte Besorgnis. Sie wollte nicht die prüde Zicke geben. Sie hatte André überhaupt erst klarmachen müssen, dass sie nicht das Adelstöchterlein mit dem Kaschmirbusen war, über das er sich lustig gemacht hatte. Dass sie weder spießig noch langweilig war wie ihre Eltern. Im Gegenteil, sie verachtete deren Lebensstil. Immer alles auf den letzten Cent nachrechnen, sich nicht das kleinste Vergnügen gönnen. Da konnte man doch gleich in die Kiste steigen, die aus Holz … Und wofür der ganze Verzicht? Für den hässlichen Kasten von einem Haus?

Die Einzige, die einigermaßen gut drauf war, war ihre Großmutter. Veronika, die sie nie »Oma« und keinesfalls »Omi« nennen durfte. Veronika, die ihr von den rauschenden Festen im Gutshaus erzählt hatte: Kleinmädchen-Fantasien von wunderschönen Frauen in Abendkleidern, die nachts betrunken in das Wasserbassin vor dem Portal gestiegen waren, und von Männern, die mit ihren Pferden die Treppe hoch bis in die Eingangshalle geritten waren. Bei der Erinnerung daran kam Tizia die Gegenwart grau und schmutzig vor.

André bog auf den Parkplatz ab. Fehler!, dachte Tizia. Ich hätte nicht mitkommen sollen. Sie presste sich in den weichen Ledersitz des neuen Audi, von dem sie gar nicht wissen wollte, woher er kam. Ihr Vater fuhr einen alten Range Rover. Den hatte er sich vor Jahren angeschafft, um den Pferdeanhänger zu ziehen, wenn er sein Töchterlein zu Reitturnieren in der nahen Umgebung kutschieren musste. Tizias Reitpferd war inzwischen verkauft und wahrscheinlich längst zu Pferdewurst verarbeitet worden, während ihre Eltern immer noch diese alte Gurke fuhren. Sie suchte mit den Augen den schwach beleuchteten Parkplatz ab. Zwei einsame Laternen schafften es nicht, das Areal mit den dunklen Bäumen und Büschen auszuleuchten. Der nasse Asphalt schimmerte ölig. Kein Auto weit und breit. Tizia atmete erleichtert auf.

»Die Kinovorstellung hat wohl noch nicht angefangen«, sagte sie und kramte mit zitternden Händen in ihrer Handtasche nach Zigaretten. In dem neuen Auto durfte sie bestimmt nicht rauchen, aber sie konnte sich ja draußen hinstellen, solange noch niemand da war … Vielleicht kam ja heute überhaupt keiner. Die Verabredung, von der André gesprochen hatte, hatte sie inzwischen vergessen.

»Wenn der nicht pünktlich ist …«, sagte André drohend. Er drehte sich zu ihr um. »Du bleibst in jedem Fall im Auto.« Und mit einschmeichelnder Stimme: »Es ist sicherer für dich, wenn du gar nicht weißt, um was es geht.«

»Du spinnst«, entgegnete Tizia. Die Ernüchterung über die verfahrene Situation legte sich über sie wie ein nasses Tuch. Sie schauderte. »Willst du dir sofort wieder Ärger mit der Polizei einhandeln?«

»Da kommt er!« Andrés Stimme klang heiser. »Du drehst dich nicht um, verstanden? Und lass dich auf keinen Fall sehen, Tizz!«

Der andere Wagen rollte langsam und mit aufgeblendeten Scheinwerfern näher. Er hielt etwa zehn Meter hinter ihnen.

»Warum schaltet der Affe nicht die Scheinwerfer aus?«, fragte André nervös. Ein paar Sekunden passierte nichts. André trommelte mit den Fingerspitzen auf dem Lenkrad herum. Im Radio lief ein alter Song von den Fine Young Cannibals. Die Scheinwerfer des hinteren Wagens erloschen.

»Ich geh jetzt rüber«, murmelte André. »Du schaust nach vorn und rührst dich nicht!« Er strich ihr über die Wange. »Hinterher machen wir noch was Schönes zusammen, okay?« Ein nervöses, aber auch zufriedenes Lächeln kräuselte seine Mundwinkel. Etwas an der Situation amüsierte ihn. Tizia merkte, dass der Witz auf ihre Kosten ging, hatte aber keine Ahnung, weshalb. Sie spürte einen Anflug von Panik.

»Warte!« Sie krallte sich in seinen Oberarm. »Lass mich hier nicht allein sitzen!« Was war denn los mit ihr? Es würde sich schon nicht gleich eine Horde sexbesessener Männer aus den dunklen Büschen auf sie stürzen.

»Hey, Tizz«, sagte er genervt. »Werd mir bloß nicht hysterisch! Du kannst das Auto ja von innen verriegeln, solange ich nicht da bin.« Er zog den Zündschlüssel ab und klapperte damit. »Den nehm ich vorsichtshalber mit.«

Sie presste die Lippen zusammen. Er würde sich nicht von seinem Vorhaben abbringen lassen. Tizia kannte ihn. Sie kannte ihn schon lange. Als Zehnjährige hatte sie ihn angehimmelt, wenn er in Düsterbruch auf seinem Motorrad an ihr vorbeigerast war. Da hatte es angefangen. Sie hatte sich nie für Gleichaltrige interessiert. Was das anging, schlug sie wohl nach Großmutter Veronika, die einen zwanzig Jahre älteren Mann geheiratet hatte.

»Drück mir die Daumen!« Er stieg aus und warf die Wagentür mit einem satten Schmatzen zu. Sie beobachtete im Rückspiegel, wie er langsam auf den hinteren Wagen zuging. Es war ein Golf, ein älteres Modell. Drinnen saß, soweit sie erkennen konnte, nur eine Person. Tizia versuchte, das Nummernschild zu lesen, aber es war zu schmutzig. Sie war neugierig, mit wem André sich treffen wollte, doch solche Wagen fuhren in Massen herum. Hedwig Seesen hatte so einen Golf gefahren, einige Mitschüler besaßen einen, und sogar in der Tierarzt-Praxis ihres Vaters gab es einen als *Run-around* für die Angestellten.

André beugte sich zu dem Fenster auf der Fahrerseite herunter. Er sprach mit dem Fahrer. Und dann … ging er vorn um den Wagen herum und stieg auf der Beifahrerseite ein.

Was sollte das? Wüste, eifersüchtige Vorstellungen, was irgendeine Schlampe wie diese Rothaarige auf dem Foto im Internet mit ihrem Freund anstellte, kämpften bei Tizia gegen die beklemmende Angst, es womöglich mit Bullen in Zivil zu tun zu haben. Die Peinlichkeit, wenn ihre Eltern erfuhren, wo sie aufgegriffen worden war, wäre sogar ihr unerträglich. Und dann lebenslang Vorwürfe und Hausarrest bis zum Abitur. Vielleicht sollte sie einfach unauffällig von hier verschwinden, solange sie es noch konnte?

Tizia öffnete die Tür, huschte aus dem Wagen und verbarg sich im Schatten eines Busches. Der Lichtkegel der Parkplatzbeleuchtung reichte nicht bis hierher. Von dem anderen Auto aus konnte man sie nicht sehen. Doch was nun?

Sollte sie sich an den Golf heranschleichen, um zu sehen, was da drinnen vor sich ging? Oder lieber gleich abhauen? Doch wohin? Sie tastete sich ein paar Schritte seitwärts, um dem anderen Auto näher zu kommen. Unter ihren Füßen knirschte es, stellenweise war es rutschig. Sicher lagen hier überall benutzte Kondome, Glasscherben, Kippen und wer weiß was noch herum. Widerlich! Was wollte André in dem anderen Wagen?

Die Fahrertür sprang auf, und jemand stieg aus dem Auto. Ein Mann, wie es aussah, mittelgroß und von normaler Statur. Er trug eine Art Parka und hatte die Kapuze in die Stirn gezogen. Es konnte jeder sein. Nur André nicht, es sei denn, er wäre von der Beifahrer- auf die Fahrerseite herübergerutscht. Der Mann blieb einen Moment reglos stehen. Dann ging er auf Andrés Wagen zu. Tizia verharrte regungslos. Mist! Was ging hier vor sich?

Er öffnete mit einer ruckartigen Bewegung die Beifahrertür des Audi. Der Wagen war offen, und André hatte die Schlüssel mitgenommen. War das ein Fehler gewesen? Wollte der Typ den Wagen stehlen? Doch nach einem kurzen Blick ins Innere warf der Mann die Tür wieder zu. Tizia beobachtete mit klopfendem Herzen, wie er sie nochmals aufriss, sich tief ins Fahrzeug beugte und dann wieder hochkam. Wenn er seine Hand auf den Beifahrersitz gelegt hatte, musste er bemerkt haben, dass er noch ein wenig warm war. Tizia biss die Zähne aufeinander, damit sie nicht klapperten. Sie blickte angestrengt durch die Äste und welken Blätter. Er kann mich nicht sehen, sagte sie sich. Sie musste sich nur vollkommen ruhig verhalten. Wenn sie sich bewegte, dann würde er sie hören. Dann hatte er sie. Und was war mit André? War das Ganze Bestandteil irgendeines idiotischen Plans? Sie musste wieder an sein amüsiertes Lächeln denken.

Nein. Das würde er ihr nicht antun. Sie dermaßen in Angst zu versetzen! Oder doch? Die Alternative, nämlich die Annahme, dass ihm die Situation entglitten war, war auch nicht besser. Bitte, lieber Gott, hilf mir!, betete sie stumm. Dieses eine Mal! Und ich verspreche, in Zukunft mehr auf meine Eltern zu hören. Zumindest bis ich achtzehn bin …

»Mitgefangen – mitgehangen«, das war eine der Lebensweisheiten ihres Vaters. Warum fiel ihr das ausgerechnet jetzt ein? Weshalb tauchte nicht endlich noch ein Auto auf? Irgendein lüsterner Kerl oder ein unternehmungslustiges Pärchen, das diesen anderen da vertreiben würde? Ironie des Schicksals, dass sie jetzt hier stand, sich fast in die Hose machte und die Ankunft eines Perversen herbeisehnte.

Der Fremde ging zu seinem Wagen zurück. Ob André vielleicht Hilfe brauchte? Was, wenn er einen Herzanfall oder so etwas bekommen hatte? Ihr Vater, ganz der Mediziner, hatte ihr die Wirkung sämtlicher Drogen auf den menschlichen Organismus detailliert geschildert, um sie abzuschrecken. Bei Amphetaminen waren das Kreislaufkollaps, Schlaganfall, Herzinfarkt und Bewusstseinstrübung bis hin zum Koma. Es konnte sonst was passiert sein. Aber ihr Instinkt hielt sie davon ab, sich dem Fremden zu nähern.

Tizias rechter Wadenmuskel verkrampfte sich. Sie versuchte, ihr Gewicht auf den anderen Fuß zu verlagern. Die Bewegung ließ einen Zweig knacken. Der Mann hatte sein Auto fast erreicht und schien nichts gehört zu haben. Dadurch ermutigt, ging Tizia langsam, Schritt für Schritt, rückwärts. Sie wollte nur noch weg.

Am Ende des Parkplatzes stand ein beleuchtetes Klo-Häuschen. Eines von diesen stinkenden Dingern mit WCs und Waschbecken aus Edelstahl, wo man Münzen einwerfen musste, um die Tür zu öffnen. Es lag fast schon an der Ausfahrt zur Landstraße. Sie konnte die Deckung der Büsche nutzen, um dorthin zu gelangen. Und von da … Sie musste versuchen, auf der Straße ein Auto zu stoppen. Daran, dass sie und André Hilfe brauchten, zweifelte sie nicht mehr.

Zwischen dem Gebüsch und dem Klohäuschen klaffte eine Lücke von mehreren Metern. Sie sah sich um. Der Mann stand nun hinter seinem geöffneten Kofferraum. Ein geöffneter Kofferraum? Vielleicht handelte es sich doch um Drogengeschäfte, Hehlerei oder Ähnliches? Tizia riskierte es, ihre Deckung für einen Moment zu verlassen. Sie musste den Kommunen wohl dankbar sein, dass sie ihre beschränkten Haushaltsmittel für Wichtigeres ausgaben als Parkplatzbeleuchtung und Pflege der Grünanlagen.

Als sie die Rückseite des Häuschens erreicht hatte, sah Tizia, dass es von hier noch verdammt weit bis zur Straße war. Wenn sie versuchte, dorthin zu gelangen, würde der Mann sie unweigerlich entdecken. Es war sicherer, sich hier irgendwo zu verstecken, bis der Kerl weggefahren war. Oder bis André zurückkam. Oder bis Gott weiß was passierte … Doch hier gab es keine Büsche mehr, nur in Waschbeton eingefasste Müllcontainer.

Zwischen der Ziegelwand des Klo-Häuschens und der Einfassung für die Abfallbehälter klaffte eine schmale Lücke. Tizia war dünn und beweglich. Früher hatten ihre Eltern kaum glauben können, in was für winzigen Verstecken sie Platz fand. Einmal hatte sie sich im Keller zwischen Waschmaschine und Kühltruhe versteckt. Ihre Eltern waren nicht mal auf die Idee gekommen, dort nachzuschauen. Vielleicht passte sie auch hierhinein …

Sie hielt den Atem an und quetschte sich in die Lücke. Der Waschbeton scheuerte an Schulterblättern, Ellenbogen und Beckenknochen, und einen Augenblick hatte sie das Gefühl, ihr seitlich gedrehter Kopf würde stecken bleiben. Als sie sich weiterschob, fühlte es sich so an, als risse ihr Ohr ab. Autsch. Jetzt hatte sie sich auch noch die Wange aufgeschürft! Tizia schluchzte leise auf und drückte sich weiter in die Nische, bis sie von vorn nicht mehr zu sehen sein konnte. Dafür hatte sie selbst auch nur noch ein beschränktes Sichtfeld auf das, was um sie herum vor sich ging.

Die beiden Wagen auf dem Parkplatz lagen knapp außerhalb ihres Blickfeldes. Sie würde nicht mitbekommen, wenn André zurückkam. Sie sah nur ein schmales, nasses Stück Fahrbahn, die schattenhaften Umrisse der Bäume dahinter und den kalten, dunkelgrauen Himmel über sich.

7. Kapitel

Die Minuten vergingen. Tizia fror. Trotzdem lag ein dünner Schweißfilm auf ihrer Haut. Sie war wütend auf André, der sie in diese blöde Situation gebracht hatte. Und sie hatte entsetzliche Angst. Als sie das Plätschern einer Flüssigkeit und dann ein Fauchen hörte und einen hellen Schein auf dem Asphalt sah, wusste Tizia, dass sie auch allen Grund dazu hatte.

Da war ein Feuer! Der Lichtschein spiegelte sich auf dem nassen Asphalt. Sie hörte das Grollen und Rauschen von Flammen, wie bei einem überdimensionalen Bunsenbrenner. Doch was konnte hier so infernalisch brennen? Die einzig logische Schlussfolgerung war, dass es eines der Autos war, das da in Flammen aufging! Andrés Auto?

All das passierte doch nicht wirklich: dass sie, eingezwängt in einer Lücke zwischen einem Klohaus und einem Müllcontainer, auf einem einsamen Parkplatz stand, während ein unheimlicher Fremder das Auto ihres Freundes abfackelte! Wo zum Teufel steckte André? Hatte er das geplant? Aber warum? Ging es um Versicherungsbetrug? Und was sollte sie hier? Sollte sie vielleicht entführt werden, um ein Lösegeld zu erpressen? Das war doch lächerlich! Besonders in Anbetracht der finanziellen Situation ihres Vaters. Aber vielleicht ließen sich nicht nur Klassenkameraden von dem alten Herrenhaus und ihren albernen Angebereien täuschen?

Tizia starrte auf die Spiegelungen der Flammen. Ein Knall ertönte, dann noch einer. Nun wurde das unheimliche Fauchen schwächer. Es roch beißend nach Rauch und schmorendem Kunststoff, untersetzt mit einer seltsam ekelhaften Note. Tizia versuchte, flach zu atmen, um den Würgereiz zu unterdrücken.

Sie musste das Bewusstsein verloren haben. Mit einem Mal war es dunkel und still um sie herum. Sie hatte keine Ahnung, wie viel Zeit inzwischen vergangen war. Es konnten Sekunden sein, oder Stunden. Tizia wollte sich vorwärtsschieben, um endlich ihr Versteck zu verlassen. Doch sie rührte sich nicht. Was, wenn man ihr auf diese Weise eine Falle stellte und der Fahrer des Wagens auf sie lauerte? Er wusste wahrscheinlich, dass André einen Beifahrer gehabt hatte. Aber sie konnte sich nicht ewig hier verstecken. Das Feuer musste längst Aufmerksamkeit erregt haben. Wenn sie noch länger hierblieb, wurde sie womöglich von der Polizei oder von Bekannten ihres Vaters bei der Düsterbrucher Freiwilligen Feuerwehr entdeckt. Tizia von Alsen versteckt sich nachts auf einem allseits bekannten Sex-Parkplatz!

Sie schob sich vorwärts. Als sie zwischen den Mauern hervortrat, sah sie das ausgebrannte Autowrack auf dem ansonsten leeren Parkplatz. Es stand dort, wo André seinen neuen Wagen abgestellt hatte. War das wirklich erst gerade eben gewesen? Im schwachen Licht sah das Auto aus wie aus dem Fundus eines Endzeit-Films. Die Scheiben waren gesprungen. Dort, wo mal die Reifen gewesen waren, züngelten im Radkasten noch bläuliche Flammen. Entsetzt und gleichzeitig fasziniert trat sie ein paar Schritte näher. Das Auto, das wertvolle neue Auto, war ein Wrack. Ein Monstrum. Es strahlte Hitze aus und roch widerwärtig. Im Inneren sah sie etwas, das … wie die Leiche eines Menschen aussah! Schwarz verbrannt, verkrümmt, doch noch erkennbar ein menschlicher Körper. Tizia erstarrte. Sie konnte nicht schreien, sich nicht bewegen, ja sie konnte nicht einmal den Blick abwenden. Ein Windstoß trug eine Woge übelkeiterregenden Gestanks in ihre Nasenlöcher. Sie taumelte zurück, stolperte, rappelte sich auf und rannte. Sie rannte wie in einem Albtraum, erbrach sich am Straßenrand und rannte weiter. Sie lief mechanisch, ohne zu wissen, wohin, während ihr Gehirn die grausigen Bilder immer wieder vor ihrem inneren Auge projizierte. Ein verkohlter, menschlicher Körper in einem Autowrack.

An diesem Montagmorgen traf Pia um kurz vor acht im Polizeihochhaus ein. Es war jetzt Ende Oktober. Sie hatte ihre Elternzeit nach mehr als einem halben Jahr für beendet erklärt und war seit zwei Wochen wieder im Büro. In Teilzeit. Und noch immer erfüllte sie die Gewissheit, wieder hier zu sein, mit klammheimlicher Euphorie und einem schlechten Gewissen.

Sie hatte die letzten Monate sehr genossen. Felix, ihr kleiner Sohn, kam ihr immer noch wie ein Wunder vor. Manchmal erschreckte sie die Intensität ihrer Gefühle für ihn. Es hatte auch Tiefpunkte gegeben: auszusehen wie ein aufgepumpter Pornostar, als die Milch eingeschossen war. Felix' erste Erkältung, die ihn quasi rund um die Uhr wach gehalten und mit der er sie prompt angesteckt hatte. Oder plötzliche Nadelstiche der Einsamkeit, wenn sie andere Eltern sah, die sich gemeinsam um ihr Kind kümmerten. Und je mehr Zeit vergangen war, desto stärker war der Wunsch geworden, auch wieder arbeiten zu gehen. Pia hatte die Herausforderung vermisst, die Erfolgserlebnisse und vor allem den Austausch mit ihren Kollegen. Nach schwieriger und von Zweifeln begleiteter Suche nach einer Betreuung hatte Pia Fiona gefunden, die nun als Tagesmutter auf Felix aufpasste, während sie drei Tage die Woche arbeitete. Die nächste Aufgabe bestand nun darin, ihren Alltag zwischen dem Job und der Zeit mit dem Kind zu organisieren.

Heute Morgen hatte sie vom Aufstehen bis an ihren Schreibtisch zweieinhalb Stunden gebraucht. An ihrem ersten Arbeitstag nach der Elternzeit waren es über drei Stunden gewesen. Die Routine, mit Kind zu arbeiten, stellte sich nur langsam ein. Felix hatte sie heute um fünf Uhr früh geweckt, weil er hatte trinken wollen. Nachts und frühmorgens stillte sie ihn noch, solange es eben ging. Satt und mit sich und der Welt zufrieden, war er mit ihrer Brustwarze im Mund wieder eingeschlafen. Pia nicht.

Sie schenkte sich großzügig Kaffee ein. Mit dem Becher in der Hand betrat sie den noch kühlen Besprechungsraum. Es wurde langsam Zeit für die Frühbesprechung.

Gähnende Leere. Wo trieben sich die anderen nur alle herum? Die Minuten verstrichen. Etwas musste passiert sein. Am liebsten hätte Pia Gabler bei ihrem Wiedereinstieg ja versichert, er könne sie weiterhin zu jeder Tages- und Nachtzeit anrufen, wenn er sie brauchte. Aber das ging nicht, jedenfalls nicht ohne einen Partner, der gelegentlich zu Hause für sie einspringen konnte. Hinnerk war in Ungarn und schaffte es nur alle vier Wochen, für ein Wochenende nach Lübeck zu kommen. Sie wollte jetzt nicht darüber nachdenken.

Mit einem Schlag trafen die Kollegen ein. Gabler redete auf dem Weg zu seinem Platz mit einer Frau, die Pia noch nie gesehen hatte. Sie war Mitte vierzig, mit kurzem, rotem Haar und in einen dunkelgrauen Hosenanzug gekleidet. Sie hatte eine üppige Figur, tiefrot lackierte Fingernägel und trug eine konzentrierte Miene zur Schau.

»Wer ist denn das?«, fragte Pia Gerlach leise, der sich neben sie setzte.

»Staatsanwältin Ilka Schneider. Sie war eben schon mit am Tatort. Da kommen wir alle her.«

Pia fühlte sich einen Moment ausgeschlossen. »Was ist passiert?«

»An der Bundesstraße 202 hat es heute Nacht einen Toten gegeben.«

Weiter kam er nicht, denn Gabler klopfte auf den Tisch und erhob sich. Die Gespräche verstummten. Staatsanwältin Schneiders Blick wanderte aufmerksam von einem zum anderen, als wollte sie die zur Verfügung stehenden Kräfte einschätzen. Gabler setzte mit einer Zusammenfassung der jüngsten Ereignisse alle Anwesenden auf denselben Stand: Ein Lkw-Fahrer hatte in der vergangenen Nacht gegen null Uhr dreißig auf einem Parkplatz an der B 202 angehalten, um auszutreten. Dabei hatte er das Wrack eines ausgebrannten Autos entdeckt. Beim Näherkommen hatte er gesehen, dass sich noch jemand im Inneren des Fahrzeugs befand, und die Einsatzleitstelle informiert. Der Brand war zu diesem Zeitpunkt schon vollständig erloschen und der Leichnam so stark verbrannt gewesen, dass sich Erste-Hilfe-Maßnahmen erübrigten. Um null Uhr vierzig trafen zwei Funkstreifen und der Notarzt ein, der später auch offiziell den Tod des Fahrzeuginsassen feststellte. Die Besetzung der Streifenwagen, die für den sogenannten »ersten Angriff« zuständig gewesen waren, informierte dann die Kriminalpolizei in Lübeck. Da es sich höchstwahrscheinlich um eine Straftat handelte, verständigte man auch gleich die Staatsanwaltschaft. Die in Bereitschaft befindliche Staatsanwältin Ilka Schneider erschien daraufhin persönlich am Fundort, um sich ein Bild zu machen.

»Der ausgebrannte Audi A4 ist auf einen Mann namens André Falke zugelassen. Wohnhaft in Kiel«, sagte Ilka Schneider. »Gerade sind zwei Kollegen aus Kiel zu ihm unterwegs, um festzustellen, ob er zu Hause ist.«

Sollte er nicht in seiner Wohnung angetroffen werden, war die Chance, dass er der verbrannte Tote war, hoch. »Der Leichnam wird gerade in die Rechtsmedizin gebracht.«

André Falke? Wo hatte sie diesen Namen schon mal gehört? Pia überlegte angestrengt. Sie war mehrere Monate raus, und manchmal hatte sie die Befürchtung, ihr Gedächtnis habe unter der Schwangerschaft gelitten.

»Die Feststellung der Identität des Toten hat erste Priorität«, sagte Gabler. »Es wurden weder Papiere noch ein Handy noch Schlüssel im Wagen gefunden. Ein weiterer Hinweis dafür, dass wir es mit einem Verbrechen zu tun haben. Fragen dazu?«

Alle anderen waren im Augenblick besser informiert als sie. Aber es nützte ja nichts. »Wo genau liegt der Parkplatz?«, erkundigte sich Pia.

»An der B 202 zwischen Lütjenburg und Weißenhaus«, sagte die Staatsanwältin in einem Ton, der zeigte, dass sie die Frage überflüssig fand.

»Gibt es schon einen Lageplan?«

Gabler verneinte. Pia sah zu Broders hinüber. Bildete sie es sich nur ein, oder sah er sie erwartungsvoll an? »Wie weit ist der Parkplatz von dem Ort Düsterbruch entfernt?«, fragte sie, da Broders sich nicht rührte. Herrgott, er war heute Morgen doch dort gewesen! Sie schätzte, dass der Parkplatz nicht sehr weit von dem Dorf entfernt liegen konnte. Zehn Minuten mit dem Auto vielleicht. Pia wusste nicht, ob das wichtig war, aber so abspeisen lassen wollte sie sich auch nicht. Irgendwo hatte sie den Namen Falke schon gehört, wenn sie recht überlegte, im Zusammenhang mit ihren Ermittlungen im Fall Hedwig Seesen.

»Düsterbruch? Da hatten wir doch vor einiger Zeit eine Untersuchung wegen eines Suizids«, sagte Gabler.

»Genau.« Vor über einem halben Jahr, dachte Pia. In einem anderen Leben.

»Das Dorf liegt nur ein paar Kilometer vom Fundort der Leiche entfernt«, meldete sich Broders zu Wort.

»Und das sagt uns?« Ilka Schneiders schmal gezupfte Augenbrauen wanderten in die Höhe.

»Ich habe eine Vermutung, wer uns vielleicht etwas über den Fahrzeughalter André Falke sagen kann«, erklärte Pia. »Die Frau wohnt in Düsterbruch. Sie heißt Mona Falke und ist möglicherweise mit ihm verwandt.« Sie hatte keine Ahnung, wie oft der Name Falke in dieser Region vorkam. Aber André Falke könnte der Ehemann, Bruder, Cousin oder Sohn von Mona Falke sein. Ja, genau, hatte Frau Falke damals nicht sogar einen Sohn namens André erwähnt?

»Der Nachname Falke ist nicht gerade selten«, merkte nun auch die Staatsanwältin an.

»Aber der Name Falke in Kombination mit dem Dorf Düsterbruch grenzt es ziemlich ein.« Oder war sie jetzt völlig neben der Spur? Zumindest Broders musste das doch auch aufgefallen sein. Die Sekunden dehnten sich. Pia drückte den Rücken durch. »Die Befragung von Mona Falke in Düsterbruch sollten Broders und ich übernehmen«, sagte sie. »Wir waren schon mal zusammen da. Die Frau kennt uns.« Aus dem Augenwinkel sah Pia, wie Broders ihr einen teils genervten, teils amüsierten Blick zuwarf.

Carola von Alsen fand ihren Mann in der Küche. Er stand am Fenster, die Schultern hochgezogen, die Arme verschränkt. Das Frühstück hatte er nicht angerührt. Die Scheibe Gouda auf seiner Brötchenhälfte bog sich schon glasig nach oben, und auf seinem Tee schwammen Schlieren. »Tizia schläft jetzt«, informierte sie ihn.

»Ich begreife das nicht. Was ist bloß passiert? Ob Tizia …

Ob ihr jemand etwas angetan hat?«, fragte er mit belegter Stimme. Er drehte sich zu ihr um, und sie zuckte zusammen, als sein Blick sie traf. Enno sah wütend und vollkommen verzweifelt aus. Carola erkannte den Mann, mit dem sie seit dreizehn Jahren verheiratet war, kaum wieder.

»Sie will nicht darüber reden, Enno. Auch nicht mit Doktor Godewind. Er hat ihr was gegeben, damit sie eine Weile zur Ruhe kommt. Körperlich scheint sie aber unverletzt zu sein.« Sie wählte ihre Worte mit Bedacht. Keinesfalls wollte sie Enno ihre Gedanken verraten. Sie kreisten um die unheimliche Parallele zwischen Tizias Verhalten – Verzweiflung und dann verstocktes Schweigen – und dem ihrer Mutter an dem Tag, bevor sie sich das Leben genommen hatte. Carola hatte sofort daran denken müssen. Aber vernünftig betrachtet hatte das eine nichts mit dem anderen zu tun. Tizia und ihre Mutter waren ja nicht einmal blutsverwandt. Das Mädchen hatte ohne Zweifel in der letzten Nacht etwas Schlimmes erlebt. Sie litt unter einem Schock und einem schlechten Gewissen, weshalb auch immer. Aber Tizia hatte schon immer heftige Gefühlsschwankungen gehabt. Sie war jung und gesund. Sie hatte alle Chancen, sich wieder zu erholen.

»Du hast sie doch gestern Abend nach Kiel gefahren«, sagte Enno vorwurfsvoll.

»Sie wollte mit einer Freundin ins Kino gehen und anschließend bei ihr übernachten.« Das war bestimmt nur die offizielle Eltern-Version gewesen. Carola hatte Tizia in die Stadt gefahren und an der Hörn vor dem Kino aus dem Auto gelassen, um nicht erst einen Parkplatz suchen zu müssen.

Heute Morgen, als Carola in ihr Zimmer gekommen war, hatte Tizia noch im Bett gelegen. Vollständig bekleidet, schmutzig, mit wirren Haaren und einer Schürfwunde im Gesicht.

»Ich will wissen, was passiert ist!«, beharrte Enno verzweifelt.

Doch Tizia wollte mit niemandem reden. Als sie sie vorsichtig danach gefragt hatten, was denn passiert sei, hatte sie angefangen zu heulen. So außer sich hatte Carola sie zuletzt im Alter von sieben Jahren gesehen, als ihr erstes Pony hatte eingeschläfert werden müssen.

»Ich werde jetzt Franzi anrufen. Vielleicht weiß die etwas«, sagte Carola. Sie war sich sicher, dass Tizias Freundin nichts würde beisteuern können als die Bestätigung ihrer Vermutung, dass Tizia gar nicht mit ihr verabredet gewesen war. Aber das musste Enno nicht sofort wissen. Schlechte Neuigkeiten in verdaulichen Portionen, das schien Carola noch die beste Vorgehensweise in dieser Situation zu sein. Es kam ja meistens schlimmer …

»Wenn ihr irgendein Kerl etwas angetan hat …«, knurrte Enno und stapfte aus der Küche.

Carola sah ihrem Mann zweifelnd nach. Sie hoffte, dass ihn sein nächster Weg nicht in seine Tierarzt-Praxis und zu dem Schrank führen würde, in dem er die Pistole aufbewahrte, mit der er manchmal Pferden den Gnadenschuss gab. Verdammtes Chaos!

»Du hast es dir so kurz nach deinem Urlaub ja nicht anders ausgesucht.« Broders' Stimme enthielt eine Spur Schadenfreude. Sie standen unter dem Dachvorstand von Mona Falkes Kate in Düsterbruch. Der Regen rann das alte Reetdach hinunter und tropfte in Ermangelung einer Regenrinne direkt in Pias Jackenkragen. Sie hätte sich in der Tat nicht träumen lassen, dass ihr Job sie so bald nach ihrem erneuten Arbeitsbeginn wieder in dieses Dorf führen würde.

»Das war kein Urlaub.« Pia klopfte. »Ich fühle mich jedenfalls nicht erholt.«

»Du bist unsere Königin der Augenringe«, sagte Broders mit dem ihm eigenen Charme. »Und das, obwohl ich es war, der heute mitten in der Nacht von Gabler aus dem Bett geklingelt worden ist.«

»Ich wäre lieber dabei gewesen«, entgegnete Pia.

»Und ich würde auch gern mal so lange freimachen wie du. Ich bin echt urlaubsreif. Und besonders das Überbringen schlechter Nachrichten hängt mir zum Hals raus.«

»Hat sich zu den Ermittlungen, die wir damals zusammen in Düsterbruch durchgeführt haben, eigentlich noch mal was ergeben?«, fragte Pia. Sie hatte in den ereignisreichen Monaten mit Felix nie mehr daran gedacht.

»Nein. Der Fall war eindeutig ein Suizid. Seit der Bericht aus dem Labor kam, der bestätigt hat, dass das Blut auf Hedwig Seesens Kleidung wirklich nur Hühnerblut war, habe ich die Akte nicht mehr angefasst.«

Pia nickte. Sie fühlte sich beobachtet, obwohl kein Mensch weit und breit zu sehen war. »Wenn wir noch lange hier herumstehen, ruft einer der Nachbarn die Polizei.« Sie klopfte nochmals energisch gegen die Türfüllung.

»Frau Falke arbeitet bestimmt um diese Uhrzeit – wie alle anständigen Menschen. Wir können ja später noch mal wiederkommen.«

»Wahrscheinlich ist sie hier irgendwo in der Nähe.« Pia ging die paar Schritte bis zu der anderen Eingangstür des Doppelhauses und klopfte dort ebenfalls. Die Haushälfte sah immer noch verwaist aus, aber vielleicht war ja doch jemand da? Wer konnte sonst noch wissen, wo Mona Falke sich gerade aufhielt? Sie starrte in die vor Staub blinden Fensterscheiben. Nein, die andere Haushälfte war unbewohnt. Es war zwecklos.

Als sie zu Broders zurückging, spritzte das Wasser aus dem aufgeweichten Boden ihr bis an die Knöchel.

»Kann ich Ihnen helfen?«, ertönte eine sonore Stimme. Ralph Krispin, der Pastor des Ortes, stand mit einem aufgespannten Regenschirm am Gartenzaun. Er trug eine dunkelblaue Barbourjacke und sah aus wie ein Filmschauspieler am Set für eine Folge vom *Landarzt*.

»Vielleicht können Sie das wirklich.« Pia trat näher. »Wir haben vor einem halben Jahr schon mal miteinander gesprochen. Korittki und Broders. Kriminalpolizei. Wir suchen Mona Falke.«

»Ich erinnere mich.« Er reichte ihnen nacheinander über den Gartenzaun eine trockene, warme Hand.

Broders versuchte, sich eine viel zu kleine Kapuze über den Kopf zu zerren. »Wissen Sie vielleicht, wo sich Frau Falke aufhält?«

»Das weiß ich tatsächlich.« Der Pastor klang vorsichtig. »Worum geht es denn?«

»Das können wir nur mit Frau Falke persönlich besprechen.«

»Äh … natürlich. Ich neige wohl dazu, meine Schäfchen etwas zu sehr beschützen zu wollen.«

Schäfchen? Es wäre Pia nie eingefallen, ausgerechnet Mona Falke als eines seiner »Schäfchen« zu bezeichnen. Aber was wusste sie schon? Vielleicht war der Beistand dieses Mannes genau das, was Mona Falke bald brauchen würde, wenn sie erst mit ihr geredet hatten. »Wir müssen dringend mit ihr sprechen.«

»Sie arbeitet heute bei mir im Pfarrhaus. Montags ist immer unser Tag. Kommen Sie mit, es ist gleich da vorn.«

8. Kapitel

Ist das wirklich nötig, mich von der Arbeit abzuhalten?« Mona Falke trug einen bunt geblümten Kittel, wie man ihn aus alten Filmen kannte. Ihr Haar leuchtete frisch gefärbt.

»Wir haben ein paar Fragen an Sie. Es ist dringend.«

»Ich will heute noch den Boden im Gemeindesaal feucht aufnehmen. Und außerdem dachte ich, der Selbstmord von Hedwig sei längst aufgeklärt.«

»Wir sind nicht wegen Hedwig Seesen hier«, sagte Broders. Er zögerte und sah zu Pia hinüber.

»Kennen Sie einen Mann namens André Falke?«, fragte Pia. Geradeheraus war immer noch die beste Methode, schlechte Nachrichten zu überbringen.

Mona Falke schluckte. »Das ist mein Sohn. Was ist mit ihm?«

»Sein Auto, ein Audi A4, ist auf einem Parkplatz an der B 202 aufgefunden worden.«

»Gestohlen!«, rief Frau Falke empört, aber wie es aussah, auch ein klein wenig erleichtert. »Haben sie ihm etwa sein neues Auto geklaut?«

»Wollen wir nicht erst mal Platz nehmen?« Broders deutete auf den Tisch mit den vier Stühlen im Pfarrbüro. Frau Falke setzte sich widerstrebend auf die vorderste Kante eines Stuhls.

»Das Auto wurde ausgebrannt aufgefunden. Es befand sich ein Toter darin.« Pia beobachtete Mona Falkes Reaktion.

»Was … was sagen Sie? Ein Toter? Doch nicht André?«

»Wir wissen es nicht. Die Leiche ist stark verbrannt. Eine Identifizierung war noch nicht möglich.«

Mona Falke starrte sie an. Ihr Mund klappte auf und wieder zu. »Nicht André«, flüsterte sie. »Das kann nicht sein.«

Pias Blick fiel auf das kleine Kruzifix, das über Mona Falkes Kopf an der kahlen Wand hing. Sah der Pastor auch manchmal darauf, und half ihm das dann, die richtigen Worte zu finden?

»Wir möchten Sie bitten, uns bei der Identifizierung des Toten zu helfen.« Pias Stimme klang neutral. Für Beileidsbekundungen war es noch zu früh, aber sie war sich in diesem Moment so gut wie sicher, dass Mona Falke das Schlimmste nicht erspart bleiben würde.

»Moment!« Die Frau sprang von ihrem Stuhl auf. »Ich rufe André an. Dann wissen Sie, dass er es nicht ist. Den Wagen muss jemand gestohlen haben!« Sie ging eilig zum Schreibtisch hinüber, auf dem ein Telefon stand.

»Es waren schon zwei unserer Kollegen bei seiner Wohnung in Kiel. Sie haben Ihren Sohn dort nicht angetroffen«, sagte Broders.

»Dann rufe ich ihn eben auf dem Handy an! Warten Sie!« Mona Falke tippte mit zitternden Fingern eine Nummer ein. Es war sehr still in dem schlichten Raum mit der hohen Decke. Als Mona Falke sie wieder ansah, war sie blass. »Der Teilnehmer ist vorübergehend nicht erreichbar«, murmelte sie und räusperte sich. »Was bedeutet das? Er muss sich ein neues Telefon geholt haben. André hat davon gesprochen …«

Pia stand auf und fasste sie sanft am Arm. »Bitte setzen Sie sich wieder. Wir werden das zügig aufklären.« War eine schreckliche Gewissheit wirklich besser als dieses Gemisch aus Angst, Verzweiflung und Hoffnung?

Broders verließ den Raum, um ebenfalls zu telefonieren.

Mona Falke bemerkte es kaum. Sie sackte auf ihrem Stuhl zusammen, zog ein Papiertaschentuch aus ihrer Kitteltasche und wischte sich über das Gesicht. »Es waren bestimmt Autodiebe«, wiederholte sie. »Die haben sich um das Auto gestritten, und der eine hat es dann mit dem anderen darin angezündet. André wird über den Verlust des Wagens sauer sein, aber so ein teures Auto ist ja bestimmt Vollkasko versichert, nicht wahr?«

Pia wünschte, sie könnte die Vermutungen über den Verlauf der Ereignisse teilen. Doch dass André Falke zeitgleich mit seinem Auto verschwunden war, war kein gutes Zeichen. Sie hatten es mit einem Tötungsdelikt zum Nachteil von André Falke zu tun, wie es im Polizeijargon hieß. Er lebte nicht mehr. Da war sie sich ziemlich sicher.

Broders kam wieder herein und winkte Pia ein Stück in Richtung Tür. Er sprach gedämpft auf sie ein: »Eine Identifikation des Toten durch Fotos oder gar eine Ansicht der Leiche durch die Mutter ist nicht ratsam. Gabler hat gerade erfahren, dass man auch keine brauchbaren Fingerabdrücke mehr nehmen kann. Wir werden die Identifizierung über das Zahnschema vornehmen müssen, ansonsten hilft nur eine DNA-Vergleichsprobe, aber das dauert natürlich …«

»Ich rede mit ihr«, sagte Pia. Sie mussten wissen, wer André Falkes Zahnarzt war. Und dann brauchten sie einen richterlichen Durchsuchungsbeschluss für André Falkes Wohnung, um DNA-Material sicherzustellen.

Nachdem die Polizei fort war, begleitete Ralph Krispin Mona Falke nach Hause. Mona fühlte sich wie betäubt. Sie hatte mehrfach versichert, allein zurechtzukommen, aber der Pastor bestand darauf. Er ging neben ihr her und sprach ohne Unterlass auf sie ein. Seine Stimme war angenehm wie immer, aber sie achtete kaum auf das, was er sagte. Wörter wie »Zuversicht«, »Hoffnung« und »Gottvertrauen« rauschten an ihr vorbei, während ihr Gehirn versuchte, die neueste Entwicklung mit dem, was sie über Andrés Unternehmungen wusste, in Einklang zu bringen. Je weniger sie jetzt sagte, desto besser. Normalerweise hätte Mona sich energisch dagegen gewehrt, wie ein Tattergreis über die Dorfstraße geführt zu werden, selbst von einem Mann wie Ralph Krispin. Seit er die Gemeinde übernommen hatte, hatte sich die Anzahl der ehrenamtlichen Mitarbeiterinnen verdoppelt. Sie gehörte nicht dazu. Ein angenehmes Äußeres konnte täuschen. Doch seine Anwesenheit war ihr nützlich. Sie würde dafür sorgen, dass der Pastor so lange in ihrem Haus blieb, bis sie das Nötigste zusammengepackt hatte. Natürlich ohne dass er seine edel geformte Nase in ihre Angelegenheiten steckte. Diese Aufgabe würde sie erst einmal davon ablenken, über André und das, was ihm geschehen war, nachzudenken. Sie durfte jetzt nicht zusammenbrechen. Die Polizei konnte sie nicht schützen. Sie war auf sich allein gestellt.

Gut, dass sie ihr Geld zusammengehalten und nicht gleich alles ausgegeben hatte! Jeder Mensch sollte eine gewisse Summe Fluchtgeld zur Verfügung haben. Immer passierte irgendwas und meistens nichts Gutes. Was war André nur zugestoßen?

Mona Falke schloss mit zitternder Hand die Haustür auf. Alles sah noch genauso aus, wie sie es am Morgen hinterlassen hatte. Sie trat in den engen Flur, und der Pastor folgte dicht hinter ihr. Er schloss die Tür hinter ihnen, und da roch sie es. Etwas Fremdes … Unangenehmes. Der Pastor schien nichts zu bemerken. Oder war er nur zu höflich und ignorierte es? Ein scharfer Geruch war es, nach Mensch oder Tier, aber nicht nach Katze … War es möglich, dass sie ihren eigenen Angstschweiß roch?

Die Dinge begannen, ihr über den Kopf zu wachsen. Sie neigte nicht zu Nervosität. Und sie neigte erst recht nicht dazu, sich irgendwelche Sachen einzubilden. Aber letzte Nacht war sie hochgeschreckt, weil sie geglaubt hatte, ein Geräusch zu hören. Normalerweise drehte sie sich bei solchen Gelegenheiten einfach um und schlief weiter, sobald sie geortet hatte, was um sie herum geschah. Die Katze stieg durch die Katzenklappe ins Haus, der Wind verursachte das typische Quietschen der Dachbalken, wenn er genau auf ihre Satellitenschüssel traf, oder ein Marder tobte über den Dachboden im Haus nebenan. Doch gestern Nacht hatte sich das Geräusch nicht so leicht orten lassen.

Es war kurz vor drei gewesen. Normalerweise die stillste Stunde in einer Nacht auf dem Land. Mona hatte gelauscht, und da hatte sie es wieder gehört. Ein metallisches Kratzen klang von unten zu ihr hinauf. Es kam aus Richtung des Hintereingangs. Einbrecher? Aber bei ihr gab es nichts, das sich zu stehlen lohnte. Sie besaß keinen Computer, keinen Schmuck, und ihr Fernsehgerät war fünfzehn Jahre alt. Trotzdem. Versuchte da jemand, in ihr Haus einzudringen? Mona fuhr aus dem Bett hoch und lief zur Tür. Sie betätigte alle Lichtschalter, die sie auf die Schnelle greifen konnte. Dann stampfte sie laut die Treppe hinunter und rief, dass sie schon Polizei und die Nachbarn verständigt hätte. Sie hätte normalerweise auch gegen die Wand zum Nachbarhaus getrommelt. Die Wände bestanden aus verputzten Strohmatten, aber die andere Haushälfte stand ja seit Monaten leer.

Mona hatte atemlos im Flur gewartet und gelauscht. Stille. Sie traute sich nicht, näher an die Haustür zu treten, von wo sie die Außenbeleuchtung hätte einschalten können. Als minutenlang nichts mehr zu hören war, ging sie runter ins Wohnzimmer, wo ihr Telefon stand. Doch wen sollte sie anrufen? Sie huschte vorsichtig ans Fenster. Im Vorgarten war niemand zu sehen. Nur ein Stück Rasen im Mondlicht, der Plattenweg, die Gartenpforte und die großen Bäume auf dem Dorfplatz, deren kahle Zweige sich dunkel in den Nachthimmel streckten. In der Ferne hörte sie ein Auto starten.

Sie kehrte nicht wieder in ihr Bett zurück, sondern saß in der Küche, das tragbare Telefon nun neben sich auf dem Tisch, trank Kaffee und wartete darauf, dass harmlose, alltägliche Geräusche den neuen Tag ankündigten, lange bevor es hell wurde. Im klaren, kalten Mondlicht sah sie zu ihrer Verwunderung ein Mädchen über das Feld laufen, das sich an ihren Garten anschloss. Der Statur und dem Bewegungsmuster nach zu urteilen, war es Ennos Tochter Tizia. Der Weg am Knick entlang war eine Abkürzung, die nur Düsterbrucher kannten und benutzten. Eine verzogene Göre, diese Tizia! Das Mädchen war bestimmt bis spät in die Nacht auf einer Party gewesen, obwohl am nächsten Morgen wieder Schule war. Wahrscheinlich würde das Gör schwänzen, während sie, Mona, selbstverständlich zur Arbeit erscheinen würde, obwohl sie auch die halbe Nacht wach gewesen war.

Während sie am Vormittag gegen verkalkte Wasserhähne und staubige Fußböden im Pfarrhaus gekämpft hatte, war ihr der Vorfall in der Nacht fast lächerlich erschienen. Doch dann war die Polizei aufgetaucht und hatte ihr von Andrés Wagen berichtet. Der Tote darin war vielleicht wirklich ihr Sohn! Monas Augen brannten, doch sie durfte jetzt nicht anfangen zu weinen.

»Kann ich noch irgendwas für Sie tun?«, fragte der Pastor. Mona zuckte zusammen. Sie hatte seine Anwesenheit für einen Moment vollkommen vergessen.

»Äh. Ich bin doch schrecklich nervös. Könnten Sie vielleicht einen Tee kochen? Der Schwarztee steht in einer roten Dose im Regal. Aber bitte ganz lange ziehen lassen, etwa eine Viertelstunde. Ich würde mich gern einen Moment oben hinlegen.«

»Ja. Gehen Sie nur. Ich sage Bescheid, wenn der Tee fertig ist.« Er lächelte sein betörendes Lächeln, für das manche einsame Frau ihre rechte Hand gegeben hätte.

Mona entschwand eilig nach oben. Sie hörte ihn in der Küche werkeln. Eine Viertelstunde, bis dahin hätte sie das Nötigste gepackt. Sie wollte ja nicht auswandern … Nur einen kleinen Urlaub machen. Bis wann? Sie hatte fast ihr ganzes Leben in Düsterbruch verbracht. Würde sie jemanden vermissen? Je länger sie darüber nachdachte, desto weniger fand sie, dass eine Rückkehr erstrebenswert war. Als Mona den Reißverschluss ihrer prall gefüllten Reisetasche zuzog, hörte sie Schritte auf der Treppe.

»Frau Falke? Der Tee ist fertig. Soll ich ihn Ihnen hochbringen?«

»Nein, warten Sie. Ich komme runter.«

Mit dem gut aussehenden Pastor darin wirkte die Küche kleiner und schäbiger als sonst. Es war ungewohnt warm. Krispin musste die Heizung bis zum Anschlag aufgedreht haben. In einem einzelnen, angestoßenen Steingut-Becher auf dem Tisch dampfte das heiße Gebräu. Der Pastor wollte demnach keinen Tee mit ihr trinken. Hatte sie auch nicht erwartet.

»Ich werde ein paar Tage wegfahren, Herr Krispin.« Mona zögerte. War es zulässig, einen Pastor darum zu bitten? Warum nicht? Seit der alte Paulsen nebenan ausgezogen war, war Ralph Krispin ihr nächster Nachbar. »Könnten Sie in den nächsten Tagen meine Hühner und die Katze für mich füttern? Sie müssen nur Futter hinstellen und ab und zu frisches Wasser. Der Hühnerstall und der Schuppen sind offen, und die Dosen mit dem Katzenfutter stehen auf dem Fensterbrett. Das Hühnerfutter befindet sich darunter im Regal.« Einen kurzen Moment meinte Mona, einen fassungslosen Ausdruck in dem sonst so kontrollierten Gesicht zu sehen.

»Klar. Kein Problem. Aber warum wollen Sie denn weg?«

»Ich muss einfach ein paar Tage hier raus.«

»Aber es steht doch noch gar nicht fest, dass es …« Er hielt verlegen inne.

»Ich kann nicht hier herumsitzen und nichts tun«, sagte Mona und wandte den Blick ab.

»Warten Sie wenigstens, bis die Polizei sich noch mal bei Ihnen gemeldet hat«, schlug er unbehaglich vor.

Nichts wusste er, gar nichts! Wahrscheinlich dachte er, ihr Sohn wäre bei einem Unfall ums Leben gekommen.

»Ich werde der Polizei Bescheid sagen, wo ich zu erreichen bin. Ich fahre nur zu meiner Schwester. Außerdem habe ich Sie schon zu lange aufgehalten, Herr Krispin. Tut mir leid, dass ich heute nicht zu Ende putzen konnte. Ich hol's ein anderes Mal nach.«

Der Pastor verstand den Rausschmiss. Nach ein paar Beteuerungen, dass sie sich jederzeit mit ihren Problemen an ihn wenden könne, verließ er ihr Haus.

Als die Tür hinter ihm ins Schloss gefallen war, lauschte Mona in die Stille. Sie breitete sich aus wie ein zäher Brei. In einem alten Haus war es eigentlich niemals vollkommen leise: ein Ächzen hier, ein Knarren dort. Man konnte nie sicher sein. Mona wusste, dass sie verloren war, wenn sie sich jetzt erlaubte, über alles nachzudenken. Sie wählte noch mal Andrés Nummer, aber sie ahnte schon, dass sie ihn nicht erreichen würde. Er konnte nicht mehr ans Telefon gehen. Sie schluchzte auf. Doch sie musste sich zusammenreißen …

Ihr Blick fiel auf den Becher mit Tee. Sie stand auf und schüttete das Gebräu in die Spüle. Dann schenkte sie sich zwei Fingerbreit Korn in den Steingutbecher ein und trank ihn in einem Zug aus. André nannte das Zeug ihr »Brillenputzmittel«, und so schmeckte es auch. Der Alkohol brannte in der Kehle, aber er verbreitete eine wohlige Wärme in ihrem Magen. Sie fühlte sich gestärkt, ja angenehm benommen. Mona wollte sich noch einen Schluck eingießen, ließ es aber bleiben. Sie musste ihre fünf Sinne beisammenhalten. Der Sekundenzeiger der Küchenuhr zuckte aufreizend schnell von Strich zu Strich, von Zahl zu Zahl. Nur noch ein paar Papiere zusammensuchen und dann weg!

Mona bewahrte ihre persönlichen Unterlagen in den Schubladen ihres Wohnzimmerschrankes auf. Ihre Geburtsurkunde, Rentenbelege und das Sparbuch mitzunehmen, konnte nicht schaden. Nervös wühlte sie sich durch die Papiere. Dabei fielen ihr alte Schulzeugnisse von André in die Hände, ein Impfausweis und im Lauf der Zeit eigenwillig verfärbte Fotos. Sie wurde von ihrem Widerwillen, diese Dinge anzurühren, überrascht. Wie gelähmt kniete sie da und starrte auf das Bild ihres siebenjährigen Sohnes in kurzen Hosen und mit Schultüte im Arm. Er stand da vor der Düsterbrucher Kirche, wo der Einschulungsgottesdienst des früheren Pastors stattgefunden hatte. Das war noch einer von ihnen gewesen, bodenständig und ganz ohne heimliches Getue.

Sie hörte ein Knarren, wie es die dritte Stufe, die ins Obergeschoss führte, von sich gab, wenn ein Mensch darauftrat. Nicht wie bei der Katze, die zudem um diese Uhrzeit draußen herumstreunte, sondern genau wie bei einem schweren … Mann!

Mona erstarrte. Ihre Gedanken waren glasklar und sagten ihr, dass jetzt der Zeitpunkt zum Handeln gekommen war.

Wenn sich wirklich jemand in ihrem Haus aufhielt, blieb ihr nicht viel Zeit. Doch ihr Körper gehorchte ihr nicht. Sie verharrte bewegungslos auf den schmerzenden Knien vor der geöffneten Schublade. Nichts passierte. Die Nerven gehen mit dir durch, war Monas nächster Gedanke. Der Geruch fiel ihr wieder ein. Etwas Tierisches, das ihr beim Hereinkommen in die Nase gestiegen war. Nun roch sie es wieder … Stand etwa ein Fenster offen, sodass der Gestank von draußen hereinkam? Wer wusste schon, was Jörg Seesen so alles »Dünger« nannte und auf seinen Acker kippte? Nein, sie hatte morgens beim Verlassen des Hauses alle Fenster überprüft. Hatte Krispin eines geöffnet, während sie oben gewesen war? Ein starker Luftzug, der das Holz zum Knacken gebracht und den Geruch ins Haus gelassen hatte, war die wahrscheinlichste Erklärung. Hier, am helllichten Tag, mitten in Düsterbruch, drohte ihr keine Gefahr.

»Lächerlich«, sagte sie leise zu sich selbst und war wieder auf den Füßen. Sie hatte zwei Möglichkeiten: Sie konnte das Wohnzimmer durch die Tür verlassen und in die Diele gehen, wo sie das vermeintliche Geräusch gehört hatte. Oder sie konnte sich durch eines der kleinen Fenster hinauszwängen, in den Garten, und dann auf die Straße laufen. Und wenn jemand sie dabei beobachtete? Mona hatte ihren Stolz. Eine warnende Stimme flüsterte ihr, dass sie reagierte wie viele, nun tote Menschen vor ihr.

Mir passiert schon nichts, dachte Mona dennoch. Sie öffnete die Wohnzimmertür. Die schmale Diele ihrer Kate erhielt nur von einem Fensterchen neben der Eingangstür ein wenig Licht. Trotzdem sah Mona auf einen Blick, dass niemand da war. Nicht auf der Treppe, nicht unter der Treppe, nicht hinter den Jacken und Mänteln an ihrer Garderobe. »Du dumme Nuss!«, murmelte sie. Ihr Herzschlag verlangsamte sich, aber ihre Knie gaben etwas nach. Sie tastete sich an der Wand entlang in Richtung Küche, wo sie sich noch einen Korn einschenken wollte. Ihre Nerven lagen blank, das war alles.

Die Küchentür war nur angelehnt. Sie trat in den vertrauten Raum, der nicht mehr vertraut roch. Sie spürte einen Luftzug in ihrem Nacken, sah hinter sich eine Bewegung und fuhr herum. Jemand stand hinter der Tür! Als sie erkannte, wen sie vor sich hatte, atmete sie erleichtert auf.

»Mein Gott, hab ich mich erschreckt!« Sie fasste sich an die linke Brust. Das Gesicht war vertraut und gleichzeitig fremd. Sie hatte einen Fehler gemacht ... und allen Grund zur Panik. Trotzdem war es irreal. Als Mona in den Lauf der Pistole sah, schnappte sie nach Luft. Für einen Schrei blieb ihr keine Zeit. Nicht einmal für die Erkenntnis, dass sie genau darauf hätte gefasst sein müssen.

»Tut mir leid, Mona«, war das Letzte, was sie hörte. Und dann nichts mehr.

9. Kapitel

Das Zahnschema des Toten in dem Autowrack stimmt mit den Zahnarztunterlagen überein. André Falke ist in seinem Auto verbrannt«, erklärte Gabler am nächsten Morgen. »Er ist mit an Sicherheit grenzender Wahrscheinlichkeit das Opfer einer Straftat geworden.«

Die Frühbesprechung fand in dezimierter Besetzung statt. Ein Raubmord in Bad Schwartau hatte es erforderlich gemacht, die Kollegen des K1 aufzuteilen und zusätzlich Beamte aus anderen Abteilungen hinzuzuziehen. Die Staatsanwältin schien über diese neue Entwicklung ebenso wenig glücklich zu sein wie der Leiter des K1. Sie saß am anderen Ende des Konferenztisches und trommelte mit den Fingernägeln auf der Tischplatte herum.

»Es gibt schon erste Informationen über André Falke aus Kiel. Wir haben im Bundeszentralregister nachgesehen. Er ist wegen Drogenhandels und Mitgliedschaft in einer kriminellen Vereinigung verurteilt worden. André Falke hat eine mehrmonatige Haftstrafe abgesessen und war gerade erst wieder auf freiem Fuß. In Kiel liegt eine Kriminalakte über ihn vor.«

Kürschner schlug den Ordner auf. »Laut vorläufigem Obduktionsbericht weist das Opfer Verbrennungen vierten, fünften und sechsten Grades auf, die auch zusammengefasst als ›Verkohlung‹ bezeichnet werden. Die Leiche wurde in der sogenannten ›Fechterstellung‹ aufgefunden. Die Hitze bewirkte eine Muskelschrumpfung, wobei die Beuger die Strecker überwiegen, was zu der typischen gekrümmten Körperhaltung des

Brandopfers führt. Weiterhin haben wir hitzebedingte Hautrisse und eine Sprengung der Schädelkapsel. Und hier liegt das Problem.«

Erst hier?, dachte Pia.

»Durch die Sprengung der Schädelkapsel ist nunmehr schwer festzustellen, ob und welche Schädelverletzungen schon vor dem Feuer bestanden haben und welche nicht. Der Rechtsmediziner gibt an, dass die Schädeldecke des Toten eine Fraktur im linken, hinteren Bereich des Hinterkopfes aufweist, die möglicherweise durch einen stumpfen Gegenstand hervorgerufen wurde. Den Angaben nach handelt es sich um einen etwa eineinhalb Zentimeter breiten, länglichen und geraden Gegenstand. Man kann aber nicht mit letzter Sicherheit sagen, ob dieser Schlag tödlich gewesen ist oder nur Bewusstlosigkeit zur Folge gehabt hat.«

»Bei der Waffe fällt einem zuerst der heimische Werkzeugkasten ein, oder? Ein Engländer oder ein Wagenheber«, sagte Gerlach erstaunlich munter.

»Von wo aus hat sich das Feuer ausgebreitet?«, fragte Broders.

»Vom Fahrersitz aus.« Gabler sah in die Runde. »Das Opfer wurde vermutlich im Fahrzeug mit Benzin übergossen und dann angezündet.«

»Die Fraktur ist auf der linken Seite? Der Mann saß doch auf dem Fahrersitz seines Wagens. Dann muss der Täter den Schlag von außen ausgeführt haben.« Pia versuchte, sich die Situation vorzustellen.

»Wenn der Angriff überhaupt im Auto stattgefunden hat. Aufgrund des Feuers und der daraus resultierenden großen Hitzeeinwirkung auf den Körper kann man nicht mehr sagen, ob der Mann bei dem Schlag im Auto saß oder ob er später bewusstlos in den Wagen gehievt wurde.«

War das Opfer bei Ausbruch des Feuers schon tot oder besinnungslos gewesen? Oder war der Mann vielleicht noch mal zu Bewusstsein gekommen? Die Frage stand unausgesprochen im Raum.

Verdammt, ich könnte sie umbringen, dachte Carola von Alsen, als sie aus dem oberen Stockwerk dröhnendes Klopfen vernahm. Veronika schlug mit dem Metallteil ihres Gehstocks auf das Heizungsrohr neben ihrem Bett. Warum nahm sie nicht das Telefon? Hatte ihre Schwiegermutter immer noch nicht begriffen, dass hausinterne Telefonate nichts kosteten? Oder gefiel es ihr einfach, wenn ihre Schwiegertochter einmal mehr rennen musste? Das erste Mal, um zu erfragen, was sie wünschte, das zweite Mal, um diesen Wunsch selbstredend zu erfüllen. Anscheinend bin ich hier nur noch Dienstbotin für Schwiegermutter und Stieftochter. Begriffe wie im Märchen, dachte sie. Nur dass ihr Leben gerade nicht märchenhaft war. War es das je gewesen? Carola wollte wieder ins Büro. Ihre Urlaubstage waren aufgebraucht, nun konnte Enno sich mal um alles kümmern. Aber das war unrealistisch gedacht, denn als Tierarzt mit eigener Praxis konnte er sich nicht einfach Urlaub nehmen, wie es ihm passte. Sie brauchten jeden müden Cent, den er einnahm.

Carola seufzte. Wenn es wenigstens etwas Gutes bewirken würde, dass sie hier war! Wenn sie Tizia helfen könnte, die immer noch ziemlich verstört war, soweit man das bei einem Mädchen mit einer Zeitschrift vor dem Gesicht und Kopfhörern auf den Ohren beurteilen konnte. Sie redete ja nicht mit ihr.

Das metallische Klopfen ertönte erneut, dieses Mal nicht drei-, sondern vierfach. Tock, tock, tock … tock!

Carola erhob sich von ihrem Schreibtisch. Nicht, dass das altersschwache Heizungsrohr womöglich noch Schaden nahm. Sie eilte die Treppe hinauf. »Was ist denn los, Veronika?«

»Hast du die Zeitung noch nicht gelesen?«

»Nein. Ich bin noch nicht dazu gekommen.«

»Da ist jemand in einem Auto verbrannt – hier ganz in der Nähe! Warum hat mir das niemand gesagt? Muss ich solche Schreckensbotschaften immer aus der Zeitung erfahren?«

»Es passiert so viel Schreckliches in der Welt …« Carola seufzte leise. »In deinem Alter müsstest du doch eigentlich daran gewöhnt sein.«

»Ich werde im Dezember gerade mal fünfundsiebzig. Wehe euch übrigens, wenn ihr einen Aufstand darum macht! Und der Pastor, dieser Lackaffe, muss sich hier auch nicht blicken lassen, um mir zu gratulieren.«

»Das wissen wir, Veronika. Es bleibt geheim.«

Ihre Schwiegermutter deutete auf einen Zeitungsartikel. »Ist schon geklärt, wer das war?«

Carola wusste genau, was sie meinte. Der Vorfall war das Dorfgesprächsthema Nummer eins. »Ralph Krispin hat mir erzählt, dass die Polizei kurz nach Auffinden des Toten bei ihm war, um Mona zu befragen.«

»Warum denn ausgerechnet Mona? Sie hat doch gar kein Auto.«

»Es war der Wagen ihres Sohnes. Die Polizei vermutet, dass es sich bei dem Toten um André handelt.«

»Um Monas Jungen?« Veronikas Hände verkrampften sich um die Zeitung. Es raschelte.

»Nun, inzwischen ist er kein Junge mehr. André müsste so Ende zwanzig sein.« Carola zögerte. »Soll ich dir einen Tee hochbringen?« Ihre Schwiegermutter wirkte verstört.

»Kümmert es dich denn gar nicht, wenn es der arme Junge

von Mona war? Warst du schon bei ihr, oder überlasst ihr das jetzt alles dem großartigen Pastor?«

»Ich hatte noch keine Gelegenheit …«

»In so einer schweren Stunde muss man sich um sie kümmern. Stell dir vor: Mona geht auch immer noch zu unserem Gedenkstein im Wald. Ich habe gesehen, wie sie dort gekniet hat.«

»Da steht ein Telefon«, sagte Carola und wies auf den Apparat auf dem Sideboard. »Es funktioniert auch innerhalb von Düsterbruch, soweit ich weiß.«

»Sarkasmus steht dir nicht, Carola. Und wie geht es eigentlich meiner Enkeltochter?«

»Sie sitzt im Bett und hört Musik. Enno sagt, sie wird schon mit uns reden, wenn sie bereit dafür ist.«

»Bereit? Ennos gesunder Menschenverstand setzt aus, wenn es um seine Tochter geht. Sie wickelt ihn um den kleinen Finger. So ist das mit der Liebe zum eigenen Kind. Sie gibt und sie nimmt dir alles. Aber das kannst du nicht verstehen, Liebe.«

Jetzt wäre der richtige Zeitpunkt, auf dem Absatz kehrtzumachen und zu gehen. Veronika allein in ihrem Zimmer hocken zu lassen, bis sie an ihren unheilvollen Erinnerungen erstickte. Doch Carola konnte sich nicht beherrschen. »Tizia ist genauso meine Tochter, auch wenn ich sie nicht geboren habe!«

»Meinst du?«

»Wer hat denn bei allen Kinderkrankheiten neben ihrem Bett gewacht? Wer hat ihre Tränen getrocknet und mit ihr gespielt und alles? Was ist dagegen eine leibliche Mutter, die ihr kleines Kind auf einem anderen Kontinent zurücklässt, wie Lindsay es getan hat?«

»Lindsay, wer spricht denn von Lindsay? Wir wissen alle, was du in den letzten Jahren für Tizia getan hast. Aber die

Liebe der Eltern zu ihrem Kind … ist eine ungeheure Kraft. Ich fürchte manchmal um Enno, jetzt, da Tizia ihre wilden Jahre hat.«

»Sie hatte schon immer ihre ›wilden Jahre‹«, sagte Carola. »Das fing mit drei im ersten Trotzalter an und hörte nie wieder auf. Mittlerweile ist sie so gut wie volljährig.«

»Lasst sie bloß nicht allein in die Staaten gehen. Lasst sie nicht zu ihrer Mutter! Das Kind braucht noch sehr viel Führung.«

Veronika war wie immer erstaunlich gut im Bilde über alles, was im Haus vor sich ging. Tizias neuester Wunsch war, in die USA zu reisen, um dort ihre Mutter zu suchen, die sich seit Jahren nicht mehr bei ihr gemeldet hatte. Die nächsten Ferien rückten näher, und Tizia schaute sich bereits im Internet nach günstigen Flügen um.

»Keine Sorge. Enno ist strikt dagegen, dass Tizia allein in die Staaten fliegt. Und noch ist sie ja nicht achtzehn.«

Veronika nickte. »Wann kommt mein Sohn heute eigentlich zurück? Ich muss noch etwas Wichtiges mit ihm besprechen.«

»Ich weiß es nicht. Er hat zurzeit viel zu tun.«

»Aber doch wohl nicht nachts, oder?«, fragte Veronika, und ein listiger Ausdruck schlich sich in ihr Gesicht. »Er kommt in letzter Zeit zu den merkwürdigsten Zeiten nach Hause. Ich finde, in einer guten Ehe sollte ein Mann die Nächte im Bett seiner Frau verbringen.«

Das ging zu weit. »Meinst du, dass du das beurteilen kannst, Veronika?«, entgegnete Carola aufgebracht. »Immerhin haben Enno und ich aus Liebe geheiratet. Finanzielle oder anders geartete Interessen waren dabei nicht von Belang.«

»Ja, ich weiß. Ansonsten stünden wir jetzt vielleicht besser da, und mein Sohn müsste nicht tagtäglich bis zum Umfallen in seiner Praxis arbeiten.«

»Du weißt doch gar nicht, was Liebe ist!« Carolas Stimme

hörte sich vor Wut heiser an. Ihr Mann hatte ihr erzählt, dass Veronika von ihrem Vater, einem Bankdirektor, mit Theo von Alsen, einem verarmten Adligen und gut zwanzig Jahre älter als sie, verkuppelt worden war. Dass Enno aus dieser Verbindung hervorgegangen war, grenzte fast an ein Wunder, und als dann Justina elf Jahre später geboren wurde … Aber Justina auch nur zu erwähnen, war ein Tabu in diesem Haus. Und so tief würde Carola nicht sinken, diesen Schicksalsschlag gegen ihre Schwiegermutter zu verwenden.

»Verlass sofort mein Zimmer«, flüsterte Veronika. »Du willst mich belehren? Jeder hier weiß, dass dir dein Beruf wichtiger ist als deine Familie. So sind die Frauen heute: Erst wollen sie Karriere, und dann klappt es nicht mehr mit dem Nachwuchs. Enno hätte auf mich hören sollen …«

Carola verließ das Zimmer und knallte die Tür hinter sich zu. Dann rannte sie die Treppe hinunter, riss ihre Jacke vom Garderobenständer und stürmte hinaus.

Draußen holte sie ein paarmal tief Luft. Es war nichts passiert, nur das Übliche. Aber sie wusste, dass das Gift der verbitterten Frau früher oder später seine Wirkung tun würde.

Während der sechs Monate von Pias Elternzeit hatte Broders des Öfteren mit ihrem Kollegen Conrad Wohlert zusammengearbeitet, und das neue Team hatte sich gut miteinander arrangiert. Daher fand sich Pia am späten Dienstagvormittag mit Michael Gerlach im Wagen wieder. Die Zusammenarbeit mit ihm fühlte sich ungewohnt an. An Broders' grantige, direkte Art hatte sie sich so sehr gewöhnt, dass ihr seine bissigen Bemerkungen direkt fehlten. Michael Gerlach sah nicht nur glatt und präsentabel aus, er benahm sich die meiste Zeit auch tadellos. Dadurch wusste Pia oft nicht so recht, woran sie bei ihm war. Außerdem zeigte er manchmal einen etwas unpassend anmutenden Sinn für Humor.

Pia und er hatten die Aufgabe zugeteilt bekommen, Mona Falke nun die Nachricht vom Tod ihres Sohnes zu überbringen. Doch in der Reetdachkate in Düsterbruch war niemand zu erreichen. Sie verschoben das Überbringen der schlechten Neuigkeit auf einen etwas späteren Zeitpunkt und fuhren erst mal weiter nach Kiel. Heute Morgen, nachdem die Identität des Opfers als gesichert betrachtet werden konnte, hatte die Staatsanwältin Ilka Schneider einen richterlichen Durchsuchungsbeschluss für André Falkes Wohnung erwirkt. Die Kriminaltechniker würden noch bei der Arbeit sein.

Die Straße, in der Falke gewohnt hatte, war eine Einbahnstraße im Zentrum. Zwischen den Fassaden der Häuser spannte sich immer noch ein trüber, grauer Herbsthimmel, doch bei Sonnenschein konnte dies eine recht attraktive Wohnlage sein. Man war in wenigen Gehminuten im Stadtzentrum, am Schreven-Teich und an der Kieler Förde.

Gerlach entdeckte den weißen VW LT der Spurensicherung und stellte sich davor. Das Haus, in dem André Falke gewohnt hatte, war ein grau verputzter Nachkriegsbau zwischen zwei frisch gestrichenen Altbauten mit Jugendstil-Ornamenten. Die Tür zu Falkes Wohnung war mit Absperrband gesichert. Pia klingelte.

»So sieht man sich wieder«, sagte Schelling und musterte Pia neugierig. »Das letzte Mal warst du ziemlich rund. Nichts für ungut. Ist ja wieder geworden. Herzlichen Glückwunsch übrigens. Wie schnell die Zeit vergeht!«

»Habt ihr schon was für uns, Schelling?«, fragte Pia, nachdem auch Gerlach die Kollegen begrüßt hatte.

»Ja. Kommt rein. Ich lass euch ausnahmsweise bis hinter die Wohnungstür.«

Pia und Gerlach betraten einen kahlen Flur. Sie sahen abgetretenen Linoleumboden, ungestrichene Raufasertapete, ein wackeliges Schuhregal, Umzugskartons und einen Garderobenständer, an dem eine einzelne Jacke hing. Die Wohnung wirkte, als wäre ihr Bewohner noch nicht ganz ein- oder fast wieder ausgezogen.

»Falke hat allein gewohnt, aber er bekam wohl des Öfteren Damenbesuch«, meinte Schelling. »Jedenfalls, wenn man das aus den langen Haaren schließen kann, die wir sichergestellt haben. Oder hatte André Falke langes Haar?«

Pia zuckte mit den Schultern. Sie hatten noch kein Foto des Opfers. Überhaupt wussten sie bisher so gut wie gar nichts über ihn.

»Wenn nicht, dann stammen sie wohl von seiner Freundin.«

»Noch mehr Hinweise?«, fragte Gerlach. »Was ist mit einer Zahnbürste oder Kosmetik-Kram im Bad oder so?«

»Nein, nichts«, sagte Schelling. »So weit war die Beziehung wohl nicht gediehen.«

»Was habt ihr sonst noch über Falke rausgefunden?«, erkundigte Pia sich. Das, was sie von hier aus sah, machte ihr wenig Hoffnung, viel über den Menschen André Falke zu erfahren.

»Er legte offenbar nicht viel Wert auf Häuslichkeit«, bestätigte der Kriminaltechniker Pias ersten Eindruck. »Die Küchenschränke sind fast leer, und der Herd sieht unbenutzt aus. An Geldmangel hat es wohl nicht gelegen, dafür hängt zu viel teure Kleidung im Schrank.« Ein Seitenblick auf Gerlach. »Handwerker oder so war Falke sicherlich nicht: keine Arbeitsklamotten. Aber in einer Firma, wo er einen Anzug hätte tragen müssen, hat er offensichtlich auch nicht gearbeitet.«

»In seiner Kriminalakte steht, dass er erst vor drei Wochen aus dem Gefängnis entlassen worden ist.«

»Das passt zum Gesamteindruck. Wir haben nichts gefunden, das auf einen regelmäßigen Job hindeutet. Keine Gehaltsabrechnungen, Firmenvisitenkarten oder so was. Als wäre er aus einem Raumschiff in dieser Wohnung abgesetzt worden, um Mensch zu spielen, hab ich vorhin schon zu meinem Kollegen gesagt.«

»Gibt es Konto-Unterlagen, Rechnungen und so weiter?«

»Alles an Papieren ist wohlbehalten in den Kartons.« Schelling deutete in die Ecke des Flurs, wo sie die Sachen zum Abtransport stapelten.

»Sonst noch was, das uns vorab weiterhelfen könnte?«, fragte Gerlach.

»Ich hab gehört, das war ein ziemlich neues Auto, in dem er ums Leben gekommen ist«, sagte der Kriminaltechniker nachdenklich. »Schaut mal hier!« Er ging in die Küche und kam mit ein paar Streichholzbriefchen zurück. »Die stammen aus einem Autohaus in Kiel. Da könntet ihr ja mal nachfragen.«

Pia steckte eines der Briefchen ein. »Besaß Falke einen Computer?«

»Vielleicht ein Notebook. Wenn ja, ist es verschwunden. Es hängt auch kein Splitter an der Telefondose. Wir werden das bei der Telekom noch überprüfen.«

»Habt ihr ein Mobiltelefon sichergestellt? Oder anderes elektronisches Spielzeug?«

»Nein. Gar nichts.«

»Merkwürdig. In seinem Auto hat man bisher auch nichts dergleichen gefunden.«

»Dann hat das Mobiltelefon wohl jemand an sich genommen. Er hatte ein Smartphone, darüber haben wir schon einen Beleg gefunden. Und über seinen Telefonanbieter finden wir raus, mit wem er in den letzten vier bis sechs Wochen telefoniert hat.«

»Das wäre hilfreich«, meinte Gerlach.

»Das Beste kommt wie immer zum Schluss.« Schelling klang gut gelaunt.

»Und das wäre?«

»Bevor wir hier rein sind, haben wir den Türknauf auf Fingerspuren untersucht. Nun, das hätten wir uns sparen können. Da waren nämlich keine.«

»Überhaupt nichts?«

»Alles abgewischt. So als hätte jemand den Türknauf mit einem Lappen und Fettlöser bearbeitet. Glasreiniger zum Beispiel.«

»Gibt es Einbruchsspuren am Türschloss?«, fragte Gerlach.

»Keine von außen sichtbaren. Wir nehmen das Schloss zur Untersuchung mit. Es sieht ja wohl so aus, als wäre nach Falkes Tod noch jemand hier drin gewesen. Der oder die hat wahrscheinlich nach etwas gesucht. Keine Ahnung, wonach.«

10. Kapitel

Und nun?«, fragte Gerlach, als sie wieder am Auto ankamen.

»Wir brauchen mehr Informationen über André Falke.« Pia und ihr Kollege hatten auf dem Weg nach unten schon bei allen Nachbarn im Haus geklingelt, doch die meisten waren vormittags bei der Arbeit oder aus anderen Gründen nicht in ihren Wohnungen anwesend. Die ältere Dame, die sie angetroffen hatten, wusste nicht mal, wer in der Wohnung schräg über ihr gewohnt hatte. Die jungen Leute seien ja die meiste Zeit nicht da, und wenn, dann machten sie unentwegt Krach …

»Die Wohnung sah jedenfalls nicht so aus, als hätte sich André Falke in einer ›gefestigten Lebenssituation‹ befunden«, sagte Pia mit ironischem Unterton. Eine Umschreibung, die auch gern mal auf Polizisten angewandt wurde, von denen man natürlich genau das erwartete. Es war ihr selbst schon angekreidet worden, dass sie ohne Familie oder zumindest ohne einen festen Partner lebte.

»Keine Gardinen, keine Bilder, keine Geranien auf der Fensterbank, nicht wahr? Nicht zu vergessen der abgewischte Türknauf«, meinte Gerlach nachdenklich. »Was befand sich in dieser Wohnung, dass jemand das Risiko eingegangen ist, sich nach Falkes Tod Zutritt zu verschaffen?«

»Eine Visitenkarte unseres Täters? Als Nächstes werden wir uns mal Falkes Kriminalakte ansehen.« Pia zog ihr Telefon hervor und wählte. »Ich ruf Maiwald an. Erinnerst du dich an ihn? Ich weiß, dass er inzwischen wieder in Kiel arbeitet. Er kann uns bestimmt sagen, an wen wir uns wegen Falke am besten wenden sollen.«

Kriminalakten, die noch nicht digitalisiert waren, wurden in Schleswig-Holstein nach wie vor im Landkreis des Wohnortes des Täters geführt und hatten auch an ihrem Standort zu verbleiben. Irgendwann würden alle Daten via Computer zu bekommen sein, aber bis dahin …

Pia hörte das Freizeichen. Sie versuchte, ihre Beklommenheit zu ignorieren. Früher oder später musste sie Olaf Maiwald ja mal wieder gegenübertreten. Schon als sie den Vorsatz gefasst hatten, nach Kiel zu fahren, hatte sie an ihn gedacht. Jetzt, da die Konfrontation kurz bevorstand, spürte sie, dass ihr flau im Magen wurde. Vielleicht ist er heute gar nicht im Dienst, überlegte sie und räusperte sich nervös.

Olaf Maiwald und sie hatten vor etwa einem Jahr gemeinsam an dem Mordfall Feldheim gearbeitet. Die Zusammenarbeit war nicht ganz einfach gewesen. Der Grund dafür war, dass Olaf Maiwald sich ein paar Jahre zuvor auf denselben Posten im Kommissariat 1 in Lübeck beworben hatte wie Pia. Er war angeblich der aussichtsreichste Kandidat gewesen, und einige Mitarbeiter im K1 hatten fest mit ihm als neuen Kollegen gerechnet. Und dann hatte Pia den Job bekommen. Die daraufhin kursierenden Gerüchte, Pia wäre nur mithilfe von Vitamin B, in Gestalt ihres damaligen Lebensgefährten Robert Voss, in der Mordkommission gelandet, waren nur mühsam auszurotten gewesen. Und Olaf Maiwalds Auftauchen und seine Mitarbeit bei den Ermittlungen im Mordfall Feldheim hatten alles wieder hochgekocht. Am Ende hatten sie die gegenseitigen Vorurteile ausräumen können, doch da war es fast zu spät gewesen: Bei einer missglückten Festnahme war Olaf Maiwald mit einer Axt angegriffen und schwer verletzt worden. Er hatte aufgrund der Verletzung und der darauf folgenden Infektion seinen Unterschenkel verloren. Eine Infektion, die immer höher gekrochen war, hervorgerufen durch Bakterien in der Wunde. Und sie, Pia, hatte damals noch versucht, die Beinarterie abzudrücken, weil Maiwald zu viel Blut verlor. Mit ihren Fingern und dem, was gerade zur Hand gewesen war. Und, was fast noch schwerer wog, sie hatte Maiwald dazu überredet, die Angelhütte am See, in der es passiert war, überhaupt erst aufzusuchen. Die Jagd auf einen Tatverdächtigen hatte sie blind gemacht für das Risiko: Aber nicht sie, sondern Maiwald zahlte nun sein Leben lang den Preis dafür. Sie hingegen war unverletzt geblieben. Trotz langer Gespräche, die sie danach geführt hatten, spürte sie immer noch das Grauen und das schlechte Gewissen über diesen Vorfall.

Das alles ging Pia in Lichtgeschwindigkeit durch den Kopf, während sie darauf wartete, dass Olaf Maiwald den Hörer abnahm.

»Maiwald!«

Er war in seinem Büro. Sie meldete sich und wartete mit einem Anflug von Unwohlsein auf die Reaktion.

»Oh …« Eine Pause. Dann mit gepresster Stimme: »Du bist es, Pia. Was verschafft mir die Ehre?«

»Ich bin gerade mit Michael Gerlach hier in Kiel. Wir arbeiten an dem Mordfall auf dem Parkplatz an der Bundesstraße nach Lütjenburg. Die verbrannte Leiche in dem Autowrack.«

»Ich hab davon gehört. Sag mal, was ist bei euch bloß wieder alles los?«

»Du weißt doch, die dramatischsten Fälle passieren immer im Bereich der BKI Lübeck«, sagte Pia spöttisch. Den Spruch hatte Gablers Vorgänger, der ehemalige Leiter der Lübecker Mordkommission, oft zum Besten gegeben. Manchmal war Pia geneigt, selbst daran zu glauben.

Maiwald schnaubte. »Gib nicht so an. Möchtest du nur auf einen Kaffee vorbeikommen, weil du Sehnsucht nach mir hast, oder wollt ihr was Bestimmtes?«

»Wir brauchen Informationen über einen Mann, der in Kiel gewohnt hat: André Falke. Er ist das Opfer des Mordanschlags. Es soll eine Kriminalakte über ihn geben.«

»Ich schau nach, was ich über ihn finde. Wann wollt ihr vorbeikommen?«

»Äh … gleich. In ein paar Minuten«, sagte Pia.

Olaf Maiwald saß hinter seinem Schreibtisch, als sie eintraten. Sein Büro war doppelt so groß wie Pias, mit der entsprechenden Deckenhöhe und schmalen, hohen Fenstern, wie sie Gebäuden aus der Kaiserzeit eigen sind. Nach etlichen Jahren im Einsatz der Polizei präsentierte sich das Haus allerdings nicht kaiserlich, sondern mit dem üblichen spröden Behördencharme.

Maiwald erhob sich, kam ihnen entgegen und begrüßte sie. Er war dünner geworden, seine Augen schienen tiefer in den Höhlen zu liegen als früher. Er wirkte reifer, aber auch desillusioniert, das war vor einem Jahr noch nicht so gewesen. Olaf Maiwald deutete sogleich auf sein Bein mit der Prothese: »Da staunst du, Pia, oder? Langsam komme ich einigermaßen damit klar. Ihr hättet mich mal am Anfang damit sehen sollen … Aber es nervt schon ziemlich. Das Leben ist ja bekanntermaßen nur dazu da, sich an einen schlechteren Zustand zu gewöhnen.«

»Aus wilden Verfolgungsjagden wird wohl jetzt erst mal nichts mehr«, sagte Gerlach. Pia hätte ihn gegen mindestens eines seiner gesunden Schienbeine treten mögen.

Maiwald lachte ein wenig zu laut. »Dafür scheiß ich drauf, wenn mir einer in den Fuß schießt. Wollt ihr einen Kaffee?«

Als beide nickten, verschwand er in einem Nebenraum. »Du

darfst doch jetzt wieder welchen, Pia? Natürlich! Du hast einen Sohn bekommen, nicht wahr?«

Hatte sich das bis Kiel herumgesprochen? Sie nickte, obwohl Maiwald das von seinem Standort in der Teeküche aus nicht sehen konnte. »Felix ist jetzt ein gutes halbes Jahr alt. Ich bin gerade erst wieder im Job.«

»Vollzeit?«

Sie schüttelte den Kopf und nahm die Tasse Kaffee entgegen, die er ihr nun reichte.

»Seht mal her«, sagte Maiwald, als sie alle saßen. »Eine hübsche, nicht ganz dünne Kriminalakte über euren Mann. Ich wollte eigentlich, dass mein Kollege Thomas Ellert dazukommt. Der kennt Falkes Story besser als ich. Aber der ist unterwegs.« Kriminalbeamter war ein Erfahrungsberuf. Wenn man wusste, wen man zu was befragen musste, ging vieles einfacher. Olaf Maiwald schlug die Akte auf: »André Falke. Im Auto verbrannt. Armes Schwein! Er war gerade erst aus dem Knast raus. Da fragt man sich, wer ihm da sofort Feuer unter dem Hintern gemacht hat.«

»Weswegen genau ist er verurteilt worden?«, fragte Gerlach.

»Die übliche Laufbahn: Drogenbesitz, Körperverletzung, Drogenhandel mit Amphetaminen, Marihuana und Ecstasy. Er war zuletzt ein Dealer der mittleren Hierarchie-Ebene, könnte man sagen. Ach ja, und Mitgliedschaft in einer kriminellen Vereinigung.«

»Wie lange hat er gesessen?«

»Ein knappes Jahr. Wenn er die Hintermänner verraten hätte, wäre es vielleicht sogar auf eine Bewährungsstrafe hinausgelaufen. Aber er wollte seine Karriere wohl nicht endgültig aufgeben. Oder er hatte sein Leben zu lieb.« Maiwald reichte die Akte über den Tisch. »Schaut euch die in Ruhe an. Mehr als das, was da drin steht, weiß ich auch nicht.«

Gerlach blätterte interessiert. »Spitzname: Falke. Nicht sehr fantasievoll. Eigentlich ein gut aussehendes Kerlchen.« Er zeigte Pia ein Foto.

»Na ja. Was ist mit Falkes Umgang hier in Kiel? Fällt dir jemand ein, mit dem wir uns unterhalten sollten?«

Maiwald presste die Fingerkuppen aufeinander und sah von einem zum anderen. »Mein Kollege Thomas Ellert hat mir gesagt, sein Stammlokal soll das *Paradiso* gewesen sein. Da könnt ihr euch ja abends mal umhören. Aber wenn möglich, zieh dir vorher was an, das schmutzig werden darf, Gerlach.«

Als sie sich verabschiedeten, trat Maiwald ein Stück näher an Pia heran. »Ich hatte nicht erwartet, dass du hier aufkreuzen würdest.«

Sie hielt seinem forschenden Blick stand. »Es hat sich so ergeben. Und ich wollte hier nicht im Gebäude herumlaufen, ohne dich zu sehen, Maiwald.«

»Dass du Mut hast, wusste ich ja.«

Carola von Alsen ging den Weg am Wald entlang in Richtung Dorfplatz. Als sie aus dem Schatten der Bäume heraustrat, atmete sie auf. Am Nachmittag hatte sich der Himmel aufgeklart, doch die Sonne stand schon tief am Himmel. Im Dorfteich spiegelte sich der blaue Frühnovemberhimmel, und das Gras drum herum sah noch so frisch und grün aus wie in einer Margarine-Werbung. Fehlte nur noch eine glückliche Familie an einem langen Tisch mit rot karierter Decke beim Sonntagsfrühstück, dachte Carola zynisch. Doch mit der glücklichen Familie konnte nicht mal ein Bilderbuchdorf wie Düsterbruch aufwarten. Ihr Bruder würde vielleicht mal eine große Familie haben. Die Hochzeit mit Oxana war zwar verschoben worden, aber spätestens wenn das Trauerjahr um ihre Mutter vorbei war, würden die beiden heiraten.

Carola sah nach links die Straße hinunter, in Richtung Kirche. Der mit Schindeln bedeckte Turm stach spitz zwischen den fast entlaubten Kronen der Kastanien hervor, die den Kirchhof säumten. Dann fiel ihr Blick auf Monas Kate. Sollte sie nicht anklopfen und fragen, ob sie etwas tun könne? In diesem Punkt hatte Veronika recht: Sich darauf zu verlassen, dass der Pastor sich um so etwas kümmerte, war bequem, wenn nicht gar feige. Also bog sie ab und ging auf die Kate zu.

In den säuberlich geharkten Beeten im Vorgarten spross erstes Unkraut, und die Astern in einem Topf neben der Eingangstür ließen ein wenig schlapp die gelben Köpfe hängen. Carola klopfte. Als sich nichts rührte, ging sie über den vermoosten Rasen am Haus entlang. Sie schaute durch eines der Fenster. In Monas Kate war es immer dunkel, was an den kleinen Fensteröffnungen, den niedrigen Decken und dunklen Balken lag. Und ein bisschen unordentlich sah es heute auch aus. Eine Schublade stand offen.

»Mona ist nicht da!«, hörte sie eine Stimme hinter sich und fuhr herum. Ralph Krispin stand am Zaun.

Carola fragte sich, wie ein so großer Mann sich so geräuschlos fortbewegen konnte. Schwebte er? »Oh, hallo, Herr Krispin! Ich wollte nur schauen, wie es Mona geht.« Sie wandte sich dem Pastor zu. »In der Zeitung stand heute ein Artikel über … den Unfall. Es war wohl wirklich Monas Sohn, der ums Leben gekommen ist. Verbrannt in seinem Auto. Schrecklich. Ich kann es immer noch nicht glauben.«

Krispin nickte. »Die Polizei war gestern hier, um Frau Falke zu befragen. Gleich danach wollte sie für ein paar Tage zu ihrer Schwester fahren.«

Carola hatte nicht gewusst, dass Mona eine Schwester hatte.

Sie schämte sich über die Erleichterung, die sie empfand: Nun würde jemand anderes die Frau trösten.

»Mona hat mich gebeten, während ihrer Abwesenheit ihre Katze und die Hühner zu füttern.« Der Pastor klang wenig begeistert. »Aber die Katze streunt wohl in der Gegend herum.«

»Na, bei dem schönen Wetter heute.« Carola waren Viecher aller Art gleichgültig. Ein ungünstiges Zusammentreffen, bei dem Beruf ihres Mannes. Sie warf noch einen Blick auf die verschlossene Haustür, winkte Krispin zum Abschied zu und drehte der unter dunklem Reet zusammengekauerten Kate dann vollends den Rücken zu.

Als sie ein paar Minuten später durch den Nebeneingang des Seesen'schen Hauses trat, empfing sie der typische Geruch nach Stall und Kuh. Carola meinte sogar, noch schwach die säuerlichen Ausdünstungen der Milch zu riechen, die in den Jahrzehnten in das Mauerwerk eingezogen sein mussten. Oder vielleicht war es nur ihre Erinnerung? Jörg hatte das Milchvieh kurz nach dem Tod ihres Vaters abgeschafft. Der Geruch des Hauses versetzte sie jedenfalls sofort in ihre Kindheit zurück. Carola hängte ihre Jacke über einen der Haken, stellte ihre Schuhe unter die Bank und ging auf Strümpfen über die kühlen Fliesen in den Flur des Wohntraktes.

»Jörg?«, rief sie. Für ihr Vorhaben – eine Überraschung für Tizia – war ihr Bruder der richtige Ansprechpartner.

Oxana kam ihr entgegen, in Jeans und einem schwarzen T-Shirt mit Stones-Aufdruck, das vor Ewigkeiten mal Jörg gehört hatte. Um ihren Kopf hatte sie ein Seidentuch geschlungen, das sie sich nun vom Kopf riss. »Ich komme gerade aus dem Stall. Jörg ist unterwegs. Magst du einen Kaffee?« Ein Schwall dunkler, glänzender Haare fiel ihr bis knapp auf die Schultern.

»Ich bin eben kurz bei Monas Kate gewesen, aber sie ist

nicht da.« Carola fuhr sich durch ihr eigenes dünnes Haar, das schon während des Föhnens am Ansatz nachfettete. Eine Ungerechtigkeit. Sie folgte Oxana in die Küche und sah zu, wie diese Kaffeepulver in den Filter löffelte.

»Ich wollte heute Morgen auch schon zu ihr gehen«, sagte Oxana, »aber Jörg hat mir davon abgeraten. Er meinte, wir sollten Mona erst mal in Ruhe lassen. Erstens stünde noch gar nicht fest, ob es wirklich ihr Sohn war, der da ums Leben gekommen ist. Zweitens könne es aufdringlich wirken. Siehst du das auch so?«

»Inzwischen weiß man wohl, dass der Tote André ist.« Carola umging eine direkte Antwort.

Oxana verfolgte ihre Frage weiter. »Jörg war richtig komisch deswegen«, sagte sie. »Der Todesfall ist ihm echt an die Nieren gegangen. Ist auch schrecklich, die Vorstellung, so zu verbrennen.«

Carola wollte nicht näher darauf eingehen. Dass Jörg Mona nicht unbedingt zu seinen Lieblingsnachbarn zählte und Oxana deshalb davon abgeraten hatte, ihr Trost und Beistand anzubieten, sagte sie nicht. Wo doch im umgekehrten Fall Mona Falke immer für die Seesens da war. Dass Mona ihre Stunden dabei stets gewissenhaft abrechnete, spielte in Carolas Augen keine Rolle. Von irgendetwas musste die Frau schließlich leben.

Oxana schenkte den Kaffee, der inzwischen durchgelaufen war, ein und setzte sich zu ihr.

»Weißt du, was Jörg mit Mutters Auto vorhat?«, fragte Carola. »Es steht seit Monaten nur herum.«

»Neulich war der Pastor abends da und hat sich den Wagen für eine Probefahrt ausgeliehen. Sein Renault ist wohl mal wieder kaputt.«

Die Vorstellung, dass der Pastor den alten Golf kaufte, gefiel Carola nicht. Zur Hälfte gehörte der Wagen ihr. Sie wollte wenigstens gefragt werden. Sie hatte gedacht, dass man ihn Tizia zu ihrem achtzehnten Geburtstag schenken könnte. »Ralph Krispin ist interessiert? Warum das denn?«

»Ich weiß nicht. Vielleicht hat sich das auch schon wieder erledigt. Er hat den Wagen spät abends ohne ein Wort wieder auf den Hof gestellt und den Schlüssel eingeworfen.« Oxana zuckte auf die ihr eigene Art mit den Schultern und lächelte spöttisch.

Bisher hatte Carola ihre zukünftige Schwägerin eher kritisch gesehen, aber sie wurde ihr immer sympathischer. Sie hatte wohl befürchtet, Oxana könne Jörg und vor allem das Landleben schnell wieder satthaben. Wie es der Russin so weit weg von ihrer Heimat St. Petersburg ging, darüber hatte sie bisher nicht nachgedacht. Fühlte sie sich einsam? »Ist deine Freundin Nadja eigentlich gerade hier?«, erkundigte sie sich. Sie hatte gehört, wie Jörg über Nadjas ständige Besuche gestöhnt hatte. Er mochte Oxanas Familie, aber ihre älteste Freundin Nadja zählte er irgendwie nicht dazu. Carola, die die Frau ein Mal gesehen hatte, konnte das nachvollziehen. Nadja war eine »Männerfalle«.

»Ja, ist sie«, sagte Oxana. »Es ist nur gerade etwas schwierig.«

»Sie wohnt wohl wieder im Hotel?«, fragte Carola hellsichtig. Der Seesen'sche Hof war ein riesiger Kasten, aber leider so verbaut, dass es nicht mal ein winziges Gästezimmer gab. Der Raum ihrer Mutter im Obergeschoss war zwar frei, doch darin Gäste unterzubringen, stand außer Frage. Es sah alles immer noch genauso aus wie vor ihrem Tod.

Oxana nickte. »Wir müssen dringend umbauen. Ich hätte so gern einen Raum für mich und wenigstens ein Gästezimmer. Und was ist, wenn wir mal Kinderzimmer brauchen?«

»Darüber musst du mit Jörg reden. Ich bin mir sicher, dass das Argument mit dem Nachwuchs nicht auf taube Ohren bei ihm stößt.« Sie lächelte zuversichtlicher, als sie sich fühlte.

»Ich hatte neulich einen Innenarchitekten herbestellt, nur mal zum Gucken und damit er Vorschläge macht.« Oxana klang traurig. »Jörg ist richtig wütend geworden.«

»Er hat nur Angst, dass etwas über seinen Kopf hinweg entschieden wird«, erklärte Carola ihr. »Wenn du ein Baby erwartest, wird er ganz von allein darauf kommen, dass ihr ein Kinderzimmer braucht. Und lass ihn dann am besten denken, es wäre seine eigene Idee.«

»Vielleicht unterscheiden sich deutsche Männer doch nicht so sehr von russischen«, sagte Oxana mühsam lächelnd.

Carola erhob sich. Es war, wie so oft, nur die halbe Wahrheit. Und sie hatte Oxanas Problem keineswegs gelöst. Der Seesen'sche Hof und Umbaumaßnahmen … da konnte man dem Kirchenrat eher vorschlagen, die alte Feldsteinkirche in ein Bordell zu verwandeln. Aber entgegen allen gegenteiligen Bemühungen war unübersehbar, dass Düsterbruch, das Dorf, das Carola seit ihrer Kindheit kannte, sich verändert hatte. Nicht allmählich, wie der Lauf der Zeit es mit sich brachte. Hier ging etwas anderes vor. Sie wusste nur nicht, was das war.

11. Kapitel

Pia und Broders erreichten das Autohaus in der Nähe der Kieler Förde, als die Eingangstüren in der gläsernen Front gerade aufgeschlossen wurden. Sie waren direkt nach der Frühbesprechung in Lübeck aufgebrochen. Auf der Fahrt nach Kiel waren die Äcker und Wiesen jenseits der Landstraße mit Raureif überzogen gewesen. Nun tauchte die Sonne blass aus einem dünnen Wolkenschleier auf. Sie würde den Effekt, dass alles wie überzuckert aussah, in einer halben Stunde zunichtegemacht haben.

Es dauerte nicht lange, bis Pia und Broders einen Verkäufer gefunden hatten, der sich an André Falke erinnerte. Inzwischen besaßen sie auch ein Foto von ihm aus seiner Kriminalakte, das sie vorzeigen konnten. Der Kauf von Falkes Audi A4 war im Computersystem des Autohauses gespeichert. Dort fand sich alles: der Zeitpunkt des Kaufs, besondere Vereinbarungen und Zahlungsmodalitäten …

»Ich erinnere mich natürlich an den Mann«, sagte der Verkäufer, nachdem er den Vorgang auf dem Schirm hatte. Er warf noch einen kurzen Blick auf das Foto. »Der Abschluss liegt ja gerade mal zwei Wochen zurück.« Sein noch junges, glattes Gesicht drückte Anerkennung aus. »Der Käufer, wie hieß er noch? Ach ja, Herr Falke, der wusste gleich, was er wollte.« Er selbst war Mitte zwanzig; er trug einen gut geschnittenen Anzug mit Hemd und Krawatte. Seit Outfit harmonierte hervorragend mit dem teuren Blech und den Hochglanzbroschüren um ihn herum.

»Erinnern Sie sich an Einzelheiten?«, fragte Pia.

»Der hat den Wagen hier drinnen gesehen, sich reingesetzt und gleich um eine Probefahrt gebeten. Herr Falke hatte zuerst einen Kollegen von mir angesprochen, und der wollte ihm den Wagen nicht sofort überlassen. Er hatte wohl Bedenken … Tja, sein Fehler. So habe ich das Geschäft gemacht.« Er lächelte zufrieden.

»Sie können Menschen gut einschätzen?«

»Bringt der Beruf so mit sich.«

»Wieso hatte Ihr Kollege Bedenken, Herrn Falke den Wagen für eine Probefahrt zu überlassen?«, wollte Broders wissen.

»Aus Angst, dass der Gute nicht wiederkommt, schätze ich. Oder dass er den Wagen schrottet. Ist alles schon passiert.«

»Lag es speziell an Herrn Falke, dass Ihr Kollege diese Bedenken hatte?«

»Nun ja …« Der Verkäufer musterte die beiden Polizisten, als wollte er abschätzen, wie offen er reden konnte. »Der Typ kreuzte in abgerissenen Jeans und mit öligen Haaren hier auf. Auf den ersten Blick nicht gerade vertrauenerweckend.«

»Und auf den zweiten?«, fragte Pia.

Der Verkäufer legte den Kopf zur Seite. »Auf den zweiten Blick hab ich auf Clubbesitzer oder Zuhälter getippt. Nichts für ungut, war nur so 'n Eindruck. Er trug eine teure Uhr, eine Breitling. Kann aber auch ein sehr gut gemachter Blender gewesen sein. Außerdem hat er die ganze Zeit mit seinem iPhone rumgefummelt …«

Pia machte sich eine Notiz darüber. Irgendwo mussten die Sachen geblieben sein.

»Letzten Endes hat sich mein zweiter Eindruck ja bestätigt«, setzte der Verkäufer hinzu. »Herr Falke hat den Wagen gekauft, so wie er da stand, und gleich zehntausend Euro in bar angezahlt.«

»Was hat der Wagen insgesamt gekostet?«, hakte Broders nach.

»Knapp fünfzigtausend Euro. Ist ein bisschen was an Sonderausstattung drin.« Der junge Mann klang anerkennend.

War, dachte Pia, die die Fotos des ausgebrannten Audi gesehen hatte. »Ist Herr Falke allein hier gewesen? Wir suchen seine Freundin. Oder hat er jemanden erwähnt?«

Der Verkäufer dachte kurz darüber nach, schüttelte dann aber den Kopf. »Er hat über gar nichts Persönliches gesprochen. Nicht so wie einige, deren Lebensgeschichte man in zehn Minuten erfährt.«

»Schade«, meinte Broders und sah Pia an.

»Darf ich fragen, warum sich die Polizei dafür interessiert?«, erkundigte der Verkäufer sich.

»Wir ermitteln in einem Mordfall.«

»Oh.« Er schien nachfragen zu wollen, schloss dann aber wieder den Mund und sah von einem zum anderen.

Auch bei ihrem nächsten Termin in Kiel erfuhren Pia und Broders wenig Neues. Der Bewährungshelfer stöhnte über hohe Arbeitsbelastung und musste seine Aufzeichnungen zu Hilfe nehmen, um sich überhaupt an André Falke zu erinnern.

»Der Typ Knacki, der schnell rückfällig wird«, war seine Einschätzung. »Leute wie ihn kann man zehnmal hintereinander einsperren, da tut sich nichts im Kopf. Die machen genau da weiter, wo sie aufgehört haben.«

Das passte zu dem Schicksal, das Falke kurz darauf ereilt hatte, half ihnen aber konkret nicht weiter. Da sie schon mal in Kiel waren, gönnten sich Pia und Broders einen Mittagsimbiss bei einem Italiener im Sophienhof.

»Wir brauchen diese Frau.« Pia rollte eine Portion Spaghetti all'arrabbiata auf. »Die Frau, die in seiner Wohnung war. Die kann uns bestimmt mehr über seine jüngsten Aktivitäten sagen.« Sie hatte die Stimme gedämpft. Obwohl sie sich zum Essen in eine Nische zurückgezogen hatten, war es riskant, über so etwas in der Öffentlichkeit zu sprechen. Namen zu nennen, war ein Tabu.

»Die Spurensicherung hat ein paar Haare von ihr sichergestellt. Mit etwas Glück bekommen wir demnächst ein DNA-Profil.«

»Was uns so erst mal wenig nützt.« Pia beförderte eine weitere Gabel voll Nudeln in ihren Mund. Zu spät fiel ihr ein, dass Felix so scharfes Essen weniger zu schätzen wusste als sie. Nun war es zu spät. Sie hatte fast aufgegessen. Bedauernd gab sie den Rest ihrer Portion verloren.

»Das wird sich dann rausstellen«, meinte Broders kauend.

»Wo sollen wir denn anfangen zu vergleichen? Wir haben bisher noch keinen Schimmer, wer die Frau ist oder wo wir sie finden können.«

»Vielleicht bringt ein Aufruf an die Öffentlichkeit was?«

Pia schob ihren Teller beiseite. Sie zuckte mit den Schultern.

»Bist du schon satt?« Broders säbelte an seiner Pizza herum.

»Beinahe«, antwortete sie mit einer Spur Bedauern in der Stimme.

Nach dem Mittagessen versuchten Pia und Broders noch einmal, Mona Falke zu erreichen. Wieder hatten sie kein Glück. Auch die Suche nach der ominösen Schwester war, wie sie von einem Kollegen aus Lübeck erfuhren, bisher ergebnislos verlaufen. Pia dachte daran, dass sie morgen frei hatte. Vielleicht würde Broders allein mit Frau Falke über den Tod ihres Sohnes sprechen müssen? Sie vermisste Felix und freute sich auf die Stunden mit ihm. Gleichzeitig wusste sie, wie wichtig die ersten Tage einer Mordermittlung waren. Und sie hatte schon die Tatortarbeit verpasst.

»Ich würde mir den Parkplatz, auf dem das Autowrack gefunden wurde, gern selbst noch mal ansehen«, sagte sie deshalb, als sie wieder im Auto saßen. »Das ist kein großer Umweg.«

»Hättest du das nicht früher sagen können? Das kostet uns locker 'ne halbe Stunde. Und die Spurensicherung dort ist auch schon abgeschlossen.«

»Wir können danach ja von Oldenburg aus die A1 nach Lübeck nehmen.« Pia wusste, dass Broders lieber Autobahn fuhr als Landstraße.

»Denkst du auch mal an das Erdöl, das bald alle ist?«

»Ich möchte den Tatort mit eigenen Augen sehen«, beharrte sie.

»Eine halbe Stunde!«, wiederholte er. »Ich dachte, da müsstest du längst wieder in Lübeck sein.« Er hielt den Blick stur auf die Fahrbahn gerichtet. Die Landstraße wand sich hier zwischen mächtigen Alleebäumen hindurch. Es kam ihnen ein beständig fließender Strom von Lkw entgegen, die gern mal von ungeduldigen Pkw-Fahrern in halsbrecherischen Manövern überholt wurden.

Im Zweifelsfall sollte man, wenn man ausweichen musste, den Raum zwischen den Baumstämmen fixieren, erinnerte sich Pia. Sie wollte sich nicht über Broders' nervige Einmischung in ihr Leben ärgern. Ein mit Blumen geschmücktes Holzkreuz am Fahrbahnrand huschte an ihr vorbei. Immer sah man diese Kreuze. Und frische Blumen daneben. Aber nie die Menschen, die sie hinstellten. Oder waren die Blumen aus Plastik?

»Die Zeit, die wir für den Abstecher brauchen, habe ich auch noch«, sagte Pia ruhig. Die dezente Erinnerung an die eigene Sterblichkeit stimmte sie milde. Broders schien sich noch nicht mit ihren neuen Arbeitszeiten anfreunden zu können. Seine Sprüche waren umso lästiger, als Pia selbst genervt war, weil sie nicht mehr immer und überall dabei sein konnte. Zeitweise fühlte es sich für sie so an, als hätte man eine Nachrichtensperre über gewisse Einzelheiten verhängt.

»Voilà«, meinte Broders, als sie den Parkplatz Schnakenkuhl erreichten. Er hielt ruckartig auf dem Seitenstreifen an. »Ein schöner Platz zum Sterben.«

Pia stieg aus und sah sich um. Ein trister Ort. Ungepflegt, zweckmäßig, trostlos. Direkt vor ihnen befand sich eine Fläche, wo der Asphalt schwarz vor Ruß war. Sie sah auch noch ein paar Kreidemarkierungen auf der Fahrbahn. Ansonsten deutete nichts mehr darauf hin, dass hier ein Mensch ums Leben gekommen war.

»Was wollte Falke hier?«, fragte sie über ihre Schulter hinweg. Broders war ebenfalls aus dem Wagen gestiegen und absolvierte ein paar halbherzige Dehnübungen. Wollte er ihr damit demonstrieren, dass die halbe Stunde zusätzliche Autofahrt ihn über Gebühr strapaziert hatte? »Nicht wippen, ziehen«, kommentierte Pia seine Bemühungen. Sie ging ein Stück auf und ab, um den Ort auf sich wirken zu lassen. Sicher, alles hier war mit Kameras dokumentiert worden. Aber vor Ort zu sein verhalf einem manchmal zu einem neuen Blickwinkel auf das Tatgeschehen. Die vorbeidonnernden Lastwagen machten einen höllischen Lärm. Das mochte nachts aber etwas anders sein. Es roch nach nassem Erdreich, Abgasen und mit etwas Einbildung auch noch nach dem Brand. Aufgrund der Büsche und Bäume waren parkende Autos von der Straße aus kaum zu sehen. Keine Häuser weit und breit.

»Zwei Punkte sprechen meiner Ansicht nach für diesen Parkplatz«, sagte sie. »Er ist abgeschieden, und er liegt nicht allzu weit vom Wohnort von Falkes Mutter entfernt.«

»Wo ist da der Vorteil? Ich meine, bei der Nähe zur Mutter?« Broders ließ die Arme fallen. Gymnastik beendet.

»Vielleicht kam André Falke gerade aus Düsterbruch, oder er wollte später noch dorthin?«

»Möglicherweise hat ihn jemand von Düsterbruch aus verfolgt?«

»Ich glaube eher, dass er hier verabredet war, höchstwahrscheinlich mit dem Täter selbst.« Pia ging ein Stück in Richtung Gebüsch. »Er hat mal in dieser Gegend gewohnt. Falke kannte den Parkplatz bestimmt von früher.« Sie bog ein paar Zweige zur Seite. »Was für ein Dreck. Schau doch mal!«

Broders kam hinzu. »Noch nie gebrauchte Kondome gesehen?«

»Noch nie so viele auf einmal.«

Felix war nach dem Trinken in Pias Arm eingeschlafen. Manchmal zuckte er im Schlaf, wie Pia es von sich selbst kannte. Sie wäre gern sitzen geblieben und hätte ihren Sohn einfach nur angeschaut. Die runden Wangen, das weiche Haar. Er hatte über der Stirn einen Wirbel, der ihn später bestimmt mal ärgern würde. Doch die Zeit der Ruhe war begrenzt. Tagsüber schlief Felix nicht mehr länger als zwei Stunden am Stück. Eigentlich müsste sie ihren freien Tag nutzen, um die Wäsche zu waschen, aufzuräumen, zu putzen und ihre private Post zu erledigen, was da hieß, Rechnungen zu bezahlen. Nur, dass sie dazu überhaupt keine Lust hatte.

Ich bin schlecht, dachte sie. Wenn ich im Büro bin, vergesse ich manchmal, dass ich einen Sohn habe, und wenn ich zu Hause bin, bin ich zu geschafft, um etwas Vernünftiges auf die Reihe zu bekommen. Ich sitze nur hier und schaue verzückt mein Kind an. Außerdem geht mir diese Wohnung auf die Nerven.

Pia fühlte sich in den zwei nicht gerade geräumigen Zimmern auf vierzig Quadratmetern eingesperrt. Sie könnte versuchen, Felix in den Kinderwagen zu verfrachten, und ein bisschen mit ihm durch die Gegend zu laufen, aber es regnete. Außerdem wachte er manchmal auf, wenn sie ihn die Treppe hinuntertrug. Diese Wohnung, so nett und zentral gelegen sie auch war, würde sie aufgeben müssen. Sie würde Susanne vermissen, die im Erdgeschoss wohnte, und Andrej in der Wohnung unter ihr. Vielleicht sogar dessen junge Katze, die sie neulich, als ihre Wohnungstür einen Moment offen gestanden hatte, zusammengekuschelt in Felix' Bettchen erwischt hatte.

Die gemeinsame Wohnungssuche mit Hinnerk hatte sich zu einem Desaster entwickelt. Möglicherweise würde es jetzt, da sie allein entscheiden konnte, einfacher? Außerdem hatte sie ein geringeres Budget zur Verfügung, was die Auswahl automatisch stark einschränkte, dachte sie ironisch. Pia legte ihr Notebook unter einem Stapel frisch gewaschener Wäsche frei. Die Wohnungsannoncen würden ihr nicht weglaufen. Da sie schon mal online war, konnte sie zuerst noch etwas nachschauen.

Ein lausiger Abend. Ralph Krispin warf einen Blick aus dem Fenster. Er konnte ein Stück vom Kirchhof sehen, wo die Nebelschwaden zwischen den alten Eisenkreuzen hingen wie in einem kitschigen Vampirfilm. Dahinter führte die schmale Straße an Monas Kate vorbei zum Dorfplatz. Alle Fenster waren dunkel. Er ließ den Vorhang wieder zufallen. Nicht, dass doch noch jemand sah, wie er hier stand und hinausstarrte. Seine Nachbarin Mona war zwar nicht da, um Protokoll über jede seiner Bewegungen zu führen, aber unbeobachtet fühlte er sich trotzdem nicht.

Er lockerte seine Schultern. Ob sie wohl kommen würde? Bei Cindy wusste man das nie so genau. Das war eine Frage von anderen Werten, hatte er erkannt. Er musste lernen, geduldiger zu sein. Von allen Herausforderungen, die das Leben als Pastor in diesem Ort an ihn stellte, war Geduld eine der schwierigsten.

Es klingelte. Einmal kurz, dann noch mal, länger und nachdrücklicher. Nur keine Aufregung. Er hatte alles im Griff.

»Mensch, ich dachte schon, es macht nie jemand auf. 'n Abend, Herr Pastor!« Cindy, in Leoparden-Kunstfelljacke, knappem, neongrünem Minirock und hohen Stiefeln, betrat die Pfarrhausdiele.

Ralph Krispin hielt bei ihrem Anblick unwillkürlich die Luft an. »Hallo, Cindy. Schön, dass Sie da sind!«

»Das erste Mal, dass wir uns hier bei Ihnen treffen, was? Sozusagen 'ne Premiere.« Sie sah sich um wie ein Kind, das versucht, einen Blick auf den geschmückten Weihnachtsbaum zu erhaschen. »Ganz schön trostlos, der Kasten! Da fehlt ein bisschen Farbe.«

»Nun ist ja Farbe da.« Er lächelte, doch sie zuckte nur mit den Schultern. Cindy trug ihr Haar jetzt pinkfarben eingefärbt. Platinblond hatte sie ihm besser gefallen. Dieser Hauch von Unschuld, an den er so gern glauben wollte.

»Wo soll's hingehen? Ich bin etwas in Eile.«

Ralph Krispin spürte einen Stich der Enttäuschung. Sie hatte offensichtlich nicht viel Zeit für ihr Treffen veranschlagt. Er hatte sich den ganzen weiteren Abend freigehalten.

Cindy blickte mit großen, runden Augen von Tür zu Tür.

»Dort hinein, bitte.« Er deutete auf den Durchgang zum Pfarrbüro. Erst hatte er überlegt, sie in sein privates Wohnzimmer zu führen. Dort saß man bequemer. Aber er wollte nicht, dass sie auf falsche Gedanken kam.

Cindy bewegte sich langsam und mit wiegenden Schritten vorwärts. Wenn sie einen Fuß mit dem bleistiftdünnen Absatz auf den Fliesenboden aufsetzte, zitterte ihr Fußgelenk hin und her. So, als müsste sie erst Halt finden, bevor sie ihr Gewicht darauf verlagern konnte.

Im Pfarrbüro steuerte Cindy auf den einzigen bequemen Sitzplatz zu, den wuchtigen Lederstuhl hinter seinem Schreibtisch. Sie warf sich darauf und schlug die Beine übereinander. Ihr Rock rutschte noch ein Stück gen Hüfte.

Ralph Krispin sah weg. In ihrem Wohnmobil mit ihr zusammen zu sein, an ihrem Arbeitsplatz, war ihm natürlicher erschienen. Er ließ sich auf der Kante seines Schreibtisches nieder. Sie aufzufordern, sich mit ihm an den Tisch zu setzen, kam ihm unpassend vor. Cindy lehnte sich zurück, verschränkte die Arme hinter dem Kopf, sodass sich ihre schweren Brüste hoben, und sah ihn erwartungsvoll an.

»Wie ernst ist es Ihnen mit Ihrer Taufe, Cindy?«, fragte er.

»Ich habe gestern ein paar neue Informationen über den Tatort gefunden«, erklärte Pia, als alle Kollegen, die in die Ermittlungen im Fall Falke involviert waren, zur Frühbesprechung eingetroffen waren. Sie hatte den Beamer aufgebaut und ihn an ihr Notebook angeschlossen.

»Wie gefunden?«, fragte Gerlach. »Ich dachte, gestern war dein freier Tag.«

»Ja, stimmt ja auch. Also, Broders und ich haben uns am Mittwoch auf der Rückfahrt von Kiel noch mal den Tatort angeschaut. Da ist uns etwas aufgefallen. Ich habe daraufhin den Namen des Parkplatzes in ein paar Suchmaschinen eingegeben, zusammen mit entsprechenden Stichwörtern. Und ich bin fündig geworden.«

Es war Freitagmorgen, kurz nach acht Uhr. Der richtige Zeitpunkt für einen kleinen Muntermacher. »Dort lagen auffällig viele benutzte Kondome herum«, erläuterte sie. »Das wird zwar schon im Bericht der Spurensicherung erwähnt, aber bisher haben wir dieser Tatsache keinerlei Beachtung geschenkt.«

»Benutzte Kondome auf einem Rastplatz?« Kürschner hob die Schultern. »Das finde ich nicht ungewöhnlich. Ein Treffpunkt für heimliche Liebespaare ...«

Pia tippte eine Webadresse ein. »Aber auf diesem Parkplatz geht es nicht um heimliche Liebesaffären«, sagte sie. »Der Ort ist in eingeweihten Kreisen bekannt für Parkplatz- oder Outdoor-Sex. Mit festen Tagen und Uhrzeiten, zu denen sich Gleichgesinnte dort treffen.«

»Ach ja?«, fragte Gabler. Die Neuigkeit brachte etwas Leben in seine zerknitterten Gesichtszüge.

»Da treffen sich Menschen, die sich beim Sex entweder zuschauen lassen wollen oder die selbst zuschauen. Paare und Einzelpersonen«, erklärte Pia. »Ich zeig euch mal ein paar Bilder.«

»Was es nicht alles gibt!«, stieß Gerlach beim Anblick der ersten Fotos hervor. Pia fragte sich, wie er es nach den Jahren im Polizeidienst geschafft hatte, sich das Staunen zu bewahren. Sie ließ noch ein paar Seiten erscheinen und projizierte dann eine Liste mit Orten und Terminen auf die Fläche.

»War in der Tatnacht ein Termin für öffentlichen Outdoor-Sex?«, fragte die Staatsanwältin mit spröder Stimme.

»Nein, den Angaben auf der Website nach zu schließen, nicht. Es kann genauso gut ein Zufall sein, dass der Mord ausgerechnet auf diesem Parkplatz verübt worden ist. Kann ...«

»Wir müssen das nachprüfen«, sagte Gabler.

»Ich halte es für mehr als wahrscheinlich, dass André Falke die besondere Nutzung des Parkplatzes bekannt war. Er ist in Düsterbruch aufgewachsen, seine Mutter lebt dort.« Pia hatte sich ihre Gedanken dazu gemacht.

»Vielleicht war es für ihn trotzdem nur irgendein Parkplatz, um sich mit jemandem zu verabreden, mit dem er nicht gesehen werden wollte«, meinte Wohlert.

»Aber er hat in Kiel gewohnt. Warum ist er dann bis nach Düsterbruch gefahren, um sich auf einem x-beliebigen Parkplatz mit jemandem zu treffen?«, wandte Broders ein.

»Weil derjenige aus der Umgebung stammte?« Pia hob die Augenbrauen. Doch wer? Wenn sie den Namen desjenigen wussten, mit dem Falke verabredet gewesen war, dann kannten sie wahrscheinlich auch den Täter.

Aus dem Augenwinkel sah sie, wie sich die Tür des Besprechungsraumes öffnete. Ein Mann kam herein, blickte zu ihr herüber und setzte sich dann mit unbewegter Miene auf einen Stuhl in der hinteren Reihe. Die Statur eines Athleten, der kahle Schädel. Pia war irritiert. Franz-Xavier Lessing. Ausgerechnet der? Sollte er nicht eigentlich in Wiesbaden beim BKA schlechte Laune verbreiten? Sie hatte gehofft, diesen Mann nie wiederzusehen, und sich gute Chancen dafür ausgerechnet. Offensichtlich ein Irrtum. Es ist nur mein schlechtes Gewissen, sagte sie sich. Beim Bundeskriminalamt arbeiten über fünftausend Leute, also geht von Lessing keine Gefahr für mich aus. Sie drehte sich wieder zur Projektionsfläche um. Ihr Blick streifte dabei das Foto einer Frau, die vor dem Hintergrund eines roten Vans mit zwei Männern gleichzeitig Sex hatte.

»Ich denke, das reicht«, sagte sie und schaltete ihren Rechner aus. »Es ist klar, worum es geht.«

Wenn Lessing wissen wollte, was er verpasst hatte, sollte er gefälligst den Mund aufmachen und fragen!

»Broders, weißt du, was der Typ vom BKA schon wieder bei uns will?«, fragte Pia eine halbe Stunde später. Sie hatte ihren Kollegen an dem neuen Kaffeeautomaten in der Teeküche aufgespürt. Er versuchte gerade, die Klappe über dem Filter zu schließen, ohne den Plastikgriff abzubrechen. Sein Gesichtsausdruck war konzentriert, doch Broders schien kurz davor zu sein, einen Wutanfall zu bekommen.

»Lass mich raten: Sieht er aus wie Kojak ohne Lolli?«

»Du weißt genau, wen ich meine.«

»Bist du etwa interessiert?« Er sah sie prüfend an.

»Unsinn«, wehrte sie ab. »Ich wäre nur gern informiert.«

»Da bist du bei mir natürlich goldrichtig. Der Mann war vor ein paar Monaten schon mal hier. Muss gewesen sein, kurz nachdem du verschwunden bist. Er hat uns ein stundenlanges Referat über organisierte Kriminalität gehalten. Lessing arbeitet in Wiesbaden in der Abteilung SO. Schwere und Organisierte Kriminalität.«

So viel wusste sie schon. »Und was will er schon wieder hier?«

»Er ist an einem Mann namens Vadim Droski und noch ein paar anderen interessiert. Offenbar eine Manie von ihm. Eine staatlich sanktionierte Manie.«

Pia lehnte sich gegen den Türrahmen und legte den Kopf schief. »Er ist auch hinter einem Mann namens Fjodor Markow her, nicht wahr? Dem Bruder von Oxana Markowa, die wir in Düsterbruch befragt haben. Nach dem hat er mich damals schon gefragt.«

»Du bist ihm damals auch schon begegnet? Freu dich. Du leidest nicht unter postnataler Demenz oder einem Still-Trauma oder so. Die Kollegen vom BKA ›beobachten Markows Aktivitäten‹, wie sie es formulieren. Man könnte ihn auch als Oligarchen bezeichnen. Er steht angeblich mit Leuten aus dem Bereich der organisierten Kriminalität in Verbindung.«

»Lessing hat mir gegenüber mal so was angedeutet.« Pia kam es so vor, als wäre das Ewigkeiten her.

»Lessing und seine Leute hatten beim ersten Mal, als sie hier waren, gehofft, dass sich zur Hochzeit der Markowa ein großer Teil der Sippe in Düsterbruch einfinden würde, einschließlich Fjodor Markow selbst.«

»Aber der Hochzeitstermin ist wegen des Selbstmords der Mutter geplatzt.«

»Genau. Doch jetzt ist André Falke ermordet worden, noch dazu auf recht spektakuläre Art und Weise. Und Franz-Xavier Lessing steht wieder auf der Matte. Nun kommst du.«

»Demnach vermuten die, dass der Mord an Falke mit organisierter Kriminalität in Verbindung steht?« Pia beobachtete, wie Broders einen der zwei Kaffeepads aus dem Filter entfernte und die Klappe herunterdrückte. Er betätigte den *Start*-Knopf, und der Kaffeeautomat setzte sich brummend und zischend in Betrieb. Dann sah Broders zu ihr hinüber und nickte grimmig.

»Passen würde es schon ... die Methode meine ich«, überlegte Pia laut.

»Lessing ist bestimmt erpicht darauf, sein eigenes Team auf den Fall anzusetzen. Seine Leute nennen ihn übrigens Nathan. Ein Kosename aus seiner Zeit bei der Bundespolizei. Ich hab's aus geheimer Quelle.«

»Wie bitte?«

»Da kannst du ja mal drüber nachdenken.«

Lessing – Nathan? Längst Vergessenes aus dem Deutschunterricht schwappte kurz an die Oberfläche. *Nathan der Weise* von Gotthold Ephraim Lessing. Na, toll. »Aber Lessing fehlt die komplette Vorgeschichte aus Düsterbruch«, wandte sie ein.

»Wohl wahr.« Broders zog die gefüllte Tasse aus dem Automaten. »Pia, bevor ich es vergesse: Du musst heute auf meine erfrischende Gesellschaft verzichten. Ich zieh gleich wieder mit Wohlert los.«

»Was habt ihr vor?«

»Gabler hat uns dazu eingeteilt, im Bereich Outdoor-Sex ein paar Nachforschungen anzustellen. Vielen Dank auch dafür.«

»Oh, gern geschehen.«

»Ich bin ja bekanntlich Experte für perversen Hetero-Sex!« Er verschwand, ohne sie noch einmal anzusehen.

»Viel Spaß«, rief Pia ihm hinterher. Mit welchem Aspekt der Ermittlungen würde sie dann heute betraut werden? Sie hatte die Internet-Seite schließlich entdeckt. Na, vermutlich würde die Recherche nicht so spannend werden. Sie warf dem Kaffeeautomaten einen begehrlichen Blick zu, dachte dann an die wachen Augen ihres Sohnes – nachts um halb drei – und verließ die Kaffeeküche.

12. Kapitel

Pia hatte die Aufgabe übernommen, endlich mit Mona Falke in Kontakt zu treten, um sie über den Tod ihres Sohnes zu informieren. In den vergangenen Tagen hatten sie immer wieder vergeblich versucht, sie in ihrem Haus in Düsterbruch zu erreichen. Gegebenenfalls mussten sie nun erst mal ihren Aufenthaltsort ausfindig machen. Ohnehin standen noch ein paar informative Gespräche im Dorf an. Lessing begleitete Pia nur »interessehalber« und um Oxana Markowa mal persönlich kennenzulernen, wie er sagte.

Düsterbruch präsentierte sich an diesem späten Novembervormittag mit dem spröden Charme Norddeutschlands im Herbst. Diese Reize würden Uneingeweihten wohl ewig verborgen bleiben. Die Welt jenseits geteerter Straßen versank im Schlamm.

»Düsterbruch – der Name ist wohl Programm«, sagte Lessing dann auch, als er seine langen Gräten aus dem Auto schob. Er trug trotz des spärlichen Lichteinfalls eine Sonnenbrille. Sein kahler, gebräunter Schädel kontrastierte mit dem grauen Himmel und den gedämpften Farben ringsherum. Er musterte den Feuerlöschteich in der Dorfmitte, der reglos dalag, unergründlich und schwarz, umgeben von einem Ring aus bleichem Schilf. Dahinter sah man die Höfe der ortsansässigen Bauern. Roter Backstein und grün gestrichene Tore unter ausladenden Dachflächen.

»Das da vorn ist der Hof der Seesens.« Pia deutete nach rechts. »Da wohnt Oxana Markowa. Dort war ich im März mit

Heinz Broders, um den Tod von Hedwig Seesen zu untersuchen.«

»Ja, ja. Ich habe den Bericht gelesen.« Lessing zog die Schultern hoch. »Warum parken wir ausgerechnet hier?«

»Es ist der Mittelpunkt des Dorfes. Die Kate von Mona Falke ist da vorn, in Richtung Kirche. Traust du dir den kleinen Fußmarsch zu?«

Er zog die Augenbrauen zusammen. Ihn zu reizen machte es auch nicht besser. Aber die Versuchung, ihre Anspannung damit zu kompensieren, war groß.

Die wenigen Meter zu Mona Falkes Haus legten sie schweigend zurück. Pia haderte mit dem Schicksal. Warum war ausgerechnet er zugegen gewesen, als ihre Wehen eingesetzt hatten? Sie wusste, dass dieser Gedanke albern war. Doch sie fühlte sich im Nachteil. Dabei war gar nichts weiter passiert. Lessing hatte den Vorfall wahrscheinlich längst vergessen. Trotzdem wünschte sie, irgendetwas würde an seiner untadeligen Fassade kratzen, und sei es auch nur, dass er im Matsch ausrutschte und ein paar Schlammspritzer abbekam.

Lessing hielt sich im Hintergrund, während Pia an Mona Falkes Haustür klopfte. Er dachte vermutlich (und wahrscheinlich zu Recht), dass die Bewohnerin dieser pittoresken, kleinen Kate einen Schock erleiden würde, wenn plötzlich ein baumlanger, kahl rasierter Mann mit dunkler Sonnenbrille auf ihrer Türschwelle stand. Aber die Vorsichtsmaßnahme war unnötig. Niemand öffnete.

»Wo kann sie nur stecken?«, fragte Pia. »Sie wird sich doch denken können, dass wir sie wegen des Todesfalls auf dem Parkplatz noch mal sprechen müssen.«

»Weiß die Frau überhaupt schon, dass es ihr Sohn war, der ermordet worden ist?«

»Als wir das letzte Mal mit ihr gesprochen haben, stand es

noch nicht fest. Aber inzwischen ... Die Zeitungen haben ja auch darüber berichtet.«

Es fing an zu nieseln. Winzige Regentropfen glitzerten auf Lessings Kopf und auf den dunklen Brillengläsern. Er nahm die Sonnenbrille ab.

Pia trat unter dem Dachüberstand hervor. »Irgendjemand in Düsterbruch wird wohl wissen, wo Mona Falke steckt. Wir fragen zuerst die Seesens. Die stehen heute sowieso auf unserer Liste.«

»Zu Befehl.«

»Immer gern.« Sie ging ihm mit festen Schritten voraus, was bei dem aufgeweichten Boden nicht ganz einfach war.

Oxana Markowa öffnete ihnen die Tür. Sie lächelte höflich, schien beinahe erfreut zu sein, Pia zu sehen. Nach kurzem Nachdenken wurde ihr Gesicht aber wieder ernst. »Sie sind wegen des Toten auf dem Parkplatz hier, oder?«

»Zunächst einmal suchen wir Mona Falke.«

»Ich verstehe. Sie ist wohl immer noch nicht wieder zurück, oder?«

»Wissen Sie, wo Frau Falke sich aufhält?«

»Krispin, unser Pastor, hat mir gesagt, dass sie für ein paar Tage zu ihrer Schwester gefahren ist.«

»Haben Sie eine Adresse oder eine Telefonnummer?«

»Nein. Das ist alles ein bisschen merkwürdig. Bisher hat Mona nie etwas von einer Schwester erzählt.«

»Oh.« Das war eine unerwartete Komplikation. »Können wir reinkommen und uns mit Ihnen unterhalten, Frau Markowa?« Pia deutete auf ihren Begleiter. »Das ist übrigens ein Kollege von mir, Franz-Xavier Lessing.«

Er nickte unverbindlich.

»Dann kommen Sie mal rein.« Oxana Markowa wandte sich um und ging ihnen mit anmutigen Bewegungen voraus in die Küche. Auf der Cerankochplatte stand ein großer Emaille-Topf, in dem es leise köchelte. Es roch säuerlich und pikant. Vom Kochdunst waren die Fensterscheiben leicht beschlagen.

»Ich mache gerade Soljanka.« Oxana Markowa deutete auf den Herd. »Manchmal koche ich russisch. Jörg mag Pelmeni besonders gern. Aber ich liebe auch deutsches Essen: Kohlrouladen.« Sie lächelte verlegen, als hätte sie schon zu viel von sich preisgegeben, und deutete auf die Eckbank unter dem Fenster. Pia setzte sich Oxana gegenüber, Lessing hockte sich auf die äußerste Ecke der Bank und sah zum Fenster hinaus. Trotz des Nieselregens hing draußen Bettwäsche auf der Leine.

»Ist Ihr … ist Jörg Seesen auch da?«, fragte Pia.

»Er müsste gleich wieder zurück sein. Jörg ist nur kurz zum Baumarkt gefahren.« Sie sah zur Wanduhr über der Tür.

»Wir sind tatsächlich wegen des Todesfalls auf dem Parkplatz hier«, bestätigte Pia. »Es hat sich zweifelsfrei herausgestellt, dass der Tote im Auto André Falke war.«

Oxana nickte.

»Kannten Sie André Falke, Mona Falkes Sohn?«

»Kaum. Ab und zu hat er seine Mutter wohl besucht. Einmal bin ich ihm in ihrem Haus begegnet, aber wir haben nicht miteinander gesprochen.« Sie schien noch mehr sagen zu wollen, überlegte es sich mit einem Seitenblick auf Lessing dann jedoch anders.

»Wie war Ihr Eindruck von André Falke?«

»Ein gut aussehender Mann, etwa dreißig Jahre alt. Etwas zu sehr von sich eingenommen. Man weiß nie, was dahintersteckt, nicht wahr?«

»Haben Sie eine Ahnung, womit er sein Geld verdient hat?«

»Mona erzählte allen, er sei Geschäftsmann und habe eine eigene Firma. Sie war sehr stolz auf ihn.«

»Irgendetwas Konkretes?«

»Nein.« Draußen waren Schritte und das Schlagen einer Tür zu hören. Oxana horchte auf. »Da kommt Jörg ja«, sagte sie erleichtert. »Ich weiß eigentlich nichts über André Falke. Jörg kennt die Leute hier viel besser als ich.«

Jörg Seesen begrüßte sie mit festem Händedruck und küsste seine Zukünftige auf den Mund. Dann öffnete er den Kühlschrank und trank in großen Zügen direkt aus der Milchpackung, stellte sie zurück und wischte sich mit dem Handrücken über den Mund. Eine kleine Demonstration seiner Hausrechte. »Möchten Sie auch etwas trinken?«, fragte er.

»Nein, danke. Wir haben auch ein paar Fragen an Sie, den Tod von André Falke betreffend.«

Seesen zog sich einen Stuhl heran und ließ sich schwer darauf nieder. Er trug selbst gestrickte Wollsocken und eine blaue Arbeitshose. Seine Hemdsärmel über den kräftigen Unterarmen waren hochgerollt. Am Handgelenk hatte er einen Streifen Schmieröl. »Alle sagen, dass er ermordet wurde.«

»Es handelt sich erwiesenermaßen um ein Tötungsdelikt.«

Seesen sah von Pia zu Lessing und wieder zurück. »Wir haben nichts damit zu tun.« Eine Gefühlsregung wanderte wie ein Schatten über sein Gesicht. Besorgnis, vielleicht auch Angst. Seine Augen suchten kurz Blickkontakt zu seiner Freundin, dann wandte er sich wieder an Pia. »Sie sollten darüber lieber mit Mona sprechen. Weiß sie es überhaupt schon?«

»Deshalb sind wir hier. Frau Falke ist nicht da. Ich dachte, Sie wüssten vielleicht, wo wir sie erreichen können?«

»Das ist merkwürdig«, sagte er. »Ich hab mir auch schon Sorgen gemacht, weil ich Mona seit Montag nicht mehr gesehen habe. Sie sollten sie langsam mal ausfindig machen.«

»Kennen Sie den Namen und Wohnort von Mona Falkes Schwester?«

»Nein. Hat sie eine Schwester?« Er wirkte überrascht.

»Angeblich schon. Wie sieht es mit Freunden und Bekannten von Mona Falke aus? Irgendwer wird doch wohl wissen, wo sie ist.«

»Ehrlich gesagt, kann ich Ihnen da nicht weiterhelfen. Haben Sie schon mit unserem Pastor gesprochen?«

»Das werden wir noch. Sonst noch jemand?«

Seesen überlegte. »Monas direkter Nachbar, Paulsen, ist schon vor einer ganzen Weile weggezogen. Aber wahrscheinlich hätte der sowieso nichts gewusst.« Seesen machte eine Handbewegung, als leerte er ein Schnapsglas. »Außerdem waren die sich sowieso nicht grün, Paulsen und Mona.«

»Brauchen Sie mich noch? Ich muss mal eben nach der Wäsche sehen«, sagte Oxana und erhob sich.

Seesen schaute ihr nach, bis sich die Tür hinter ihr geschlossen hatte. Und wieder fiel Pia sein Gesichtsausdruck auf. Übertriebene Sorge ... oder eher Furcht? »Muss das alles sein?«, fragte er. »Oxana lässt es sich nicht anmerken, aber diese Vorkommnisse machen ihr Angst.«

»Ja, es ist besorgniserregend«, bestätigte Pia. »Und es sollte einem wohl auch etwas Angst machen, wenn ein Mörder im eigenen Umfeld so planmäßig und brutal zuschlägt.«

»Aber der Mord ist doch nur zufällig hier in der Nähe passiert«, protestierte Seesen. »Das hatte doch nichts mit uns zu tun. Nicht mit den Leuten aus Düsterbruch! Auf diesem Parkplatz treiben sich Typen herum ...« Er errötete bei seinen letzten Worten, ob vor Wut oder aus Verlegenheit, war nicht auszumachen.

»Was wissen Sie über den Parkplatz?«

»Da finden schmutzige, widerliche Dinge statt. Ich habe zufällig davon erfahren, dass ausgerechnet der Parkplatz Schnakenkuhl ein Treffpunkt für irgendwelche Perverse ist. Spontaner Gruppensex und so.« Er schnaubte verächtlich. »Schauen Sie sich mal den Müll an, der nach so einem Wochenende dort rumliegt. Die machen ihren Dreck nicht wieder weg!«

»Könnte André Falke etwas mit den Leuten dort zu tun gehabt haben?«

»Keine Ahnung! Seit er von hier weggezogen ist, weiß ich nur das, was Mona über ihn erzählt. Ihr Goldjunge schwamm angeblich auf einer Welle des Erfolgs. Wenn man allerdings anderen Gerüchten Glauben schenken darf ...«

»Was für Gerüchten?«

»Entweder war André Falke im Bau, oder er ist noch mal auf Bewährung davongekommen. Der hatte mal was mit Drogen zu tun. Die Verlockung des schnellen Geldes.«

»Wer sagt das?«

Jörg zuckte mit den Schultern. »Ich weiß es nicht mehr. Hab mal so was läuten hören. Stimmt es etwa nicht?«

»Wo waren Sie am vergangenen Sonntagabend, Herr Seesen?«

»Sie fragen, ob ich ein Alibi habe?« Er sah Pia starr in die Augen. »Am Sonntagabend war ich die ganze Zeit hier.«

»Kann das jemand bestätigen?«

»Natürlich. Oxana ist an dem Abend auch zu Hause gewesen. Ich war in meinem Büro, um Papierkram zu erledigen. Sie hat ferngesehen.«

Oxana Markowa bestätigte die Aussage ihres Mannes kurz darauf. Sie konnte sich aber nicht mehr daran erinnern, was sie an dem fraglichen Abend gesehen hatte.

Pia fand das nicht weiter ungewöhnlich. Ihr Fernseher zu Hause flimmerte auch manchmal nur so vor sich hin, ohne dass sie auf das Programm achtete. »Könnte einer von Ihnen, rein theoretisch gesprochen, das Haus verlassen haben, ohne dass der andere es gemerkt hat?«

»Eigentlich nicht.« Oxana Markowa sah verunsichert aus. »Ich hätte es gehört, wenn Jörg noch mal weggegangen wäre.«

»Vom Wohnzimmer aus?« Wenn Pia sich von ihrem ersten Besuch im Hause Seesen recht erinnerte, lag der Raum auf der anderen Seite des Hauses, vom Arbeitszimmer immerhin durch zwei Türen und den langen Flur getrennt.

»Ich war nicht im Wohnzimmer«, sagte Oxana. Sie sah auf ihre schlanken Hände herunter, die auf der Tischplatte lagen. »Ich war an dem Abend ziemlich müde und bin schon früh ins Bett gegangen. Im Schlafzimmer steht ein zweiter Fernseher.«

Pia machte sich eine Notiz. Oxana kaute auf ihrer Unterlippe. Sie biss einen winzigen Hautfetzen ab, und der Riss fing an zu bluten. Sie stand auf, um ein Papiertaschentuch aus einem Regal über der Küchenzeile zu holen. Mit einem Mal sah sie sehr jung aus.

Lessing räusperte sich. »Ist jemand aus Ihrer Familie oder von Ihren Freunden da, der Sie in dieser schwierigen Situation unterstützt?«

»Bin ich in Schwierigkeiten?« Oxana drehte sich um und lächelte gezwungen. »Eine Freundin von mir ist hier. Sie wohnt aber im Hotel. Ich verstehe nicht, was das mit dem Mord zu tun haben soll.«

Lessing blieb ihr die Antwort schuldig.

»Das war also Oxana Markowa«, sagte Pia, als sie zurück zum Auto gingen. »Hast du was Neues über die Markows erfahren, Lessing?«

»Nichts, was ich nicht sowieso schon wusste. Aber es war schön, Oxana Markowa mal persönlich kennenzulernen. Jörg Seesen scheint mir ein echter Glückspilz zu sein.«

Die Begegnung mit der Frau hatte Lessing ja geradezu redselig gemacht. »Was hältst du von der Beziehung zwischen Seesen und der Markowa? Was verbindet die beiden?«, fragte Pia.

»Hm, mal abgesehen davon, dass beide auf ihre Art recht attraktiv sind, ist es wohl der Reiz des Fremdartigen. Bei Oxana Markowa kommt hinzu, dass sie vermutlich so etwas wie Stabilität und Ruhe in ihrem Leben sucht.«

»Hatte sie das vorher nicht?«

»Kaum«, sagte Lessing nur. Da war sie wieder, die Nachrichtensperre.

Pia sah ihn direkt an. »Und ich hatte gedacht, du wolltest von ihr etwas über ihren Bruder in Erfahrung bringen.«

»Nur nicht mit der Tür ins Haus fallen«, meinte Lessing. »Als Nächstes reden wir mit der Freundin. Kennst du die schöne Nadja Glebowna schon?«

13. Kapitel

Nadja Glebowna Ivanova logierte in einem herausgeputzten Landgasthof in einem Nachbarort von Düsterbruch. Ein Schild an der Straße zeigte das Vorhandensein freier Fremdenzimmer an, und die großzügige Parkfläche neben dem Haus war fast leer.

Pia und Lessing betraten das Haus durch eine mit Säulen flankierte Eingangstür. Braun verglaste Butzenscheiben schirmten die Eingangshalle vor dem Tageslicht ab. Am Empfang brannte eine kleine Leuchte mit grünem Schirm. Sie ließen sich mit Nadja Ivanovas Zimmer verbinden und verabredeten sich mit ihr im Restaurant. Pia sah sich um. Die gediegene Inneneinrichtung aus hellem Eschenholz musste vor nicht allzu langer Zeit eine Investition im fünfstelligen Bereich erfordert haben. An einem der Tische vor den Fenstern saßen zwei Männer in Anzügen, die ein verspätetes Mittagessen zu sich nahmen. Sie warfen Pia und Lessing einen kurzen Blick zu. Als Nadja Ivanova den Raum betrat, starrten sie ungeniert zu ihr hinüber.

Sie trug ein Kostüm mit kurzem Rock und dazu hochhackige Pumps. Pia versuchte, sich die strahlend blonde Frau mit dem messerrückendick aufgetragenen Make-up in Seesens Küche vorzustellen, aber es gelang ihr nicht ganz.

»Was wollen Sie denn eigentlich von mir wissen?«, wandte sich Nadja Ivanova nach der Begrüßung sofort an Lessing. Dies war sein Spiel. Es bestand im Grunde keine Veranlassung, sie wegen des Mordes an André Falke zu befragen. Nach

Angaben der Rezeptionistin war sie erst am Dienstagvormittag im Hotel angekommen.

Eine Viertelstunde und zwei Tassen Kaffee später wusste Lessing, dass seine Gesprächspartnerin André Falke nie begegnet war. Seine Mutter, Mona Falke, hatte sie wohl mal im Hause ihrer Freundin Oxana gesehen, aber sie konnte sich nicht an Einzelheiten erinnern. Die Menschen hier interessierten sie nicht, sagte sie. Und überhaupt verstehe sie nicht, warum es Oxana, eine weit gereiste, gebildete Frau, in ein Kaff wie Düsterbruch verschlagen habe. Aber da sie nun mal ihre beste Freundin sei, müsse sie sie ja unterstützen, insbesondere im Hinblick auf die geplante Hochzeit.

»Wenn Sie Oxana Alexejewnas beste Freundin sind, kennen Sie bestimmt auch ihre Familie«, sagte Lessing.

»Natürlich«, bestätigte die Russin. Sie beugte sich nach vorn. Ihre Kostümjacke öffnete sich ein Stück, und die Farbe und Beschaffenheit ihres BHs war kein Geheimnis mehr. Spitze in Himbeerrot. »Ich kannte auch ihre verstorbenen Eltern. Und ihren Bruder. Darüber wollen Sie doch eigentlich mit mir reden, oder?«

»Fjodor Alexejewitsch Markow«, sagte Lessing beiläufig. »Haben Sie ihn in letzter Zeit gesehen?«

Nadja lachte leise auf. »Ach, Fedja! Er ist überall und nirgends. Ja, er war sogar schon mal hier, um seine kleine Schwester zu besuchen. Das hat für kurze Zeit etwas Glanz in diese Einöde gebracht.«

»Er ist um einiges älter als seine Schwester. Stehen sich die beiden eigentlich nahe?«

»Für einen Polizisten aus Lübeck sind Sie aber gut informiert«, bemerkte sie. Ihre sorgfältig nachgezogenen Lippen verzogen sich zu einem spöttischen Lächeln. Wäre sie mit der deutschen Sprache aufgewachsen, hätte sie gehört, dass Lessing nie und nimmer aus Lübeck stammte, dachte Pia. Und er würde sie nicht darüber aufklären, von welcher Polizeibehörde er kam – ganz gewiss nicht. »Dann müssten Sie eigentlich auch wissen, dass Fjodor alles für Oxana tut. Er hat ihre Ausbildung bezahlt, ein Schweizer Internat, ein Studium in St. Petersburg und Berlin – Gesang natürlich. Oxana steht die ganze Welt offen.« Ihre Augen glitten kurz über die Ausstattung des Hotels. »Aber er wird ihrem Glück auch nicht im Wege stehen, wenn sie darauf besteht, hier zu heiraten. Vielleicht ...«

»Ja?«

»Vielleicht ist es ihm sogar ganz recht so. Fjodor mag Deutschland. Er will Oxana schützen.«

»Ist sie denn in Gefahr?«

Nadja lächelte wieder. »Das müssen Sie Fjodor schon selbst fragen. Ich würde ihn nicht als übermäßig ängstlich beschreiben.« Sie trank einen Schluck Kaffee. »Doch er besitzt eine gepanzerte Limousine, die mehr wiegt als ein Lkw, und wenn er auswärts isst, hat er manchmal eine Art Vorkoster dabei. In Düsterbruch natürlich nicht, hier gibt er sich auf Oxanas Wunsch hin ganz normal.«

»Wer hat ein Interesse daran, Fjodor Markow Schaden zuzufügen, Nadja Glebowna?«, hakte Lessing mit gesenkter Stimme nach. Er benutzte jetzt ihren Vatersnamen statt des Nachnamens.

Nadja zeigte zum ersten Mal Anzeichen von Nervosität. Pia wunderte sich darüber. Sie konnte der Frage ganz einfach ausweichen. Dies war keine offizielle Vernehmung.

»Ein Mann mit Fjodors Fähigkeiten und Verbindungen hat immer Feinde. Ihr hier glaubt doch, ein Russe, der viel Geld verdient, ist automatisch kriminell und steckt mit der Mafia unter einer Decke. Ihr habt keine Ahnung, wie es wirklich ist!«

»Dann klären Sie uns auf.«

»Natürlich kennt Oxanas Bruder viele wichtige Leute. Das bringen die Geschäfte nun mal mit sich. Das heißt aber noch lange nicht, dass er immer mit allem einverstanden ist, was die tun.« Sie führte wieder die Kaffeetasse zum Mund. »Er war in Russland im Gefängnis. Doch Fedja war kein Krimineller und auch kein Dissident. Er hat nur immer getan, worin er gut ist: organisieren, Kaufen und Verkaufen. Das hat ihm unter der alten Nomenklatura eine Verurteilung zu zwanzig Jahren Arbeitslager eingebracht. Das waren übrigens zum größten Teil die Leute, die heute liebend gern mit ihm Geschäfte machen. Den Wohlstand, den Fedja genießt, hat er sich schwer erarbeitet. Und wenn er das Geld, das er verdient hat, auch mit vollen Händen ausgibt, ist das mehr als recht. Es gibt ein russisches Sprichwort: ›Vor dem Gefängnis und dem Verhängnis ist niemand gefeit.‹ Also leben wir heute. Keiner weiß, was morgen ist, nicht wahr?«

»Und wovon leben *Sie*, Nadja Glebowna?«

»Von den Spenden meiner Landsleute«, sagte sie, ohne eine Miene zu verziehen. Pia bemerkte, dass Lessing trotz seiner weiterhin ungerührten Miene angespannt war.

»Sie kennen Fjodor Markow ja wirklich gut«, erwiderte er bedächtig. »Wann kommt er denn mal wieder her?«

»Das weiß niemand außer ihm selbst.«

»Und Vadim Droski?«

»Wer soll das sein?«

»Wenn Sie Fjodor Markow so gut kennen, wie sie eben behauptet haben, kann Vadim Droski für Sie kein Unbekannter sein.«

»Fjodor verkehrt mit vielen Leuten.«

»Sie wissen, wer Droski ist, Nadja Glebowna. Ansonsten sind Sie wohl doch nicht so gut mit Fjodor Markow bekannt, wie Sie sagen. Aber vielleicht wären Sie es ja auch nur gern.« Lessing sah sie herausfordernd an.

Nadja Ivanova holte tief Luft, schien sich dann aber auf die Zunge zu beißen. »Wie war noch mal der Name des Mannes, nach dem Sie mich zuletzt gefragt haben?«

»Vadim … Droski.«

Sie schüttelte den Kopf. Lessing rührte in seinem Kaffee. »Falls ich ihm zufällig mal begegnen sollte, könnte ich ihm ja etwas von Ihnen ausrichten«, schlug Nadja Ivanova lächelnd vor.

Zehn Minuten später standen sie wieder draußen vor dem Hotel. Pia zog die Wagenschlüssel hervor. »Gut, dass Vadim Droski, wer immer das ist, in Kürze weiß, dass du dich nach ihm erkundigt hast.«

»Das ändert nichts!« Lessing klang gereizt. »Wir fahren zurück nach Lübeck. Ich muss Rücksprache mit meinem Referatsleiter halten.«

Pia sah auf ihre Armbanduhr. »Wir sollten vorher noch mal bei Mona Falke vorbeischauen. Vielleicht ist sie jetzt da.« Sie sah in das regungslose Gesicht mit den getönten Brillengläsern vor den Augen.

»Wenn du das für sinnvoll hältst.«

Die Sonne kam durch die Wolkendecke. Pia blinzelte und öffnete die Wagentür. Bis nach Düsterbruch waren es nur wenige Minuten zu fahren. Es war halb drei, um fünf sollte sie wieder bei Fiona sein, um Felix abzuholen. Das war zu schaffen.

Bei Sonnenschein sah die Kate freundlicher aus. Eine Elster hüpfte auf dem schmalen Rasenstreifen vor dem Haus herum. Der Vogel flog davon, als sie das Grundstück betraten.

Pia klopfte wieder an die Haustür, wartete, lauschte, klopfte noch einmal. Lessing stand an der Gartenpforte. Er musterte die Umgebung wie ein Tourist.

Nichts rührte sich – wieder kein Glück. Obwohl man es wohl kaum als Glück bezeichnen konnte, Todesnachrichten zu überbringen. Wo steckte die Frau? Die Reise zu der allseits unbekannten Schwester kam Pia immer unwahrscheinlicher vor. Was, wenn Mona etwas mit dem Tod ihres Sohnes zu tun hatte und längst über alle Berge war? Dann stünden sie ziemlich dämlich da.

»Ich glaube, im Nachbarhaus ist nun jemand«, sagte Lessing. »Hör mal!« Schabende Geräusche klangen zu ihnen herüber. Außerdem stand in der anderen Haushälfte jetzt ein Fenster offen. Auf der schmalen Straße gegenüber der Kate parkte ein schwarzer Saab mit Lübecker Kennzeichen, der vorhin noch nicht da gestanden hatte.

Lessing überließ es Pia, hinüberzugehen und zu klingeln. Sie hörte das leise Schrillen, dann war es wieder ruhig. Als sie gerade die Faust hob, um gegen das Holz zu hämmern, schwang die Tür auf. Es war eine sich ständig wiederholende Situation, die Pia das Gefühl gab, in einer Zeitschleife festzustecken: Menschen, die ihr die Tür zu ihrer Wohnung öffneten, erwartungsvoll, misstrauisch oder gleichgültig, und mit der Ankunft der Kriminalpolizei konfrontiert wurden. Doch so finster wie in diesem Moment war Pia selten angestarrt worden. Im Dämmerlicht sah sie einen Mann. Viel mehr konnte sie nicht erkennen, denn Haare, Gesicht und Kleidung waren mit einer grauen Staubschicht überzogen.

»Ja, bitte?« Er wischte sich mit dem Jackenärmel über das Gesicht und legte einen Streifen normalfarbiger Haut frei.

»Korittki, Kriminalpolizei. Wir möchten mit Ihnen über Ihre Nachbarin, Frau Falke, sprechen.«

»Tatsächlich?«

»Können wir reinkommen?«

»Wir?« Er trat einen Schritt vor und erblickte Lessing. »Ach so, ihr seid ja immer zu zweit. Meinetwegen, kommen Sie rein.«

»Renovieren Sie gerade?«

»Ein bisschen tapezieren, streichen. Sie wissen schon.«

Pia stieg über aufgerissene Dielenbretter, balancierte auf einer Baubohle über ein metertiefes Loch im Boden und überwand einen Schuttberg. Sie gelangte in einen Raum, dessen Pendant auf der gegenüberliegenden Seite Monas gepflegte Wohnstube war.

»Ich muss wohl doch ein paar tragende Balken austauschen«, sagte der Mann mit einer Handbewegung auf eine von Tapeten und Putz befreite Wand, hinter der man Stroh, Lehm und geschwärzte Eichenstützen bewundern konnte.

»Gehört das Haus Ihnen?«

»Nein, mein Vater ist der Eigentümer. Er hat diese Haushälfte vor etlichen Jahren gekauft. Früher hat das alles hier zum Gutshaus gehört, aber die von Alsens brauchten dringend Geld. Unsere Seite soll jetzt wieder vermietet oder, besser noch, verkauft werden. Der Vormieter hat es in einem desolaten Zustand zurückgelassen.« Er hob die Schultern wie ein Mann, der gegen die Widrigkeiten des Lebens ankämpft, ohne sich der Illusion hinzugeben, etwas daran ändern zu können.

»Wie heißen Sie?«

»Lars Kuhn.«

»Wohnen Sie auch in Düsterbruch, Herr Kuhn?«

»Bewahre! Wir haben früher hier gelebt.«

»Und wo wohnen Sie jetzt?«, fragte Lessing.

»Soll das jetzt ein Verhör werden?« Kuhns Blick wanderte misstrauisch von Lessing zu Pia. »Worum geht es überhaupt?«

»Wir befragen Sie rein informatorisch«, erklärte Pia. »Außerdem: Die Polizei verhört nicht, wir vernehmen höchstens. Würden Sie uns bitte Ihren Wohnort mitteilen?«

Er nannte eine Adresse in Lübeck.

»Wir suchen Mona Falke. Sie wohnt nebenan«, erklärte Pia.

»Ich weiß, wer sie ist. Leider will sie ihre Haushälfte nicht an mich verkaufen. Wenn man die Mittelwand des Hauses durchbrechen würde, könnte man das Ganze zu einem guten Preis loswerden.« Er starrte sehnsüchtig zu Mona Falkes Seite hinüber.

»Wann haben Sie Frau Falke denn zuletzt gesehen?«

»Keine Ahnung. Ich bin meistens nur am Wochenende hier, und dann arbeite ich die ganze Zeit. Das letzte Mal habe ich etwa vor drei Wochen mit Frau Falke gesprochen – ich hatte ihr noch mal ein Angebot gemacht.«

»Das sie ausgeschlagen hat?«

Er grinste unbekümmert. »Die Zeit arbeitet für mich. Wenn ihr missratener Sohn das nächste Mal in Schwierigkeiten steckt, wird sie mein Angebot annehmen.«

»Ihr Sohn ist tot.«

»Wie bitte?«

»Die Kriminalpolizei ermittelt deswegen.«

»War das etwa die Geschichte auf dem Parkplatz?« Kuhn schluckte.

»Können Sie Angaben zur Sache machen?«

»Nein.« Lars Kuhn hob abwehrend die Hände. »Ich habe André Falke seit Jahren nicht mehr gesehen.«

»Demnach kannten Sie ihn«, stellte Lessing fest.

»Kaum. Als wir hier weggezogen sind, war ich zwölf und er noch ein Kleinkind. Aber der letzte Mieter hat sich ständig über ihn beschwert. Nächtliche Ruhestörung, schlechter Umgang, unverschämtes Verhalten. Mona hatte es nicht leicht mit ihm. Und jetzt das …«

»Frau Falke ist am Montagmittag zuletzt gesehen worden. Haben Sie eine Idee, wo sie sich aufhalten könnte?«

»Nicht die geringste.« Kuhn sah Pia direkt an. »Soll ich ihr was ausrichten, wenn ich sie sehe?«

»Ja. Dass Sie sich schnellstmöglich mit der Kripo in Lübeck in Verbindung setzen soll.« Pia reichte ihm ihre Karte. »Und die ist für den Fall, dass Sie uns noch etwas mitteilen möchten.«

Vor der Kate herrschte dieselbe andächtige Stille wie auf einem Friedhof. Pia hasste Friedhöfe.

Lessing klopfte sich etwas Staub vom Ärmel. Sein Gesichtsausdruck war missmutig. »Und nun?«, fragte er.

»Einen Moment noch.« Statt zurück zur Straße ging Pia noch mal an der Vorderseite des Hauses entlang. Sie sah in Mona Falkes Wohnzimmerfenster. Mehr noch als beim ersten Mal fand sie die Unordnung in der Kate beunruhigend. Es passte nicht zu dem Eindruck, den sie bei ihrem Besuch im Frühjahr von Mona Falke gewonnen hatte. Ohne weiter auf Lessing zu achten, umrundete sie die Ecke und ging weiter an der Giebelseite entlang.

Hinter dem Haus befanden sich ein großer Nutzgarten und eine Terrasse. Die Terrasse wurde seitlich von einem mit dem Haus verbundenen Schuppen flankiert. Ein Maschendrahtgehege, in dem lustlos ein paar Hühner pickten, und ein Komposthaufen schlossen sich an. Ordentlich aufgereihte Beete grenzten weiter hinten an ein abgeerntetes Feld.

Pia stand einen Moment still da. Trotz der kühlen Luft roch es nach Erde und faulenden Pflanzen. Sie sah zur Hintertür, die, wie es in Häusern dieser Art üblich war, bestimmt in die Küche oder Waschküche führte. Pia überquerte die Terrasse.

Bevor sie noch einen Blick durch die verglaste Öffnung ins Innere der Kate werfen konnte, fiel ihr Blick auf den Fußboden. Es wimmelte. Weiß schimmernde Maden krochen unter der Tür hervor, in den Ritzen der Waschbetonplatten und weiter in Richtung Kompost. Sie wich zurück und schüttelte sich eine Made vom Schuh. Aufs Äußerste angespannt, näherte sie sich dem Fenster.

Zunächst sah sie nur einen dunklen Raum. Dann eine kreisende Bewegung in der Luft. Fliegen. Jetzt meinte sie auch, schwach einen süßlich-fauligen Geruch wahrzunehmen. Alles klar, dachte Pia und ging langsam rückwärts. Weiche Knie, Herzklopfen, Würgereiz: Das war eine ganz natürliche Reaktion. Sie atmete tief durch, um sich zu beruhigen, bevor sie ihren Kollegen verständigte. Doch es war zu spät. Lessing bog schon um die Hausecke.

»Was machst du denn noch hier?«

Pia deutete stumm auf die Hintertür. Er sah sie an, dann auf die Tür und hinunter auf die Maden. Für einen, der lange nicht mehr normalen Polizeidienst auf der Straße geleistet hatte, erfasste er die Situation schnell. Er trat neben sie, blickte durchs Fenster und stieß einen leisen Pfiff aus.

»Wir sind zu spät. Wenn Frau Falke da drinnen ist, ist sie tot«, sagte Pia.

»Jedenfalls ist irgendwer oder irgendwas tot. Könnte auch ein vergessener Sonntagsbraten sein. Die Fliegen haben das schon etwas früher entdeckt als wir.«

»Das mit dem Braten halte ich für eine Illusion.« Pia zog ihr Telefon hervor.

»Einen Moment!« Lessing nahm ein Paar Handschuhe aus der Tasche und streifte sie über. Als Nächstes hatte er ein Pick-Set in der Hand. »Wir gehen rein. Vielleicht können wir noch helfen.« Die Ausrede kam ihm ganz selbstverständlich über die Lippen. Er ging vor der Tür in die Knie, hängte den Spannhaken ins Schloss und machte sich mit einem Pick am Schließmechanismus zu schaffen.

»Es ist zu spät. Da muss zuerst die Spurensicherung rein«, sagte Pia.

»Das ist nur ein billiges Schloss«, erwiderte Lessing. »Das dauert ja nicht lange.«

»Wir sperren ab und warten, bis Verstärkung da ist.«

»Die erste Sorge des Polizeibeamten gilt dem Opfer der Tat. Gegebenenfalls ist Erste Hilfe zu leisten«, zitierte Lessing in spöttischem Tonfall. Er arbeitete konzentriert weiter und stieß bald darauf einen zufriedenen Laut aus. »Das war's. Das Schloss war nur eingeschnappt, nicht umgeschlossen.«

»Heimlich geübt, oder was?«, spottete Pia. Sie wollte ja selbst unbedingt einen Blick hineinwerfen. Was war hier passiert? Auf den Geruch, der durch die offen stehende Tür entwich, war sie vorbereitet. Sie atmete flach und trat hinter Lessing ins Haus. Wie erwartet standen sie in Mona Falkes Küche. Der Küchentisch in der Mitte versperrte ihnen zunächst die Sicht auf das, was sich an der rückwärtigen Wand befand. Über dem Tisch kreisten die Fliegen. Das Summen klang bösartig, als käme es nicht von vielen, sondern von einem einzigen Lebewesen.

14. Kapitel

Lessing trat einen Schritt nach vorn und wedelte mit dem Arm. Die Fliegen stoben auseinander. Pia blickte auf die Leiche einer Frau, die, in sich zusammengesunken und gegen Wand und Küchenschrank gelehnt, auf dem Fußboden kauerte. Ihr Kopf war zur Seite gefallen. Mitten auf der Stirn befand sich ein schwarzes Loch. Pia hatte schon einige Opfer von Gewalttaten gesehen, aber dieses hier war einer der schlimmsten Anblicke. Sie starrte auf das aufgedunsene Gesicht mit den zu schmalen Schlitzen verengten Augen, die sie vorwurfsvoll anzusehen schienen. Die Fliegen surrten um Pias Kopf, und die Luft kam ihr unerträglich stickig vor. Warum war es so warm hier?

»Ist das die Frau, die wir suchen?«, fragte Lessing und scheuchte mit der Hand Fliegen weg, die unablässig versuchten, auf seinem Gesicht zu landen.

»Hundertprozentig sicher bin ich mir nicht, aber der Haarfarbe und der Statur nach zu urteilen, könnte das Mona Falke sein.« Haare in der Farbe von Kidneybohnen …

»Na bitte. Dann haben wir sie doch gefunden.«

Lessing trat noch einen Schritt vor und ging hinter dem Tisch in die Hocke. Er starrte auf die Schusswunde, ohne die Leiche zu berühren.

Pia sah Maden in Mund und Nasenlöchern verschwinden. Na toll. Die Fliegen hatten ganze Arbeit geleistet und für eine kommende Generation vorgesorgt. Nun beruhigten sie sich langsam wieder und kehrten zu der Leiche zurück.

»Kein angesetzter Schuss, aber ein Nahschuss, würde ich sagen. Schwer zu beurteilen, ob dies die Eintritts- oder Austrittswunde ist. Sie wurde aus nächster Nähe erschossen – schätzungsweise von vorn.«

»Also kannte sie den Täter vermutlich.«

»Wahrscheinlich.«

»Wir können aber definitiv nichts mehr für sie tun. Die Spurensicherung muss her …« In Pias Mund sammelte sich immer mehr Spucke. Sie schluckte. Nichts wie raus aus dem stickigen, kleinen Raum! Keinesfalls wollte sie riskieren, sich in Lessings Gegenwart zu übergeben. »Ich geh jetzt telefonieren.« Sie bewegte sich langsam rückwärts. »Für Erste Hilfe ist es eindeutig zu spät.«

»So was sieht man nicht alle Tage«, sagte Lessing mehr zu sich selbst. Wie lange wollte er noch hier hocken mit diesem, ja, milde-interessiert aussehenden Gesichtsausdruck?

»Du kontaminierst den Tatort«, erwiderte Pia scharf.

»Geh nur, wenn dir nicht gut ist«, antwortete er gleichgültig.

Es geschah ohne jede Vorankündigung. Pia hörte ein Fauchen. Etwas Dunkles sprang von oben auf Lessing zu. Er wich mit einem Satz zurück, kam aus dem Gleichgewicht und schlug rückwärts mit dem Hinterkopf gegen die Marmorkante des Küchentischs. Pia sah eine große, getigerte Katze, die vom Küchenschrank neben der Tür hinunter auf die Leiche gesprungen war. Nun stand sie buckelnd und mit gesträubtem Schwanz auf Schulter und Brust der toten Frau und starrte sie drohend an. Die Leiche sackte noch ein Stück in sich zusammen, die Fliegen stoben wieder auf.

»Oh, verdammte Scheiße!«, entfuhr es Pia.

Lessing fluchte ebenfalls. Er presste seine Hand an den Hinterkopf. Pia riss sich vom makaberen Anblick der Toten mit der Katze los. Sie beugte sich zu Lessing herunter, der vorsichtig seinen Hinterkopf betastete.

»Alles in Ordnung?« Zwischen seinen Fingern sickerte Blut hervor.

»Blödes Viech!« Er kam langsam hoch, immer noch darauf bedacht, nichts anzufassen. Die Fliegen surrten um ihre Köpfe herum. Lessing schwankte. Pia fasste ihn am Ellenbogen und zog ihn mit sich nach draußen. Erleichtert atmete sie die kühle Novemberluft ein. Lessing lehnte sich gegen die Hauswand. Der Handschuh, mit dem er seinen Hinterkopf betastet hatte, war blutig. Unter seiner Bräune sah er nun blass aus.

»Geht's wieder?«, fragte Pia.

Er schloss kurz die Augen, nickte dann.

»Lessing! Bevor du umfällst, sag mir bitte Bescheid«, forderte sie ihn auf. So hart, wie er gegen die Marmorplatte geknallt war, konnte er sich leicht eine Gehirnerschütterung zugezogen haben.

»Nenn mich Nathan, verdammt! Was sollen diese Förmlichkeiten, wenn du mir gleich den Schädel verpflastern musst!«

Die Reaktion war schon besser. Sie ließ ihn los. »Die Wunde sollte schnell desinfiziert werden«, sagte sie. »Im Auto ist ein Verbandskasten.«

Nachdem sie die Einsatzleitstelle verständigt hatte, begleitete sie Lessing zum Wagen. Seine Kopfverletzung war, soweit Pia das als Laie beurteilen konnte, nicht schwerwiegend. Kopfwunden bluteten immer stark. Pia zog das Verbandszeug heraus, desinfizierte den Hautriss und versuchte dann, mit einer Kompresse die Blutung zu stillen. Anschließend klebte sie ein schönes quadratisches Wundpflaster darauf. »Du solltest in jedem Fall noch mal einen Arzt draufgucken lassen«, sagte sie. »Vielleicht muss der Riss doch geklammert oder genäht werden.«

Er saß auf einem Findling und blinzelte sie schräg von unten an. Die Sonne versank gerade unspektakulär im Geäst des nächsten Knicks. Die blasse Sonnenscheibe sah wie zerfasert aus von den kahlen Zweigen der Haselnusssträucher.

Links von ihnen befanden sich das Pfarrhaus und die Kirche. Neben Monas Kate sah Pia Blaulicht. Die ersten Streifenwagen trafen ein. Die Ereignisse nach einem Leichenfund gingen ihren Gang.

»Du fragst dich bestimmt, wieso das passiert ist?«, meinte Lessing plötzlich in vertraulichem Ton.

Pia verstaute das Verbandsmaterial. Sie zuckte mit den Schultern. Er hat wohl doch eine Gehirnerschütterung, dachte sie. Geschieht ihm recht.

»Das ist nur passiert, weil dieses Viech mich angesprungen hat«, sagte er leise. »Ich kann Katzen nicht ausstehen. Überhaupt nicht. Ich habe eine regelrechte Abneigung gegen die Viecher.«

Pia unterdrückte ein Grinsen. »Das arme Tier hatte genauso viel Angst vor dir wie du vor ihm. Es war vielleicht tagelang mit der Leiche dort eingesperrt. Kein Wunder, dass es explodiert ist.«

»Diese Katze ist alles, aber kein armes Tier!«, erwiderte er. »Außerdem war da eine Katzenklappe. Das Vieh hätte jederzeit abhauen können.«

»Ich werde jetzt mal rüber zu den Kollegen gehen. Vielleicht brauchen die meine Hilfe«, sagte Pia.

»Du lässt mich hier schwer verletzt allein?«

»Bleib einfach, wo du bist, und halt den Kopf ruhig.«

»Ich muss auch noch ein paar Leute informieren«, besann er sich auf seine alte Rolle.

Auf dem Weg hinüber zur Kate dachte Pia, dass das Schicksal gerade für einen gewissen Ausgleich gesorgt hatte. Gleichzeitig irritierte sie die ungewohnte Nähe, die der Vorfall ihnen aufgezwungen hatte. Das lag bestimmt nur daran, dass sie gerade eine Leiche gefunden hatte. Sie stand unter Schock – gewissermaßen. Broders mit seiner stets so erfrischenden Sichtweise würde wahrscheinlich überschüssige weibliche Hormone oder so diagnostizieren. Der nochmalige Anblick von Mona Falkes Leiche würde sie schon wieder auf den Boden der Tatsachen zurückholen.

»Ein weiterer Leichenfund im Fall André Falke. Das wirft die gesamte Planung durcheinander.« Pia saß am Steuer, als sie zurück nach Lübeck fuhren. »Gabler wird vor Begeisterung jodeln.« Es warf auch ihren Zeitplan über den Haufen. Sie hatte Fiona anrufen und ihr sagen müssen, dass sie später kommen würde. Glücklicherweise passte es der Tagesmutter heute. Pia konnte nicht erwarten, dass sich alles nur um ihre Bedürfnisse drehte.

»Ich hätte nie gedacht, dass einem in so einem kleinen Dorf die Leichen geradezu vor die Füße fallen. Die Leute scheinen ja regelrecht im Blutrausch zu sein.« Lessing sah sie nachdenklich an. »Liegt das an euren Wikinger-Genen?«

»Bestimmt. Hältst du eine Verbindung zwischen unseren Morden hier und Fjodor Markows Geschäften immer noch für wahrscheinlich?«

»Das steht nicht zur Diskussion.«

»Das habe ich schon ein paar Mal gehört. So oder so ähnlich.«

»Das liegt unter anderem daran, dass sich unsere Ermittlungen noch in der verdeckten Phase befinden. Wenn die Möglichkeit besteht, mehr Informationen zu teilen, wirst du es schon erfahren.«

»Das ist dann die offene Phase.«

»Genau.«

Dann eben nicht. Pia warf einen Blick auf die Uhr. »Soll ich dich bei einem Arzt vorbeifahren? Noch haben die Praxen auf, und du musst nicht in irgendeiner Notaufnahme rumsitzen.«

»Nein, danke. Nicht wegen eines Kratzers. Fahr mich gleich ins Hotel.«

»Es ist ja dein Kopf.« Pia bog in die Moislinger Allee. Um diese Uhrzeit ging es hier nur langsam voran.

»Wie bekommst du das eigentlich auf die Reihe mit deinem Kind, wenn zum Beispiel plötzlich Wochenendarbeit anfällt?«, fragte Lessing, als sie wieder vor einer Ampel anhielten.

»Alles eine Frage der Organisation.« Pia kniff die Augen zusammen und sagte dann nachdenklich: »Aber es ist schwieriger, als ich dachte. Ich kann mich nicht zweiteilen, das ist das eigentliche Problem.«

»Und was meint der Vater dazu?«

»Hast du außer vor Katzen und Ärzten noch andere Phobien?«

»Schon gut«, sagte Lessing. »Da vorn musst du abbiegen, da ist mein Hotel.«

Am Samstagmorgen war Felix um halb fünf Uhr wach und wollte danach nicht wieder einschlafen. Pia, die erst weit nach Mitternacht ins Bett gekommen war, wankte müde durch ihre Wohnung und versuchte, ihr Kind bei Laune zu halten, damit es nicht das ganze Haus zusammenbrüllte. Letzten Endes half nur, Felix durch die Wohnung zu tragen und ihm dabei etwas vorzusummen. Gegen Viertel vor sieben, als es tatsächlich Zeit zum Aufstehen war, schlief er in ihrem Arm ein. Es gelang Pia, ihn in ihrem Bett abzulegen, um duschen zu gehen. Das heiße Wasser, das sie lange über Kopf und Nacken laufen ließ, versetzte sie in einen gebrauchsfähigen Zustand. Sie musste sich beeilen. Die gestern noch kurzfristig angesetzte Frühbesprechung sollte um acht Uhr anfangen. Da Fiona als Tagesmutter am Wochenende nicht zur Verfügung stand und ihre eigene Mutter mit Freundinnen einen Kurzurlaub auf Amrum machte, hatte Pia am Vorabend ihren Bruder angerufen. Ihr Verhältnis zu ihm und ihrer Schwägerin Marlene war in letzter Zeit spürbar entspannter geworden. Tom und Marlene hatten selbst zwei Kinder und ihr schon mehrmals angeboten, bei passender Gelegenheit mal auf Felix aufzupassen. Doch es fiel Pia schwer, um Hilfe zu bitten. Gabler wäre der Letzte, der darauf bestehen würde, dass sie in ihrer jetzigen Situation auch am Wochenende arbeitete. Doch sie wollte keine Extrawürste, denn letzten Endes, so vermutete sie, würde es doch auf sie zurückfallen, wenn sie nicht dabei war.

Sie zog Jeans und einen dünnen Rollkragenpullover an. Eines der letzten brauchbaren Teile in ihrem Kleiderschrank. Wenn sie nicht bald wusch, würde es eng werden.

Es war zwanzig vor acht, als Pia ihren Sohn in der Autositzschale festschnallte und mitsamt einer prall gefüllten Wickeltasche die Treppe herunterschleppte. Beim Runtertragen bekam Felix einen verdächtig konzentrierten Gesichtsausdruck, und als sie unten angekommen waren, roch Pia, dass die eben noch taufrische Windel nun randvoll war. Ein brauner Fleck zeichnete sich auf seiner Hose ab. Also wieder hoch, wickeln, frische Sachen anziehen, noch mal runtertragen. Den vollen Windeleimer, der schon erbärmlich stank, bekam sie auf ihrem Weg hinunter beim besten Willen nicht mehr mit.

Als sie zum zweiten Mal unten im Hof stand, erinnerte Pia sich im ersten Moment nicht mehr, wo sie am Abend zuvor ihr Auto geparkt hatte. Es war nun zehn Minuten vor acht. Sie rief Broders an und teilte ihm mit, dass sie es bis um acht Uhr nicht mehr schaffen würde. Nichts war ärgerlicher, als wenn zehn Kollegen auf den elften warteten, der zu spät kam. Zum Glück waren die Straßen frei, und sie fand in der Adlerstraße vor Toms Haus einen Parkplatz.

Ihr Bruder stand mit nassen Haaren und im Morgenmantel in der Küche und bereitete das Frühstück vor. Es roch nach frischen Brötchen. »Da bist du ja, Pia. Frühstückst du noch mit uns?«

»Keine Zeit, Tom – leider.«

»Nun hol erst mal tief Luft, zieh einen Moment deine Jacke aus und setz dich hin.«

»Ich muss gleich wieder los.«

»Du siehst müde aus.«

»Ich habe zu wenig geschlafen.«

»Das geht irgendwann vorbei. Clarissa ist inzwischen Langschläfer geworden, und den Kleinen bestechen wir sonntagmorgens manchmal mit *Benjamin Blümchen*.«

»Ihr müsst ein bisschen aufpassen. Felix bleibt nicht mehr auf der Krabbeldecke liegen. Er rollt sich inzwischen überall hin.«

»Hier ist alles kindersicher, keine Sorge. Hast du bei dir schon die Steckdosen gesichert?«

»Die meisten schon.« Pia seufzte und nahm im Stehen den ihr dargebotenen Becher Kaffee entgegen. »Ich möchte eigentlich umziehen. Je eher, desto besser …«

»Was schwebt dir denn vor?« Tom war Architekt. Er kannte eine Menge Leute aus der Immobilienbranche. In Pia regte sich ein Hoffnungsschimmer.

»Eine Wohnung in Altstadtnähe, gern wieder ein Altbau, zwei bis drei Zimmer, so ab siebzig Quadratmetern. Und nicht zu teuer …«

»Was heißt ›nicht zu teuer‹?«

Pia erklärte ihm, was sie an Miete zahlen konnte. Sie trank

einen Schluck Kaffee. Er war gut – doch der Dämpfer folgte auf dem Fuße:

»Was du suchst, gibt es in Lübeck nicht, Pia. Nicht für das Geld«, sagte Tom.

»Du rettest mir den Tag.«

»Ich bin nur ehrlich. Irgendwo musst du Abstriche machen.« Er öffnete die Backofentür und klaubte die Brötchen in den Brotkorb.

»Dann bleibe ich lieber, wo ich bin.«

Er sah sie mitleidig an.

Mit dem Gefühl, sich offenbar in einer hoffnungslosen Lage zu befinden, traf Pia eine halbe Stunde zu spät im Kommissariat ein. Sie schlich sich in den Besprechungsraum und suchte sich einen freien Platz. Die Staatsanwältin war anwesend und kommentierte ihr Zuspätkommen mit einer hochgezogenen Augenbraue. Sie sah sie so merkwürdig an, dass Pia unauffällig an sich herunterschaute. Auf ihrer Brust prangte ein deutlich sichtbarer Fleck, dort, wo Felix einen Löffel seines Frühstücksbreis platziert hatte.

»Gestern wollte dich jemand von der BKI Kiel erreichen. Es klang dringend.« Die Frühbesprechung war zu Ende, und Gabler und Kürschner berieten sich noch, wer von den am Samstag anwesenden Kollegen welche Aufgabe übernehmen sollte. Broders war Pia in ihr Büro gefolgt.

»Und worum ging es dabei?«, fragte sie.

Broders zuckte mit den Schultern. »Hat er nicht gesagt. Ich hab seine Nummer aufgeschrieben. Übrigens … Du hast da was.« Broders deutete mit der Spitze seines Kugelschreibers auf Pias Brust.

»Ich weiß!« Pia verließ den Raum und zog im Damenklo einen Stapel grüner Papiertücher aus dem Spender. Sie tränkte sie mit Wasser und rieb über den Fleck. Er wurde größer und größer. Sie verdrehte genervt die Augen und ging zurück in ihr Büro. Nun stand Gerlach auch noch da herum.

»Miss Wet-T-Shirt heute?«, fragte er amüsiert.

Es hatte mal Zeiten gegeben, da wäre sie über etwas mehr Trubel in ihrem Büro erfreut gewesen. Wie lange war das her? »Ich bin gleich noch auf ’ner Beachparty eingeladen. Und was willst du hier? Noch mehr unbeantwortete Telefonanrufe?«

»Nein. Ich wollte Broders nur sagen, dass er heute mit mir noch mal nach Kiel fahren darf. Und wo findet deine Beachparty statt, Pia?«

»Ich weiß es noch nicht.« Sie nahm den Notizzettel mit der Kieler Behörden-Telefonnummer entgegen.

»Du kannst heute zurückrufen«, meinte Broders im Gehen. »Er hat gesagt, er ist von neun bis eins im Büro.«

Der Anrufer war Thomas Ellert, Maiwalds Kollege. »Ich habe ein paar Hintergrundinformationen für euch«, sagte er nach den einleitenden Sätzen. »Den Mord an André Falke betreffend. Maiwald hat mir erzählt, dass ihr deswegen hier wart.«

»Hat sich schon bei euch herumgesprochen, dass André Falkes Mutter ebenfalls zu Tode gekommen ist?«, fragte Pia. »Sie ist noch nicht zweifelsfrei identifiziert, aber es ist ziemlich sicher.«

»Oh, Mann! Nein. Etwa auch in Düsterbruch?«

»Wir haben sie gestern tot in ihrem Haus aufgefunden. Ein Kopfschuss.«

»Kaum zu glauben. In dem lütten Kaff. Umso wichtiger vielleicht, was ich sagen wollte. Ich war vor knapp zwei Jahren in die Ermittlungen um André Falke involviert. Die große Drogengeschichte, mit GER und allem. Du hast wahrscheinlich davon gehört?«

»Klar.« Der Erfolg der Gemeinsamen Ermittlungsgruppe Rauschgift, kurz »GER«, einen Drogendealerring betreffend, der die norddeutsche Diskothekenszene versorgt hatte, war in aller Munde gewesen.

»André Falke ist aufgrund unserer Ermittlungen verurteilt worden. Ich war deswegen auch ein paarmal in Düsterbruch. Wir hatten vermutet, dass sich dort noch ein Drogenversteck befindet, aber nie etwas gefunden. Dabei habe ich eher nebenbei gehört, dass ein früherer Kollege von uns in dem Dorf mal einen richtig großen Fall hatte. Eine Kindesentführung, vor etwa dreißig Jahren.«

»Ach ja?« Pia wusste nicht so recht, wohin die Reise gehen sollte.

»Es ging um die Familie, die in dem großen Gutshaus wohnt. Die Mutter von André Falke war auch in die Sache involviert. Der Kollege, der damals in dem Von-Alsen-Fall den Hut aufhatte, hieß Walter Stolze.«

»Meinst du, es gibt eine Verbindung zu den aktuellen Morden?«

»Nun ja … Die Falkes hängen wieder mit drin.«

»Kann ich mit dem Kollegen Stolze darüber sprechen?«

»Das ist ein bisschen schwierig.«

»Ist er tot?«

»Nein, pensioniert. Seine Frau ist verstorben. Er lebt jetzt in einer Seniorenwohnanlage.«

Pia ließ sich Adresse und Telefonnummer des pensionierten Kollegen diktieren. »Und was ist mit dem entführten Kind passiert?«, fragte sie, bevor sie auflegte.

»Äh … verschwunden. Es ist nie wieder aufgetaucht.«

Das war ja ermutigend.

15. Kapitel

Du warst also nicht mehr beim Arzt«, stellte Pia mit Blick auf Lessings Hinterkopf fest, wo sich ein neues, wenig kunstvoll aufgeklebtes Pflaster befand. Sie waren auf dem Weg zu Lars Kuhn. Sein Status als bloße Auskunftsperson hatte sich nach dem Auffinden von Mona Falkes Leiche in den eines möglichen Zeugen verwandelt.

»Ich brauche keinen Arzt. Die Kopfschmerzen sind schon fast weg.« Sie fuhren die Marienstraße hinunter in Richtung Wall-Halbinsel. Vor der Drehbrücke bog Pia nach links in die Willy-Brandt-Allee zu den Mediadocks ab. »Wenn das am Ende 'ne hässliche Narbe auf deinem Superschädel gibt: Beschwer dich nicht bei mir.«

»Ach, Quatsch!« Er klang verunsichert, wie sie mit böser Genugtuung feststellte. Natürlich war er eitel.

Ein widerlicher Instinkt trieb sie nach diesem verpatzten Morgen dazu, noch ein wenig zu sticheln: »Und falls es doch eine Narbe gibt, lässt du sie einfach durch ein weiteres hübsches Tattoo verdecken.«

»Woher weißt du …?« Er verstummte ärgerlich.

»Wahrscheinlichkeitsrechnung«, sagte Pia und hielt vor einer der Laderampen an.

Kuhn – Mediadesign, wies ein schlichtes Schild aus geätztem Glas den ansonsten unauffälligen Eingang aus. Eine junge Frau, entschieden Angelina-Jolie-Format, ließ sie ein. Pia dachte an den nassen Fleck auf ihrer Brust. Vielleicht sollte sie ihre Jacke gar nicht ausziehen.

»Herr Kuhn telefoniert gerade. Wir haben im Augenblick wahnsinnig viel zu tun. Möchten Sie vielleicht einen Cappuccino oder einen Espresso?«, flötete Angelina, nachdem sie sie in eine Sitzecke mit Designer-Stühlen und Beistelltischen aus Plexiglas geführt hatte. Lessing trat an eines der Fenster und sah über die Trave zur Altstadt hinüber. Es war eine der Postkartenansichten Lübecks.

»Nein, danke, wir möchten nichts«, antwortete Pia. Angelinas Zehn-Zentimeter-Absätze klackten über den Steinfußboden. Sah ja klasse aus. Die Frage war, ob sie in zwanzig Jahren noch auf ihren Füßen laufen konnte ... Doch ein echter Trost war der Gedanke nicht. Und da es in der Agentur überheizt und heute sowieso schon alles egal war, zog Pia ihre Jacke doch aus und warf sie über einen der Lederstühle.

In diesem Moment kam Lars Kuhn hinzu. Sein Blick folgte dem zielgenauen Wurf der Jacke und wanderte dann zu Pia und Lessing. Pia hatte Mühe, ihn nach dem gestrigen Tag auf seiner Baustelle wiederzuerkennen. Er trug Jeans und T-Shirt, beides im »used look«, aber unzweifelhaft sauber. Sein Haar war braun, wellig und sah frisch gewaschen aus. Ohne den Staub, der sich am Vortag überall abgesetzt hatte, fielen die Linien um seine Augen und den Mund weniger auf. Sein Gesichtsausdruck aber war so misstrauisch und genervt, wie Pia ihn in Erinnerung hatte. Zumindest zeigte er sich angemessen beeindruckt, als er erfuhr, was Mona Falke widerfahren war. »Wann ist das passiert?«, fragte er.

»Das ist noch unklar.« Außerdem handelte es sich dabei um Täterwissen.

»Können Sie das denn nicht feststellen?« Sein Tonfall war eine Spur von oben herab.

»Wenn Sie stunden- und minutengenau meinen: Bei *CSI* geht das schon. Warum ist Ihnen das so wichtig, Herr Kuhn?«

»Schon gut.« Er hob beide Hände. »Es würde mich nur interessieren, ob ich nichts ahnend im Haus gearbeitet habe, als Mona Falke nebenan ermordet worden ist.«

»An welchen Tagen und zu welchen Zeiten haben Sie sich in der vergangenen Woche auf Ihrer Baustelle aufgehalten?«

Er starrte sie feindselig an. »Samstag und Sonntag jeweils den ganzen Tag. Von zehn bis abends um sieben, würde ich sagen. Dann noch mal am Dienstagabend. Da ist ein Kundentermin ausgefallen, und ich bin stattdessen um fünf Uhr nach Düsterbruch rübergefahren. Gearbeitet habe ich so bis halb elf.«

»Das war alles?«

Er kniff die Augen zusammen. »Nein. Freitags mache ich manchmal früher Schluss im Büro. Gestern, als Sie bei mir aufgekreuzt sind, war ich so ab zwei Uhr da.«

Pia notierte sich die Zeiten. Der späteste Zeitpunkt, zu dem Mona Falke noch gelebt haben konnte, war, den auf der Leiche gefundenen Maden zufolge, vorläufig auf die Nacht zwischen Dienstag und Mittwoch festgesetzt worden. Am Montagmittag hatte man sie zuletzt lebend gesehen. Das öffnete für das Prüfen von Alibis ein weites Feld. Pia hoffte, dass die Angaben zum Todeszeitpunkt zu einem späteren Zeitpunkt präzisiert werden würden.

Kuhn ging in sein Büro, um seinen Terminkalender zu holen. Er betonte, dass Stella (nicht Angelina), seine Assistentin, seine Termine bestätigen könne. Doch etwas an der Art, wie sie Kuhn angesehen hatte, verleitete Pia zu der Ansicht, dass die Frau für ihren Chef den Eid ablegen würde, dass der Himmel gelb sei.

»Haben Sie am letzten Wochenende oder am Dienstag in Düsterbruch jemanden gesehen, oder ist Ihnen irgendetwas Ungewöhnliches aufgefallen, was uns weiterhelfen könnte?«

»Nein. Ich war zu beschäftigt.« Er zögerte kurz. »Dass Mona Falkes Sohn im Knast gewesen ist, wissen Sie bestimmt.«

»Ja, das ist uns bekannt. Hatte er Kontakt zu Ihnen aufgenommen, als er wieder draußen war?«

»Warum sollte er?«, fragte Kuhn bissig. Seine Aversion gegen die Polizei war bemerkenswert. Für einen altgedienten Sympathisanten der APO war er einige Jahre zu jung.

»Zum Beispiel, um den Verkauf der anderen Haushälfte anzuleiern«, schlug Lessing vor.

»Das hätte Mona nicht zugelassen.«

»Also schön. Hatten Sie Kontakt zu ihm oder nicht?«

»Nein.« Er sah Pia durchdringend an. »Aber vielleicht kann ich Ihnen trotzdem helfen.«

»Dann ist jetzt der richtige Zeitpunkt dafür.«

»Vor circa vierzehn Tagen – Falke muss gerade wieder draußen gewesen sein –, da habe ich ihn zufällig gesehen.«

Oh, dachte Pia. Jetzt wurde es interessant.

»Ich meine, Falke war nicht der Typ für einen Abendspaziergang, oder? Er lief hinten am Feldrand entlang. Am Knick, der irgendwann zum Hof der Seesens führt.«

»Und weiter?«, fragte Pia. Keine vorläufigen Schlüsse. Kuhn musste die Geschichte auf seine Art erzählen.

»Ich habe mich an das Backhaus erinnert. Da steht ein altes Backhaus hinten im Knick. Es gehört zum Seesen-Hof, aber es ist nur noch eine Ruine. Einsturzgefahr und alles. Die Seesens haben ein Warnschild angebracht und es dann vollkommen zuwuchern lassen. Wahrscheinlich haben sie es inzwischen vergessen.«

»Glauben Sie, André Falke war an dem Abend, als Sie ihn gesehen haben, auf dem Weg zu diesem Backhaus?«, hakte Pia mit einer Spur Aufregung in der Stimme nach.

»Möglich wäre es, oder?«

»Danke für den Hinweis. Aber eine Frage habe ich noch.«

»Ja?«

»Vor knapp zwei Jahren, als André Falke verhaftet wurde, ist Mona Falkes Haus und Grund bestimmt gründlich durchsucht worden. Warum haben Sie der Polizei damals nichts von der Existenz dieses Backhauses gesagt? Haben Sie doch nicht, oder?«

Sein Gesicht spiegelte kurz ein paar unerfreuliche Gefühle der Polizei gegenüber wider. »Es hat mich keiner danach gefragt«, war die lapidare Antwort.

Am Montagvormittag fuhr Pia zu einer Seniorenwohnanlage unweit von Düsterbruch. Sie war allein unterwegs, um den pensionierten Polizisten aus Kiel zu befragen. Die Aufgabe fühlte sich für sie ein bisschen so an wie Brotkrumen, die vom Tisch gefallen waren, während die anderen ganze Brötchen bekamen. Lag es daran, dass sie am Samstagnachmittag nach Hause gefahren war, während ihre Kollegen das ganze Wochenende weitergearbeitet hatten?

Walter Stolze saß in einem Rollstuhl am Fenster des Aufenthaltsraumes und sah hinaus. Sie wusste, dass er gesundheitliche Probleme hatte, und befürchtete, die Befragung könne schwierig werden.

Als sie näher trat, richtete sich ein Paar hellblauer und erstaunlich klar blickender Augen auf sie. »Ah, Frau Korittki! Haben Sie meine Kerkermeister erfolgreich ausgetrickst?«

»Wieso?« Pia hatte zwar den Eindruck gehabt, ihr Anliegen stoße beim Personal nicht gerade auf Gegenliebe, aber sie war auch nicht daran gehindert worden, Stolze zu besuchen.

»Alle machen sich schreckliche Sorgen um meine Gesundheit. Besonders Betty, meine Schwiegertochter. Sie versucht, jegliche Aufregung von mir fernzuhalten. Aber wissen Sie was? Meine Mitbewohner vergehen vor Neid, wenn sie sehen, von was für jungem Gemüse ich Besuch bekomme!« Er zwinkerte amüsiert.

Pia zog sich einen Stuhl heran und setzte sich Walter Stolze gegenüber. »Ich freue mich, dass Sie mir weiterhelfen wollen, Herr Stolze. Ich benötige ein paar Informationen über einen Ihrer früheren Fälle in Düsterbruch.«

»Dann mal los.«

»Der Fall steht vielleicht indirekt mit zwei aktuellen Morden in Zusammenhang. Ich weiß nicht, ob Sie darüber informiert sind?«

»Aber selbstredend! Zeitungen und Bücher sind alles, was mich aufrecht hält. An guten Gesprächen herrscht hier leider Mangelware. Erzählen Sie doch erst mal!«

Pia setzte ihn über die laufenden Ermittlungen ins Bild. Ob in Pension oder nicht, sie hatte sich dazu entschieden, ihm gegenüber offen zu sein.

»Mona Falke ist erschossen worden? Das wusste ich allerdings noch nicht! Die Zeitungen nennen ja keine vollständigen Namen. Kaum zu glauben … Ich kannte sie schon als junge Frau. Sie war eine nette Person, hatte aber den Hang zu den falschen Männern.«

»Und Hedwig Seesen?«

»Ihr Selbstmord hat mich überrascht. Obwohl sie damals schon ein melancholischer Mensch war, hätte ich nicht erwartet, dass sie jemals Hand an sich legen würde. Nun ja, sie war nach dem Unfalltod ihres Mannes nicht mehr dieselbe. Er ist bei der Arbeit mit seinem Traktor ums Leben gekommen. Damals haben wir auch ermittelt.«

»Was genau ist passiert?«

»Er hat gepflügt. Himmelshorst hieß der Schlag. Irgendwie bezeichnend, aber der Name hat nichts mit dem Himmel zu tun: Es bedeutet so viel wie ›vorspringende Ecke‹ und bezieht sich auf die Moräne, die dort auf eine Bachniederung trifft. Unsere Ermittlungen hatten ergeben, dass Karl Seesen mit Handgas gefahren ist. Manchmal tun die Traktorfahrer das, um während des Pflügens oder Drillens auszutreten oder wenn sie etwas an der laufenden Maschine beobachten wollen. Karl Seesen muss während der Fahrt von seinem Trecker gestürzt sein. Die Räder können einen Menschen regelrecht unter sich ziehen. Manchmal, wenn so etwas passiert, guckt hinterher nur noch eine Hand aus dem frisch gepflügten Boden.«

»Karl Seesen wurde von seinem eigenen Trecker überfahren?«

Er nickte. »Es war ein Schock für die Angehörigen – für ganz Düsterbruch. Immerhin ist der Traktor heil geblieben, und die Lebensversicherung hat gezahlt. Ansonsten wäre der Hof ruiniert gewesen.«

»Bestanden Zweifel daran, dass sein Tod ein Unfall war?«

»Es war nicht ganz eindeutig. Solche Unfälle passieren. Aber Karl Seesen war nicht leichtsinnig, und er hatte viel Erfahrung.«

»Sind diese Maschinen denn nicht gegen solche Unfälle ausgerüstet?«, fragte Pia.

»Die neueren Traktoren haben manchmal eine Sitzerkennung und stoppen, wenn keiner mehr auf dem Fahrersitz sitzt. Aber eben längst nicht alle.«

»Könnte es auch ein Selbstmord gewesen sein?«

»Den Verdacht zu äußern, hätte ihn nicht wieder lebendig gemacht. Die Belastung für die Familie war so schon hoch genug. Außerdem hatte er gar kein Motiv. Jörg Seesen, der Sohn, hat den Hof übernommen. Ihr Land geht den Seesens über alles. Sogar die Tochter, Carola Seesen, die eine Zeit lang in Kiel gelebt hat, ist zurückgekommen. Sie hat bei den von Alsens eingeheiratet.«

»Die von Alsens waren doch die mit dem entführten Kind? Wie sah das Verhältnis zwischen den von Alsens und den Seesens aus?«

»Vermeintliche Überlegenheit und Hochmut auf der einen, versteckte Wut und Verachtung auf der anderen Seite. Ich spreche da aber nur von der älteren Generation: Veronika und Theo von Alsen, Hedwig und Karl Seesen. Dass der Seesen-Hof früher zum Besitz der von Alsens gehörte, war der Beziehung der Familien zueinander auch nicht gerade förderlich. Die von Alsens hatten nach und nach ihr ganzes Land verkauft. Leider bevor man einen Teil davon in Bauland umgewandelt hat. Man sagte damals, Theo von Alsen hätte Veronika unter anderem deshalb zur Frau genommen, weil sie etwas Geld mit in die Ehe brachte. Wo es geblieben ist – keine Ahnung. Anfangs lebte man im Herrenhaus wohl noch auf großem Fuß.«

»Von welcher Zeit sprechen wir hier?«

»Veronika und Theo haben 1966 geheiratet. 1967 wurde Enno geboren.«

»Und das zweite Kind?«

»Das war Justina. Das Kind, das verschwunden ist. Meine erste große eigene Ermittlung – und das dunkelste Kapitel meiner gesamten Arbeitszeit.« Er zögerte einen Moment, dann erzählte er langsam und mit vielen Pausen: »Justina kam zur Welt, als niemand mehr mit einem weiteren Kind bei den von Alsens rechnete. Es ging alles leise, fast heimlich vonstatten … Ich dachte damals, dass das Kind vielleicht nicht ganz gesund zur Welt gekommen war. Aber möglicherweise hing es auch mit den finanziellen Problemen zusammen. Obwohl …«

Er kniff die Augen zusammen und schüttelte den Kopf. »Es wurde gerade ein großer Silvesterball vorbereitet, als das Kind verschwunden ist.« Walter Stolze sackte ein bisschen in sich zusammen und starrte aus dem Fenster.

»Wollen Sie eine Pause machen? Oder soll ich besser morgen wiederkommen?«, fragte Pia.

»Nein.« Er schüttelte den Kopf. »Ich weiß noch, wie es bei der Polizei zugeht. Wenn man an einem Fall dran ist, zählt jede Stunde. Aber vielleicht können Sie kurz in der Küche nachfragen, ob wir eine Tasse Kaffee bekommen können. Sie trinken doch einen mit, oder?«

Pia ging zu der Küche am Ende des Ganges und kehrte mit einem Tablett mit zwei Tassen Kaffee zurück. Sie stellte Herrn Stolze seine Tasse in Reichweite auf den kleinen Beistelltisch und setzte sich wieder zu ihm.

»Justina von Alsen verschwand, als sie gerade mal drei Monate alt war«, sagte er. »Spurlos.«

Pia dachte kurz an Felix. Er ist schon älter, war ihr erster Gedanke. Gott sei Dank! Als wäre er damit über eine kritische Zeit hinweg … Passieren konnte immer was. Ein Kind zu haben machte einen so verdammt verletzlich.

»Wir haben nie herausgefunden, was in der Nacht im Haus der von Alsens wirklich passiert ist. Es gab diverse Vermutungen, jedoch nichts, was man hätte beweisen können.« Er rührte in seinem Kaffee, trank ein paar Schlucke und zog eine Grimasse. »Den hat bestimmt Gerlinde gekocht. Nicht nur, dass der Kaffee kastriert ist. Sie nimmt auch noch homöopathische Dosen Kaffeepulver. Erinnern Sie sich an den Schneekatastrophen-Winter '78/'79?«

»Kaum. Ich war noch ein kleines Kind.«

»Die von Alsens hatten in dem Jahr einen Silvesterball in ihrem Haus geplant. Aus dem Dorf war niemand eingeladen, es waren nur ein paar Leute zum Helfen eingeplant. Die Gäste sollten von weit her kommen. Anfangs hat den Schnee niemand so richtig ernst genommen. Doch es schneite und schneite. Dann kam der Wind hinzu. Erst als der Strom ausfiel und die Leute wegen der meterhohen Schneeverwehungen ihre Türen nicht mehr aufbekamen, wurde den meisten klar, dass sie ein Problem hatten.«

»Sie erinnern sich wirklich noch sehr gut.«

»Ich habe geschummelt.« Er deutete auf einen Ordner, der auf dem Bett lag. »Ich habe die Artikel über die wichtigsten Fälle meiner Laufbahn alle gesammelt. Außerdem habe ich mir immer noch private Aufzeichnungen gemacht. Das hat mir geholfen, meine Gedanken zu ordnen.«

»Darf ich mir den Ordner nachher von Ihnen ausleihen?«

»Ich freue mich, wenn ich helfen kann.« Er atmete tief ein und aus und setzte seinen Bericht fort: »Justinas Wiege stand im Schlafzimmer der von Alsens im Erdgeschoss. Das Fenster war offen, obwohl es so kalt war. Enno hat als Kleinkind Pseudokrupp gehabt, und beim zweiten Kind, einem recht zarten Mädchen, wollten sie dem vorbeugen, haben sie ausgesagt. Gegen zehn Uhr abends guckte Veronika ins Kinderzimmer, weil sie sich wunderte, dass ihr Kind sich noch nicht zum Trinken gemeldet hatte. Da war die Wiege leer. Sie haben dann das ganze Haus vom Keller bis zum Dachboden durchsucht. Kurz vor Mitternacht wollten sie die Polizei anrufen, aber da war das Telefonnetz angeblich schon zusammengebrochen.«

»Angeblich?«

»Es gab Zweifel. Eigentlich fielen Strom und Telefon in der Region erst später aus …«

»Was taten die von Alsens dann?«

Er zögerte. »Wenn ich mich recht erinnere, hatten sie zu der Zeit zwei große Hunde. Sie befürchteten, dass einer das Baby verschleppt hätte. Theo von Alsen wollte dann mit dem Auto zur Polizei zu fahren, aber er bekam wegen des Schnees nicht mal das Garagentor auf.«

»War es wirklich so schlimm mit dem Schnee?«

»Schlimmer.« Er legte sich einen Finger an die Schläfe, als könnte das die Erinnerungen zurückholen. »Theo von Alsen ist dann zu Fuß bis zu den nächsten Nachbarn gelaufen. Das war Mona Falke, doch die hatte damals noch kein Telefon. Der Mann, der neben ihr wohnte, war angeblich nicht zu Hause. Theo war wohl völlig entkräftet. Er ist später unverrichteter Dinge wieder nach Hause zurückgekehrt. Es hieß, er hätte Herzprobleme gehabt. Und Mona Falke traute sich bei dem Unwetter auch nicht mehr aus dem Haus. Sie war hochschwanger, meine ich. Trotzdem war das damals einer der Punkte, die uns seltsam erschienen.«

»Wann wurde Justinas Verschwinden offiziell gemeldet?«

»Am nächsten Morgen gegen sieben. Veronika ist dann selbst zu Fuß zum nächsten Haus gelaufen. Sie hat nun auch Georg Kuhn, Mona Falkes Nachbarn, angetroffen. Der ist dann weiter zu den Seesens gelaufen. Karl Seesen hat gerade versucht, die Straße vom Dorf bis zur Bundesstraße mit seinem Trecker zu räumen. Der Wind war aber so stark, dass die Straße immer sofort wieder zugeweht ist. Als Seesen hörte, was passiert ist, ist er mit dem Traktor zum Polizeirevier gefahren. Ein vermisstes Kind, ausgerechnet wenn auch ansonsten nichts mehr geht. Es traf an dem Tag sowieso ein Notruf nach dem nächsten bei uns ein. Ich habe lange gehofft, dass das alles ein Versehen wäre und Justina wohlbehalten wieder auftauchen würde. Ich habe nie wirklich an eine Entführung glauben können. Wohin hätte ein Entführer sich denn wenden sollen, in so einer Nacht?«

»Und was denken Sie heute?«

»Am Ende«, er zögerte, »als wir nie wieder was von Justina hörten, als kein Erpresserbrief kam und kein totes Kind auftauchte, da dachte ich, Veronika oder Theo hätten den Tod des Kindes vielleicht selbst verschuldet – ein Unglücksfall – und die Leiche in einem Anfall von Panik weggeschafft.«

Pia dachte einen Moment darüber nach. »Justina von Alsen ist also verschwunden, und bis heute weiß keiner, was mit ihr passiert ist?«

»Kurz darauf haben die von Alsens ausgesagt, dass ihnen in der Nacht auch wertvoller Schmuck gestohlen worden sei. Sie hatten extra für den Ball den Familienschmuck aus dem Bankschließfach geholt. Ich habe das nachgelesen: Ein Bankangestellter hat diese Angabe insofern bestätigt, als Theo von Alsen ein paar Tage zuvor tatsächlich an seinem Schließfach gewesen war.«

»Fand man den Schmuck?«

»Nein. Auch der Schmuck ist nie wieder aufgetaucht. Wissen Sie, wenn in einem so kleinen Ort eine Tragödie passiert, kommt oft die ganze Nachbarschaft unter die Räder.«

»Wie meinen Sie das?«

»Misstrauen«, sagte er. »Verdächtigungen. Böses Gerede. Nehmen Sie als Beispiel Georg Kuhn, Mona Falkes Nachbar in der anderen Doppelhaushälfte. Theo von Alsen hatte ausgesagt, dass er ihn in der Nacht nicht zu Hause angetroffen hat. Georg Kuhn hingegen behauptete, zum fraglichen Zeitpunkt daheim gewesen zu sein. Sein Sohn, der normalerweise bei ihm lebte, war in den Weihnachtsferien bei der geschiedenen Mutter zu Besuch. Also kein Alibi – und er war nicht sonderlich beliebt. So was macht sich schlecht, wenn ein Kind verschwindet.«

»Ich habe schon mit Kuhns Sohn gesprochen. Er ist nicht gerade gut auf das Dorf zu sprechen.«

»Das wundert mich nicht. Irgendwann haben sie wohl dem Druck der Nachbarschaft nachgegeben und sind weggezogen.«

»Stand Georg Kuhn denn ernsthaft unter Verdacht?«

»Nein. Es gab nie irgendwelche Hinweise auf seine Beteiligung an Justinas Verschwinden.«

»Was war mit der Familie Seesen in dieser Zeit? Hatten sie Verbindung zu den von Alsens?«, fragte Pia.

»Die von Alsens und die Seesens waren sich damals nicht besonders grün, aber man hielt in den kleinen Dörfern letztlich doch immer zusammen. Alle in Düsterbruch waren tief betroffen von Justinas Schicksal.«

An Stolzes Blick sah Pia, dass das noch nicht alles gewesen war.

»Im Frühjahr kam der nächste Schock: Ein anderer Bauer, dessen Hof etwas außerhalb von Düsterbruch liegt, hat in einem Graben in der Nähe seines Bauernhofes eine Leiche gefunden. Erst dachte er, da hätte nur jemand seine Schrottkarre entsorgt. Er ist hinuntergeklettert, um nachzusehen, und fand eine stark verweste Leiche in dem Wagen. Es stellte sich heraus, dass der Mann seit Wochen, wenn nicht Monaten dort unten lag. Er muss von der Straße abgekommen und in den Graben gerutscht sein. Er hatte sich den Kopf angeschlagen, sodass er entweder tot oder bewusstlos war. Er starb jedenfalls in seinem Auto. Und das war so unglücklich in den Graben gefallen, dass man es von der Straße aus überhaupt nicht sehen konnte. Diese Tragödie war übrigens kein Einzelfall. In diesem Winter sind mehrere Menschen in Schleswig-Holstein auf die Art ums Leben gekommen.«

»Und wer war der Tote?«, fragte Pia.

»Bert Seesen. Karls jüngerer Bruder.«

»Könnte er etwas mit dem verschwundenen Kind zu tun gehabt haben?«

»Das haben wir auch vermutet, aber es gab nicht den kleinsten Beweis. Er lebte zu der Zeit schon gar nicht mehr in Düsterbruch, sondern hatte den Kontakt zu seiner Familie mehr oder weniger abgebrochen. Für eine Entführung des Babys hätte Bert Seesen Insider-Kenntnisse benötigt. Wo im Haus der von Alsens Justina schlief zum Beispiel oder wie man ungesehen in das Haus hineingelangen konnte. Auch von dem Schmuck aus dem Schließfach konnte er eigentlich nichts wissen.«

»Was wollte er dann in Düsterbruch?«

»Wir vermuteten, dass er auf dem Weg zu seinem Bruder war, als er von der Straße abgekommen und in den Graben gerutscht ist. Gut möglich, dass das während des Schneechaos passiert ist, also in dem Zeitraum, als auch Justina verschwand.«

»Wurde Bert Seesen denn nicht vermisst?«

»Er hat allein gelebt, und seine Freunde waren von der Sorte, die ums Verrecken nicht zur Polizei gehen. Er hatte keine feste Arbeit, und seine Miete hat das Sozialamt bezahlt … Karl nahm damals wie wir an, sein Bruder sei auf dem Weg zu ihm gewesen, als er den Unfall hatte. Manchmal kreuzte er unvermittelt auf, um ihn um Geld anzugehen.«

»Kannte Bert Seesen die von Alsens?«

»Aus seiner Kindheit und Jugend kannte er sie sehr wohl. Er soll für Veronika von Alsen ab und zu kleinere Arbeiten übernommen haben – gegen Bezahlung. Das hat seinen Vater erbost, der natürlich erwartete, dass sein Sohn seine Energie auf den elterlichen Betrieb verwendete. Bert hat den Hof früh verlassen, weil er immer wieder mit dem Gesetz in Konflikt gekommen ist. Ich hab ihn in seiner Jugend oft im Streifenwagen nach Hause fahren müssen. Karl, der ältere Bruder, war der Kronprinz und Erbe. Bert hat sich für die andere Rolle entschieden.«

»Ich staune, an wie viele Einzelheiten Sie sich noch erinnern«, sagte Pia.

»Das Gedächtnis ist eine komische Sache«, meinte Stolze. »Fragen Sie mich bloß nicht, was es gestern zum Mittag gab. Aber was früher war … Und wissen Sie: Ich bin den Fall Justina in den letzten Jahren immer mal wieder gedanklich durchgegangen. Ellert weiß das. Deshalb hat er sich auch bei Ihnen gemeldet, als der Name ›Düsterbruch‹ fiel.«

»Meinen Sie, der alte Fall hat etwas mit unseren aktuellen Ermittlungen zu tun?«, fragte Pia.

»Keine Ahnung. Aber wenn Sie noch was über Justina herausfinden, wüsste ich gern darüber Bescheid. Sehen Sie es einem alten Mann nach. Manchmal denke ich, dass sie vielleicht noch irgendwo lebt.«

16. Kapitel

Beim Verlassen des Altenheims sah Pia, dass drei unbeantwortete Anrufe auf ihrem Mobiltelefon eingegangen waren. Sie überflog die Anruferliste: Broders hatte sie ein Mal zu erreichen versucht, Lessing zwei Mal.

»Ganz großes Theater!«, deklamierte Broders, als sie ihn zurückrief. »Dieses Backhaus, das euer Zeuge am Samstag genannt hat, ist der Treffer des Monats.«

»Noch 'ne Leiche?«, fragte Pia alarmiert.

»Nein. Besser. Dort drinnen haben unsere Jungs circa zehntausend Ecstasy-Tabletten und vierzig Kilogramm Amphetamine gefunden.«

»Wie bitte?«

»Der Verkaufswert liegt bei schätzungsweise hundertfünfzigtausend Euro.«

»In einem abbruchreifen Backhaus in Düsterbruch liegen Drogen für hundertfünfzigtausend Euro?«, wiederholte Pia ungläubig.

»Es wird das Zeug sein, das nach André Falkes Verhaftung verschwunden war. Die GER ist schon unterwegs. Wahrscheinlich köpfen die auf dem Weg nach Düsterbruch schon mal 'ne Flasche Schampus.«

»Gib dich über die GER keinen Illusionen hin: In der Gemeinsamen Ermittlungsgruppe Rauschgift geht es genauso stocknüchtern zu wie bei uns, Broders.«

»Meinst du? Sonst würde ich direkt überwechseln. Aber macht nix. Ende der Woche lassen wir ja mal die Sau raus.«

Er spielte auf Gablers Jubiläum an: dreißig Jahre bei der BKI Lübeck. Die Planungen zur Feier liefen seit Wochen, während Gabler selbst mehr und mehr den Eindruck erweckte, einfach nur weglaufen zu wollen. »Du bist doch dabei, Pia? Ich dachte, wie tanzen zur Feier des Tages gemeinsam eine kleine Sevillana.«

»Klar, Broders, aber nur, wenn du in einem Flamencokleid erscheinst.«

Er gluckste noch amüsiert, als sie das Gespräch beendeten.

»Na endlich! Plauderstunde im Altenheim beendet?« Nach Broders' lockerem Tonfall hörte sich Lessing so an, als kaute er Glasscherben.

»Hast du von dem Fund in dem Backhaus gehört?«

»Die sprechen bei euch von nichts anderem mehr. Ich war eben schon kurz in Düsterbruch und hab's mir angesehen. Amphetamine säckeweise. Schöne Sache. Aber deshalb rufe ich dich nicht an. Ich habe gerade erfahren, dass Fjodor Markow heute in Deutschland eintreffen wird. Bist du bereit?«

»Wofür?«

»Für einen kleinen Ausflug.«

»Könntest du das präzisieren?«

»Wir fahren nach Hamburg ins *Park Hyatt Hotel.* Dort steigt Fjodor Markow für gewöhnlich ab.«

Als sie eine halbe Stunde später zusammen im Auto saßen, strahlte Lessing eine fast ungesunde Energie aus. Er trommelte mit den Fingerspitzen auf dem Lenkrad herum, und auf der Autobahn trat er das Gaspedal des leicht betagten Audi über Gebühr durch. Jetzt, da sich Markow endlich in seinem Zugriff befand, schien er ganz in seinem Element zu sein.

»Erinnerst du dich an unser Gespräch mit Nadja Ivanova, Pia?«, fragte er, als er angesichts des üblichen Staus vor dem Horner Kreisel abbremsen musste.

»Natürlich. Worauf willst du hinaus?«

»Markows Hintergrund. Der ist wichtig. Was weißt du über die Zustände in den Arbeitslagern in der ehemaligen Sowjetunion?«

»Eher wenig«, sagte Pia. »Ich habe mal was über das berüchtigte Lager Kazan gelesen. Es wurde ›Das ewige Bett‹ genannt, weil nie ein Häftling lebend da rausgekommen ist. Daraus schließe ich, dass Markow dort nicht gewesen sein kann.«

»Stimmt. Fjodor Markow ist 1983 zu zwanzig Jahren Arbeitslager verurteilt worden. Seine Chancen, das zu überleben, standen nicht besonders gut. Schlechte Ernährung, eiskalte Winter und heiße Sommer ohne jeden Schutz, gefährliche Mithäftlinge. Man konnte sich an so einem Ort nur behaupten oder untergehen.« Lessing bog vom Horner Kreisel in die Sievekingsallee.

»Was bedeutet das für das anstehende Treffen?«

Er warf ihr einen prüfenden Blick zu. »Du solltest wissen, dass die Arbeitslager in unterschiedliche Bereiche, die ›Zonen‹, aufgeteilt waren. Und diese Zonen wurden von sogenannten ›Dieben im Gesetz‹ kontrolliert.«

Pia nickte. Der Begriff war ihr bekannt.

»Diese Leute waren der Ordnungsfaktor in den Gefängnissen und Arbeitslagern. Sie haben alles kontrolliert. Die Beschaffung von Lebensmitteln, Alkohol, Drogen ... Wer in der Hierarchie weit oben stand, konnte auch innerhalb der Mauern recht gut leben. Wer sich nicht arrangiert hat oder denen in die Quere gekommen ist ...« Lessing zuckte mit den Schultern. »›Diebe im Gesetz‹ konnten über Leben und Tod ihrer Mithäftlinge entscheiden.« Er beschleunigte den Wagen, um einen Fahrschulwagen zu überholen, der vor einer grünen Ampel verharrte. Lessing sah sie kurz an und referierte in nüchternem Tonfall weiter: »In den Arbeitslagern gab es überall Denunzianten, die auf die Häftlinge angesetzt wurden. Sie hatten die Aufgabe, ihre Mitgefangenen auszuhorchen. ›Aufschrauben‹ nannte man das. Da hat übrigens auch der KGB kräftig mitgemischt. Bei Fjodor Markow ist es angeblich nie gelungen, ihn zum Reden zu bringen. Denk also nicht, eine unserer Vernehmungstaktiken könne ihn irgendwie beeindrucken.«

»Wird das heute denn eine Vernehmung oder mehr ein Höflichkeitsbesuch?«

»Markow kooperiert bis zu einem gewissen Grad mit uns. Jedenfalls solange es ihm ebenfalls nützlich ist. Ab und zu kommt etwas dabei herum. Meistens aber nicht.«

»Ist Fjodor Markow ein ›Dieb im Gesetz‹?« Pia wusste, dass diese Leute ihre Funktion auch in Freiheit ausübten.

»Wir, das heißt die Landeskriminalämter und das BKA, kennen in den großen deutschen Städten jeweils mindestens zehn bis zwanzig ›Diebe im Gesetz‹, die die Pfründe unter sich aufgeteilt haben. Und Markow hält zu einigen von ihnen regelmäßigen Kontakt. Aber um deine Frage zu beantworten: Er selbst ist kein ›Dieb im Gesetz‹. Er hat jedoch die entsprechenden Kontakte und nutzt sie auch.«

»Wann ist Markow aus der Haft entlassen worden?«

»Die Perestroika bescherte ihm eine Amnestie. Er kam 1989 auf freien Fuß, und er machte genau da weiter, wo er im Lager aufgehört hatte. Er organisiert, handelt und beschafft Dinge. Die Goldgräberstimmung in den ehemaligen Sowjetrepubliken ist ihm dabei zu Hilfe gekommen. Nachdem Markow ein paar Jahre lang als Geschäftsführer für eine expandierende russische Firma gearbeitet hatte, die europäischen Firmen half, Geschäftsfelder in den Gebieten der ehemaligen Sowjetunion zu erschließen, kannte er sich auf dem internationalen Parkett gut aus. Er gründete seine erste eigene Firma. Inzwischen gehören Markow eine Werbeagentur, eine Investment-Consulting-Firma, eine Versicherungsgesellschaft und ein Radiosender. Außerdem ist er am Gas-Geschäft beteiligt. Aus zahlreichen Beispielen wissen wir, dass die Kontrolle über die Medien die beste Voraussetzung dafür ist, in der Politik Karriere zu machen.«

»Das klingt aber alles nicht unbedingt illegal.«

»Nein, und da liegt das Problem. Die ehemalige Nomenklatura der Sowjetunion hat die wichtigen Wirtschaftszweige privatisiert und übernommen. Die Gewinne aus dem Verkauf von Rohstoffen, die eigentlich der Bevölkerung zugutekommen sollten, fließen zum großen Teil in private Taschen. Legale und illegale wirtschaftliche Aktivitäten gehen Hand in Hand. Die Infiltration fast aller Wirtschaftsbereiche erfolgt schleichend und grenzüberschreitend. Das macht es so schwer für uns.«

»Und Vadim Droski?«

»Er ist die rechte Hand eines ›Diebes im Gesetz‹. Als junger Mann war er als Soldat in Afghanistan sowie auch im Tschetschenien-Krieg und hat dort eine umfassende Ausbildung erhalten, wie man Menschen tötet. Wir können ihm mehrere Mordanschläge nachweisen – in der Hoffnung, dann mehr über die Auftraggeber zu erfahren. Droski zu bekommen, das wäre ein echter Durchbruch ...« Lessing bog vom Jakobikirchhof in die Bugenhagenstraße ein, eine Parallelstraße zu einer der großen Einkaufsstraßen Hamburgs. Am Fahrbahnrand vor dem Eingang des *Park Hyatt Hotels* stand eine übersichtliche Anzahl europäischer Luxusschlitten herum. Lessing deutete mit dem Kopf auf eine gepanzerte Mercedes-Limousine mit österreichischem Kennzeichen. Ein schwarzer Van, ebenfalls in Österreich zugelassen, stand dahinter. »Markow ist schon da. Er wird gerade erst angekommen sein, wenn die Autos noch draußen stehen.«

Lessing meldete sich an der Rezeption, telefonierte mit Fjodor Markow, und kurz darauf brachte ein Fahrstuhl Pia und ihn hoch zu Markows Suite im achten Stockwerk. Ein junger Mann in schwarzem Trainingsanzug öffnete die Tür. Sein Gesicht sah sauber und frisch aus, wie aus einer Milch-Reklame. Der Bodyguard, dachte Pia, wie hübsch! War Markow der Meinung, dass das hier im *Park Hyatt* nötig war? Wenn er einen Balanceakt zwischen der Geschäftswelt auf der einen und kriminellen Machenschaften auf der anderen Seite vollführte, musste er vielleicht überall um sein Leben fürchten. Als sie um die Ecke bogen, rekelten sich drei weitere Männer in gleicher Aufmachung in einer Sitzgruppe im Vorraum der Suite. Sie beobachteten Lessing und Pia mit scheinbar gelangweiltem Gesichtsausdruck, als sie in den Wohnbereich geführt wurden.

Fjodor Markow war um einiges älter als seine Schwester. Pia schätzte ihn auf Anfang fünfzig. Er war mittelgroß und von wuchtiger Statur. »Lessing, lange nicht gesehen. Wen haben Sie denn da mitgebracht, eine Freundin?«

»Kriminaloberkommissarin Korittki war so freundlich, mich zu begleiten.«

»Angenehm.« Er hatte einen festen Händedruck – Pia war froh, keine Ringe an den Fingern zu haben.

»Kommen Sie. Wir machen es uns im Wohnzimmer gemütlich. Kann ich Ihnen etwas zu trinken anbieten?«

»Zu einer Tasse Kaffee sagen wir nicht Nein.«

Markow nickte dem jungen Mann zu, der sie hereingeführt hatte.

Pia sah sich um. Die ganze Suite war locker zweihundert Quadratmeter groß und verschwamm farblich zu einem Meer aus Karamelltönen und edlen Hölzern. Ein Flügel, ein offener Kamin, zwei Sitzgruppen und ein Esstisch möblierten den

Wohnbereich. Pia nahm Lessing gegenüber auf einem der Sofas Platz. Markow setzte sich neben sie auf die andere Seite des Polstermöbels, schlug die Beine übereinander und lehnte sich zurück. Die Stores waren zugezogen, sodass man den Dachgarten dahinter und den grau verhangenen Hamburger Himmel nur erahnen konnte. In einem Glaskasten war das Modell einer alten Hamburger Kogge ausgestellt und verbreitete dezent hanseatisches Flair.

»Ich mag diese Suite«, sagte Markow, der Pias Blick gefolgt war. »Es soll die größte in Hamburg sein. Wenn man viel unterwegs ist, sollte man es wenigstens bequem haben. Finden Sie nicht auch?« Er warf Lessing einen spöttischen Blick zu.

»Lassen Sie es gut sein, Markow. Frau Korittki ist nicht interessiert.«

»Lessing und ich kennen uns schon sehr lange. Er kommt ebenfalls viel herum. Zwei Hartschalen-Koffer, ein Notebook und eine Sporttasche. Ist das auf Dauer ein Leben für einen Mann?« Fjodor Markows Mundwinkel bogen sich nach oben.

»Spielen Sie Klavier?«, fragte Pia mit Blick auf das Instrument im Hintergrund.

»Leider nicht. Ich stamme aus einfachen Verhältnissen. Und später hatte ich nie die Zeit, ein Instrument zu erlernen. Aber meine Schwester Oxana singt fantastisch und spielt Geige.«

»Ich habe Ihre Schwester in Düsterbruch kennengelernt.«

»Richtig, sie kennen einander ja schon. Oxana wird demnächst heiraten. Ich halte viel von der richtigen Reihenfolge. Erst die Ehe, dann die Familiengründung.«

Ach ja?, dachte Pia. Ein Tablett mit drei Kaffeetassen und einer Etagere mit Gebäck wurden auf dem Couchtisch abgestellt.

»Bedienen Sie sich! Ich mag die Scones mit Cream und Heidelbeermarmelade am liebsten. *High Tea*, fast wie in London.«

»Wie denken Sie über die Morde in Düsterbruch, Markow?«, fragte Lessing, nachdem er einen Schluck Kaffee getrunken hatte.

»Unerfreulich. Zwei weitere Todesfälle so kurz vor der Hochzeit meiner Schwester. Ich erwarte, dass die deutsche Polizei das aufklärt. Was schätzen Sie, wie lange es noch dauert?«

»Schwer zu sagen«, meinte Pia.

»Ich habe Oxana geraten, bis dahin ein paar Wochen in meinem Appartement in London zu wohnen. Aber sie ist eine Frau – sie lässt sich einfach nichts sagen.«

»Haben Sie Vadim Droski in letzter Zeit gesehen oder gesprochen?«, wollte Lessing ohne Überleitung wissen. Eine Heldentat der Kommunikation, dachte Pia.

»Droski!« Markow verzog das Gesicht. »Wie oft soll ich Ihnen noch sagen, dass ich mich von dem Kretin fernhalte, so gut es geht, Lessing?«

»Ein Mann ist in der Nähe von Düsterbruch in seinem Auto verbrannt. Seine Mutter ist in ihrem Haus durch einen Kopfschuss hingerichtet worden. Ich habe da sofort an Vadim Droski denken müssen.«

»Sie leiden unter Verfolgungswahn, Lessing.« Er wandte sich wieder Pia zu: »Ich finde es durchaus unterhaltsam, hier ein halbes Stündchen mit Ihnen beiden zu plaudern, Frau Korittki. Aber hinterher werden Sie feststellen, dass es zu nichts geführt hat.«

»Das wird sich zeigen«, sagte Lessing eisig. »Wir wissen, dass Sie kürzlich wieder Kontakt zu Vadim Droski hatten. Wenn Sie in Zukunft nichts mehr mit ihm zu tun haben wollen, verraten Sie uns einfach, wo er sich aufhält.«

»Wenn das Leben so einfach wäre …« Er schüttelte missbilligend den Kopf.

»In diesem Fall könnte es einfach sein.«

Markow hob in einer entwaffnenden Geste die Hände. »Ich

bin kein Verräter.« Er schaute wieder Pia an. »Und gegen Vorurteile ist man machtlos. Neulich bin ich in Cannes zufällig mit einer bekannten Schauspielerin auf ein Foto geraten.« Er lächelte zynisch. *Ihr Neuer: ein russischer Mafiaboss!*, stand am nächsten Morgen in der Zeitung.«

»Es gibt ein deutsches Sprichwort: ›Kein Rauch ohne Feuer‹«, sagte Pia. Lessing warf ihr einen beunruhigten Blick zu.

Markow lächelte und sagte etwas auf Russisch. »›Rauch kommt nicht ohne Feuer vor‹? Das kennen wir auch«, übersetzte er. »Kann ich sonst noch behilflich sein?«

»Weiß Ihre Schwester, wo Vadim Droski sich aufhält?«, fragte Lessing.

»Halten Sie Oxana da raus.« Markows Ton wurde schärfer.

»Droski wurde in der Nähe Ihrer Schwester gesehen.«

»Das ist eine Lüge.«

»Sie wissen also, wo er steckt.«

»Ich weiß, wo er nicht steckt, und das reicht. Wenn Sie etwas brauchen, um vor Ihrem Chef zu glänzen, Lessing, dann fahren Sie nach Kiel ins *Paradiso.* Dort weiß angeblich jeder, wer Falke vorzeitig ins Fegefeuer geschickt hat.«

Es war die Kneipe, die auch Maiwald ihnen genannt hatte. Pia kam sich vor wie ein Hund, dem man einen Knochen zuwirft. Sie stand auf. »Vielen Dank für den Kaffee, Herr Markow. Wir haben Ihre Zeit schon zu lange beansprucht.«

Lessing erhob sich ebenfalls. Widerwillig, wie ihr schien.

Markow stand auf und winkte einen seiner Bodyguards heran. »Roman wird Sie hinausbegleiten. Einen angenehmen Tag noch und viele Grüße an Felix!«, setzte er halblaut hinzu.

Pia wurde kalt. Markow sah ihr in die Augen, seine Miene war unergründlich. Er hatte Erkundigungen über sie eingezogen. Woher hatte er gewusst, dass sie kommen würde? Markow ergriff zur Verabschiedung ihre Hand. Pia fühlte, wie etwas hineingeschoben wurde. Lessing war schon auf dem Weg zum Ausgang und bemerkte nichts davon. Sie steckte den Gegenstand in ihre Jackentasche.

»Was hat uns das jetzt gebracht?«, fragte sie, als sie wieder vor dem Eingangsportal standen und darauf warteten, dass der Portier den Wagen vorfuhr.

»Wieso? Hat dir der Kaffee nicht geschmeckt?« Lessing klang genervt. »Dann hättest du vielleicht die Scones probieren sollen.«

»Du weißt immer noch nicht, wo Droski sich aufhält.«

»Markow gibt nur, wenn er auch etwas dafür bekommt«, behauptete Lessing.

Pia tastete mit den Fingerspitzen über den Gegenstand in ihrer Jackentasche. Er war rechteckig, eher flach und relativ leicht.

17. Kapitel

Im Auto zog Pia ein paar Einweg-Handschuhe aus ihrer Tasche und streifte sie über.

Lessing, der sich auf den Verkehr in der Innenstadt konzentrieren musste, warf einen überraschten Blick darauf. »So schmutzig ist es hier im Auto nun auch wieder nicht. Obwohl ich diese Pool-Fahrzeuge, die jeder fahren darf, auch nicht besonders mag.«

Pia zog den Gegenstand hervor. »Markow hat mir etwas mitgegeben«, sagte sie.

Lessing trat vor der Ampel zur Altmannbrücke abrupt auf die Bremse. Ein paar der nachfolgenden Autos hupten. »Es ist eine kleine Kunststoffschachtel für Schmuck.«

»Und was ist drin?«

»Du meinst, sie geht nicht gleich in die Luft, wenn ich sie öffne?«, fragte Pia spöttisch. Sie zog die Schachtel auf. Es lag ein Ring darin. Ein matter, silberfarbener Ring mit einer großen, unregelmäßig geformten Perle, die von Diamanten eingefasst war. Das Schmuckstück sah unproportioniert und altmodisch aus und bedurfte dringend einer professionellen Reinigung.

»Was ist das denn?« Lessing kam dem Bürgersteig gefährlich nahe.

»Konzentrier dich auf die Straße.« Pia drehte das Schmuckstück zwischen ihren Fingern und hielt es ins Licht. Sie suchte nach einer Gravur.

Lessing bog rechts in die Repsoldstraße ein und hielt an. »Lass mich mal sehen!«

Pia hielt ihm den Ring hin, ohne ihn loszulassen.

»Was soll uns das sagen?«, fragte er nach ein paar Sekunden.

»Keine Ahnung. Markow hat ihn mir einfach in die Hand gedrückt.«

»Warum hat er das Ding ausgerechnet dir gegeben?«

»Er hat sich unsterblich in mich verliebt und will mir sagen, dass er es ernst meint.« Der Vorfall beunruhigte Pia mehr, als sie Lessing gegenüber zugeben wollte.

Er sah erst den Ring und dann sie nachdenklich an. »Jeder weiß, dass Russen unheilbar romantisch sind.«

Am nächsten Morgen fanden sich zur Dienstbesprechung im Kommissariat 1 auch zwei Kollegen der Gemeinsamen Ermittlungsgruppe Rauschgift, kurz GER genannt, ein. Der Drogenfund in dem Backhaus war das Top-Thema.

»Wenn man nicht weiß, wo man suchen muss, ist das Gebäude kaum zu finden«, berichtete ein kleiner, drahtiger Kollege von der GER. »Kein Wunder, dass es während unserer ersten Ermittlungen übersehen wurde. Das Häuschen befindet sich nicht auf dem Grundstück der Falkes, sondern ein ganzes Stück weiter weg, auf dem Gelände des Nachbarhofs.«

»Wir haben mit dem Besitzer des Hofs gesprochen«, ergänzte sein Kollege. »Jörg Seesen hat ausgesagt, dass das Backhaus schon seit Ewigkeiten nicht mehr genutzt wird. Es ist baufällig. Deshalb hat er auch ein Warnschild aufgestellt und lässt alles zuwuchern.«

»Und wenn er trotzdem wusste, was in seinem Backhaus deponiert war?« Broders sah in die Runde.

»Unwahrscheinlich. Der Drogenfund ist eindeutig unserem Lübecker Diskotheken-Fall zuzuordnen«, schaltete sich der GER-Mann sofort wieder ein. »Dieselbe Herkunft – dieselbe

Ware. André Falke muss das Rauschgift in dem Backhaus versteckt haben, und zwar kurz bevor er festgenommen worden ist.«

»Wie kommt es, dass er solche Mengen an Drogen besaß?«, fragte Gerlach.

»André Falke war kein kleiner Dealer. Wir betrachteten ihn innerhalb der Tätergruppe als eine Art Zwischenhändler.«

»Die Frage ist doch, ob sein Tod mit seiner Verwicklung in die Drogengeschäfte zusammenhängt oder nicht«, sagte Gabler.

»Grob geschätzt, zu fünfundneunzig Prozent ja«, mutmaßte der andere Kollege von der GER.

Gabler sah nicht überzeugt aus, nickte dem Mann aber zu fortzufahren.

»Wir wissen, dass bei Zahlungsverzögerungen oder der Nichtabnahme von Mindestmengen den Kleindealern dieser Gruppe körperliche Repressalien und Sachbeschädigungen angedroht worden sind. In ein paar Fällen blieb es nicht nur bei Drohungen. Da André Falke größere Mengen an Drogen bei sich deponiert hatte, sie aber nicht weiter in Umlauf brachte, ist er vertragsbrüchig geworden. Dadurch schuldete er den Organisatoren eine Menge Geld. Es ist mehr als wahrscheinlich, dass der Mord an Falke mit unserem Drogenfund zusammenhängt.«

»Aber die Haupttäter befinden sich alle noch in Haft«, wandte Broders ein.

»Ein Mord lässt sich auch aus dem Gefängnis heraus organisieren«, antwortete der Drahtige.

Pia musste an die »Diebe im Gesetz« denken. Und an Vadim Droski. Wo war Lessing überhaupt? Er saß mit stoischer Miene in einer hinteren Ecke des Raumes. »Derjenige, der André Falke ermordet hat, hat höchstwahrscheinlich auch seine Mutter getötet. Wie passt das ins Bild?«, fragte sie.

Der GER-Mann streckte sich auf seinem Stuhl. »Vermutlich

konnte oder wollte sie ihrem Mörder nicht sagen, wo ihr Sohn das Rauschgift deponiert hatte. Außer Falke selbst wusste das anscheinend keiner. Und der hatte es wie bei *Hänsel und Gretel* in einem riesigen Backofen versteckt.« Er grinste andeutungsweise.

Pia zog fragend die Augenbrauen hoch.

Der GER-Mann, der neben Gabler saß, klopfte mit seinem Stift auf die Unterlagen. »Hinter der Organisation steckten fünf Haupttäter. Die Tätergruppe war straff organisiert. Sie haben sich einmal in der Woche in Lokalitäten in der Lübecker Altstadt getroffen, um ihre Geschäfte zu besprechen. Es gab eine Art Kassenwart, der einen Mitgliedsbeitrag einsammelte, um die Logistikkosten der Gruppe damit zu bestreiten. Die fünf Männer hatten jeweils ihre Kontakte, über die sie die Ware beschafft haben. Die wurde dann einer begrenzten Zahl von Zwischenhändlern auf Kommissionsbasis zur Verfügung gestellt. Und die haben die Drogen an die Kleindealer weiterverkauft. Falke war, wie schon gesagt, so ein Zwischenhändler. Als er aus dem Bau kam, hatte er offensichtlich noch eine Ladung unbezahlter Ware in seinem Besitz.«

»Er muss doch gewusst haben, dass er sich in Lebensgefahr befindet, wenn er seine Schulden nicht bezahlt. Ich gehe davon aus, dass ihm eine Frist gesetzt worden ist.« Gerlach klang ungläubig.

»Als André Falke seine Haftstrafe verbüßt hatte und wieder auf freiem Fuß war, war es bestimmt schwierig bis unmöglich für ihn, seine früheren Geschäftskontakte wieder aufzunehmen. Die meisten, mit denen er zu tun hatte, sind ebenfalls verurteilt worden. Vielleicht wollte er auch gar nichts mehr mit Drogendelikten zu tun haben.«

»Wenn er die Drogen gerade nicht loswerden konnte, musste er das Geld woanders auftreiben«, sagte Pia.

»Aber Falke hatte doch Geld. Als er aus dem Knast raus war, hat er sich als Erstes ein neues Auto gekauft.« Gerlach sah zweifelnd in die Runde.

»Er hat es nur angezahlt«, erinnerte Pia ihn.

»Was für Möglichkeiten gab es denn noch für Falke, das Geld zu beschaffen?«, fragte der GER-Mann.

»Illegale Geschäfte jeder Art.«

»Erpressung«, sagte Broders.

»Das Treffen auf dem abgelegenen Parkplatz passt jedenfalls gut zu einer geplanten Geldübergabe, wofür auch immer«, meinte Pia.

»Er kann von der Person umgebracht worden sein, mit der er ins Geschäft kommen wollte. Oder von demjenigen, den er erpresst hat.«

»Oder aber von seinen ungeduldigen Gläubigern«, sagte der andere Kollege von der GER. »Jedenfalls indirekt.«

»Wir können es uns nicht leisten, eine Möglichkeit außer Acht zu lassen«, meldete sich Kürschner zu Wort. »Aber das ist natürlich ein breites Spektrum.«

»Wie verfahren wir mit dem Schmuckstück, das Fjodor Markow uns zugesteckt hat?«, warf Lessing ein, der die ganze Zeit nur zugehört und sich Notizen gemacht hatte.

Gabler sah ihn mit einer tiefen Falte zwischen den Augenbrauen an. Die Entwicklung, die die Ermittlungen im Fall Falke nahmen, gefiel ihm offensichtlich nicht. Zum einen war da die GER, die mit einem Mal mitreden wollte. Und dann auch noch das BKA, das sich schon sehr früh eingeschaltet hatte. »Laden Sie Fjodor Markow zu einer Vernehmung vor«, schlug er vor. »Der Mann ist Ihr Spezialgebiet. Wie gesagt, wir gehen jeder Ermittlungsrichtung nach.«

Lessing winkte ab. »Wenn Fjodor Markow sich entschieden hat, dass Pia diejenige ist, der er etwas mitteilen will, muss sie ihn selbst danach fragen. Sonst lässt er uns auflaufen, und wir erfahren nie, was es mit dem Schmuckstück auf sich hat.«

»Hundertsechzig Personen?« Jörg Seesen starrte auf die Liste, die Oxana ihm vor die Nase hielt. »Das werden ja immer mehr!«

»Das liegt daran, dass ich noch ein paar Leute kennengelernt habe. Und du weißt doch, wie das ist: Lädt man den einen zu seiner Hochzeit ein, kann man den anderen nicht übergehen. Dafür ist das Verhältnis von Russen zu Deutschen jetzt einigermaßen ausgewogen.«

»Ehrlich, Oxana, müssen wir so groß feiern?«

»Wir können jetzt nicht mehr zurück«, sagte sie entschieden.

Er ahnte, was in Wahrheit in ihr vorging. Sie hatte Angst davor, dass ihr Bruder Fjodor ihre Entscheidung, ausgerechnet ihn, einen gewöhnlichen Bauern aus Norddeutschland, zu heiraten, nicht gutheißen könnte. Oder dass ihre Freundin Nadja mitleidig auf sie herabsah. Und was wusste er schon, wer noch alles auf ihrer Liste stand, den Oxana mit einer glamourösen Hochzeitsfeier beeindrucken wollte?

»Was sagt das Catering-Unternehmen dazu? Was kostet uns der Spaß jetzt?«, erkundigte er sich.

»Es sind eintausendzweihundert Euro mehr als vorher. Da ist die aufwendigere Saaldekoration aber schon mit eingerechnet.«

»Das freut mich.« Jörg sah auf die Unterlagen auf seinem Schreibtisch. Das Biogas-Projekt würde auch teurer werden, als er veranschlagt hatte. Doch sollten sie deswegen auf ihre Hochzeitsfeier verzichten, auf die sie sowieso schon so lange warteten?

»Wir müssen uns entscheiden, Jörg. Ewig werden sie uns

den Termin für den Saal nicht freihalten. Oder willst du mich gar nicht mehr heiraten?« Er hörte ihre Stimme wie durch ein Meer aus Zahlen, die ihm im Kopf herumschwirrten.

»Unsinn! Wir machen alles so, wie du es willst.« Er zog sie auf seinen Schoß und vergrub das Gesicht in ihrem Haar. Vanille mit einem Hauch Rosenduft. Oxana streichelte zärtlich seinen Rücken.

»Dann kann ich ja auch dem Architekten Bescheid sagen, dass wir danach das Haus in Angriff nehmen wollen.«

Jörg hob den Kopf. »Beides auf einmal geht nicht, Oxana! Erst kommt die Hochzeit, danach müssen wir sehen, was die Biogas-Anlage abwirft.«

»Aber die Renovierung ist überfällig. Du siehst das nicht, weil alles immer schon so war, doch einiges hier ist … nicht mehr zeitgemäß.«

Jörg schob sie ein Stück von sich weg. »Ich dachte, es gefällt dir bei mir. Auf solche Ideen kommst du nur, wenn dein Bruder in der Nähe ist.«

»Fjodor hat damit nichts zu tun.«

Fjodor hatte mit allem etwas zu tun. Jörg war ihm vor zwei Jahren in St. Petersburg zum ersten Mal begegnet. Sein Geschäftspartner Uli hatte ihn vor Fjodor Markow gewarnt. Ein gerissener Hund sei das, der habe seine Finger überall drin. Aber wenn sie in das Dünger-Geschäft einsteigen wollten, führe kein Weg an Markow vorbei. Doch dann hatte Jörg zu seiner Erleichterung einen sehr umgänglichen, ja witzigen und charmanten Fjodor Markow kennengelernt. Die Geschäfte waren zu ihrer aller Zufriedenheit abgewickelt worden, und im Anschluss daran hatte Markow Uli und ihn in seine Datscha eingeladen. Ein Luxus-Feriendomizil in der Nähe von Sotschi, wo er Oxana zum ersten Mal begegnet war. Sie war ihm unerreichbar erschienen, wunderschön und gleichzeitig eine Frau, mit der man über alles reden konnte. Er hatte sich unsterblich in sie verliebt, ohne die geringste Hoffnung darauf, dass sie seine Liebe je erwidern könne. Oxana und er, das war ein Märchen, das wahr geworden war. Doch seine Märchenbraut hatte ihn zugleich an ihren Bruder gekettet.

Eigentlich mochte er Fjodor, hatte ihn von Anfang an gemocht. Aber was wusste er schon über ihn? Steckte hinter dem wohlwollenden und erfolgreichen Mann nicht ein ganz anderer? Jörgs Bild über ihn setzte sich aus den unterschiedlichsten Informationen zusammen, und der Prozess des Begreifens war noch längst nicht abgeschlossen. Den netten, großzügigen Schwager in spe gab es immer noch. Doch inzwischen war ihm klar geworden, dass Fjodors »Witze« vielleicht gar keine waren. Wie hatte er über die Anekdoten von der explodierenden Motorjacht im Hafen von Sotschi oder der abgeschlagenen Hand im Kofferraum des französischen Diplomaten nur lachen können? Er hätte nie von sich gedacht, dass er sich so unkritisch würde mitreißen lassen. Oder dass er bei ernsthaften Schwierigkeiten in Versuchung geraten würde, sie auf Fjodors Art und Weise zu lösen …

»Wenn wir erst umgebaut haben, muss unser Besuch auch nicht mehr im Hotel wohnen«, sagte Oxana.

»Du meinst, *Nadja* muss nicht mehr im Hotel wohnen? Wie lange bleibt sie dieses Mal? Bis zu unserer Hochzeit?«

»Ich weiß es nicht. Ich bin einfach froh, dass sie da ist.«

Jörg nickte. Nadja Ivanova war seine zweite Hypothek. Warum musste die Frau nicht arbeiten? Weshalb hatte sie keine Familie? Wovon zum Teufel lebte sie? Oxana hatte ihm erzählt, dass sie mal Fjodors Geliebte gewesen sei. Das erklärte einiges. Aber sie hatte Oxana auch zur Seite gestanden, als ihre Eltern kurz nacheinander gestorben waren. Jörg gab sich einen Ruck. Er wollte Oxana nicht wehtun, doch er musste sich Klarheit verschaffen. »Oxana, wie gut kennst du Nadja eigentlich?«

Sie sah ihn überrascht an. »Fast mein ganzes Leben lang.«

»Als ich neulich etwas früher ins Haus gekommen bin, da habe ich Nadja dabei überrascht, wie sie sich gerade aus meinem Arbeitszimmer geschlichen hat. Du warst einen Moment draußen …«

»Ja, und? Sie hat bestimmt nur nach einem Kugelschreiber oder so gesucht. Nadja wollte ihre Post bei mir in der Küche erledigen.«

»Ich mag es nicht, wenn Fremde …« Er biss sich auf die Zunge. »Entschuldigung – ich meine, wenn Leute, die nicht zur Familie gehören, in meinem Arbeitszimmer herumwühlen.«

»Was soll das heißen, Jörg? Fehlt etwa was?«

»Nein.« Er konnte es ihr nicht sagen. »Ich glaube nicht.« Und er wollte keine Fragen beantworten müssen. Oxana sollte sich keine Sorgen machen.

»Ich vertraue Nadja.« Sie klang ganz ruhig.

Jörg wünschte, er könne dieser Frau auch trauen. Er hatte sich wie ein kompletter Idiot verhalten. War er wirklich so bescheuert gewesen, das Ding erst mal in der untersten Schreibtischschublade zu verstecken? Jedes Kind konnte das Schloss mit einer Nagelfeile öffnen. Wahrscheinlich genügte ein Fingernagel! Er dachte an Nadjas Krallen. Vielleicht hatte es ja auch gar nichts zu bedeuten, und Nadja hatte dem Schmuckstück nur einfach nicht widerstehen können? Wie eine Elster? War doch möglich, dass sie eine Art Kleptomanin war. Er wollte nicht weiter darüber nachdenken. Jörg legte Oxana eine Hand in den Nacken, zog ihr Gesicht sanft zu sich herunter und küsste sie.

Sie erwiderte seinen Kuss, erst zögernd, dann leidenschaftlich. Alles würde gut werden.

Pia wählte die Nummer des *Park Hyatt Hotels* und ließ sich mit der Suite von Fjodor Markow verbinden. Sie war allein in ihrem Büro, hatte aber Vorkehrungen getroffen, das Telefonat mit Markow aufzuzeichnen.

»Frau Korittki? Ich habe mir schon gedacht, dass Sie sich melden würden. Wie kann ich Ihnen helfen?«

»Das Schmuckstück, der Perlenring, den Sie mir gegeben haben. Wir müssen darüber reden.«

»Wieso? Gefällt er Ihnen nicht?«

»Ein Halbkaräter wäre wohl das Mindeste gewesen.«

Er lachte. »Sie haben also schon bemerkt, dass der Ring nicht sehr wertvoll ist. Immerhin eine Südseeperle auf einem Platinring. Leider in schlechtem Zustand. Der ideelle Wert dieses Rings ist aber um einiges höher, nehme ich an. Zumindest für die Person, die ihn versteckt hatte.«

»Und wer ist das?«

»Ich kann Ihnen am Telefon nichts dazu sagen. Wer weiß, wer alles mithört! Zum Beispiel Ihr misstrauischer Kollege?«

»Lessing ist nicht hier. Aber wenn Sie am Telefon nicht darüber reden wollen, können Sie ja herkommen.«

»Nach Lübeck? Wie wäre es heute Abend gegen acht Uhr in der Schiffergesellschaft? Ich reserviere uns einen Tisch.«

»Das kommt nicht infrage.«

»Richtig, Sie haben ja ein kleines Kind. Dann heute Nachmittag um drei Uhr auf einen Kaffee. Derselbe Ort. Ich habe sowieso was in Lübeck zu erledigen.«

»Ich schlage vor, Sie kommen zu mir ins Kommissariat, Herr Markow. Hier können wir in aller Ruhe reden. Und Kaffee gibt es auch.«

»Um drei Uhr – in der Schiffergesellschaft. Und kommen Sie allein.« Die Leitung wurde unterbrochen.

Pia fluchte leise und wählte noch einmal, doch der Hotelangestellte an der Rezeption teilte ihr höflich mit, dass Fjodor Markow nicht mehr zu erreichen sei. Kurz darauf steckte Broders seinen Kopf zur Bürotür herein.

»Hast du einen Moment Zeit? Besprechungsnachbereitung.« Er setzte sich auf einen freien Stuhl. »Was ist los? Du siehst etwas angenervt aus.«

Sie zuckte unentschlossen mit den Schultern.

»Raus damit. Du hast zwanzig Sekunden.«

»Es ist nichts.«

»Noch zehn.«

»Ich bin heute Nachmittag mit Fjodor Markow in der Schiffergesellschaft verabredet. Ich hab ja kein Problem damit, mich mit ihm zu treffen. Aber dass er sich die Mühe gemacht hat, etwas über meine Familienverhältnisse herauszufinden, gefällt mir nicht.«

»Er hat *was*?«

»Er weiß von Felix.«

»Tatsächlich? Dann schick Nathan zu dem Treffen. Das ist doch seine Baustelle.«

»Markow will mit mir und nicht mit ihm sprechen.«

Broders schüttelte missbilligend den Kopf. »Na und? Wen interessiert's? Will Nathan dich womöglich auch noch für das Gespräch verkabeln?«

»Das kommt überhaupt nicht infrage.«

»Na immerhin. Trotzdem gefällt es mir nicht.«

18. Kapitel

Ist Ihnen das nicht lästig, auf Schritt und Tritt Ihre Leute um sich zu haben?«, fragte Pia, als sie sich zu Fjodor Markow an einen Tisch an der Stirnseite der historischen Halle setzte. Ein Stück unterhalb, an einer der langen Tafeln, hatten sich drei von Markows Bodyguards platziert. Sie passten nicht recht zu dem übrigen Publikum – Touristen und Einheimische, die sich angeregt unterhielten. Die drei jungen Männer studierten mit ausdruckslosen Gesichtern die Karte.

»Wieso? Stören die Sie?«

Pia zuckte mit den Schultern. »Sie sind ja ganz ansehnlich.«

»Das Restaurant hier ist mir von einem Geschäftsfreund empfohlen worden. Ich soll unbedingt die hausgebeizten Heringe essen«, bemerkte Markow im Plauderton und ließ seinen Blick über die dunkle Einrichtung schweifen. »Wirklich hübsch hier.«

»Die Bänke und Tische sind aus alten Eichenplanken gefertigt«, sagte Pia, die als Lübeckerin plötzlich so etwas wie Stolz verspürte. »Dort in den Gelagen saßen früher die Schiffer bei ihren Zusammenkünften. Wir hier oben befinden uns im sogenannten ›Beichtstuhl‹, dem Sitz der Älterleute.«

»Das war mir gar nicht bewusst, als ich uns diesen Platz reserviert habe.« Markow grinste belustigt. »Sie erwarten doch jetzt keine Beichte von mir, Frau Korittki?«

Sie lächelte zurück. »Ich bin bestimmt ein guter Zuhörer. Nur falls Sie plötzlich das Bedürfnis haben …« Sie zog ein Foto des Rings aus der Tasche und legte es vor ihn auf den

Tisch. »Aber eigentlich möchte ich wissen, warum Sie mir diesen Ring gegeben haben.«

»Ach, das. Lassen Sie uns erst mal bestellen. Ich habe heute noch nichts Anständiges gegessen.« Er winkte dem Kellner. Markow bestellte die Heringe und ein Bier dazu. Sie selbst orderte nur einen Kaffee.

»Was hat es mit diesem Schmuckstück auf sich?« Pia schob das Foto ein paar Zentimeter dichter an Markow heran.

Er seufzte. »Ich wusste, ich würde nicht einfach in Ruhe mit Ihnen essen können. Leute, die vorgeben, für den Staat zu arbeiten, machen mich nicht umsonst misstrauisch.«

»Leute, die mir heimlich Informationen in einer laufenden Ermittlung zu einem Mordfall zustecken, machen mich misstrauisch!«

»Schon gut.« Er beugte sich ein Stück zu ihr vor. »Sie kriegen ja, worauf sie so scharf sind. Aber nicht vor dem Essen. Davon bekomme ich Gastritis.«

»Sie sehen nicht so aus, als könnten Ihnen ein paar harmlose Fragen Magenschmerzen bereiten.«

»Die kommen im Grunde auch nur von zu gutem Essen. Im Arbeitslager, bei Wassersuppe und Brot, hat man damit jedenfalls keine Probleme.«

Der Kellner brachte Kaffee und Bier. Während sie auf Markows Heringe warteten, war er nicht zu irgendwelchen Auskünften zu bewegen, sondern plauderte über dies und das. Pia atmete auf, als sein Essen kam.

»Na dann, guten Appetit.« Sie musste sich weiterhin gedulden, bis Fjodor Markow die Heringe verspeist hatte. Die drei Männer, die ihn begleiteten, hatten ebenfalls große Teller mit Mittagsgerichten vor sich stehen. Und sie tranken auch ein Bier dazu. Als bedenklich wurde die Gefahrenlage hier wohl nicht eingeschätzt. Das zumindest war beruhigend.

»Ich werde Ihnen erklären, was hier läuft«, hob Markow freiwillig an, als er seinen Teller geleert hatte. »Wie Sie wissen, ist Oxana meine kleine Schwester. Sie ist über zwanzig Jahre jünger als ich. Unsere Eltern sind früh gestorben, darum ist sie mehr wie eine Tochter für mich. Ich verwöhne sie, ich will sie beschützen … Was recht schwierig ist, wenn eine junge Frau in der Weltgeschichte herumzieht. Sie war rastlos, ist nirgendwo lange geblieben. Schon gar nicht bei mir. Sie sagt, sie mag meinen Umgang nicht. Nun ja. Als sie Jörg Seesen kennenlernte, war ich, offen gestanden, recht froh. Da ich sowieso ständig herumreise, ist es für mich egal, ob ich sie in Russland, in Deutschland oder Timbuktu besuche, Hauptsache, sie ist zufrieden. Oxana braucht einen Fixpunkt im Leben. Und sie liebt Jörg.«

Pia nickte. Sie musterte Markows Gesicht im Dämmerlicht. Wieso erzählte er ihr das alles?

»Bei meinem ersten Besuch in Düsterbruch schien alles in bester Ordnung zu sein. Oxana mag die Natur und das Landleben. Für meinen Geschmack ist das nichts, aber sie soll ja dort glücklich werden. Als Jörg Seesens Mutter sich das Leben genommen hat, war das für alle Beteiligten ein Schock. Sie waren deswegen in Düsterbruch, nicht wahr? Sie wissen aus erster Hand, was dort los war. Oxana hat auf den Tod von Hedwig Seesen nervöser reagiert, als ich erwartet hatte. Ich habe daraufhin jemanden gebeten, ab und zu ein Auge auf Oxana zu haben. Nadja Ivanova ist eine sehr gute Freundin der Familie, sie hatte Oxana schon vorher des Öfteren besucht. Nadja sollte mir berichten, was in Düsterbruch passiert. Wissen Sie, ich bin gern informiert und auf alles vorbereitet.«

Pia machte nur eine unbestimmte Handbewegung.

»Eine Weile war alles ruhig. Ich muss hinzufügen, dass ich damals bereits wusste, dass sich das BKA meinetwegen für

Oxana interessiert. Diese Aufmerksamkeit ist ziemlich lästig, wie Sie sich jetzt bestimmt vorstellen können.«

Pia nickte.

»Nicht wahr? Sie waren ja jetzt einmal dabei. Gegen Vadim Droski ist neuerdings ein europäischer Haftbefehl erlassen worden. Die Mühlen der Justiz mahlen zwar langsam, aber unerbittlich. Als ich davon erfahren habe, habe ich mich sofort von Droski distanziert. Das BKA ist da nicht auf dem neuesten Stand.«

»Wie ging es in Düsterbruch weiter?«, fragte Pia.

»Sie wissen das besser als ich: Zwei Menschen sind ermordet worden, Mutter und Sohn. Und die Frau stand mit den Seesens in engem Kontakt. Alles in allem höchst unerfreulich. Wie gesagt, ich habe versucht, Oxana dazu zu überreden, sich eine Weile fernzuhalten. Nur bis die Polizei alles aufgeklärt hat. Aber das wollte sie nicht.«

Die widerspenstige Oxana wurde Pia immer sympathischer.

»Haben Sie einen Hinweis darauf, dass Ihre Schwester in Düsterbruch in Gefahr ist?«

Markow, der sich auch noch einen Kaffee hatte bringen lassen, gab großzügig Zucker hinein. »Nichts Konkretes. Ich bin nur besorgt.«

»Ein bisschen mehr Offenheit in der Sache würde uns sicherlich helfen, die beiden Mordfälle schneller aufzuklären. Schon im Interesse Ihrer Schwester.« Pia sah auf ihre Armbanduhr.

»Ihr Sohn wartet, nicht wahr?«

Da war es wieder, dieses drückende Gefühl im Magen. Die Befürchtung, dass die Dinge außer Kontrolle geraten könnten. »Einen Moment habe ich noch Zeit. Sie wollten mir etwas über dieses Schmuckstück sagen.«

»Nadja hat es mir gegeben.«

»Und woher hat sie es?«

Markow schien einen Moment in die Betrachtung des riesigen Schiffsmodells versunken zu sein. »Sie hat es gefunden«, sagte er dann. »Jemand hatte es versteckt. Ich weiß selbst nicht, wieso es wichtig ist.«

»Wo gefunden? Der Ring lag doch nicht auf der Straße herum.«

»Nein, im Haus der Seesens. Bevor Jörg Seesen meine Schwester heiratet, möchte ich absolut sicher sein, dass dort alles in Ordnung ist.«

»Woher stammt der Ring, und weshalb ist er wichtig?«

»Keine Ahnung. Das ist Ihre Aufgabe.«

»Sie müssen mir schon ein wenig mehr mitteilen. Wo genau hat Ihre Freundin Nadja den Ring denn gefunden, sodass sie sich bemüßigt sah, ihn an sich zu nehmen?«

»Er wurde versteckt. Mehr weiß ich nicht.«

»Vielleicht sollte ich doch Ihre Schwester danach fragen«, meinte Pia, die langsam ungeduldig wurde.

»Nein!« Markows Ton war trotz der gedämpften Lautstärke plötzlich schneidend.

»Dann Jörg Seesen?«, hakte sie weiter nach.

»Das ist eine Möglichkeit.«

»Woher weiß ich, dass Nadja Ivanova nicht lügt?«

»Sie steht auf meiner Liste.«

Pia zog die Augenbrauen hoch.

»Auf meiner Gehaltsliste.« Er lächelte. »Und die ist lang.«

»Hat der Ring etwas mit den Morden in Düsterbruch zu tun?«

»Eine gute Frage, Frau Korittki. Aber ich kann sie Ihnen nicht beantworten. Ich hätte selbst gern ein paar Antworten.«

Pia rieb sich die Stirn. Sie drehten sich im Kreis. Wusste Markow wirklich nicht mehr? Sie beschloss, die Sache von der anderen Seite aus anzugehen. »Es gibt Hinweise darauf, dass die Morde an André und Mona Falke in Zusammenhang mit einem Drogenhändlerring stehen, der vor knapp zwei Jahren in Norddeutschland aktiv war. Die Vorgehensweise spricht dafür, dass es ein Profi war.«

»Nicht in allen Punkten. Da ist zum Beispiel der Zeitabstand, in dem die beiden Morde passiert sind. Ein Fehler, der einem Profi nicht unterlaufen wäre. Nach dem Mord an André Falke war seine Mutter vorgewarnt. Egal, wann genau sie nun umgebracht wurde – sie hätte auf jeden Fall noch genug Zeit gehabt, zu verschwinden oder sogar zur Polizei zu gehen. Ein unkalkulierbares Risiko.«

»Vielleicht wollte sie sich nicht an die Polizei wenden, weil sie selbst in ein Verbrechen verwickelt war.«

»Sie ermitteln, nicht ich.« Markow lächelte spöttisch. »Ich habe mich kooperativ gezeigt, indem ich Ihnen gesagt habe, was ich weiß. Letzten Endes ist es mir egal, wer diese Morde begangen hat, solange Oxana nicht davon in Mitleidenschaft gezogen wird.«

Oxana war sein wunder Punkt. Markows einziger Grund, überhaupt mit ihr zu reden. »Sie wissen, dass Vadim Droski in Düsterbruch war. Und dass er mit den Drogenhändlern, für die André Falke gearbeitet hat, in Kontakt stand?« Das war zumindest Lessings Annahme. Pia beobachtete Markows Reaktion darauf.

»Sie denken doch nicht, dass Droski die Falkes umgebracht hat? Warum sollte er?«

»Aus dem gleichen Grund, aus dem er auch sonst tätig wird: Jemand hat ihm Geld dafür geboten.« Markow war schließlich nicht der Einzige mit einer Gehaltsliste.

»Lessing hat Sie angesteckt.« Markow wurde nun doch lauter. »Sie bellen den falschen Baum an, Frau Korittki.« Einer seiner Bodyguards sah mit gerunzelter Stirn zu ihnen hoch. Markow nickte ihm zu. Pias Blick fiel auf die alte Hohn-und-Spott-Tafel. Sie wusste, dass Gabler und auch Lessing auf das Ergebnis dieses Gesprächs warteten – und was hatte sie erreicht?

»Markow hat dir nichts weiter über den Ring gesagt, als dass Nadja Ivanova ihn ihm gegeben hat?« Lessing klang ungläubig. Sie hatten sich nach Pias Rückkehr noch mal in dezimierter Besetzung im Besprechungsraum zusammengesetzt.

»Doch. Er hat ausgesagt, dass der Ring aus dem Haus der Seesens entwendet worden ist.« Pia nahm sich einen Schokoladenkeks aus der Dose. Einer der Anwesenden, wahrscheinlich Broders, hatte sie einladend in der Mitte des Tisches platziert. »Und außerdem wissen wir nun, dass Nadja Ivanova von Markow bezahlt wird, damit sie auf Oxana aufpasst. Das sind die sogenannten ›Spenden ihrer Landsleute‹.«

»Das ist ja nichts Neues«, fuhr Lessing sie an.

»Für mich schon«, entgegnete Pia und nahm sich einen zweiten Keks. Sie spürte seine Frustration darüber, bei dem Gespräch mit Markow nicht dabei gewesen zu sein, fast körperlich. Es war wie das unhörbare Dröhnen eines Basses in ihrem Zwerchfell. Du solltest nicht mit Markow flirten, sondern ihn ausfragen, schien sein Blick zu sagen. Die Antwort auf die Frage, wieso er sie überhaupt mit ins *Park Hyatt* genommen hatte, war er ihr noch schuldig.

»Jetzt, da der Ring so in den Fokus geraten ist, müssen wir noch einen weiteren Sachverhalt mit berücksichtigen«, sagte Pia. »Ich habe doch gestern mit einem pensionierten Kollegen über einen alten, ungeklärten Fall aus Düsterbruch gesprochen.«

»Gibt es schon was Schriftliches darüber?«, fragte Kürschner, der für die Akte verantwortlich war.

»Nein. Nur ein paar Notizen.« Sie ärgerte sich über das Versäumnis, aber es war einfach zu viel passiert.

»Dann erzähl uns, was dabei rausgekommen ist«, forderte Gabler sie auf.

Pia warf einen Blick auf die Seiten mit ihren handschriftlichen Aufzeichnungen. »Ich versuche, es kurz zu machen. Ich muss heute pünktlich gehen«, sagte sie. Sie hatte nur noch eine halbe Stunde, bis sie Felix bei Fiona abholen wollte, und der Verkehr um diese Uhrzeit würde grauenhaft sein. Anderseits fand sie es wichtig, dass die anderen über den Fall Justina Bescheid wussten. Ein paar Minuten mehr oder weniger machten den Kohl nicht fett.

»Die Frage ist also, ob der Ring zu dem verschwundenen Familienschmuck der von Alsens gehört«, meinte Broders, als Pia geendet hatte. »Wie romantisch.«

»Der Entführungsfall von Alsen war aus polizeilicher Sicht ein Fiasko«, sagte Gabler. »Da war nichts romantisch. Und wenn wir das alles wieder aufrollen müssen, brauchen wir Jahre.«

Pia sah auf die Uhr. »Ich muss jetzt trotzdem los. Soweit es mich betrifft, können wir erst morgen weitermachen.« Sie hatte um achtzehn Uhr mit Ach und Krach noch einen Termin beim Kinderarzt bekommen. Die nächste U-Untersuchung für Felix stand an. Außerdem wollte sie Fionas Geduld, was das Überziehen der abgesprochenen Zeiten betraf, nicht öfter als unbedingt nötig strapazieren.

»Alles klar«, meinte Gabler und nickte Pia zu. »Broders und Gerlach können Jörg Seesen zu dem Ring befragen. Alles Weitere dann morgen früh.«

Pia fühlte einen leichten Stich. Ihr Blick traf Lessings, der sie nachdenklich ansah. Es war hart, jetzt zu gehen, in dem Wissen, dass einige Kollegen heute noch lange weiterarbeiten würden.

Das Haus der von Alsens lag trotz des blauen Himmels und des Sonnenscheins in tiefem Schatten. Schien hier jemals die Sonne?

Pia war zusammen mit Broders dazu ausersehen worden, an diesem Morgen als Erstes die von Alsens aufzusuchen. Die Nachfrage nach dem Ring war am Vorabend ergebnislos verlaufen. Weder Jörg Seesen noch Oxana Markowa hatten zugegeben, das Schmuckstück schon mal gesehen zu haben. Die Aussage, es sei womöglich aus ihrem Haus entwendet worden, hatte nur Ratlosigkeit und ein gewisses Misstrauen hervorgerufen. Dafür war eine Meldung aus dem Labor eingetroffen, mit neuen Erkenntnissen über André Falkes Türschloss und seine Telefonverbindungen. Broders hatte Pia auf der Autofahrt nach Düsterbruch darüber ins Bild gesetzt:

Die Schließzylinder von Falkes Wohnungsschloss waren unversehrt. Das hieß, es war mit nichts anderem als einem dafür vorgesehenen Schlüssel geöffnet worden. Der Telefonanbieter hatte eine Zusammenstellung der Verbindungen der letzten drei Wochen herausgegeben, die Falke mit seinem Mobiltelefon angewählt hatte beziehungsweise von denen er angerufen worden war. Es standen sowohl Telefonanrufe zu den Seesens als auch zu den von Alsens auf der Liste. Außerdem hatte Falke einen DSL-Anschluss gehabt, der vermuten ließ, dass er auch einen Computer besessen haben musste. Für einen gerade aus der Haft entlassenen Mann war er recht gut ausgestattet gewesen. Doch weder der Computer noch das von ihm laut Rechnungen betriebene Smartphone waren bisher irgendwo aufgetaucht.

Pia und Broders stiegen die vermoosten Stufen zum Eingang der von Alsens hoch. Ein Eichhörnchen raste neben ihnen kopfüber die mit Wein berankte Außenwand hinunter. Kamikaze, dachte Pia, auch eine Möglichkeit.

Carola von Alsen riss bei ihrem Anblick erstaunt die Augen auf. »Oh, guten Morgen. Worum geht es denn jetzt schon wieder?«

»Wir müssen mit Ihnen sprechen. Mit Ihrem Mann, Ihrer Schwiegermutter und Ihrer Tochter ebenfalls …«

»Enno ist unterwegs, und bei meiner Schwiegermutter geht es jetzt auch nicht. Veronika musste heute Morgen nüchtern beim Arzt erscheinen. Das hat sie so fertiggemacht, dass sie sich wieder hingelegt hat.«

»Wir wollen ja auch mit Ihnen sprechen«, sagte Pia und trat einen Schritt vor.

»Also gut. Sie haben Glück. Normalerweise bin ich um diese Uhrzeit im Büro.« Carola von Alsen ging ihnen voraus in die Küche und bot ihnen einen Platz am Küchentisch und eine Tasse Tee an. Von oben waren knarrende Dielenbretter und ein Poltern zu hören.

»Das hört sich nicht so an, als hätte Ihre Schwiegermutter sich hingelegt«, stellte Broders fest.

»Das ist Tizia. Ihr Zimmer liegt direkt über der Küche.« Carola von Alsen wischte mit einer fahrigen Handbewegung ein paar Krümel vom Tisch. »In den letzten Tagen ging es Tizia nicht besonders. Ich hoffe, sie wird morgen wieder zur Schule gehen.«

»Was fehlt ihr denn?« Eine indiskrete Frage, aber das war Pia bei dem unbefriedigenden Stand der Ermittlungen inzwischen fast egal.

»Sie spricht nicht mit mir.« Carola von Alsen verdrehte die Augen. »Ihr neuester Tick ist, dass sie ihre Mutter suchen will!

Die Frau hat sie verlassen, als Tizia zwei Jahre alt war. Und selbst wenn ein Wiedersehen mit Lindsay für Tizia eine gute Idee wäre – eine Reise in die USA ist bei uns finanziell zurzeit einfach nicht drin.«

Pia nickte. Sie zog zwei Fotos des Perlenrings aus der Tasche und legte sie vor Carola von Alsen auf den Tisch. »Haben Sie den schon mal gesehen?«

»Den Ring? Nein. Er sieht altmodisch aus.«

»Es ist ein Platinring mit einer Südseeperle.«

»Könnte er zu dem verschwundenen Familienschmuck der von Alsens gehören?«, fragte Broders sanft.

Sie lachte auf. »Der Familienschmuck ist wohl mehr eine Legende. Sie haben bestimmt davon gehört, dass er in der Nacht gestohlen wurde, als Ennos Schwester Justina verschwunden ist. Aber ich vermute, dass das Zeug schon viel früher in irgendeinem Pfandhaus gelandet war.«

»Ach ja?« Broders beugte sich ein Stück vor.

»Die von Alsens waren damals doch fast pleite. Nicht, dass sie seitdem mal auf einen grünen Zweig gekommen wären. Das Land war zu einem Schleuderpreis verscherbelt worden, und auch das Haus stand kurz vor dem Verkauf. Glauben Sie, dass da noch wertvoller Schmuck im Schließfach lag? Höchstens ein paar weniger wertvolle Erinnerungsstücke. Dieser Silvesterball, der hier stattfinden sollte, das war doch nur ein letztes Aufbäumen vor dem Unvermeidlichen.«

»Aber das Haus ist immer noch im Besitz der von Alsens«, stellte Pia fest.

»Wir stopfen nur mit jeder Einnahme irgendwelche Löcher.«

»Erinnern Sie sich an die Nacht, als Veronikas Tochter verschwunden ist?«

»Na ja. Ich war acht, als das passiert ist. Da kann man

schwer sagen, was Erinnerung ist und was ich später aus Erzählungen erfahren habe.«

»Wir nehmen alles«, sagte Pia.

»Ich erinnere mich an den Schnee. Es war der Winter der Schneekatastrophe. Eine echte Katastrophe. Es hat sogar Tote gegeben. Heute wird ja jedes weiße Flöckchen sofort zu einer Katastrophe hochgejubelt. Die Schneeverwehungen waren so gewaltig, dass wir nicht mehr aus dem Küchenfenster schauen konnten. Eine weiße Wand. Es schneite und wehte und schneite und wehte. Später fiel dann auch der Strom aus. Über Batterie konnte man noch Radio hören, und sie haben gesagt, wie man sich verhalten soll. Nicht mehr mit dem Auto fahren, weil die meisten Straßen unpassierbar waren, und so weiter. Wir hatten Glück: Die Speisekammer war voll, und genug Viehfutter hatten wir auch. Ein altes Dieselaggregat hat im Stall für Strom gesorgt. Andernorts konnten die Kühe nicht mehr gemolken werden und haben vor Schmerzen geschrien, und bei unseren Nachbarn sind die Schweine im Stall vor Kälte kollabiert. Mein Vater hat sich Sorgen gemacht, weil der Milchlaster nicht mehr durchkam, um die Milch abzuholen. Er hat versucht, mit seinem Trecker die Straße bis zur Bundesstraße zu räumen, aber da ging auch nichts mehr. Im Gegenteil, die Leute waren zum Teil in ihren Fahrzeugen eingeschneit und wurden vom THW und der Bundeswehr befreit. Einige wurden erst viel später gefunden … Mein Onkel Bert zum Beispiel … Er ist ganz in der Nähe von Düsterbruch von der Straße abkommen und in einen Graben gerutscht. Er ist in seinem Auto gestorben. Sie haben ihn erst im nächsten Frühjahr gefunden. Er war bestimmt auf dem Weg zu uns. Eigentlich hatte er Hausverbot, aber er wusste ja, dass es bei uns einen Kachelofen gab, Brennholz und genug zu essen. Meine Eltern haben nie mit mir über Onkel Berts Tod gesprochen.

Das Thema war tabu. Mein Vater musste den verwesten Leichnam identifizieren.«

»Erzählen Sie uns von Justina«, sagte Broders.

»Ich erinnere mich daran, dass über den Silvesterball bei den von Alsens geredet worden ist. Von unseren Leuten war niemand eingeladen. Ich glaube, die Dorfbewohner waren recht schadenfroh, als es schneite und schneite … Aber als bekannt wurde, dass Justina entführt worden war, da fühlten sie sich dann doch alle betroffen. In der Kirche wurde ein Gottesdienst für die Kleine abgehalten.«

»Wie haben Sie von der Entführung erfahren?«

»Meine Mutter hat uns nach dem Mittagessen zur Seite genommen und es uns erzählt. Sie hatte geweint. Mein Vater war bei der Suchmannschaft, die die Gegend durchkämmt hat.«

»Erinnern Sie sich an Einzelheiten?«

»Eigentlich nicht. Ich hatte damals nichts mit den von Alsens zu tun. Enno war aus meiner Sicht ein blöder Junge, der nur irgendwelche Naturbeobachtungen im Kopf hatte. Mit dem Fernglas im Wald herumlaufen und so …«

Pia krauste die Stirn. »Gab es eigentlich Gerüchte, Justinas Schicksal betreffend?«

»Bestimmt, aber vor den Kindern wurde das nicht diskutiert. Ich glaube, der Vorfall hat den Erwachsenen vor Augen geführt, dass auch unser Dorf nicht die heile Welt war, die es lange Zeit zu sein schien. Es ging nie wieder so unbeschwert bei uns im Haus zu wie vorher.« Sie sann einen Moment darüber nach.

»Hat André Falke seit seiner Entlassung eigentlich mal hier angerufen?« Pia beobachtete Carola von Alsens Reaktion.

»Was? Wieso? Nein, mich jedenfalls nicht …«

»Vielleicht ja bei Ihrem Mann. Wann kommt er denn zurück?«, fragte Broders.

»Erst heute Abend spät.«

»Dann würden wir jetzt gern mit Tizia sprechen.«

»Moment. Ich sage ihr Bescheid.« Sie verließ die Küche und kam einige Zeit später mit ratloser Miene wieder zurück. »Sie öffnet nicht. Wahrscheinlich schläft sie.«

»Dann sagen Sie Ihrer Familie bitte, dass wir noch mal wiederkommen. Es ist wichtig.«

19. Kapitel

»Wir hätten Carola von Alsen noch fragen müssen, wo genau ihr Onkel in seinem Wagen ums Leben gekommen ist«, meinte Pia, als sie durch das Dorf zurückfuhren.

»Zugegeben, das mit dem tödlichen Unfall in einem Straßengraben war eine recht beeindruckende Geschichte. Dramatisch, geheimnisvoll und mit dem richtigen Gruselfaktor. Aber sollten wir uns nicht eher auf das verschwundene Kind und den Zusammenhang zu unserem Fall konzentrieren?«

»Carola von Alsen hat die Ereignisse gedanklich miteinander verknüpft, weil sie beide in dem Schneewinter passiert sind. Wahrscheinlich zur gleichen Zeit …« Pia zog ihr Telefon hervor und wählte die Nummer des Seniorenwohnheims. Nach einigem Hin und Her wurde sie mit Walter Stolze verbunden. Als sie erfahren hatte, was sie von ihm wissen wollte, ließ sie Broders anhalten.

»Ich liebe ja deine Überraschungen, Engel, aber was hast du jetzt schon wieder vor?«, fragte er ironisch.

»Wir sehen uns die Stelle an, wo man Bert Seesens Leiche gefunden hat.«

»Da liegen bestimmt noch Zigarettenstummel. Oder du kannst einen Schuhabdruck mit Gips ausgießen«, lästerte er, wendete aber den Wagen.

Es war gar nicht weit. Nach fünf Minuten kamen sie zu einer scharfen, nach außen abschüssigen Kurve. Broders hielt am Straßenrand an, und Pia stieg aus. Ihre Füße versanken im tiefen Gras. Rechts neben ihr erstreckte sich ein Feld bis hin zu einer hohen Kuppe. Links von ihr fiel das Gelände hinter der Straße steil ab. Sie überquerte die leere Straße und spähte hinunter. Dort, zwischen Brennnesseln, Holunder und anderem Gestrüpp, hatte der Wagen von Bert Seesen gelegen.

»Wenn ein Auto da runterfällt, ist es von oben kaum mehr zu sehen. Besonders, wenn alles grün ist.« Broders war ebenfalls ausgestiegen und hatte sich neben Pia gestellt.

»Bis auf ein paar umgeknickte Äste vielleicht.« Der Abhang ging in eine Senke über, durch die weiter hinten ein mäandernder Bach floss. Das Gelände schien sumpfig zu sein, nicht für den Anbau von Getreide geeignet.

»Wohin war Bert Seesen wohl unterwegs?«, fragte Pia. »Der Wagen soll laut Stolzes Aufzeichnungen so herum gelegen haben, als wäre er nicht auf dem Weg nach Düsterbruch gewesen, sondern auf dem Rückweg.«

»Er kann sich bei dem Schnee ja gedreht haben, bevor er hier heruntergerutscht ist. Und im Frühling, als man ihn endlich entdeckt hat, waren ja wohl keine Spuren mehr davon zu finden.«

»Carola von Alsen vermutet, ihr Onkel sei auf dem Weg zum Hof der Seesens gewesen, als es passiert ist.« Pia überlegte laut. Sie hoffte, Broders würde ihr helfen, etwas Ordnung in den Wust an Informationen zu bringen. »Aber Karl und Bert Seesen verstanden sich angeblich nicht besonders gut. Bert soll das schwarze Schaf der Familie gewesen sein. Warum ist er dann bei Schneesturm hier rausgefahren?«

»Vielleicht tatsächlich, um seinen Bruder um ein warmes Plätzchen am Ofen und eine warme Suppe zu bitten?«, schlug Broders vor. Er klang nicht überzeugt. »Ich würde lieber hungern und frieren, als in dieser Form zu Kreuze zu kriechen.«

Pia sah ihn an. »Sagt man das nicht nur, wenn man noch nie gehungert und gefroren hat?« Sie musste an Fjodor Markow denken und an das Arbeitslager. Angeblich hatte er sich niemals selbst verraten. Pia stieß ratlos mit der Fußspitze nach einem Stein, der den Abhang hinunterrollte und im Dickicht verschwand.

»Möchtest du jetzt da runterkrabbeln?«, fragte Broders.

Pia schüttelte den Kopf. »Wann ist André Falke eigentlich geboren?«

»Ich hab's nicht im Kopf. Glaubst du, dass Bert Seesen zwar nach Düsterbruch wollte, aber nicht unbedingt zum Seesen-Hof?« Manchmal konnte Broders ihre Gedanken lesen.

»Ist nur so eine Idee.« Sie gingen zum Auto zurück. Eine Reiterin auf einem großen, braunen Pferd trabte an ihnen vorbei und hob grüßend die Reitgerte.

Sie stiegen ein und Broders wendete den Wagen. Pias Blick ging über das Feld rechts von ihnen. Sie richtete sich in ihrem Sitz auf. »Findest du nicht auch, dass das hier aussieht wie eine Moränenhöhe, die auf eine Bachniederung trifft?«

»Wir stehen die ganze Zeit auf irgendwelchen Moränen«, sagte Broders, den Blick auf die schmale, gewundene Straße gerichtet. »Wir leben auf Moränen. Schleswig-Holstein besteht daraus.«

»Schon gut.« Pia deutete auf den Hof, der hinter der nächsten Kurve vor ihnen aufgetaucht war. »Ich würde da vorn gern anhalten. Die Leute, die dort wohnen, können uns vielleicht mehr erzählen.«

»Hier kann uns jeder was erzählen, Pia. Die Frage ist, ob es uns weiterhilft.«

»Das Autowrack mit Bert Seesen darin wurde von jemandem entdeckt, der ganz in der Nähe des Fundortes lebte. Voilà. Hier wohnt er.«

Broders verzog zwar das Gesicht, fuhr aber, ohne zu murren, auf den Hof. Er parkte zwischen einem Traktor und einer

Reihe gestapelter Rundballen, die in grünes Plastik eingeschlagen waren. Als Pia die Wagentür öffnete, hörte sie, dass aus einem Nebengebäude lautes Quieken drang. Broders stieg aus und stolperte über ein Ferkel, das aus der Stalltür geschossen kam. Es rannte in Richtung Straße, drehte dann auf halbem Weg um und schnüffelte unruhig an einem der Treckerreifen. Broders beugte sich herunter und packte zu. »Hab ich dich! Bist wohl abgehauen, Kleiner, was?«

Ein älterer Mann in Arbeitshosen kam aus dem Stall und sah sie fragend an. Das niedliche rosa Ferkel zappelte. Um es nicht fallen zu lassen, presste Broders es gegen seine Brust.

Der Mann kam gemächlichen Schrittes auf sie zu. »Moin. Kann ich Ihnen helfen?«

»Hier – gehört das Ihnen? Es ist mir gerade über die Füße gelaufen.« Broders wollte das Tier offensichtlich schnell wieder loswerden.

»Beim Umladen hau'n sie einem manchmal ab«, meinte der Mann. »Danke fürs Einfangen.« Er griff das Ferkel an den Hinterbeinen und hielt es kopfüber einen halben Meter von sich entfernt. Broders schaute den Mann empört an. Dann, als sich dessen Mundwinkel leicht nach oben bogen, sah er an sich herunter. Auf seinem dezent gemusterten Pullover prangte ein brauner Schmutzfleck. Broders schnüffelte und rümpfte die Nase. Pia sah, wie der Mann mit dem Ferkel in der Hand ein Grinsen unterdrückte. Wenn sie jetzt lachte, hätte sie bei Broders verschissen ... bis Ende des Monats oder länger.

»Wollen Sie kurz reinkommen, um das ein bisschen sauber zu machen?«, fragte der Mann. Nicht, dass er dem Versuch die geringste Chance auf Erfolg einzuräumen schien. Aber hier wurde Gastfreundschaft offenbar auch vollkommen Fremden gegenüber noch praktiziert.

»Das nehmen wir gern an«, antwortete Pia. Broders befand

sich in einer Art Schockstarre. »Wir sind von der Kriminalpolizei und würden Ihnen sowieso gern ein paar Fragen stellen«, setzte sie erklärend hinzu.

»Kripo. So so, dann kommen Sie mal rein. Meine Frau ist ein großer Krimi-Fan, wissen Sie. Gerda!«

Der Besitzer des Hofes war tatsächlich derjenige, der vor langer Zeit Bert Seesens Leiche in dem Autowrack entdeckt hatte. Die Erinnerung daran schien sich in seinen Kopf gebrannt zu haben, denn er berichtete darüber, als wäre das Ganze erst gestern passiert. Trotzdem half die Schilderung ihnen nicht weiter. Pia wusste nicht, was sie sich von diesem Gespräch erhofft hatte. Einen Hinweis darauf, dass es sich gar nicht um einen Unfall gehandelt hatte? Oder wenigstens eine dezente Andeutung, wo Bert Seesen hergekommen war oder wo er damals hingewollt hatte?

Die Frau namens Gerda wusste jedoch etwas anderes zu erzählen. Als sie hörte, dass Broders und Pia Ermittlungen im Mordfall Falke anstellten, wurde sie unruhig. »Ich weiß nicht, ob es wichtig ist. Ich will ja keinen unnötigen Klatsch verbreiten«, sagte sie vorsichtig.

Broders, der seinen Pullover ausgezogen hatte und nun in einem fast sauberen Oberhemd dasaß, hatte seine alte Form wiedergewonnen. Er versicherte ihr, dass sie der Polizei gegenüber keine Informationen zurückhalten dürfe, wie nebensächlich sie auch immer erscheinen mochten.

»André Falke ist doch im Gefängnis gewesen, nicht wahr?«

Pia nickte.

»Kein guter Umgang«, meinte die Frau mit einem Seitenblick auf ihren Mann. »Aber manchmal weiß man es vorher nicht besser, oder?«

»Sag doch einfach, was du auf dem Herzen hast, Gerda.« Ihr Mann rutschte unruhig auf seinem Stuhl herum. Gastfreundschaft hin oder her. Es drängte ihn sichtlich, wieder hinaus in den Stall zu kommen.

»Mein Sohn hat André Falke ab und zu in einer Kneipe in Kiel gesehen. Das war aber, bevor der verurteilt worden ist. Denken Sie jetzt bloß nicht, unser Jannek hätte etwas mit Drogen zu tun!«

»Was hat Ihr Sohn Ihnen über André Falke erzählt?«

»Dass der … nun ja, irgendwie kriminell war, das wusste jeder. Wir haben aber nie vor Mona darüber geredet, weil sie einem deswegen ja leidtun konnte. Die hat nämlich alles für ihren Sohn getan – nur genützt hat es nichts.«

»Das weiß die Polizei bestimmt schon alles, Gerda.«

Die Frau warf ihrem ungeduldigen Mann einen triumphierenden Blick zu. »Aber dass André Falke mit der Kleinen von den von Alsens zusammen war, das weiß hier in Düsterbruch keiner!«

»Donnerlittchen«, murmelte ihr Mann und kratzte sich am Kopf. »Das wird Enno umhauen.«

»Ihr Sohn hat Tizia von Alsen zusammen mit André Falke gesehen?« Pia merkte, wie sich ihr Pulsschlag erhöhte.

»Nicht nur gesehen. Jannek hat zu mir gesagt, dass sie in aller Öffentlichkeit miteinander herumgeknutscht haben. Tizia und Monas Sohn. Dabei kommt es mir so vor, als wäre es erst gestern gewesen, dass die kleine Tizia auf ihrem Pony von Enno durchs Dorf geführt worden ist.«

Als sie sich kurz darauf verabschiedeten, fiel Pia noch etwas ein. »Das Feld vor der Kurve, dort, wo Sie Bert Seesen gefunden haben, gehört das auch zu Ihrem Land?«

»Nein. Der Schlag gehört zum Seesen-Hof. Warum fragen Sie?«

»Hat das Feld einen Namen?«

»Sie nennen es Himmelshorst.«

Pia und Broders standen am nächsten Vormittag wieder in der Küche der von Alsens und sahen auf Tizia herunter, die, nur mit Shorts und einem Trägertop bekleidet, am Tisch hockte. Sie sah noch dünner und durchscheinender aus, als Pia sie in Erinnerung hatte.

Carola von Alsen hatte sie im Kommissariat angerufen und ihnen mitgeteilt, dass ihre Tochter noch nicht wieder zur Schule gegangen sei. Sie könnten sich nun mit ihr unterhalten. Und auch ihrer Schwiegermutter gehe es viel besser als am Vortag.

Tizia tat so, als interessierte sie die Anwesenheit der zwei Polizisten überhaupt nicht. Sie hatte einen Becher Quark vor sich stehen, den sie andächtig und mit größter Konzentration in sich hineinlöffelte.

»Ist das dein Frühstück oder dein Mittagessen?«, fragte Broders. Es war nicht gerade die taktisch klügste Gesprächseröffnung.

»Ist doch egal. Das ist *Low Carb* – keine Kohlenhydrate. Die machen einen nur fett.«

Pia, die eigentlich damit zufrieden war, wieder so viel zu wiegen wie vor Felix' Geburt, fühlte Tizias kritischen Blick auf sich ruhen. »Wie gut kanntest du Mona und André Falke?«, fragte sie.

»Mona war unsere Nachbarin. Aber ich mochte sie nicht.«

»Weshalb?«

Tizia rollte mit den Augen. Ihrem Benehmen nach war sie eher zwölf als siebzehn. Sie tippte sich an die Stirn. »Immer nur den Dreck anderer Leute wegmachen. Das ganze Leben lang. Und was ist der Dank?«

Etwa, im eigenen Haus ermordet zu werden?

»Glaubst du, Mona Falkes Ermordung hat etwas damit zu tun, wie sie gelebt hat?«, hörte Pia Broders fragen. Womit denn sonst? Trotzdem war Pia auf Tizias Antwort gespannt.

»Ich glaub jedenfalls nicht, dass da nur so ’n Irrer vorbeigelatscht gekommen ist und rumgeballert hat. Doch nicht hier in Bullerbü!« Sie redete in einem Tonfall, der wohl eine gehörige Portion Unbehagen, wenn nicht Panik überspielen sollte.

»Du meinst Düsterbruch«, sagte Broders.

»Klar.« Dieses Mal schaffte sie es, nicht mit den Augen zu rollen.

Pia betrachtete die junge Frau nachdenklich. Wovor hatte sie Angst?

Tizia stand auf und stellte den Quarkbecher auf der Spüle ab. »War’s das? Ich muss noch was für die Schule tun.«

»Nein. Setz dich bitte noch mal hin. Wir sind hier noch nicht fertig. Uns interessiert auch, wie dein Verhältnis zu André Falke war.«

»André?« Tizias Tonfall hätte Pia ohne ihr neu erworbenes Hintergrundwissen in die Irre geführt. Das Mädchen war nicht schlecht. »Ich hatte nichts mit dem zu tun.«

»Wann hast du André Falke zum letzten Mal gesehen?«

»Keine Ahnung!«

»Versuche, dich zu erinnern.«

»Irgendwann halt. Ab und zu hat er seine Mutter besucht. Das war aber, bevor er in den Bau gegangen ist.«

»Du weißt von seiner Haftstrafe?«

»’türlich. Auch wenn Mona dachte, dass niemand in Düsterbruch davon einen Schimmer hat. Es war allgemein bekannt.« Tizias Stimme wurde schrill. Der große, braune Hund, der bisher reglos unter dem Tisch gelegen hatte, zuckte mit einem Ohr.

»Hast du André Falke nach seiner Haft gesehen?«

»Weiß ich nicht. Ich führ kein Tagebuch, wen ich sehe und wen nicht.«

»Fakt ist, dass André Falke hier bei euch angerufen hat. Mit deiner Stiefmutter hat er nicht gesprochen.«

»Was? Das kann nicht sein.« Sie sah ehrlich empört aus. »Außerdem«, setzte sie hinzu, »hätte er mich, wenn überhaupt, auf dem Handy angerufen. Wenn … aber das hat er nicht.«

»Das lässt sich nachprüfen«, sagte Broders.

»Wir haben aber gehört, dass du mit André Falke zusammen gewesen bist«, erklärte Pia ruhig.

»Wer sagt das?«

»Euch hat jemand zusammen gesehen. Dich und André Falke. Muss ich deutlicher werden?«

»Wer sagt das?« Ihre Lippen waren blass geworden.

»Stimmt es, oder stimmt es nicht?«

»Nein! Wer so was sagt, der lügt.«

»Das lässt sich ebenfalls nachprüfen«, meinte Broders.

Tizias Augen glänzten verdächtig. »Ja, tun Sie das.«

»Es bringt doch nichts, die Polizei anzulügen. Wir finden die Wahrheit heraus.« Pia kam sich mies vor. Aber es nützte nichts. Tizia tat so, als hörte sie gar nicht mehr zu. »Und im Nachhinein ist es unangenehmer, sich zu berichtigen. Vielleicht erinnerst du dich ja doch, dass du Kontakt zu André Falke hattest?«

Tizia schüttelte abwehrend den Kopf.

»Wir verschwenden unsere Zeit«, sagte Broders kalt. »Währenddessen läuft ein Mörder frei herum. Wer weiß, was noch alles passiert!«

In Tizias Augen blitzte etwas auf. Sie hatte sich aber sofort wieder im Griff.

»Möchtest du mit uns nach Lübeck kommen, um eine Aussage zu Protokoll zu geben?« Pia wollte ihr noch eine Brücke bauen. »Es könnte dich jemand begleiten, wenn du es willst.«

Das Mädchen schüttelte den Kopf. Der große Hund unter dem Tisch seufzte im Schlaf.

Sie ließen Tizia allein mit ihren düsteren Gedanken in der Küche zurück. Vielleicht beschloss sie ja doch noch zu reden, während sie ihre Großmutter befragten.

Veronika von Alsen erwartete sie oben. Sie saß in einem wattierten Morgenmantel und mit einer Decke über den Knien in einem zierlichen Sessel. Das Licht einer Stehlampe mit Seidenschirm fiel auf ihr schneeweißes, aufgestecktes Haar. Es wirkte seltsam arrangiert, wie sie den Kopf hob und die beiden Polizisten zu sich heranwinkte. »Nehmen Sie Platz«, sagte sie. »Heute ist nicht mein Tag, aber wenn die Pflicht ruft … Ich werde Ihnen helfen, so gut ich kann.«

»Wunderbar«, sagte Pia. »Die Zeit drängt nämlich.« Sie nahm ihr gegenüber auf einem Hocker Platz. Broders zog sich einen Stuhl heran. Pia konnte nicht einschätzen, wie viel hier Scharade und wie viel echte Erschöpfung war, deshalb zog sie umgehend das Foto von dem Ring aus der Tasche. »Kennen Sie den hier?«

Veronika von Alsen setzte sich eine Lesebrille auf die Nase. Pia beobachtete sie, während sie das Bild betrachtete. Es dauerte eine Weile, bis sie tonlos fragte: »Woher haben Sie den?«

»Der Ring steht im Zusammenhang mit dem Fall, an dem wir arbeiten.«

»Er gehört mir. Ich will ihn wiederhaben!«

»Wann haben Sie diesen Ring zuletzt gesehen?«

»An dem Abend … dem Abend, als mein Kind verschwunden ist. Das habe ich der Polizei damals schon gesagt!«

»Glauben Sie, derjenige, der Ihr Kind entführt hat, hat auch den Schmuck mitgenommen?«

»Natürlich. Wer denn sonst?«

»Wo befand sich der Ring, bevor er entwendet wurde?«

Sie schien zum ersten Mal unsicher zu sein. »Auf meinem

Nachttisch. Theo hatte mir Schmuck aus dem Schließfach geholt, weil ich etwas davon auf unserem Fest tragen wollte.«

»Der Schmuck ist in der Nacht gestohlen worden, als Ihr Kind entführt wurde, und dann nie wieder aufgetaucht.«

»So war es.« Eisige Verachtung schwappte ihnen entgegen. Ihr seid doch daran schuld!, schien sie zu denken.

»Was glauben Sie, wo dieser Ring jetzt plötzlich herkommt?«

»Sie sind doch von der Polizei.«

»Gut. Anders gefragt: Jemand hat mir dieses Schmuckstück gegeben. Jemand, den ich zu den Morden an Mona und André Falke befragt habe.«

»Wer?« Sie wirkte aufgebracht.

»Das kann ich Ihnen nicht sagen. Hat sich die Polizei damals mit Mona Falke beschäftigt? Kann sie etwas mit der Entführung und dem Diebstahl zu tun gehabt haben?«

»Unsere Mona? Nein! Es war allerdings schlimm für mich, als sie kurz darauf ihr Kind bekam. Ohne einen Vater dazu. Wie sie mit dem Kinderwagen in Düsterbruch herumfuhr, und ich wusste nicht, was mit meinem Kind passiert war.«

Pia und Broders ließen ihr einen Moment, um sich wieder zu fassen. »Hat Mona zu der Zeit für Sie gearbeitet?«

Veronika von Alsen starrte einen Moment vor sich hin, und Pia befürchtete schon, sie bekäme keine Antwort. Doch dann sagte sie mit klarer Stimme: »Mona hat immer für mich gearbeitet. Zuverlässiges Personal sollte man nicht leichtfertig aufgeben. Sie hat mir auch vor dem geplanten Silvesterball geholfen. Sogar noch an dem Vormittag, bevor abends …« Sie stockte mitten im Satz.

»Wusste Mona von dem Schmuck, der aus dem Schließfach geholt worden war?«

»Vielleicht habe ich den Familienschmuck ihr gegenüber

mal erwähnt.« Veronika schaute so unbehaglich drein, dass Pia sich sicher war, dass sie damit vor Mona angegeben hatte. Mit einem Mal veränderte sich der Gesichtsausdruck der Frau, von verschlossen zu … resigniert. »Nun ist es eigentlich auch egal. Wollen Sie wissen, wie es wirklich war?«, fragte Veronika von Alsen. »Theo hat mir den Familienschmuck gar nicht gebracht. Zu meiner Hochzeit war er noch da. Ja, da durfte ich etwas davon tragen. Aber als wir den Ball veranstalten wollten, hatte er schon alles über meinen Kopf hinweg verkauft. Es war nichts mehr da außer diesem scheußlichen Perlenring. Theo hegte wohl irgendeine sentimentale Erinnerung daran. Ehrlich gesagt war es mir peinlich, den Ring zu tragen. Deswegen habe ich ihn so achtlos auf dem Nachttisch liegen lassen.«

»Wussten Sie denn damals nichts von den finanziellen Schwierigkeiten, in denen Sie steckten?«

»Nicht direkt. Ich dachte lange Zeit, Theo wäre geizig. Aber es war einfach nichts mehr da. Meine ganze Mitgift, Vaters Geld, ist hier versickert wie Wasser in der Wüste. Ich habe das alles erst richtig begriffen, als Theo gestorben ist. Enno arbeitet Tag und Nacht, doch er kommt einfach nicht dagegen an.«

»Wieso ist Ihre Tochter entführt worden? Doch nicht, um ein Lösegeld zu erpressen?«

»Die Polizei ging damals davon aus, dass die Entführer dachten, wir hätten genügend Geld. Die Leute lassen sich so leicht von Oberflächlichkeiten täuschen.«

Leute schon, aber Kindesentführer? Die wussten für gewöhnlich genau, wo es was zu holen gab und wo nicht.

»Aber es kam nie ein Erpresserbrief? In keiner Form?«, hakte Broders nach.

»Nein. Und ich will endlich damit in Ruhe gelassen werden. Gehen Sie jetzt! Und was mit dem scheußlichen Ring passiert, ist mir auch egal.«

Als sie das Haus verließen, war von Tizia von Alsen nichts mehr zu sehen. So viel zu einer freiwilligen Aussage über ihre Beziehung zu André Falke. Hatte das Mädchen Angst, etwas darüber zu sagen? Warum? Übte Enno von Alsen Druck auf sie aus? Sie hatten immer noch nicht mit ihm gesprochen. Immerhin, er war Veronika von Alsens Sohn und sicherlich durch die Entführung seiner kleinen Schwester in seiner Kindheit traumatisiert worden. Gut vorstellbar, dass er nun versuchte, Tizia zu kontrollieren, um sie vor Schicksalsschlägen aller Art zu beschützen. Das konnte vollkommen unbewusst geschehen und sich trotzdem negativ auf alle Beteiligten auswirken. War Tizias Beziehung zu einem unpassenden Mann eine Art Befreiungsschlag gewesen? Aber warum war sie dann jetzt so nervös? Und was ging in Veronika von Alsen vor? Einerseits schien sie der Polizei das Versagen im Fall ihrer Tochter übel zu nehmen. Verständlicherweise. Andererseits …

»Hat Veronika von Alsen uns gegenüber gerade zugegeben, der Polizei im Hinblick auf die Entführung ihres Kindes falsche Angaben gemacht zu haben?«, fragte Pia.

»Könnte man so sagen. Sie haben damals Familienschmuck als gestohlen gemeldet, der sich schon gar nicht mehr in ihrem Besitz befand. Außer dem einen Ring natürlich. Wäre spannend zu wissen, ob es dabei auch um Versicherungsbetrug gegangen ist. Insgesamt wirft das nachträglich ein ziemlich trübes Licht auf die Entführungstheorie.«

»Aber was soll sonst passiert sein?« Pia blinzelte. Sie standen vor dem Haus der von Alsens. Die Sonne zeigte sich als blasse, helle Scheibe hinter einer dünnen, aber geschlossenen Wolkendecke.

»Fakt ist: Das Kind war plötzlich weg und ist nie wieder aufgetaucht.« Broders schloss den Wagen auf, und sie stiegen ein.

»Mal angenommen, Veronika von Alsen hätte die Entführung selbst arrangiert, um ihren vermeintlich geizigen Ehemann zur Zahlung eines Lösegeldes zu veranlassen?«, fragte Pia.

»Das eigene Kind entführen lassen? Und durch wen?«

»Durch Bert Seesen?« Es war immer einen Versuch wert, zeitlich parallel verlaufende Ereignisse zueinander in Beziehung zu setzen, auch wenn die Ermittlungen damals keinen Hinweis auf einen Zusammenhang ergeben hatten.

»Aber es gab nie eine Lösegeldforderung«, sagte Broders. Er ließ den Motor an.

»Bert Seesen kam ja nicht mehr dazu, weil er im Schneechaos tödlich verunglückt ist.«

»Und wo ist das Kind geblieben?«

Pia zuckte mit den Schultern. Eine Sackgasse nach der anderen.

»Was ist, wenn Veronika von Alsen auf die eine oder andere Art und Weise die Schuld am Tod der kleinen Justina trägt? Und wenn André Falke etwas darüber herausgefunden und Veronika mit seinem Wissen erpresst hat?«, überlegte Broders laut.

»Woraufhin sie ihn in seinem Auto niedergeschlagen und es anschließend angezündet hat? Ach ja, und kurz darauf hat sie auch noch Mona Falke in ihrer Küche erschossen.«

»Nein. Aber sie könnte jemanden damit beauftragt haben. Ihren Sohn zum Beispiel.«

»Und warum sollte er das tun?«

»Irgendjemand hat es getan«, sagte Broders. Und nach kurzem Nachdenken: »Wir müssen dringend mit Enno von Alsen reden. Am besten morgen früh gleich als Erstes.«

»Dann aber ohne mich. Ich habe meinen freien Tag.«

»Wir werden das Kind schon ohne dich schaukeln.«

»Ihr sollt es nicht schaukeln, ihr sollt es *finden.*« Sie lächelte etwas bemüht.

»Ich berichte dir dann von unseren Fortschritten. Zu der Party abends bist du doch da, oder?«

»Gablers große Feier? Nicht um alles in der Welt würde ich die verpassen.«

»Genau. Wir werden alle gut gelaunt antanzen und uns amüsieren. Bringst du deinen Kleinen eigentlich mit?«

»Ich hab Felix für die Feier extra bei meiner Mutter einquartiert.«

»Und der Vater des Kindes?«

»Der kommt auch irgendwann mal dran.« Pia hatte in dieser Hinsicht gemischte Gefühle. Hinnerk war das eine oder andere Wochenende in Lübeck. Und er begann, Ansprüche zu stellen. Lange würde sie ihm die Bitte, Felix auch mal übers Wochenende bei sich zu haben, nicht mehr ausschlagen können. Ich benehme mich schon wie eine dieser Glucken, die ihre Kinder nicht loslassen können, dachte sie ärgerlich.

20. Kapitel

Okay, ich hab's begriffen. Selbst gekocht ist nicht *so* lecker.« Pia betrachtete den Brei aus pürierten Biomöhren, Kartoffeln und Fleisch von garantiert glücklichen Puten. Zuerst hatte Felix bei ihren Fütterungsversuchen mehr gespuckt als geschluckt, dann vorwurfsvoll das Gesicht verzogen, und schließlich waren ihm ob des ungewohnten Geschmacks Tränen in die Augen getreten.

Mein Kind weint über meine Kochkünste, dachte Pia. Shit! Als sie sich kurz umgedreht hatte, um ihm frischen Tee einzugießen, zum Runterspülen gewissermaßen, hatte er kurzen Prozess mit ihrem selbst gekochten Brei gemacht. Ein homogener Überzug prangte auf Tisch, Lätzchen, Händen, Gesicht und auch in Felix' frisch gewaschenem Haar. Das Einfrieren des üppig bemessenen Rests konnte sie sich also sparen. Es sei denn, sie wollte das Zeug selbst essen.

Sie leckte den Löffel ab und schüttelte sich. Brrr. Felix, eben noch mit Mundwinkeln nach unten und zitternder Unterlippe, im Begriff, einen Großangriff auf ihr Trommelfell zu starten, grinste sie mit seinem einen Zahn im Mund an – hämisch, wie es Pia schien. »Mir doch egal«, sagte sie und kitzelte ihn im Nacken. »Dann gibt's eben wieder Gläschen. Ich kann auch ohne Gute-Mutter-Gewissen glücklich leben.«

Sie drehte sich um, um einen Lappen aus der Spüle zu fischen, und wäre beinahe auf den glücklichen, aber toten Puten ausgerutscht. Noch mal Shit. Pia rollte großzügig Papier von der Küchenrolle, um zuerst mal den Fußboden zu entschärfen.

Während sie kniend wischte, hörte sie nichts … Felix war still. Daran, dass er sich heimlich die Hände abschleckte, konnte es nicht liegen, denn was er einmal für ungenießbar befunden hatte, konnte sie bis über seinen achtzehnten Geburtstag hinaus getrost aus seinem Speiseplan streichen.

Sie sah auf und erstarrte. Das Küchenmesser! Sie musste es neben ihm auf der Küchenarbeitsplatte liegen gelassen haben. Wie war er da rangekommen? Er hielt den Griff in der linken, die Klinge in der rechten Hand und führte das scharf geschliffene Metall geradewegs auf seinen Mund zu. Ruhig Blut.

»Felix«, flüsterte sie. »Felix, das ist nichts für dich. Gib es her!« Sie streckte ihm hoffnungsvoll die Hand entgegen. Er spiegelte sich in der glänzenden Messerklinge. Das Ding war neu und sehr aufregend für ihn. Er würde es nicht loslassen. Ganz die Mama …

Pia richtete sich auf den Knien auf, um sich in eine bessere Ausgangsposition zu bringen. »Felix. Das schmeckt gar nicht. Wie von Mami gekocht. Gib es her.«

Felix streckte prüfend seine Zunge nach der Klinge aus. Pia sah sich mit ihm wahlweise in der Hand- oder Gesichtschirurgie landen. Da öffnete Felix seine rechte Hand und hielt ihr einen Moment die Klinge entgegen. Ohne zu zögern, griff Pia zu und zog ihrem Kind den Messergriff aus der Hand. Sie schleuderte das Messer in die Spüle und nahm seine kleinen Hände in die ihren. Sie waren unversehrt. Das war haarscharf gewesen. Wie hatte ihr das passieren können? Zu blöd, ein Kind zu füttern, oder was?

Sie stand auf, nahm Felix aus seinem Sitz, drückte ihn an sich und setzte sich mit ihm auf den Küchenfußboden. Da nahm sie den Schmerz wahr. Sie betrachtete ihre rechte Hand. Was für ein Traumschnitt in Zeige- und Mittelfinger! Die Haut ließ sich auf- und zuklappen. Sie testete, ob sie die Finger bewegen konnte. Keine Sehnen verletzt. Das Blut tropfte. Wie gut, dass sie schon saß. Wenn sie jetzt umkippte, konnte sie nicht so tief fallen.

Als sie Felix, sich selbst und die Küche einigermaßen gereinigt hatte und ihr Sohn entspannt in seinen Nachmittagsschlaf gefallen war, klingelte das Telefon.

»Pia. Du bist zu Hause? Genießt du deinen freien Tag?«

»Wahnsinnig«, antwortete Pia ihrer Mutter. Der Verband an ihrer Hand suppte durch, und der Schmerz war von schneidend zu pochend übergegangen.

»Ich wollte nur fragen, wann ihr kommt.«

»Wir sind so um sieben bei euch.«

»Du brauchst Felix' Reisebett übrigens doch nicht mitzubringen. Günther hat heute Morgen selbst noch eines gekauft.«

»Das ist wunderbar. Aber wofür hab ich dann meines?«

»Na, für einen Urlaub.«

Pia erinnerte sich kaum noch an die Bedeutung des Wortes.

»Du bist so still. Was ist denn los?«

Pia berichtete ihr von dem Beinahe-Unfall mit dem Küchenmesser. Nachdem sie ihre Mutter davon überzeugt hatte, selbst keinen Arzt zu brauchen, meinte diese: »Solche Dinge passieren, wenn man Kinder hat. Du kannst deine Augen nicht immer überall haben. Erinnerst du dich, wie mir Nele im Wipper vom Küchentisch auf die Fliesen gefallen ist? Ich dachte, ich sterbe … Oder Tom, wie er als Zweijähriger mit dem Rutscheauto die Kellertreppe runterfuhr?«

»Aber du hattest immerhin drei Kinder zu beaufsichtigen, nicht eins.«

»Und erinnerst du dich, wie Tom im Park im Kinderwagen den Hügel runtergerollt ist und beinahe in einem Wassergraben gelandet wäre?«

»Oh ja.« Sie selbst hatte den Wagen angeschoben.

»Da warst du sechs. Du hast mir erklärt, es sei nicht so schlimm, wir hätten ja schließlich zwei von der Sorte.«

»Ich war eine schreckliche Schwester.«

»Du warst eifersüchtig, Pia. Das kommt bei älteren Geschwistern häufig vor.«

Und es brachte sie auf eine Idee. Nachdem sie das Gespräch mit ihrer Mutter beendet hatte, wählte Pia Broders' Nummer. »Habt ihr schon mit Enno von Alsen gesprochen?«, fragte sie.

»Das ist die Stimme aus dem Grab … Du hast frei, Pia. Ich sehe dich nicht. Du bist gar nicht da.«

»Broders! Es ist wichtig.«

»Schon gut. Wir haben mit ihm gesprochen. Aber er konnte sich nicht daran erinnern, den Ring schon mal gesehen zu haben.«

»Und was sagt er zu Falkes Anrufen auf seiner Nummer?«

»Er meint, André Falke hätte nachgefragt, ob er in der Praxis Arbeit für ihn habe.«

»Wer's glaubt …«

»Wir können ihm nicht das Gegenteil beweisen.«

»Mir ist was eingefallen: Enno könnte als Kind eifersüchtig auf Justina gewesen sein. Vielleicht mehr als üblich? Und wenn es deswegen einen tödlichen Unfall gab? Justina kann in der Badewanne ertrunken oder irgendwo heruntergefallen sein …«

»Und dann?«

»Wenn Enno die Schuld am Tod seiner kleinen Schwester hatte, wollten seine Eltern das vielleicht vertuschen. Die vorgetäuschte Entführung als eine Art Panikreaktion?«

»Und nebenbei, weil es so gut passte, haben sie auch noch behauptet, dass der Familienschmuck gestohlen worden wäre.«

»Schwer vorstellbar«, räumte Pia ein.

»Unmöglich ist nichts«, meinte Broders.

»Ich musste das eben nur loswerden.«

»Du kommst doch nachher, oder?«, fragte er.

»Ja. Wenn nichts dazwischenkommt.« Abgefallene Finger?

»Ich zähl auf dich.«

In Düsterbruch betrat Tizia das Haus ihres Onkels durch den Hintereingang. Niemand, der die Seesens besser kannte, wäre auf die Idee gekommen, vorn an der Haustür zu klingeln. Sie überlegte, wie lange sie nicht mehr hier gewesen war. Wochen, wenn nicht Monate. Bei Hedwigs Beerdigung natürlich, aber danach? Dabei konnte sie Jörg und vor allem seine Freundin Oxana gut leiden. Nur wusste sie nie, was sie mit ihnen reden sollte.

Sie ließ ihre Tasche im Vorraum stehen und rief im Flur kurz: »Hallo«, bevor sie die Küchentür aufstieß.

Bei ihr zu Hause würde es nie jemandem einfallen, einfach so hereinzuplatzen. Das Haus mit dem Portal und der großen Tür schreckte die Leute ab. Sie selbst wollte später unkompliziert leben, dachte Tizia. In der Stadt in einer Wohnung, so wie André …

Oxana stand an der Arbeitsplatte und schälte Kartoffeln. Sie wandte den Kopf zu ihr um, als sie hereinkam. »Tizia! Schön, dich zu sehen! Wie kann ich dir helfen?«

Klar. Oxana erwartete nicht, dass sie mit einem Mal auf einen Klönschnack vorbeikam. Natürlich vermutete sie, dass sie etwas von ihr wollte. Nur gut, dass sie ihre Reisetasche draußen stehen gelassen hatte! »Hi. Äh …«

»Willst du dich nicht setzen? Möchtest du was trinken?«

»Hast du eine Cola light?«

»Für dich doch immer.« Oxana verschwand in der Speisekammer und kam mit einer kleinen Flasche zurück.

Bei den Seesens gab es immer alles. Das war schon in ihrer Kindheit so gewesen, als Hedwig über Küche und Speisekammer gewacht hatte. Tizia erinnerte sich an mehrstöckige Torten, an Braten und Wurst und Marmeladen aus eigener Herstellung bis hin zum Lieblingsessen ihrer Kindheit: Vanillesuppe mit Schneeklößchen. Wie lange war das her? Die Cola war eiskalt.

»Was machst du so? Wir sehen uns ja kaum noch.«

»Ach. Eigentlich nur lernen …«

»Stimmt. Du machst ja nächstes Jahr dein Abi. Weißt du schon, was du danach anfängst?«

»Nö, nicht direkt. Jedenfalls nichts mit Tieren!«

Oxana lächelte. »Da wird dein Vater enttäuscht sein.«

»Weil ich seine Praxis nicht übernehme? Er sagt, die bringt sowieso nicht genug ein.«

»So ist das mit dem Geld. Es ist nie genug, aber glücklich macht es dich auch nicht.«

Tizia guckte ein wenig zweifelnd und sah dann auf ihre Armbanduhr. »Du, Oxana, ich muss noch zu einer Freundin nach Plön. Wir wollen zusammen für eine Matheklausur lernen. Papa und Carola haben keine Zeit, mich zu fahren. Da habe ich daran gedacht, dass du doch freitags immer deinen Großeinkauf machst. Kannst du mich mitnehmen?«

»Tut mir leid. Tizia. Ich kann heute nicht fahren. Jörg ist gerade mit dem Opel weg, und der Mercedes steht in der Werkstatt.«

»Schade. War ja nur 'ne Frage.« Wie blöd. Warum hatte sie nicht darauf geachtet, welche Autos auf dem Hof standen? Tizia nippte an ihrer Cola. Am liebsten wäre sie sofort wieder aufgesprungen.

Oxana sah sie misstrauisch an. »Wirklich alles in Ordnung, Tizia?«

»Ich bin nur nervös wegen Mathe«, log sie.

»Früher warst du doch immer so gut. Hast du Probleme? Liebeskummer vielleicht?«

Tizia schüttelte den Kopf. Nur jetzt nicht heulen! Vielleicht blieb sie ja für immer bei ihrer Mutter? Sie war zur Hälfte Amerikanerin. Da sollte es doch keine Probleme geben mit der Aufenthaltserlaubnis. Ihr Vater und Carola könnten sie besuchen kommen. Lindsays ausgedruckte E-Mail mit ihrer letzten Adresse trug sie in der Innentasche ihrer Jacke bei sich. Seit Andrés Tod hatte sie immer wieder den Geruch von Benzin, verschmortem Kunststoff und verbranntem Fleisch in der Nase. Ihre Mutter in den USA zu finden schien ein lächerlich kleines Problem zu sein im Gegensatz zu allem, was sie hier erwartete.

»Ich bin auch nervös«, bekannte Oxana. »Kein Wunder, nach allem, was passiert ist. Hattet ihr auch die Polizei im Haus?«

»Mit mir haben sie nur ein Mal gesprochen. Die waren ganz in Ordnung.« Genau genommen hatte Tizia kurz überlegt, ob sie nicht auch Kriminalkommissarin werden wollte wie die coole Blonde, die bei ihnen gewesen war. Aber was verdienten die so im Monat?

»Meinst du, sie finden noch raus, was passiert ist?«, fragte Oxana.

»Die Aufklärungsquote bei Mord ist unheimlich hoch.« Tizia hatte im Internet recherchiert.

»Vielleicht kennen wir denjenigen, der das getan hat?« Oxana sah unruhig in Richtung Fenster.

Sie hat auch Angst, dachte Tizia mit plötzlicher Klarheit. Alle hatten Angst. Bisher war sie davon ausgegangen, dass nur bei ihr zu Hause diese Beklommenheit herrschte. Sie trank den letzten Schluck Cola aus der Flasche. Es schmeckte wie

Blech. Im Flur waren Schritte zu hören, und die Tür flog auf. Jörg stand im Türrahmen. Er sah von Oxana zu Tizia und zog die Augenbrauen hoch.

»Du bist ja früh zurück, Jörg«, sagte Oxana.

»Der Laden hatte zu«, erklärte er. »Die haben einen Wasserschaden. Ich werde morgen gleich noch mal hinfahren. Dann ist da bestimmt alles um die Hälfte reduziert.«

»Kannst du deine Nichte nach Plön zu einer Freundin fahren? Sie will lernen.« Oxana zwinkerte ihm zu.

Wahrscheinlich beklagte sich ihre Stiefmutter bei Jörg und Oxana, dass sie in letzter Zeit gar nicht mehr lernte, dachte Tizia. Erwachsene wussten nichts – gar nichts. Dass sie in allen Fächern ein bis zwei Noten abgerutscht war, hatte nichts, aber auch gar nichts mit ihrem Lernverhalten zu tun.

»Klar. Ich wollte sowieso noch zu Klaus wegen des E-Zauns. Es hat doch noch zehn Minuten Zeit, oder nicht?«, fragte Jörg beiläufig.

Tizia hatte ein feines Gehör für Zwischentöne. Er klang künstlich – nicht so wortkarg und direkt wie sonst. Sie hatte mal gehört, dass man Lügen daran erkennt, dass die Leute zu viele Worte machen. So, als versuchten sie, auch sich selbst zu überzeugen. Und mit einem Mal musste sie daran denken, wie wütend ihr Onkel werden konnte. Fast jähzornig. »Er kommt nicht damit klar, wenn etwas seine überschaubare kleine Welt in Gefahr bringt«, hatte ihr Vater mal gesagt. Und sie erinnerte sich mehr unfreiwillig daran, wie Jörg mal einen Highland-Bullen mit bloßen Händen an den Hörnern gepackt und zum Klauenschneiden in die Box gedrängt hatte. Als sie jünger gewesen war, hatte sie immer gern zugesehen, wie die großen, zotteligen Rinder dafür auf die Seite gedreht wurden wie Bauklötze.

Jörg Seesen war körperlich durchaus dazu in der Lage, einen bewusstlosen Mann von einem Auto zum anderen zu schleppen. Aber er war auch Carolas Bruder und damit quasi ihr Onkel. Sie kannte ihn ihr Leben lang. Er hatte sie und ihre Freunde mit dem Trecker auf Schlitten durch die Landschaft gezogen. Er hatte ihr gezeigt, wie man ein Kälbchen mit der Flasche füttert. Was war los mit ihr? Wenn sie bei jedem kräftigen Mann, der ihr in Düsterbruch über den Weg lief, Angstzustände bekam, war es wirklich besser, eine Weile zu verschwinden.

»Ach, weißt du, ich hab es mir anders überlegt«, hörte sie sich sagen. »Vielen Dank für das Angebot. Aber Beni kann ja auch zu mir kommen. Da haben wir sowieso mehr Ruhe zum Lernen.« Sie versuchte es mit einem angedeuteten Grinsen.

»Wie du meinst, Tizz«, sagte Jörg.

21. Kapitel

Als Pia um zwanzig Uhr im *Historischen Weinkeller* eintraf, war das Lokal schon rappelvoll. Sie hatte früher hier sein wollen, sich dann aber bei ihrer Mutter in Stockelsdorf festgequatscht.

Sie blickte suchend über die Menschenmenge und arbeitete sich dann zu dem Tisch vor, an dem sie ihre Kollegen Broders und Gerlach entdeckt hatte. Er stand in einer Nische unter einem der wenigen Fenster. Das war schon mal gut. In ihrem neuen, schwarzen Hosenanzug – den letzten hatte sie sich bei Toms und Marlenes Hochzeit ruiniert – war ihr eigentlich jetzt schon zu warm. Die Jacke, die sie darüber getragen hatte, hatte sie gleich im Auto liegen gelassen. Ich könnte den Blazer ja auch noch ausziehen, dachte sie, wenn ich denn eine Bluse besitzen würde, die ich darunter tragen könnte, und nicht nur ein einfaches Top.

Es gab ein üppiges rustikales Buffet, eine Bar, an der man sich Getränke nach Wunsch holen konnte, und – oh Wunder – einen DJ für die Musik.

Während des offiziellen Teils hielt es die meisten noch auf ihren Plätzen. Lessing, der nirgends so recht dazugehörte, hatte sich zu den Leuten vom K1 gesellt. Gabler hielt eine kurze Rede. Wilfried Kürschner, sein Vertreter und ältester Kollege, ebenfalls. Es folgte ein ehemaliger Vorgesetzter Gablers, der eine lange, etwas ermüdende Ansprache hielt, dann war der offizielle Teil der Veranstaltung beendet.

»Hey, was hast du denn da?«, fragte Gerlach, als das Stimmengewirr und die Musik lauter wurden. Er deutete grinsend auf Pias verpflasterte Finger. »Hat dein kleiner Sohn dich gebissen?«

»Nein, das Küchenmesser.«

»Was? Ich dachte, deine Küchenausstattung besteht aus einer Gefriertruhe und einer Mikrowelle«, mischte Broders sich ein, der gerade vom Buffet zurückkam.

»Weder noch«, entgegnete Pia. »Aber an deine Kochkünste komm ich wohl niemals heran, Broders.«

»Ein anständiges Rumpsteak bekomme ich ganz gut hin«, murmelte er verlegen. Pia wusste, dass er viel und gern kochte, aber ums Verrecken nicht wollte, dass seine Kollegen davon erfuhren. Schade eigentlich.

»Wie lange lässt das BKA dich hier eigentlich noch in Lübeck rumhocken, Nathan?«, fragte Broders über seinen üppig belegten Teller mit Salaten, geräuchertem Lachs, Roastbeef und einer Hähnchenkeule hinweg. »Es hat sich ja nun doch herausgestellt, dass Düsterbruch nicht das Zentrum organisierter Kriminalität in Deutschland ist.«

So viel zu dem ungeschriebenen Gesetz, auf Festen dieser Art nicht über die Arbeit zu reden. Vorgegebene Verhaltensregeln stellten für Broders stets eine Herausforderung dar, das Gegenteil zu unternehmen. Und wahrscheinlich wollte er auch von der Spur seiner Küchenfertigkeiten ablenken …

»Das hat auch keiner behauptet«, entgegnete Lessing. Wer nicht an Broders gewöhnt war, versuchte meistens, mit ihm zu argumentieren. »Andererseits waren wir noch nie so nah an unserer Zielperson dran.«

»Verstehe, keine Namen – die Wände haben Ohren.« Broders nahm die Hähnchenkeule in die Hand und begann, genüsslich daran zu nagen. Lessing verzog keine Miene. Er verzichtete klugerweise darauf, noch etwas dazu zu sagen. Broders sah ihn lauernd an. Sein wie auch immer motivierter Frust schien dabei exponentiell zu wachsen. Er schüttete den Inhalt seines Weinglases in sich hinein, als wäre es Wasser. Gleich darauf hob er die Flasche und warf einen fragenden Blick in die Runde.

Niemand reagierte.

Er schenkte sich selbst ein und trank weiter. »Ich frage mich allmählich, was das BKA noch bei uns will«, sagte er laut, wenn auch nicht mehr allzu deutlich. »Diese Morde gehören nicht in eure Zuständigkeit.«

»Bisher haben wir uns alle nicht gerade mit Ruhm bekleckert, was die beiden Morde in Düsterbruch angeht«, sagte Pia. Warum mischte sie sich ein? Um ihren langjährigen Kollegen davor zu bewahren, sich komplett zu blamieren? Oder weil sie ihre Antipasti essen wollte, bevor Broders und Lessing sich mit dem restlichen Brot auf dem Tisch bewarfen?

»Ärgerlich für euch Jungs, dass Markow dieses Schmuckstück ausgerechnet Pia gegeben hat.« Broders wusste auch in angetrunkenem Zustand, wie er sticheln musste. Lessing, bisher ein Musterbild des höflichen, beherrschten Gastes, sah nun entsprechend genervt aus.

Pia erhob sich. »Entschuldigt mich. Ich hol mir an der Bar was zu trinken.« Sollten die beiden doch allein sehen, wie sie klarkamen! Sie schob sich durch die Menge, bis sie am Tresen angekommen war, und bestellte sich ein Glas Wein. Broders und Lessing würden ihr nicht den Abend verderben, dachte sie. Den ersten freien Abend seit Langem.

»Pia! Wie geht's dir denn so?« Anne von der Schutzpolizei stand plötzlich neben ihr. Sie kannten sich von einem früheren Lehrgang. Anne gehörte zu den Polizeibeamten, die ums Verrecken nicht zu den »Sesselpupsern« bei der Kriminalpolizei wechseln würden. Pia vermutete, dass sie, wenn sie nicht im Dienst war, ihre gesamte Zeit mit sportlichem Training verbrachte.

»So weit gut. Und dir?«

»Alles bestens.« Sie zwinkerte Pia zu. »Wir beobachten dich. Du leistest schließlich Pionierarbeit für uns. Beim K1, und das jetzt auch noch mit Kind.«

»Ich hoffe, dass es weiterhin klappt«, sagte Pia nüchtern.

»Natürlich! Mach jetzt bloß keinen Rückzieher!«

»Es gibt immer wieder Phasen bei uns, da müsste man eigentlich rund um die Uhr im Einsatz sein. Ich weiß nicht, ob das auf Dauer gutgeht.« Pia wunderte sich, dass sie gegenüber einer Frau, die sie kaum kannte, Bedenken aussprach, die sie sonst nicht mal in ihrem Kopf so deutlich formulierte.

»Ihr habt gerade Stress da oben. Das hab ich auch schon gehört.« Anne trank einen Schluck Mineralwasser. »Aber es kommen auch wieder andere Zeiten.«

»Vielleicht sollte ich doch die Abteilung wechseln.« »Ihren« Männern gegenüber hätte sie diese Zweifel nie zugegeben, aber bei Anne rutschten ihr die Worte einfach heraus.

»Untersteh dich!« Annes Augen funkelten. »Weißt du, wie vielen Berufsanfängerinnen du ein Vorbild bist, weil du es überhaupt bis dorthin geschafft hast? Im Fernsehen gaukeln sie den Leuten vor, Frauen würden heutzutage reihenweise Mordkommissionen leiten. Dass ich nicht lache! Wenn du auch nur daran denkst aufzugeben, komme ich nach oben und norde dich wieder ein.«

»Du bist Landesmeisterin im Jiu-Jitsu, oder?«

»Ich war es. Aber ich hab's immer noch drauf.«

»Dann komme ich gegebenenfalls darauf zurück.«

Anne warf einen demonstrativen Blick über Pias Schulter. »Achtung, unbekanntes männliches Subjekt auf fünf Uhr.« Die Kollegin straffte ihre austrainierten Schultern.

Lessing stellte sich neben sie und orderte ein Bier. Während er wartete, sah er erwartungsvoll von Pia zu Anne und wieder zurück. Sie stellte die beiden einander vor.

»Schutzpolizei – direkt an der Front?«, fragte Lessing. »Ich hab dich unten schon mal gesehen.«

»Und du bist aus Wiesbaden, nicht wahr? Wie lange bleibst du noch in Lübeck?«

»Ich stehe kurz davor, meinen Auftrag abzuschließen.«

»Eine geheime Mission?« Annes Stimme hatte sich verändert. Eine Oktave tiefer, eine Spur rauchiger. Pia grinste in sich hinein.

»Die Kollegen beim K1 wissen Bescheid, worum es geht«, antwortete Lessing und bedachte Pia mit einem seltsamen Blick.

»Ich glaube, dein Bier ist jetzt fertig«, sagte Pia.

»Sie ist reizend, oder?«, fragte Lessing Anne in vertraulichem Ton. »Ich habe mich sofort wohlgefühlt bei der Bande im siebten Stock – jedenfalls nach dem anfänglichen Schock, den Pia mir bereitet hat.«

Anne zog fragend die Augenbrauen hoch. Sie wurde von einem Hünen mit roten Haaren angerempelt, der schon bedenklich schwankte. Anne warf ihm einen Blick zu, der Godzilla zur Raison gebracht hätte, und trat einen Schritt näher an Lessing heran. Die Feier näherte sich dem Stadium, in dem man entweder mittrank – oder besser ging.

»Er war den ersten Tag bei uns, da haben bei mir die Wehen eingesetzt«, erklärte Pia trocken. »Das war der Schock.«

»Ich habe ihr ein Taxi bestellt.« Lessing klang, als erwartete er Beifall für diese Tat

»Tatsächlich? Dafür ist ja wohl mindestens eine Beförderung fällig.« Anne grinste und warf Pia einen vieldeutigen Blick zu. Sie stellte ihr leeres Glas ab und entschuldigte sich mit der Begründung, sie habe gerade einen früheren Kollegen gesehen, mit dem sie reden wolle.

»Du bist also kurz davor, deinen Auftrag abzuschließen?«, fragte Pia, als Anne im Gewühl verschwunden war. »Erzähl das doch mal Broders, dann geht's ihm besser.«

»Warum sollte ich?«

Sie zuckte mit den Schultern. »Stehen wir denn kurz vor einer Festnahme? Hab ich heute was verpasst?«

»Das macht dir wirklich Sorgen, oder?«

Sie schaute ihn prüfend an. Wollte er sie veralbern? Er sah vollkommen ernst aus. »Manchmal schon«, antwortete sie.

Er nickte. »Keine Festnahme. Ich habe vorhin erfahren, dass Droski wieder auf dem Weg hierher ist. Wir gehen davon aus, dass er noch eine Zahlung erwartet. Wenn es zur Geldübergabe kommt, haben wir alles, was wir brauchen.«

»Glaubst du tatsächlich, dass Vadim Droski die beiden Morde begangen hat?«

»Ja. Es passt alles.«

»Und wer hat ihn deiner Meinung nach beauftragt?«, fragte Pia mit gesenkter Stimme.

»Das ist mir fast egal, wenn ich dafür Droski erwische. Such dir jemanden aus.«

»Dir ging es immer nur um diesen einen Mann, oder?«

»Ich habe mich schon viel zu lange mit ihm beschäftigt. Er wird langsam zu einer fixen Idee. Es wird Zeit, damit abzuschließen.«

»Verstehe. Deshalb lässt du die anderen Möglichkeiten außer Acht?«

»Dafür seid ihr zuständig.«

»Ich könnte wetten, dass Droski mit den Morden in Düsterbruch nichts zu tun hat«, rutschte es Pia heraus.

»Du wettest? Um was wetten wir?« Lessing grinste erfreut. Wenn er nicht so verbissen aussah, war er direkt attraktiv.

»Ich habe gesagt, ich *könnte* wetten … Konjunktiv I.«

»Wenn ich die Wette verliere, lade ich dich zum Essen ein«, schlug er gut gelaunt vor.

»Die Kantine im Polizeihochhaus ist geschlossen.«

Er ließ sich nicht beirren. »Und wenn du verlierst, dann zahlst du.«

Tizia zitterte, obwohl sie Jeans und eine warme Jacke trug. Es war mehr ein innerliches Zittern. Sie stand schon eine halbe Stunde an der Landstraße, ohne dass ein Auto angehalten hatte. Im Dunkeln zu trampen war um einiges schwieriger als bei Tageslicht. Die Leute sahen gern, wen sie mitnahmen, und sie prüfte gern, zu wem sie ins Auto stieg. Normalerweise kam hier früher oder später jemand vorbei, den sie kannte. Tizia war nicht scharf darauf, in ein fremdes Auto zu steigen. Aber sie musste dringend von hier weg. Dies war der schwierigste Teil ihres Plans. Wenn sie erst mal in New York war, würde sie ihre Mutter anrufen, und alles Weitere würde sich ergeben.

In einer halben Stunde fuhr die Bahn nach Hamburg. Sie musste unbedingt ihren Flug bekommen. Wenn Carola und ihr Vater morgen merkten, dass sie gar nicht bei ihrer Freundin Beni war, wäre sie bereits in der Luft. Hoch über dem Atlantik – in Sicherheit. Vor wem auch immer. Er war hier – in Düsterbruch. Der Mann, der André getötet hatte. Und Mona. In ihrem eigenen Haus. Ein Mörder. Sie hatte schon lange das Gefühl, dass hinter der scheinheiligen Fassade des Ortes etwas Böses lauerte. Sie konnte niemandem mehr trauen.

Ein Kleintransporter fuhr an ihr vorbei, dann ein alter Golf. Keiner von ihnen hielt. Sie könnte sich ein Taxi rufen. Aber das würde Misstrauen erregen. Mädchen wie sie standen nicht an der Landstraße und bestellten sich ein Taxi. Und da war auch noch dieser Hang zur Sparsamkeit, den sie von frühester Kindheit an eingetrichtert bekommen hatte.

Tizia erschrak, als ein dunkelblauer Ford Mondeo im letzten Moment abbremste und neben ihr zum Stehen kam. Die Scheibe auf der Beifahrerseite surrte herunter. Eine Frau beugte sich zu ihr herüber. Eine Frau – das war gut. Tizia hatte sie sogar schon mal gesehen. Es war die Russin, die Oxana hin und wieder besuchte. Ob die Frau Jörgs Freundin erzählen würde, dass sie sie mitgenommen hatte? Wahrscheinlich wusste sie gar nicht, wer sie, Tizia, überhaupt war. Sie musste dieses Risiko jetzt einfach eingehen.

»Wo möchtest du hin?« Oxanas Freundin sprach mit einem fremd klingenden Akzent. Sie war stark geschminkt, als wäre sie zu einer Party unterwegs. Einer Party mit interessanten Leuten. Vielleicht sogar mit Prominenten. Die Welt außerhalb von Düsterbruch war so viel aufregender!

»Nach Hamburg. Aber der nächste Bahnhof würde mir auch schon weiterhelfen«, sagte Tizia hoffnungsvoll.

»Du hast Glück! Ich fahre nach Hamburg.«

Alles fügt sich, dachte Tizia. Es soll eben so sein. Sie stieg ein.

Die Art, wie Lessing sie forschend ansah, gefiel Pia nicht. Oder gefiel ihr doch. So oder so war es Zeit, das Geplänkel zu beenden. Sie nickte ihm zu, nahm ihr Glas und ging zu einer Gruppe Kollegen hinüber, die sie von früher kannte. Als sie das nächste Mal auf die Uhr sah, war es kurz vor Mitternacht. Das Lokal leerte sich.

»Faules Gesindel«, sagte Broders, der irgendwie wieder in

ihrer Nähe gelandet war. »Weiß denn heute keiner mehr, wie man ernsthaft feiert? Wer will noch von diesem köstlichen Rotwein? Wir wollen Gabler doch nicht enttäuschen ...« Er schenkte allen großzügig nach, doch über Pias Glas verharrte er kurz. »Musst du nicht längst zu Hause sein, Pia?«

»Halt die Klappe, Broders«, entgegnete sie.

»Du hast jetzt Verantwortung.«

»Wie so viele von uns.« So leicht war es nun auch wieder nicht, ihr ein schlechtes Gewissen einzureden.

»Ich bin frei und ungebunden und kann nach Hause kommen, wann immer es mir passt.«

»Ich dachte, du wärst wieder liiert. Was sagt denn dein Freund dazu?« Wenn er persönlich wurde, konnte sie das auch.

»Der spielt dieses Wochenende den Retter der Welt.«

Daher also rührte Broders' schlechte Laune. »Wie das?«, fragte sie.

»Er ist mit seiner Tochter übers Wochenende nach Warnemünde gefahren.«

»Er hat ein Kind?« So überrascht wollte sie gar nicht klingen. Gut möglich, dass Broders' schwuler Freund eine Tochter hatte. Und das erklärte vielleicht auch, warum ihr Kollege manchmal so gereizt auf die Tatsache reagierte, dass sie jetzt Mutter war.

»Er hat einer Single-Freundin zum Wunschkind verholfen, bevor es zu spät für sie war«, erklärte er. Die Worte klangen wie auswendig gelernt.

»Hast du ein Problem damit?«

»War vor meiner Zeit«, knurrte Broders. »Was mich nervt, ist, dass er in letzter Zeit dauernd was mit seinem Kind unternehmen will.«

»Du fühlst dich zurückgesetzt.«

»Was mir nicht passt, ist dieses Gedöns, das ständig darum

gemacht wird. Früher war es normal, Kinder zu haben. Man hatte sie einfach – basta. Es wurde nicht laufend darüber gequatscht.«

»Wenn ich mich recht erinnere, bringst du das Thema immer wieder auf den Tisch.«

»Wenn du nicht hören willst, was ich zu sagen habe, kannst du ja gehen. Wir sind nicht im Dienst«, erwiderte Broders. Die Art, wie er die Vokale dehnte, ließ darauf schließen, dass auch er weit mehr getrunken hatte, als einer normalen Unterhaltung zuträglich war. Seine Augen sahen blutunterlaufen aus, und seine Nase leuchtete rot. Ja, es war klüger, das hier jetzt zu beenden. Morgen erinnerte sich Broders wahrscheinlich nicht einmal mehr an diese Unterhaltung.

Aber verdammt, es war ihr freier Abend! Pia hatte keine Lust, jetzt schon nach Hause zu gehen. »Du weißt, dass ich deine Lebensweisheiten um keinen Preis der Welt verpassen möchte«, sagte sie und schenkte sich selbst Wein nach.

»Das hast du schön gesagt. Darauf trinken wir. Prost, Pia!«

Beim letzten Schluck merkte sie, dass dieses Glas Wein das eine Glas zu viel gewesen war. Der Stehtisch, um den sie herumstanden, schien ein wenig zu schwanken. Sie griff nach der Tischkante. Ein ehemaliger Kollege, den sie noch von der Polizeihochschule kannte, grinste sie an. Sie wusste beim besten Willen nicht mehr, wie er hieß. Was war denn in sie gefahren, dass sie bei der ersten Gelegenheit seit … ja, seit über einem Jahr über die Stränge schlug? Waren jetzt zweieinhalb Gläser Wein schon ein Besäufnis? Vertrug sie gar nichts mehr?

Pia sah sich um. Gabler stand an der Bar und unterhielt sich mit ein paar älteren Kollegen. Gerlach war von drei Frauen umringt, die sie noch nie gesehen hatte. An ihrem eigenen Tisch war eine Debatte um Strafprozessrecht entbrannt. Die meisten tranken Cola oder Mineralwasser. Broders starrte missmutig vor sich hin.

Entschlossen schob Pia ihr leeres Glas ein Stück von sich weg. Frische Luft würde helfen. Musste sie noch was mitnehmen? Eine Jacke oder eine Tasche? Nein, sie war so gekommen, wie sie war. Ihr Auto stand auf dem Parkplatz an der Kanalstraße und würde morgen auch noch dort stehen.

Als sie vor die Tür trat, traf die kalte Luft sie wie ein Schlag ins Gesicht. Sie atmete tief durch. Schon besser. Wenn sie zu Fuß ging, würde sie bei ihrer Ankunft zu Hause wieder nüchtern sein. Schade eigentlich. Im Schatten der hoch aufragenden Mauer neben der Eingangstür standen ein paar Leute und unterhielten sich leise. Die Raucher waren inzwischen so stark in der Minderheit, dass sie einem fast leidtun konnten. Pia stieg konzentriert die Stufen hinauf.

»Du fährst doch jetzt nicht mehr Auto, Pia?«, hörte sie eine vertraute Stimme fragen.

22. Kapitel

Tizia senkte den Blick und lächelte in sich hinein. Es war alles viel besser gekommen. Dass sie ihren Flug verpasst hatte, war ihr inzwischen egal. Lindsay wartete seit fünfzehn Jahren auf sie, da spielten ein paar Stunden oder Tage auch keine Rolle mehr.

Ihr Gesicht glühte. So hatte es sich auch vor dem lächerlichen Gesichtsbräuner angefühlt, den Carola sich im letzten Winter als Frustkauf zugelegt hatte. Hoffentlich sah man das in dem schummrigen Licht nicht. Hoffentlich sah *er* das nicht!

Oxanas Freundin – inzwischen wusste Tizia, dass sie Nadja hieß – hatte sie mit nach Hamburg genommen. Wegen des dichten Verkehrs und wohl auch, weil Nadja sich trotz des im Ford fest installieren Navigationsgerätes zweimal verfahren hatte, waren sie zu spät am Flughafen angekommen. Als klar gewesen war, dass Tizia ihre Maschine nicht mehr rechtzeitig würde erreichen können, hatte Nadja sie zum Essen eingeladen. Nicht Fastfood oder so – in ein richtiges Restaurant. Ihr Vater und Carola gönnten sich so was nur, wenn einer von ihnen Geburtstag hatte. Und Tizia bezweifelte, dass sie so einen Laden wie das *Tarantella* überhaupt schon mal von innen gesehen hatten.

Der Laden war voll. Lauter gut angezogene, wichtig aussehende Menschen. Sie waren von einem der Kellner an einer Traube wartender Gäste vorbeigeführt worden und hatten im Bistrobereich einen Tisch für drei Personen bekommen. Tizia vermutete, dass sie nicht reserviert hatten. Daraus schloss sie, dass *er*, Nadjas Bekannter, vielleicht etwas nachgeholfen hatte.

An einer Wand des Lokals stapelten sich Weinkühlschränke mit Glastüren bis unter die Decke. Aus dem dahinterliegenden Küchenbereich war das Zischen der Fleischstücke zu hören, die im heißen Fett brieten. Und alle Leute sahen so gut aus: Frauen auf hochhackigen Schuhen, mit hochgestecktem Haar und klimpernden Ketten und Armreifen. Die meisten Männer hatten einen Anzug an und ein weißes Hemd mit oder ohne Krawatte. Einige trugen ihr längeres Haar zurückgegelt. Eine andere Welt.

Tizia hatte drei Kellner und eine weibliche Bedienung in langen Schürzen gezählt, die allein um ihren Tisch herumwuselten. Sie drückte sich in die Nische gegen die hohen, grauen Polster und versuchte, alle Eindrücke in sich aufzusaugen. Allein das hier war den Ärger mit ihrem Vater wert, den sie sich mit ihrer Flucht eingehandelt hatte. Doch wenn sie ehrlich zu sich selbst war, waren das Interieur, die Leute und das tolle Essen gar nicht das Entscheidende: *Er* war entscheidend. Nadja hatte ihn als Vadim vorgestellt, einen langjährigen Freund. Immer, wenn sich seine blauen Augen auf sie richteten, hörte Tizia ein Rauschen in den Ohren. Er war schlank und nicht viel größer als sie, hatte blondes, sehr kurzes Haar und eine Lücke zwischen den Schneidezähnen. Aber er sah nicht harmlos oder süß damit aus. Eher hatte sie den Eindruck, als könnte er sie mit seinem Blick am Boden festnageln. Gerade redete er mit Nadja, sodass Tizia einfach nur dasitzen und ihn ansehen konnte.

»Wollen wir nach dem Essen noch auf ein kleines Spielchen nach oben gehen?«, fragte er Nadja. Er sah zu Tizia hinüber. »Warst du schon mal im Casino?«

Sie schüttelte den Kopf.

»Es ist im Grunde wie überall: Die Männer verdienen die Kohle, zum Beispiel beim Pokern, und die Frauen verspielen alles wieder beim Roulette.« Er zeigte seine Zahnlücke. »Weißt du noch, Nadja? Du hast letztes Mal am Schluss alles auf irgendeine blödsinnige Zahl gesetzt. War es die Fünfzehn?«

»Es war die Sechzehn, Vadjuscha, dein Geburtstag«, sagte Nadja würdevoll. Tizia versuchte, welterfahren zu lächeln. Glücksspiel – ihr Vater würde ausrasten!

»Also: Hast du Lust?«

»Sie ist noch nicht achtzehn, Vadim«, mahnte Nadja.

»Wie schade.«

»Außerdem will sie möglichst schnell nach New York«, setzte Nadja hinzu.

»Meine Mutter erwartet mich.« Tizia schien die kleine Lüge ganz ratsam zu sein.

»Morgen gehen auch noch genügend Flüge«, sagte Vadim mit seinem eigentümlich charmanten Akzent zu ihr. Er probierte den Wein und nickte dem Sommelier beiläufig zu. »Aber du solltest vielleicht nicht unbedingt ab Hamburg fliegen, Tizia. Wenn dein Vater nicht will, dass du nach Amerika reist, um deine Mutter zu sehen, dann suchen sie bestimmt schon nach dir.«

Nadja hatte also gequatscht. Sie, Tizia, war mal wieder zu vertrauensselig gewesen. Aber Vadim tat so, als wäre es völlig normal, dass eine Siebzehnjährige ohne Erlaubnis ihres Vaters in die USA fliegen wollte.

»Du kannst doch bestimmt was für sie arrangieren, Vadim?« Nadja zupfte abwechselnd an einer blonden Haarsträhne und am Ausschnitt ihres Kleides. Tizia, die für die Reise ihre Lieblingssachen angezogen hatte, kam sich schäbig neben ihr vor.

»Ich muss morgen sowieso in die Staaten. Ich fliege über Kopenhagen. Da lässt sich sicherlich was organisieren.«

»Was?« Nadjas Messer fiel klirrend auf den Teller. Sie hatte sich gerade ein Stück Weißbrot mit Kräuterbutter bestrichen.

»Du hast mir gar nicht gesagt, dass du schon wieder wegmusst, Vadim.«

»Wenn ich immer sagen würde, was ich vorhabe, wär ich längst tot.« Er klang ernst.

Tizia merkte, wie Nadja sie mit einem seltsamen Blick bedachte. Dann sah sie Vadim an. Die Spannung zwischen ihnen war fast greifbar. Das mussten die beiden erst mal untereinander klären. Tizia nahm die schwere, steife Stoffserviette vom Schoß, tupfte sich den Mund ab und legte sie neben ihren Teller. Einen Augenblick lang war sie ihrer Großmutter und Carola dankbar für den Drill in frühen Jahren. »Entschuldigt mich bitte einen Augenblick.« Sie erhob sich.

»Wo willst du hin?« Vadims Stimme war leise, aber durchdringend.

»Mir die Nase pudern.« Tizia lächelte ironisch. Dann fragte sie sich, ob er die blöde deutsche Umschreibung für »aufs Klo gehen« überhaupt verstand. Sie deutete mit dem Kopf in Richtung der Toiletten.

»Ach so. Der Ort, wo Frauen immer zu zweit hingehen«, sagte er und sah Nadja auffordernd an. Einen Moment lang rührte sie sich nicht, sondern starrte nur zurück. Lange hielt sie Vadims Blick jedoch nicht stand.

»Schon gut. Ich komme mit dir, Tizia«, sagte die Russin und stand auf.

Lessing sah zu den Türmen der Marienkirche hinauf. Er wirkte bei ihrer spontanen Stadtführung »Lübeck bei Mondschein« so konzentriert wie vormittags um elf. Die Glocke im Turm schlug: Es war halb eins.

Er hatte Pia eben vor dem Restaurant vorgeschlagen, sie ein Stück zu begleiten. Sie waren beide zu Fuß unterwegs; sie zu sich nach Hause, er zu seinem Hotel. Es wäre albern gewesen, das abzulehnen. Pia hatte sich einen Spaß daraus gemacht, ihm das Buddenbrookhaus in der Mengstraße, das historische Rathaus und nun die Marienkirche zu zeigen. Er war schon seit Tagen in Lübeck und schien noch rein gar nichts von der Stadt gesehen zu haben. Den Koberg mit dem Heiligen-Geist-Hospital, der Schiffergesellschaft und dem asiatischen Restaurant daneben hatte sie bei ihrer Führung ausgelassen. Zu tief saß die Demütigung – die Erinnerung an ihr letztes Treffen mit Hinnerk.

»Komm, lass uns weitergehen!«, sagte sie, nachdem sie ihm die Geschichte des Teufels aus Bronze erzählt hatte. Die Maus in der Kirche konnten sie um diese Uhrzeit nicht mehr suchen.

»Ist dir kalt?«

Sie nickte. »Ich hab meine Jacke vorhin im Auto liegen gelassen.«

»Wo steht dein Auto? Wir können sie noch holen«, schlug er vor.

»Das lohnt sich nicht«, sagte Pia. »Ich habe es nicht mehr weit.« Ihre Schritte auf den ungewohnt hohen Schuhen hallten laut von den steinernen Fassaden wider. Sie gingen die stille Fischstraße hinunter. Nachts strahlte Lübeck einen eigenartigen Zauber aus. Pia fragte sich, ob Lessing etwas davon mitbekam. Sie war sich seiner Gegenwart die ganze Zeit über deutlich bewusst. Nebeneinander überquerten sie die Straße »An der Untertrave« und gingen ein Stück am Ufer entlang. Die Lichter des gegenüberliegenden Hotels spiegelten sich im dunklen Wasser. Als rechts das Holstentor auftauchte, blieb Pia stehen. »Wir sind am Stadttor angelangt«, sagte sie.

»Ist die Führung hier etwa zu Ende?«, fragte er.

»Sieht so aus.«

»Und ich dachte, das da ist nur eine steingewordene Erinnerung an den alten Fünfzigmarkschein«, neckte er sie.

»Du solltest noch mal genauer hinsehen. Es nennt sich Holstentor und ist das Wahrzeichen von Lübeck. Es hat auch eine Inschrift: *Concordia domi foris pax.*«

»Wie bitte?«

»Ich kann zwar kein Latein, aber es heißt in etwa: *Drinnen Eintracht, draußen Frieden.*«

»Aha.« Er konnte auf eine Art und Weise lächeln, dass man ihm spontan alles verzieh. Sogar eine missratene erste Begegnung. Und eine seltsame zweite. Sie dachte daran, wie er vor Monas Kate auf dem Feldstein gesessen hatte. Verdammt! Was wollte sie? Die Nacht mit ihm verbringen? War sie bereit, den Preis dafür zu zahlen? Vielleicht. Irgendwann einmal. Später?

»Ich würde dich gern nach Hause begleiten. Natürlich nur, weil es sich so gehört.« Er sah sie erwartungsvoll an. »Nicht, dass ich denken würde, du könntest nicht ganz gut auf dich allein aufpassen.«

»Das hast du ja gerade noch mal so hingebogen.« Pia versuchte, in seinem Gesicht zu lesen. Hinnerk konnte man die meisten seiner Gefühle und Gedanken an den Augen ansehen. Und Marten? Mit ihm hatte sie so lange und intensiv zusammengearbeitet, dass sie auch ihn die meiste Zeit recht gut einschätzen konnte. Lessing hingegen war nicht greifbar. Dass er attraktiv war, stand außer Frage. Sie mochte seine Stimme und die Art, wie er unbeirrbar diesem Vadim Droski hinterherjagte. Die absolute Hingabe an seinen Beruf. Und sie mochte Männer – ganz grundsätzlich. Das hatte sie schon manches Mal in Schwierigkeiten gebracht. Lass es sein!, sagte sie sich. Denk daran, wo er herkommt! Er arbeitet für das BKA. Da sollten doch eigentlich alle Warnlichter in deinem Kopf blinken.

»In ein paar Tagen bin ich wieder weg.« Lessing rührte sich nicht, sah sie nur abwartend an. Ihr Herz fing an zu klopfen.

»Okay«, sagte sie. »Ich kann deine Unwissenheit nicht verantworten. Wir setzen die Stadtführung in diese Richtung fort.« Sie überquerten die Holstenstraße. »Das da drüben sind übrigens die alten Salzspeicher.« Pia deutete hinüber, doch er achtete nicht darauf. Er fasste sie am Handgelenk, betrachtete den verletzten Finger. »Was hast du damit eigentlich angestellt?«

»Mich hat ein Küchenmesser attackiert.«

Er zog die Hand näher zu sich heran. »Ich könnte mich revanchieren und sie küssen. Dann ist alles sofort wieder gut.«

»Du bist vielseitig talentiert, oder?«

»Ist nicht der Rede wert.«

Sie entzog ihm die verletzte Hand. »Diese Führung dauert nicht ewig!«

Lessing sah pflichtschuldig über die Wasserfläche. »Also gut. Die Salzspeicher. Woher kam denn das Salz?«

»Aus Lüneburg. Über die alte Salzstraße und später …« Sie drehte sich ihm zu.

»Später?«

Manchmal waren siebzig Zentimeter eine unüberwindliche Distanz. Manchmal auch nicht. Sie machten gleichzeitig einen Schritt aufeinander zu, sodass sie fast zusammenprallten. Das Licht einer Straßenlaterne fiel in sein Gesicht. Pia meinte den braunen Fleck in der grauen Iris seines linken Auges zu sehen, der ihr bei ihrer ersten Begegnung aufgefallen war.

»Über den Stecknitz-Kanal.« Als sie sich küssten, spürte sie den gleichen Schwindel wie vorhin bei ihrem letzten Glas Rotwein. Sie hörte sich leise wimmern und zuckte zurück. Er zog sie fester zu sich heran. Es war richtig. Zumindest fühlte es sich richtig an.

»Du musst noch das Gängeviertel kennenlernen«, sagte sie, als sich ihre Lippen einen Moment voneinander lösten. »Das gehört zwingend zu jedem Lübeck-Rundgang dazu.«

»Muss das sein?«

»Ja.« Sie lächelte. »Da wohne ich.«

An den Weg zu sich nach Hause erinnerte Pia sich später kaum noch. Zwischen atemlosen Küssen und Umarmungen schafften sie es irgendwie die Treppe hinauf in ihre Wohnung. Kaum war die Wohnungstür hinter ihnen zugefallen, wollte sie Lessing wieder zu sich heranziehen. Er wich ein Stück zurück und sah sich um. Was sollte das jetzt? Musste er die ihm neue Umgebung erst einer schnellen Überprüfung unterziehen? Pia merkte, dass sie nicht warten, nicht zum Nachdenken kommen wollte. »Du willst doch nicht etwa noch einen Kaffee bei mir trinken?«

»Was?« Lessings Mundwinkel zuckte. »Niemals!«

Gott sei Dank, er hatte Humor! Ein One-Night-Stand mit einem Mann ohne Humor war eine Katastrophe. Er kam auf sie zu und zog sie an sich. Sie fühlte seinen Atem an ihrem Ohr, als er seine Hände unter ihr Top gleiten ließ. Pia zog ihm das Hemd aus der Hose, fuhr mit den Händen darunter, fühlte die warme, glatte Haut.

»Jetzt kannst du ja mal nachschauen, ob du recht hattest«, flüsterte er.

»Womit? Mit dem Tattoo?« Pia lächelte bei der Erinnerung daran, wie pikiert er auf ihre Mutmaßung reagiert hatte. »Ich lag bestimmt richtig damit. Und du warst ziemlich sauer deswegen.«

»Im Gegenteil.« Lessing senkte den Kopf und küsste sie in die Halsbeuge. »Ich hab mich gleich gefragt, ob wir uns wohl mal so nahe kommen werden.«

23. Kapitel

Das Mobiltelefon tanzte vibrierend über die Holzdielen. Benommen tastete Pia danach.

»Gabler hier. Tut mir leid, dass ich so früh störe ...«

Pia sah zum Wecker hinüber. Ihre Augen brannten. Es war kurz nach vier. Sie war gerade erst eingeschlafen, und sie war nackt. Lessings Arm lag schwer auf ihrer Taille. Sein Atem ging langsam und gleichmäßig. Er hatte kaum gezuckt, als ihr Telefon zu klingeln begonnen hatte. Wahrscheinlich war er nur auf seinen eigenen Rufton konditioniert. Sie rutschte ein Stück von ihm weg und richtete sich auf. Die Luft im Zimmer war kalt, das machte sie etwas wacher. »Was ist los? Ist etwas passiert?«

»Broders und Gerlach sind auf dem Weg zu dir. Wir haben gerade einen Anruf aus Düsterbruch erhalten.«

»Ja?«

»Enno von Alsen hat die Polizei alarmiert. Seine Tochter ist verschwunden.«

»Und da sind wir gefragt?« Es war ihr egal, dass sie sich genervt anhörte. Sie sah auf Lessing hinunter. Jetzt aufzustehen und zur Arbeit zu fahren war das Letzte, was sie tun wollte. Ausgerechnet heute.

»Ihr habt doch neulich erst mit Tizia von Alsen gesprochen, oder nicht?«, fragte Gabler.

»Ja, Heinz Broders und ich.«

»Es ist besser, wir kümmern uns gleich darum. In Anbetracht der besonderen Umstände ...«

»Tizia von Alsen ist ein rebellierender Teenager. Ist es da nicht etwas zu früh, alle in Alarmbereitschaft zu versetzen?«

»Sie hat ihre Eltern angelogen, eine Tasche gepackt und ist seit dem frühen Abend verschwunden. Keiner weiß, wo sie ist.«

Pia schlug resigniert die Decke zurück. Es nützte ja nichts. »Ich bin gleich fertig. Wann sind Broders und Gerlach hier?«

»Äh … Ich habe eben gar nicht daran gedacht. Geht das überhaupt klar mit dem Kind?«

»Felix ist gut untergebracht«, sagte Pia. Gablers Feier sei Dank.

»Die beiden sind so in zehn Minuten da. Ich muss jetzt noch ein paar Telefonate führen. Wir bleiben in Verbindung.«

Gerlach saß am Steuer. Broders konnte bestimmt nicht mehr oder noch nicht wieder fahren. Wie viel Wein hatte er getrunken? So, wie er stocksteif auf der Rückbank hockte, das Telefon am Ohr, wirkte er allerdings ausgesprochen nüchtern.

»Nein! Sie hat keinerlei Andeutungen gemacht!«, bellte er ins Telefon. »Woher soll ich das wissen? Ja, ja. Wir nehmen uns alle vor. Alles klar. Gleichfalls!«

Gerlach legte den Gang ein und fuhr so rasant an, dass die Reifen auf dem nassen Straßenpflaster durchdrehten.

»Lass das, du weckst meine Nachbarn auf.« Pia wusste neuerdings aus eigener Erfahrung, wie wertvoll ungestörter Schlaf sein konnte. »Mit wem hast du telefoniert, Broders?«

»Noch mal mit Gabler. Er meint, wir hätten bei unserer Befragung was übersehen, weil wir dem Fräulein von Alsen nicht an der Nasenspitze angesehen haben, dass sie abhauen will.«

»Vielleicht ist da was dran«, sagte Pia und presste ihren Kopf gegen die Kopfstütze, um nicht bei der nächsten Vollbremsung nach vorn geschleudert zu werden. Sie wäre lieber selbst gefahren. Schon allein, um richtig wach zu werden. Aber sie war sich auch nicht sicher, ob sie schon wieder fahrtüchtig war.

Bei ihrer Ankunft in Düsterbruch stand noch ein blasser, fast voller Mond am Himmel. Der Dorfplatz lag verlassen da. Nur in einem lang gestreckten Stallgebäude am anderen Ende des Ortes brannte fahles Licht.

Sie waren übereingekommen, dass Gerlach zu der Freundin nach Plön weiterfahren sollte, bei der Tizia eigentlich hatte übernachten wollen. Vorher ließ er Broders und Pia vor dem Haus der von Alsens aussteigen.

Das alte Gebäude sah im Dunkeln noch abweisender, fast bedrohlich aus. In einem der Fenster im Erdgeschoss brannte eine einzelne Lampe. Pia musste an den Brauch denken, ein Licht ins Fenster zu stellen, wenn man die Rückkehr eines lieben Menschen erwartete. Woher hatte sie das? Aus *Tom Sawyer*?

»Wo sind die anderen eigentlich alle?«, fragte sie, als sie die Treppe zur Haustür hinaufstiegen.

»Gabler hat nicht viele erreicht. Einige sind nach der Feier bestimmt noch weitergezogen oder liegen irgendwo im Koma. Er hat auch Lessing noch nicht erreicht.«

Pia schwieg.

»Ich würde zu gern wissen, wo unser BKA-Mann sich so herumtreibt«, sagte Broders.

Sie klopfte energisch an die Haustür. »Seit wann genau wird Tizia vermisst?«, erkundigte sie sich, um vom Thema abzulenken.

»Ihr Vater hat gestern Abend gegen zehn noch bei der Freundin angerufen, bei der Tizia angeblich übernachten wollte. Diese Beni wusste aber nichts von einer Verabredung. Und Tizia ist auch nie dort angekommen. Da fing er an, nach ihr zu suchen. Als er dann merkte, dass auch eine Reisetasche und ein paar Sachen seiner Tochter fehlen, hat er die Polizei verständigt.«

»Uns … oder das nächste Polizeirevier?«

»Uns.«

»Demnach befürchtet er, dass das Verschwinden seiner Tochter mit der Mordermittlung zusammenhängt.«

Die Tür schwang auf. Enno von Alsen sah aus wie ein Geist. Es hätte Pia nicht sehr überrascht, wenn sie durch ihn hindurch das geschwungene Treppengeländer hätte schimmern sehen können. Er begrüßte sie mit unbewegter Miene und führte sie dann in die Küche. Der Weg war Pia inzwischen vertraut. Seine Frau stand am Fenster und telefonierte.

»Nein? Dann entschuldigen Sie bitte die frühe Störung. Das glaube ich auch. Auf Wiederhören!«

»Wieder nichts?«, fragte er, als Carola von Alsen sich zu ihnen umdrehte.

»Tizia hat den Kontakt zu Marie schon vor Wochen abgebrochen«, sagte sie bitter.

»Meine Frau telefoniert Tizias Freunde ab. Irgendjemand muss etwas wissen«, erklärte Enno von Alsen verzweifelt.

»Lassen Sie sich beim Telefonieren nicht stören«, sagte Pia zu Carola von Alsen. »Wir reden solange mit Ihrem Mann.«

Als seine Frau den Raum verlassen hatte, sackte Enno von Alsen in sich zusammen. Er vergrub das Gesicht in den Händen. Ein paar Minuten lang sprach niemand ein Wort.

»Die meisten Teenager tauchen wohlbehalten wieder zu Hause auf.« Pia versuchte, zuversichtlich zu klingen. »Ihre Tochter ist in einem schwierigen Alter. Da probiert man schon mal aus, wie weit man gehen kann.«

»Ich glaube, sie ist seit ihrer Geburt in einem schwierigen Alter.« Enno von Alsen sah mit roten Augen zu ihr auf.

»Wissen Sie, ob Tizia einen festen Freund hat?«

»Nein. Sie hat in letzter Zeit nichts von einem Freund gesagt. Immer nur Partys feiern, abhängen und chillen oder wie die jungen Leute das nennen. Ja keine festen Bindungen eingehen, keine Verpflichtungen.«

Pia trommelte mit den Fingerspitzen auf die Tischplatte. »Wir haben eine Aussage erhalten, dass Tizia mit einem Mann gesehen worden ist.«

»Ach ja?«

»Es war André Falke.«

Er schluckte. »Sie hatte keinen Kontakt zu Falke! Da bin ich mir hundertprozentig sicher.« Er sah Hilfe suchend zu Broders, der stumm dastand.

»Ihre Tochter kannte die Falkes. Mona Falke war Ihre Nachbarin.«

»Tizia konnte Mona nicht ausstehen.«

»Was sie nicht daran gehindert haben muss, den Sohn zu mögen.«

»Hören Sie! Der war kein Umgang für mein Kind! Er war wegen Drogengeschichten und wer weiß was sonst noch alles im Gefängnis. Meine Tochter wusste das. Sie hätte nie …« Er stockte.

»Nie *was*?«, schaltete sich Broders ein.

»Sie hätte sich nie mit einem Typen wie André Falke eingelassen«, erklärte von Alsen. Ein Muskel unter seinem rechten Auge zuckte.

»Das wird sich noch herausstellen.« Pia sah zum Fenster hinaus. »Tizia hat ein paar Sachen mitgenommen, sagten Sie?«

»Ja. Eine Reisetasche und einige Kleidungsstücke fehlen.«

»Das spricht doch dafür, dass sie freiwillig verschwunden ist«, meinte Pia. »Hat Ihre Tochter Geld zur Verfügung?«

»Sie besitzt ein Sparbuch, auf das ihre Großmutter seit Jahren regelmäßig für sie einzahlt. Und sie muss auch noch Bargeld von ihrem Geburtstag vor ein paar Wochen haben. Sie bekommt hundert Euro Taschengeld im Monat.«

»Wenn sie ihr Geld von ihrem Sparkonto abheben konnte, eröffnet das für eine Siebzehnjährige schon einen gewissen Handlungsspielraum«, sagte Broders ungerührt.

Von Alsens Kopf fuhr hoch. »Natürlich! *Das* ist es! Sie will unbedingt zu ihrer Mutter in die Staaten«, rief er. »Tizia hat in der letzten Zeit dauernd davon gesprochen, dass sie zu Lindsay will. Und seit ein paar Tagen dann gar nicht mehr …«

Broders straffte sich. »Ich lasse vorsichtshalber mal die Flughäfen und Bahnhöfe im Umkreis informieren.«

»Hatte Ihre Tochter Kontakt zu ihrer leiblichen Mutter?«

»Lindsay hat sich nie viel um Tizia gekümmert. Sie sagte immer, sie könne mit Kindern nichts anfangen. Aber nun, da Tizia fast erwachsen ist, kann sich das natürlich geändert haben. Sie haben sich wohl ein paarmal gemailt. Ich erfahre leider nicht alles, was in diesem Haushalt vor sich geht.«

Die Tür schwang auf, und Carola von Alsen stand wieder in der Küche. Sie hielt das Telefon in der Hand. Ihr Gesicht war gerötet. »Ich habe gerade mit meinem Bruder gesprochen. Jörg sagt, Tizia sei gestern Abend bei ihm gewesen. Sie hat eine Mitfahrgelegenheit gesucht!«

»Sie schon wieder?« Jörg Seesen stand in der Tür, die Hände seitlich im Türrahmen abgestützt. »Ich habe meiner Schwester schon alles gesagt, was ich weiß.«

»Können wir das im Warmen bereden?« Pia zog fröstelnd die Schultern hoch. »Es dauert nicht lange.«

»Tizia war hier und hat Oxana gefragt, ob sie mit einem von uns nach Plön fahren kann. Ich habe gesagt, dass ich sie in zehn Minuten mitnehme, aber da hat sie es sich plötzlich anders überlegt und ist wieder gegangen. Seitdem haben wir sie nicht mehr gesehen.«

Pia trat einen Schritt vor. Der schmale Flur hinter Jörg Seesen war erleuchtet. Ansonsten war das Haus dunkel. Nur hinter einem der Kellerfenster links neben dem Eingang war ein schwacher Lichtschein zu erkennen. »Wir müssen auch mit Ihrer Freundin sprechen. Vielleicht hat Tizia ihr noch etwas Wichtiges gesagt.«

»Oxana schläft. Es ging ihr gestern Abend nicht so gut. Wahrscheinlich bekommt sie eine Erkältung. Ich werde sie jetzt nicht aufwecken.« Er klang entschlossen. Sein Kiefer war angespannt. Mit den Armen verwehrte er ihnen weiterhin den Zutritt zu seinem Haus.

»Sind Sie von dem Anruf Ihrer Schwester geweckt worden?«, fragte Broders.

»Ja.« Seesen verschränkte die Arme vor der Brust, über der sich ein schwarzes T-Shirt spannte. Pias Blick fiel auf seine muskulösen Oberarme. Die blaue Hose, die er anhatte, war staubig.

»Warum tragen Sie dann eine Arbeitshose?«

»Ich hab mir natürlich was übergezogen, bevor ich an die Tür gegangen bin. Meinen Sie, ich trete der Polizei im Schlafanzug gegenüber?«

Er wirkte ausgesprochen wach. Auch in seinem Haar hing feiner, grauer Staub. »Wir gehen nicht, bevor wir nicht mit Oxana Markowa gesprochen haben«, sagte Pia.

»Oxana weiß nichts!«

Pia und Broders tauschten einen Blick.

»Lassen Sie uns herein«, verlangte sie. Sie hatten keinerlei rechtliche Befugnis, ihre Forderung durchzusetzen, aber manchmal wirkte eine deutliche Aufforderung Wunder.

»Das ist doch Schikane!«, murrte Seesen, doch er ging einen Schritt zur Seite.

Das Erste, was Pia beim Eintreten auffiel, war der schwache Geruch nach Erde und nassem Stein.

Broders und Pia folgten Jörg Seesen in die Küche. Er schaltete die Neonröhren unter den Hängeschränken an. Dann forderte er sie auf zu warten und ging nach oben, um Oxana zu wecken.

Pia lehnte müde am Türrahmen. Der Arbeitsbereich leuchtete hell wie die Bahnhofsmission, die Sitzecke lag in tiefem Schatten. Über der Tür tickte laut eine Uhr. Sie meinte, das letzte Mittagessen noch zu riechen. Lammfleisch und Kohl? Aber auch säuerliche Milch und alte Steine.

»Ich hoffe, dass es wirklich nötig war, hier so einzufallen«, sagte Broders unbehaglich. Über ihnen knarrten Dielenbretter unter Jörg Seesens Schritten. Pia hatte kurz den Eindruck eines Déjà-vus.

»Wir müssen auf jeden Fall mit beiden sprechen. Tizia hat Oxana vielleicht anvertraut, was sie vorhatte.«

»Glaubst du?«, fragte er. Sie hörten, wie Seesen wieder herunterkam.

»Meine Freundin ist krank. Sie schläft, und ich will sie in diesem Zustand nicht hochscheuchen«, sagte er. »Kommen Sie besser später noch mal wieder. Oder glauben Sie, wir laufen Ihnen in der Zwischenzeit davon?«

»Eine Minderjährige ist als vermisst gemeldet worden. Wir nehmen das ernst. Jede Minute kann wichtig sein.«

»Ich will ja helfen!« Jörg Seesen klang verzweifelt.

»Setzen Sie sich bitte.« Broders zog einen Stuhl vom Tisch weg. »Schildern Sie noch mal der Reihe nach, was gestern passiert ist, als Ihre Nichte zu Ihnen kam.« Er tauschte einen Blick mit Pia, die in Richtung Tür ging. Sie waren sich einig, was zu tun war.

Den Weg ins Obergeschoss kannte sie ja. Pia schaltete das Licht im Flur an und stieg die Treppe hoch. Auf dem oberen Treppenabsatz sah sie die Tür, die in das Zimmer führte, in dem Hedwig Seesen vor über einem halben Jahr gestorben war. Es gab noch drei weitere Türen. Die erste führte in ein hellblau gekacheltes Badezimmer. Als sie die zweite Tür öffnete, wehte Pia ein Schwall kalter Luft vom nicht isolierten Dachboden entgegen. Die dritte Tür musste die zu Jörgs und Oxanas Schlafzimmer sein. Sie klopfte kurz mit den Knöcheln gegen die Holzfüllung. »Frau Markowa? Sind Sie wach?«

Nichts.

Pia drückte die Klinke herunter.

Drinnen war es so dunkel, dass sie nicht einmal Umrisse erkennen konnte. Sie lauschte angespannt. Alles war ruhig. Sie öffnete die Tür noch weiter und tastete sich in dem Lichtschein, der aus dem Flur hereinfiel, bis zu einem großen Doppelbett vor. Sie knipste die Nachttischleuchte an.

Da lag Oxana, ihr Haar schimmerte dunkel, ihre Haut sah blass aus und glänzte leicht. Sie hatte bläuliche Schatten unter den Halbmonden dichter Wimpern, die auf ihren Wangen auflagen. Wie Schneewittchen, dachte Pia, aber sie atmete.

Pia fasste die schlafende Frau vorsichtig an der Schulter an. »Frau Markowa, bitte wachen Sie auf!«

Sie rührte sich nicht. Ihre Haut fühlte sich nicht sonderlich warm an. Von Fieber keine Spur. Keine Medikamente auf dem Nachttisch, keine benutzten Taschentücher.

»Frau Markowa. Ich bin es, Pia Korittki von der Polizei. Wir müssen mit Ihnen sprechen! Es geht um Tizia von Alsen.«

Die Schlafende zuckte nur, versuchte, sich unter der Hand an ihrer Schulter wegzudrehen. Warum wachte sie nicht auf?

»Frau Markowa!« Pias Stimme war jetzt nicht mehr gedämpft. Sie rüttelte am Oberarm der Frau – keine Reaktion. Irgendetwas stimmte hier nicht. Pia sah mit gerunzelter Stirn auf Oxana Markowa hinunter. Dann zog sie ihr Telefon hervor und wählte die Nummer der Einsatzleitstelle.

»Ich bekomme sie nicht wach«, sagte Pia zu Broders, als sie wieder unten war. Sie sah Jörg Seesen forschend an. »Was ist los mit ihr? Nimmt Ihre Freundin Medikamente ein?«

»Ich habe sie eben auch nicht wach bekommen.« Er schüttelte verwirrt den Kopf. »Das liegt bestimmt daran, dass sie ein Schlafmittel genommen hat. Es geht ihr doch nicht wirklich schlecht, oder? Oxana hat sich etwas verschreiben lassen. Sie konnte nicht mehr schlafen, nachdem das mit meiner Mutter passiert ist.«

»Wo hat sie das Schlafmittel aufbewahrt?«

»Normalerweise stehen solche Sachen im Badezimmer in dem Schränkchen an der Wand.« Er erhob sich.

Pia fasste ihn am Arm. »Warten Sie. Ich werde nachsehen. Ich habe schon einen Rettungswagen gerufen. Er muss gleich hier sein.«

»Was? Was soll das?!«

»Nur zur Sicherheit. Ich finde es besorgniserregend, dass sie sich nicht wecken lässt. Ich werde bei ihr bleiben, bis ein Arzt da ist.«

»Halt. Das ist doch meine Aufgabe!«

»Broders wartet hier unten mit Ihnen. Sie können solange Ihre Aussage zu Ende bringen.«

»Und dann?«

»Vielleicht können Sie Ihre Freundin ins Krankenhaus begleiten.« Pia war sich nicht sicher, ob das so sein würde. Erst mal galt es, die Situation unter Kontrolle zu halten. Sie waren zwar zu zweit, aber auf eine körperliche Konfrontation mit Seesen war sie trotzdem nicht erpicht.

Sie fand die angebrochene Packung Schlaftabletten wie von Seesen beschrieben im Badezimmerschrank. Pia streifte sich Handschuhe über und stellte fest, dass sechs Tabletten fehlten. Der Blick auf den Beipackzettel sagte ihr nicht viel. Das Zeug war verschreibungspflichtig, die möglichen Nebenwirkungen lasen sich wie so oft wie ein Horrorszenario. Pia hatte aber nicht den Eindruck, als hätte Dr. Godewind Frau Markowa irgendein Hammerpräparat verschrieben. Trotzdem. Es kam ja immer auf die Dosis an. In dem Medikamentenschrank fand sich ansonsten alles, was eine gewöhnliche, nicht sonderlich ambitionierte Hausapotheke zu bieten hat: Nasentropfen, Jodsalbe, Aspirin-Tabletten.

Pia beförderte die Medikamentenschachtel mit den Schlaftabletten in eine Plastiktüte und dann in ihre Jackentasche. Sie ging wieder zu Oxana Markowa ins Schlafzimmer. Die Frau schlief weiterhin fest, oder sie war betäubt worden … Sie atmete ruhig und gleichmäßig, wenn auch vielleicht etwas zu flach. Hatte sie selbst etwas genommen, oder war ihr da etwas untergejubelt worden? Und wenn ja, weshalb?

Der angeforderte Rettungswagen und der Notarzt trafen nach zehn Minuten ein. Oxana Markowa wurde ins nächste Krankenhaus gefahren. Der Notarzt konnte nicht viel zu ihrem Zustand sagen. Vielleicht würde man ihr den Magen auspumpen müssen.

Pia kam sich schäbig vor, weil sie den Rettungsassistenten angewiesen hatte, Jörg Seesen nicht im Wagen mitzunehmen. Er sollte seiner Freundin erst ins Krankenhaus hinterherfahren, wenn sie wussten, was sie von ihm wissen wollten.

Jörg Seesen wiederholte immer wieder, Oxana habe sich am Vorabend nicht wohlgefühlt. Sie sei jedoch erst gegen elf Uhr zu Bett gegangen. Von einem Schlafmittel habe sie nichts gesagt. Er änderte seine Aussage aber insoweit, als er aussagte, er sei schon wach gewesen, als seine Schwester ihn wegen Tizia angerufen hatte. Dann hätten sie und Broders auch schon vor der Tür gestanden.

»Warum sind Sie so früh am Morgen aufgestanden?«, fragte Pia.

»Ich wollte gerade raus, nach den Tieren sehen. Das hier ist kein Acht-Stunden-Job.« Er sah sie an, als wäre das ihre Schuld.

»Als wir ankamen, brannte im Keller Licht.«

»Dann hat wohl jemand vergessen, es auszuschalten.«

»Und Sie sind sich sicher, dass Sie nicht im Keller gearbeitet haben, als wir kamen?«, hakte Broders nach. Sein Blick ging nach unten, zu Seesens schmutzigen Hosenbeinen. Dann sah er wieder auf.

»Nein. Daran würde ich mich doch wohl erinnern. Die Arbeitshose habe ich nur deshalb übergezogen, weil Sie mich im Morgengrauen aufgescheucht haben. Ich wollte kein Licht im Schlafzimmer machen, wo meine normalen Sachen hängen, um Oxana nicht unnötig aufzuwecken …«

»Wo bewahren Sie Ihre Arbeitskleidung auf?«

»In der Waschküche.«

Die befand sich neben dem Eingang, erinnerte sich Pia. Dort hatte niemand das Licht eingeschaltet, nachdem sie geklingelt hatten. Das mit dem Kellerlicht war merkwürdig – jedenfalls wenn man es in Bezug zu dem Eindruck setzte, dass Seesen deswegen nervös wirkte.

»Ich werde mich im Keller umsehen. Mein Kollege leistet Ihnen solange hier oben Gesellschaft«, sagte sie.

»Wieso das denn?«, protestierte Jörg Seesen. »Sie haben doch gar keinen Durchsuchungsbefehl!«

»Haben Sie etwas zu verbergen?«

»Ich will einen Anwalt. Darauf habe ich ein Recht, verdammt!«

»Alles zu seiner Zeit«, sagte Pia. »Aber warum soll ich nicht in den Keller gehen?«

Seesen kam mit einem Satz auf sie zu und ergriff ihren Arm. Seine Augen waren schmal vor Zorn. Doch es war noch etwas anderes in seinem Blick: Panik. »Das ist mein Haus!«

»Lassen Sie mich los!«

»Verlassen Sie sofort mein Haus!«

»Nehmen Sie Ihre Hand von meinem Arm!«

Jörg Seesen packte fester zu und sah so aus, als wollte er sie schütteln.

Broders reagierte schnell. Er stand plötzlich hinter Seesen, zog ihm die Arme auf den Rücken, und die Handschließen klickten. »Nur zu unserer und Ihrer Sicherheit«, sagte er. »Sie sind vorläufig festgenommen, Herr Seesen.« Er durchsuchte ihn nach einer Waffe. Dann wandte er sich wieder seiner Kollegin zu: »Pia, sieh nach, was im Keller los ist. Vielleicht hat er ja das Mädchen!«

»Das ist nicht wahr!« Seesen war rot angelaufen. »Ich würde Tizia nie etwas antun. Ich werde mich über Sie beschweren!«

»Sie haben sich einer polizeilichen Anordnung widersetzt und sind handgreiflich geworden.«

Seesen starrte Broders an, ließ sich dann aber von ihm auf einen Stuhl drücken. »Ich weiß nicht, wo meine Nichte steckt«, murmelte er.

Pia verließ den Raum. Sie hörte, wie Broders beschwichtigend auf Jörg Seesen einredete. Er würde ihn hoffentlich eine Weile ruhighalten können. Sollte sie besser bei ihm bleiben, bis Verstärkung eintraf? Aber was war, wenn Tizia sich dort unten befand und dringend Hilfe benötigte?

Der Keller der Seesens hatte denselben Grundriss wie das Erdgeschoss. In der Mitte befand sich ein L-förmiger Gang, von dem mehrere Türen in die einzelnen Räume führten. Eine vergitterte und schmutzige Deckenleuchte verbreitete schummriges Licht.

»Tizia?«, rief Pia halblaut.

Nichts.

Welches war der Raum, in dem sie von außen das Licht gesehen hatten? Sie öffnete nacheinander die Kellertüren. Hinter der dritten Tür war sie richtig. An der Decke brannte eine nackte Glühbirne. Die Tatsache, dass nicht abgeschlossen war, sprach gegen ihre Theorie, dass das Mädchen hier festgehalten wurde. Aber vielleicht versteckte sie sich auch nur.

Pia stieß die Tür ganz auf. Der Kellerraum sah aus wie ein Lager für alte Möbel und den Ramsch von Generationen. Mitten im Raum standen ein Kleiderschrank, ein durchgesessener Ohrensessel, Lampenschirme aus den Fünfzigern und Sechzigern, ein gekachelter Nierentisch, diverse Pappkartons … und Schleifspuren auf dem Fußboden. Das Zeug hier war vor Kurzem verrückt worden, von der Wand weg in die Mitte des Raumes. Pia umrundete den Sperrmüllhaufen und sah sich um. Von Tizia keine Spur.

Da fiel ihr Blick auf eine Hacke und eine Schaufel, die an der Wand lehnten. Ihr Herz klopfte. Sie fühlte den Herzschlag bis hoch in ihren Hals. Hinter dem Schrank klaffte ein Loch in der Wand. Da sie sich unter Erdboden-Niveau befand, musste hinter der Außenwand eigentlich Erdreich sein. Die Öffnung war so groß wie ein Fußball und sah so aus, als wäre sie mit grobem Werkzeug geschaffen worden. Und das vor nicht allzu langer Zeit. Darunter lagen noch kaputte Steine und Mörtelreste.

Pia trat näher, die Nasenflügel weit geöffnet, alle Muskeln angespannt. Es roch nach Keller, feuchtem Gestein, Moder … Ihre Taschenlampe befand sich im Auto. Also musste es die kleine Leuchte tun, die sich als Zusatzfunktion in ihrem Mobiltelefon befand. Sie hatte das Lämpchen bisher immer belächelt, doch nun war es besser als nichts. Pia beugte sich zu dem Loch hinunter. Sie konnte Broders nicht ewig mit Seesen allein lassen, also blieb ihr nichts anderes übrig.

Ihre Hand zitterte, als sie sie mit der Lichtquelle in die Öffnung schob.

24. Kapitel

Hinter der Öffnung befand sich ein Hohlraum, etwa einen halben Kubikmeter groß. Pia sah grob behauenen Stein und nasses Erdreich. Dann, als sie den Lichtpunkt weiter nach unten führte, erkannte sie etwas Faltiges, Flauschiges, ein textiles Gewebe? Ja, es war ein schmutziges Stück Stoff, die ursprüngliche Farbe war wohl ein Rosa gewesen, gemustert mit braunen Teddybären? Der Lichtpunkt wanderte bebend weiter, bis er auf etwas Dunkles, Rundes traf. Pia schnappte nach Luft. Sie sah zwei schwarze Augenhöhlen, die Reste von kurzem, flaumigem Haar. Ein kleiner Schädel, der unverkennbar menschlichen Ursprungs war.

Sie taumelte zurück. Es dauerte ein paar Atemzüge, bis sich ihr Herzschlag wieder halbwegs normalisiert hatte. War das möglich? Es sah aus wie die Leiche eines sehr kleinen Kindes, fast unkenntlich geworden im Laufe der Zeit, aber die Textilien aus Kunstfaser – eine Babydecke? – waren erhalten geblieben.

Pia zwang sich, noch einmal näher heranzutreten und in die Öffnung zu leuchten. Sie musste sich vergewissern, dass sie sich nicht täuschte. Neben den Kellerausdünstungen nahm sie auch den Geruch ranziger Butter wahr. Sie hatte richtig gesehen: Die Leiche hatte in hoher Feuchtigkeit und mit nur geringer Sauerstoffzufuhr gelegen, daher hatte Fettwachsbildung eingesetzt. Pia hatte noch nie eine Wachsleiche gesehen. Die nüchterne Analyse half ihr, die Nerven zu behalten. Justina von Alsen, wer anders als das vor langer Zeit verschwundene

Baby sollte das hier sein? Sie hatte Düsterbruch also gar nicht verlassen.

Pia riss sich von dem verstörenden Anblick los und ging wieder hinauf in die Küche. Ihre Beine fühlten sich wacklig an, und ihr war übel. Jörg Seesen saß mit den auf dem Rücken geschlossenen Handgelenken sehr unbequem und in sich zusammengesunken auf einem Hocker. Als sie eintrat, fuhr er auf und starrte sie an.

Pia musterte Seesen. Er sah so aus, als würde er gleich umkippen. »Ich habe genug gesehen«, sagte sie. »Alles Weitere werden wir in Lübeck bei einer offiziellen Vernehmung besprechen.«

»Was ist da unten?«, fragte Broders.

»Die Leiche eines sehr kleinen Kindes. Man hat sie in einer Höhlung im Fundament versteckt.«

Broders riss die Augen auf. »Ist es …?« Er biss sich auf die Zunge und warf Seesen einen beunruhigten Blick zu. »Dann sind wir wohl gerade noch rechtzeitig gekommen, bevor wichtiges Beweismaterial vernichtet werden konnte«, sagte er.

Im Lübecker Polizeihochhaus fand am späten Vormittag eine erste offizielle Vernehmung von Jörg Seesen nach dem Leichenfund im Keller seines Hauses statt. Gabler war anwesend, ein Rechtsanwalt, die zuständige Staatsanwältin, Wilfried Kürschner und Heinz Broders.

Broders musste an Pia denken. Sie hatte nach ihrer Ankunft in Lübeck darauf bestanden, ihren Sohn bei ihrer Mutter abzuholen. Um den ständigen Konflikt, den sie mit sich auszutragen hatte, beneidete er sie nicht. Andererseits: Da war nun jemand, der zu ihr gehörte. Wenn alles gutging, ihr Leben lang. Er seufzte unhörbar und konzentrierte sich auf die Vernehmung.

»Wie geht es Oxana?«, wollte Jörg Seesen wissen.

»Sie wird wieder gesund, Herr Seesen. Ihr Bruder ist jetzt bei ihr«, beruhigte ihn sein Anwalt.

»Ich habe Oxana nichts angetan. Ich könnte nie …«

»Frau Markowa hat dem Krankenhauspersonal erzählt, dass sie das Schlafmittel selbst eingenommen hat«, erklärte der Anwalt. »Sie meinte, sie hätte nächtelang nicht richtig schlafen können und deshalb zwei von den Tabletten eingenommen. Das war wohl etwas zu viel.«

»Lassen Sie uns zunächst mal über die Ereignisse heute Morgen in Ihrem Haus sprechen, Herr Seesen.« Gabler sah müde aus. Gestern Abend seine große Feier, dann noch mitten in der Nacht die Nachricht von Tizias Verschwinden, heute Vormittag gleich diese Vernehmung.

»Ich wusste nicht, dass Justinas Leiche all die Jahre über bei uns im Keller versteckt war«, sagte Seesen aufgebracht.

»Wieso haben Sie dann die Kellerwand geöffnet und das Versteck freigelegt?«

»Mona Falke hatte mir alles erzählt.«

»Was hat Frau Falke Ihnen gesagt?«

»Was damals wirklich mit Justina passiert ist«, stieß er hervor. Dann leiser: »Warum Mutter sich umgebracht hat.«

»Berichten Sie bitte der Reihe nach.«

»Das ist alles schon so lange her. Es geht um die Zeit, in der Justina von Alsen entführt worden ist. Mona hat mir gesagt, dass sie damals mit meinem Onkel Bert zusammen war. Er soll Andrés Vater sein! André ist demnach Berts Sohn und mein Cousin … Sie hatte aber gute Gründe, warum das niemand in Düsterbruch wissen sollte.« Er schüttelte ratlos den Kopf. »Mein Großvater hatte meinen Onkel Bert vom Hof gejagt. Er muss sich etwas Schlimmes zuschulden haben kommen lassen, doch bei uns in der Familie wurde nie über Bert gesprochen.

Mein Vater hatte zu dem Zeitpunkt schon den Hof übernommen. Mona hat damals für die von Alsens gearbeitet. Sie sagte mir, dass auch Bert des Öfteren schwere oder schmutzige Arbeiten für die von Alsens erledigt hat. Er soll immer knapp bei Kasse gewesen sein. Als der große Silvesterball geplant wurde, hat Veronika von Alsen Mona von dem Familienschmuck vorgeschwärmt, den Theo ihr extra dafür aus dem Bankschließfach holen würde. Da wusste Veronika wahrscheinlich noch gar nicht, dass der Schmuck längst von Theo verkauft worden war. Alles war weg, bis auf einen einzigen hässlichen Perlenring.«

»Moment. Ist dieser Ring gemeint?« Kürschner zog ein Foto aus der Akte und reichte es Seesen.

»Ja, das ist er. Mona hat mir gesagt, sie habe Bert von dem Schmuck erzählt. Und auch, wie leicht es wäre, ihn bei dieser Gelegenheit zu stehlen. Man könnte durch das Schlafzimmerfenster im Erdgeschoss rein, das wegen des Babys fast immer einen Spaltbreit offen stand. Was dann passiert ist, wusste Mona lange Zeit auch nicht. Bert war verschwunden, ebenso das Baby und angeblich auch der Familienschmuck.

Dann wurde Bert im folgenden Frühjahr tot aufgefunden. Mona meinte, sie habe es nie so ganz begriffen. Hatte Bert das Baby und den Schmuck an sich genommen? Und wenn ja, was war damit passiert? Da sie selbst in den geplanten Diebstahl verwickelt war, hat sie niemals etwas darüber gesagt.«

»Und wer wusste, was wirklich passiert ist?«

»Meine Mutter.«

Broders hielt unwillkürlich die Luft an. Seesen sah so aus, als würde er gleich zusammenbrechen. Er schob ihm über den Tisch hinweg ein Glas mit Mineralwasser zu.

»Meine Mutter hat Mona erzählt, dass Bert in der Nacht, als Justina verschwand, bei ihnen auf dem Hof aufkreuzte und ihren Mann gebeten hat, sein Auto aus dem Graben zu ziehen. Er war bei dem starken Schneefall von der Straße abgekommen. Mein Vater hat zähneknirschend den Trecker rausgeholt, und sie sind mitten in der Nacht dorthin gefahren und haben Berts Käfer aus dem Graben gezogen. Ich vermute, mein Vater wollte vermeiden, dass Bert sich bei uns einnistet. Als der Wagen wieder auf der Straße war, hat mein Vater eine Tasche auf der Rückbank liegen sehen. Darin lag das tote Kind.« Seesen schluckte nervös. Sein Adamsapfel hüpfte. »Es war erstickt oder erfroren, Hedwig konnte es Mona nicht genau sagen. Mein Vater soll jähzornig gewesen sein. Er war außer sich vor Wut über das, was sein Bruder angerichtet hatte. Da hat er dann mehrfach auf Bert eingeschlagen. Er wollte ihn bestimmt nicht töten. Aber es ist passiert. Dann ist er in Panik geraten und hat die Leiche in den Wagen gesetzt. Sie haben ihn in den Graben geschoben, bis das Fahrzeug von oben nicht mehr zu sehen war. Der Schnee hat bis zum nächsten Morgen jegliche Spuren beseitigt.«

»Und das tote Baby?«

»Das musste irgendwie auch verschwinden. Ich meine, es war ja schon tot. Wenn bekannt geworden wäre, was Bert – er war ja immerhin ein Seesen – dem Kind angetan hat, dann wäre alles, wofür Generationen von Seesens hart gearbeitet hatten, auf einen Schlag zerstört gewesen.«

»Was passierte mit dem toten Kind?«

Jörg Seesen berichtete mit tonloser Stimme weiter: »Mona hat mir gesagt, dass mein Vater es wohl in einer Nische in der Kellerwand unseres Hauses begraben hat. Er war damals gerade dabei, das Fundament zu erneuern. Ich konnte es nicht glauben, aber gestern … Ich war an einem Punkt angelangt, an dem ich Gewissheit haben musste.«

»Mein Mandant hätte natürlich umgehend die Polizei von

dem Leichenfund unterrichtet«, meldete sich der Anwalt zu Wort. Er tauschte einen Blick mit Seesen. »Die Polizei ist ihm nur zuvorgekommen. Ich erinnere Sie daran, dass es erst fünf Uhr morgens war, als Ihre Leute bei ihm eingedrungen sind.«

»Bei der Suche nach vermissten Teenagern halten wir uns nicht unbedingt immer an die Sprechzeiten«, sagte Broders bissig und fing sich dafür einen warnenden Blick von seinem Chef ein.

»Erzählen Sie uns von dem Ring«, forderte die Staatsanwältin Seesen auf.

»Es war vermutlich das einzige Schmuckstück, das Onkel Bert im Schlafzimmer der von Alsens gefunden hat.«

»Und wie sind Sie daran gekommen? Es heißt, der Ring wurde aus Ihrem Schreibtisch entwendet.«

»Das ist kompliziert.« Seesen sah Hilfe suchend zu seinem Anwalt hinüber.

»Versuchen Sie es! Wir haben Zeit«, sagte Gabler ruhig.

»Meine Mutter muss diesen Ring damals im Wagen meines Onkels oder bei seinen Sachen gefunden haben. Sie hat ihn wohl an sich genommen, weil er eine direkte Verbindung zwischen den von Alsens und ihm darstellte. Später hat sie ihn versteckt. Ich glaube, sie konnte es nicht ertragen, den Ring in ihrer Nähe zu haben. Sie hat ihn bei dem Gedenkstein für Justina in der Erde vergraben. Mit ihrem Schweigen wollte sie nur Carola und mich schützen. Aber ihr Gewissen hat ihr zu sehr zu schaffen gemacht.«

»Sie hat es immerhin dreißig Jahre lang ausgehalten«, sagte Broders. »Warum hat sie dann plötzlich ihre Meinung geändert?«

»Ironie des Schicksals«, murmelte Seesen. Dann riss er sich sichtlich zusammen. »Mona hat mir gesagt, dass meine Mutter am Nachmittag vor ihrem Tod zu ihr in den Stall gekommen ist. Keine Ahnung, was sie ursprünglich dort wollte. Als sie beim Schlachten mit dem Blut des Hahns bespritzt wurde, hat sie sich wohl an die Nacht erinnert, als mein Onkel erschlagen wurde. Wie so einen Flashback stelle ich mir das vor.«

»Psychologen nennen das einen ›Trigger‹«, sagte die Staatsanwältin in die Pause hinein.

Seesen beachtete sie gar nicht. »Meine Mutter wusste, dass Mona Bert sehr gemocht hat. Ich denke, sie hat immer vermutet, dass André Falke Berts Sohn ist. Ihr Neffe … Da ist es über sie gekommen, und sie hat Mona von der Nacht erzählt.« Jörgs Gesicht war verzerrt. »Von dem toten Baby im Wagen und wie mein Onkel Bert gestorben ist. Und dann auch noch, wo sich dieser verflixte Ring befand. Mutter hatte ihn ja bei dem Gedenkstein für Justina vergraben, und Mona hat ihn später wieder ans Tageslicht befördert. Mona hat mir gegenüber kein Detail der alten Geschichte ausgelassen.« Er barg sein Gesicht in den Händen. Da sind sie, die fehlenden zehn Minuten, dachte Broders. Die Zeitdifferenz zwischen Hedwig Seesens Ankunft in Mona Falkes Stall und ihrem Auftauchen in der Kirche.

»Warum hat sie es Ihnen überhaupt erzählt? Sie hätte doch auch zur Polizei gehen können.«

»Erpressung«, schnaubte Seesen. »Das feine Mutter-Sohn-Gespann hat mich erpresst.«

»War das nicht ein seltsamer Zeitpunkt?«

»Die Erpressung startete erst, als ihr Herr Sohn aus dem Bau raus war. Mona war mal wieder nur der Ideen-Lieferant.«

»Und wieso waren Sie mit dieser alten Geschichte erpressbar, Herr Seesen?«

»Verstehen Sie das denn nicht? Die Seesens wären auf immer und ewig als Mörder und Kindsmörder gebrandmarkt gewesen. Nicht nur die Schuldigen, sondern alle: Das ist doch wie Sippenhaft. Im Grunde hätten wir, nach allem, was passiert ist, nur unsere Sachen packen und Haus und Hof verlassen können. Aber das … es ist doch Oxanas und meine Zukunft.«

»Haben Sie auch mal an die Familie des kleinen Kindes gedacht? An die von Alsens?«

»Das Baby ist schon so lange tot«, fuhr Seesen auf. »Ich kann doch nichts mehr daran ändern. Niemand kann das.«

»Was haben die Falkes von Ihnen gefordert?«

Er schnaubte. »Die glaubten tatsächlich, ich könnte mal auf die Schnelle fünfzigtausend Euro locker machen.«

»Und? Konnten Sie?«

»Ich gab André zehntausend. Dafür bekam ich den Ring. Ich sagte ihm, den Rest müsse ich erst beschaffen.« Er blinzelte. »Die zehntausend Euro waren das Geld, das ich für Oxanas und meine Hochzeit zurückgelegt hatte.«

»Aber es gab kein Später mehr«, stellte die Staatsanwältin fest.

Seesen funkelte sie wütend an. »Mit dem Tod der Falkes habe ich nichts zu tun!«

»Das wird sich klären.«

»Sie können mir das nicht anhängen. Ich war nicht mal in der Nähe der beiden!«

»Hat André Falke Sie angerufen, seit er aus dem Gefängnis raus ist?«

Jörg Seesen sah zu seinem Anwalt hinüber. Der zog die Augenbrauen hoch. »Kann sein«, räumte Seesen ein. »Ein oder zwei Mal, um die Geldübergabe zu besprechen.«

»Die wo stattfand?«

»Auf dem verdammten Parkplatz«, stieß Seesen zwischen

zusammengepressten Zähnen hervor. »Aber das war eine Woche, bevor er ermordet worden ist.«

»Können Sie das beweisen?«

Seesen schüttelte den Kopf. Einen Moment lang sagte niemand ein Wort.

»Woher wussten Sie, wo genau Sie nach der Kinderleiche suchen mussten?«, fragte Gabler in die Stille hinein. »Soweit ich informiert bin, war der erste Versuch gleich ein Treffer.«

Jörg Seesen hatte jetzt Mühe, sich zu beherrschen. Er schluckte. »Dieser Kellerraum war früher immer abgeschlossen. Im Testament meines Vaters steht, dass nichts Grundlegendes an der Bausubstanz des Hauses verändert werden darf. Und es soll auch niemals abgerissen werden.« Er schnaubte verächtlich. »Ich habe mir daraufhin den besagten Kellerraum genauer angesehen. Hinter dem Schrank habe ich eine unregelmäßige Stelle im Putz entdeckt und angefangen, die Wand aufzuhacken. Bestehen noch … besteht die Chance, dass es sich bei dem, was ich gesehen habe, nicht um die Leiche von Justina von Alsen handelt?«

»Das wird sich bei der Obduktion herausstellen«, sagte die Staatsanwältin ruhig.

»Herzlichen Glückwunsch.« Lessing bedachte Pia mit einem langen Blick. »Ich habe gehört, dass sich Jörg Seesen seit vorgestern Morgen in Polizeigewahrsam befindet. Er wird heute dem Haftrichter vorgeführt. Du hast also nicht nur die sprichwörtliche Leiche in seinem Keller gefunden.«

»So, wie es aussieht, habe ich Justina von Alsens Leiche gefunden«, bestätigte Pia. Sie hatte Lessing nach der gemeinsam verbrachten Nacht noch nicht wieder gesprochen. Es war weder die richtige Zeit noch der passende Ort, sich daran zu erinnern. Im Grunde hatte sie gehofft, er wäre schon abgereist. Doch nun stand er in voller Lebensgröße in ihrem Büro und forderte ihre Aufmerksamkeit.

»Hat Seesen ein Geständnis abgelegt?«, wollte er wissen.

»Als Justina starb, war Jörg Seesen sechs Jahre alt.«

»Ich meine die Morde an André und Mona Falke.«

»Nein.« Pia warf einen sehnsüchtigen Blick auf ihren Bildschirm. »So weit sind wir noch nicht.« Sie hoffte, er würde ihr Büro jetzt wieder verlassen. Das wäre besser für ihre Konzentration.

»Und wo ist das Mädchen?« Lessing war ans Fenster getreten und tat so, als beobachtete er, was unten auf dem Parkplatz vor sich ging. »Tizia von Alsen.«

»Sie ist zur Fahndung ausgeschrieben.« Pia hatte über die neuen Ereignisse Tizia von Alsens Verschwinden fast vergessen gehabt. »Sie scheint nichts mit den Morden zu tun zu haben. Wahrscheinlich ist sie einfach nur weggelaufen.«

»Aber eine winzige Kleinigkeit wäre da noch.« Lessing zog ein Foto aus der Jackentasche und hielt es Pia hin. Sie musste einen Schritt näher an ihn herantreten, um es betrachten zu können. Er hielt eine offenbar stark vergrößerte Aufnahme in der Hand. Das Bild war von schräg oben fotografiert worden und zeigte mehrere Personen vor der Kasse eines Geschäftes.

»Da ist Tizia«, sagte Pia überrascht.

»Wirklich?«

»Wo ist das aufgenommen worden?«

»In einem Duty-free-Shop am Kopenhagener Flughafen.«

»Hätte ich ihr gar nicht so ohne Weiteres zugetraut«, meinte Pia. »Dass sie so weit kommt.«

»Wenn sie es denn ist. Die Qualität der Aufnahme ist nicht gerade berauschend. Und ich habe sie auch noch nie gesehen.

Du meinst also, dass es sich bei der Frau auf dem Foto tatsächlich um Tizia von Alsen handelt?«

»Ich bin mir ziemlich sicher. Aber du solltest die Aufnahme zur Bestätigung auch ihren Eltern zeigen. Wer ist die andere Person, die direkt neben ihr steht?« Es handelte sich um einen Mann Ende dreißig mit hellem, sehr kurz geschnittenem Haar, was ihm das Aussehen eines Soldaten gab. Er und die Frau, die sie für Tizia von Alsen hielten, standen dicht beieinander. Bei genauerem Hinsehen war zu erkennen, dass der Mann wie schützend einen Arm um ihre Schultern gelegt hatte.

»Das ist Vadim Droski.« Lessings Stimme vibrierte vor Genugtuung.

»Wie bist du überhaupt an das Foto gekommen?«, fragte Pia, als sie eine Viertelstunde später zusammen im Wagen saßen. Lessing hatte vorgeschlagen, die Bestätigung, dass es sich bei der jungen Frau auf dem Bild um Tizia von Alsen handelte, sofort einzuholen. Die Eltern hätten schließlich ein Recht darauf zu erfahren, wo ihre Tochter sei.

So weit, so schön, dachte Pia. Sie bezweifelte allerdings, dass das Bild eine beruhigende Wirkung auf die von Alsens haben würde. Immerhin, Tizia war am Leben gewesen, als sie einer Überwachungskamera vor die Linse gelaufen war. Aber sie war zum Zeitpunkt der Aufnahme bereits im Ausland. Noch dazu in so zweifelhafter Begleitung, dass sich nun das BKA für sie interessierte.

»Das Foto kam vorhin per Mail. Meine Kollegen in Wiesbaden haben von der dänischen Polizei einen Hinweis erhalten, dass Vadim Droski auf dem Flughafen in Kopenhagen gesehen worden ist«, erklärte Lessing ihr. »Daraufhin sind auch die Aufnahmen der Überwachungskameras überprüft worden.«

»Weißt du, wo Droski jetzt ist?«

Lessing war die Frustration ins Gesicht geschrieben. »Nein.

Er gehört zu der Art von Leuten, die mindestens fünf verschiedene Pässe mit sich herumschleppen.«

»Kann er in die USA geflogen sein?«

»Zurzeit existiert für ihn kein Einreiseverbot. Aber ich tippe eher auf Kanada. Er hat einige Kontakte in Ottawa. Was mich betrifft: Er ist erst mal weg! Wie Droski mit dem Von-Alsen-Mädchen in Kontakt gekommen ist, interessiert mich allerdings noch. Danach werde ich zurück nach Wiesbaden fahren.«

»Ist das nicht unbefriedigend für dich? Auf halbem Weg abzuhauen, ohne zu wissen, wer André und Mona Falke ermordet hat?«

»Wieso? Ich denke, Jörg Seesen war's.«

Pia schwieg.

»Was glaubst du, Pia?«

»Er gibt zu, von André und Mona Falke erpresst worden zu sein, aber er behauptet steif und fest, dass er die beiden nicht ermordet hat.«

»Für Mord gibt es ›lebenslänglich‹.«

»Ich denke, dass André Falke nach seiner Freilassung schnell zu Geld kommen musste, um seine Außenstände für die gelieferten Drogen zu bezahlen. Und da Seesen ihm nur zehntausend Euro zahlen konnte, hat er noch jemanden erpresst«, sagte Pia.

»Nur wen? Und vor allem: womit?«

Pia sah nachdenklich aus dem Fenster. »Irgendwie ist Falkes Mutter der Dreh- und Angelpunkt«, überlegte sie laut. »Sie hat Bert Seesen den Tipp mit dem Schmuck bei den von Alsens gegeben. Sie hat die Erpressung von Jörg Seesen überhaupt erst möglich gemacht.«

»Und weiter?« Lessing klang interessiert.

»Mona Falke hat bei verschiedenen Leuten im Haushalt gearbeitet. Dabei kann sie auf etwas gestoßen sein, das eine weitere Erpressung wert war. Und ihr Sohn hat denjenigen mit diesem Wissen unter Druck gesetzt.«

»Klingt plausibel«, sagte Lessing. »Wenn man bedenkt, wie schnell sie ihm in den Tod gefolgt ist.«

25. Kapitel

Enno von Alsen öffnete ihnen die Tür. »Endlich! Was ist mit meiner Tochter?«

»Wir würden gern reinkommen.«

Von Alsen schickte den Rhodesian Ridgeback, der wie ein Standbild neben ihm stand, in den Korb unter der Treppe, und ging ihnen dann mit eiligen Schritten voraus in Richtung Küche. Als er die Tür aufriss, quoll ihnen Zigarettenrauch entgegen. Pia sah einen vollen Aschenbecher auf dem Tisch stehen, in dem noch eine Zigarette glomm.

»Eigentlich rauche ich nicht mehr, aber die Warterei auf eine Nachricht von Tizia macht mich fertig. Carola hasst verqualmte Räume, doch sie ist heute Morgen ins Büro gefahren.«

»Wir haben ein Foto, das wir Ihnen zeigen möchten.«

»Von Tizia?«

»Keine Sorge. Auf dem Bild ist sie wohlauf.«

Enno war bei dem Wort »Foto« aschfahl geworden. Als er das Bild betrachtete, hüpfte sein Adamsapfel auf und ab. »Sie ist es, kein Zweifel. Wo ist das aufgenommen worden?«

»In Kopenhagen auf dem Flughafen. Oben in der Ecke sehen Sie das Datum eingeblendet. Die Aufnahme entstand heute Morgen um zehn nach neun.«

»Kopenhagen? Und wer ist der Mann neben ihr? Hält er sie fest? Ist meine Tochter etwa entführt worden?«

»Wir wissen zurzeit nur, dass sie in Kopenhagen war. Erkennen Sie den Mann auf dem Bild?«, fragte Lessing.

»Schwer zu sagen. Ich glaube nicht.« Von Alsen reichte ihm das Foto zurück und griff nach der Zigarette. Er hielt sie wie ein Halbwüchsiger, der in einer dunklen Ecke des Schulhofs das Rauchen übt. Er sog daran, hüstelte, nahm den nächsten Zug.

»Wir klären gerade, ob Ihre Tochter in Kopenhagen in ein Flugzeug gestiegen ist oder nicht. Aber die Vermutung liegt natürlich nahe«, erklärte Pia.

»Und der Typ auf dem Bild? Was wissen Sie über den?«

»Wir fahnden nach ihm. Er heißt Vadim Droski.«

»Droski? Was für ein Landsmann ist er?«

»Ein Russe.«

»Hat er etwa was mit Oxana zu tun?«

»Darüber dürfen wir Ihnen nichts sagen.«

»Aber Sie finden meine Tochter, oder?«, fragte Enno von Alsen gepresst.

»Wir brauchen dazu Ihre Hilfe«, erklärte Pia.

Enno seufzte. »Ich bin mit meiner Weisheit am Ende. Mit Teenager-Rebellion hat Tizias Verhalten nichts mehr zu tun, oder? ›Kapitulation‹ ist ein Fremdwort für sie. Von Kindheit an hat sie versucht, jede Auseinandersetzung bis zum Letzten auszufechten.«

»Worüber gab es denn in der letzten Zeit Streit?«

Enno drückte die Zigarette aus. »Ihr Freundeskreis. Ich hätte gern gewusst, mit wem sie so zusammen ist.«

»Haben Sie ihr den Umgang mit bestimmten Leuten verboten?«

Er schnaubte. »Das wäre sinnlos gewesen.«

»Es könnte ein Zusammenhang zwischen ihrem Verschwinden und den beiden Mordfällen in Düsterbruch bestehen.«

»Was meinen Sie damit?« Enno starrte sie an.

»Vielleicht weiß sie etwas und hat es mit der Angst zu tun

bekommen. Gibt es jemanden, dem sie sich anvertraut haben könnte?«

»Mir und Carola hätte sie sich anvertrauen können!« Er begann, unruhig auf und ab zu gehen. Sein Blick schweifte aus dem Fenster, als könnte Tizia gleich die Auffahrt hinaufkommen. »Was ist jetzt mit meinem Schwager?«, wollte von Alsen plötzlich wissen.

»Jörg Seesen? Er wird heute noch mal zur Sache vernommen.«

»Glauben Sie ernsthaft, dass Jörg Seesen diese zwei Morde begangen hat?« Enno von Alsen presste angespannt die Fingerkuppen aneinander.

»Was wir glauben, ist unwichtig«, sagte Pia.

»Die Polizei hat einen Hinweis erhalten, dass Ihre Tochter mit André Falke zusammen gewesen sein soll«, bemerkte Lessing zu Pias Überraschung.

»Tizia hatte nichts mit André Falke zu tun! Keine Ahnung, wer solche Gerüchte in die Welt setzt.« Er nahm sich eine weitere Zigarette aus der Schachtel und versuchte, sie mit zitternden Händen anzuzünden.

»So etwas lässt sich überprüfen. Gegebenenfalls benötigen wir DNA-Material Ihrer Tochter«, sagte Lessing seelenruhig.

»Wieso das denn?« Das Feuerzeug fiel klirrend auf den Steinboden.

»Als Vergleichsmaterial zu Proben aus Falkes Wohnung.«

Von Alsen starrte Lessing an, als könnte er sich nicht erinnern, was der große, sportlich gekleidete Mann in seiner Küche zu suchen hatte. »Dürfen Sie … dürfen Sie das so ohne Weiteres?«, fragte er Pia nach einem Moment des Schweigens. Sein Atem ging stoßweise. War es so? Raubte einem die Angst um das eigene Kind die Luft zum Atmen?

»Dazu bedarf es eines richterlichen Beschlusses«, antwortete sie. »Was beim derzeitigen Stand der Ermittlungen nicht allzu schwierig sein dürfte.«

Enno von Alsen sah sie aus braunen, fast leblos wirkenden Augen an. Er schien auf einmal seltsam abwesend zu sein. Pia hatte schon Angst, er würde ohnmächtig werden. Dann nickte er nachdenklich und sagte mit eigentümlich ruhiger Stimme: »Tun Sie, was Sie tun müssen, aber bringen Sie mir meine Tochter zurück.«

Lessing und Pia verabschiedeten sich von Enno von Alsen und verließen das Haus. Jetzt hatten sie die Bestätigung: Die siebzehnjährige Tizia war mit Vadim Droski unterwegs, einem international gesuchten Killer der russischen Mafia. Inzwischen konnte sie quasi überall sein. Oder tot.

Pia und Lessing stiegen in den Wagen. Als sie ein paar Hundert Meter weit gefahren waren, hielt Lessing in einer Feldeinfahrt an und schaltete den Motor aus.

Er blickte Pia an. »Alles in Ordnung?«

»War das nicht merkwürdig?«, fragte sie. »Von Alsen stand plötzlich völlig neben sich. Ich dachte schon, der fällt uns in seiner Küche um.«

»Das meinte ich nicht. Ich meinte, mit dir? Du warst vorgestern Morgen so schnell weg.«

Pia war irritiert. »Wir sind in aller Herrgottsfrühe nach Düsterbruch gefahren, weil Tizia verschwunden ist.«

»Und das mit uns?«

Bei von Alsen hatte er keine Schwierigkeiten gehabt, sich unmissverständlich auszudrücken. »Was soll sein?«, fragte sie. »Es ist einfach passiert.«

»Ach ja?«

Verdammt, was wollte er? Sie hatte etwas zu viel getrunken. »Es war sehr schön. Du bist tatsächlich vielseitig talentiert.«

Noch bei der Erinnerung daran spürte sie ein sehnsüchtiges Ziehen im Bauch.

»Pia …«, sagte er nur.

»Wir leben in zwei verschiedenen Welten.« Sie hoffte, ihr Tonfall war abschließend genug. Wenn sie das nächste Mal mit einem Mann schlief, würde es nicht wieder so eine unverbindliche Angelegenheit sein. Ihr Leben war auch ohne solche Zwischenfälle kompliziert genug.

»Hast du schon mal daran gedacht, nach Wiesbaden zu kommen? Da werden immer fähige Leute gesucht.«

Ups. »Ist das eine Art Abwerbungsversuch?«

»Verdammt, Pia. Ich dachte …« Lessing kam nicht dazu, seinen Satz zu vollenden, denn sie deutete nach vorn.

»Hey, das war doch der Range Rover!«

»Was?«

»Das Auto, das gerade an uns vorbeigerast ist. Ein grüner Range Rover, wie Enno von Alsen ihn fährt. Wo will der denn jetzt so schnell hin?«

»Wahrscheinlich ein Notfall: Kaiserschnitt bei einer Kuh.«

Pia dachte an Enno von Alsens plötzlichen Gefühlsumschwung. Nervosität, die einer fast unheimlichen Ruhe gewichen war. »Wir fahren ihm nach! Beeil dich, Nathan! Sonst verlieren wir ihn.«

Lessing ließ schulterzuckend den Motor an und wendete den Wagen in der Feldeinfahrt.

Pia ärgerte sich, dass sie nicht am Steuer saß. Meistens fuhr sie selbst, und ausgerechnet heute, wo es darauf ankam, befand sie sich auf dem Beifahrersitz!

Auf der Straße gab Lessing so energisch Gas, dass die Reifen quietschten. »So ’n alter Geländewagen wird doch wohl einzuholen sein«, meinte er grimmig. Der Range Rover war nicht mehr zu sehen.

»Wo will der denn so schnell hin?« Pia starrte angespannt nach vorn.

»Wir haben ihm mitgeteilt, dass seine Tochter in Kopenhagen auf dem Flughafen fotografiert worden ist. Zusammen mit Droski. Das hat wohl irgendetwas in ihm ausgelöst.«

»Er wird doch nicht nach Kopenhagen fahren wollen?« Pia hatte kurz das Gefühl, dass sie etwas Wichtiges übersehen hatten, aber sie kam nicht darauf. Der dringliche Wunsch, den Geländewagen einzuholen, verdrängte alles andere.

»Wie kommt man von hier nach Kopenhagen?«, fragte Lessing, während er auf einem kurzen Stück gerader Wegstrecke rasant beschleunigte.

»Man muss sich quer durch bis zur B 202 schlagen, dann auf die A1 bis Heiligenhafen, über Fehmarn und dann die Fähre nach Rödby/Dänemark nehmen. Gute drei Stunden, dann ist man da.«

»Ich wusste, ihr seid hier kurz vorm Polarkreis.« Er bremste vor einer Kurve scharf ab.

»Da ist er!«, rief Pia, als der Rover wieder vor ihnen auftauchte.

»Der Idiot fährt hundertsechzig auf der Landstraße«, sagte Lessing mit einem Blick auf den Tacho.

»Wir müssen ihn stoppen, bevor was passiert.«

Lessing fuhr so schnell, wie er es auf der schmalen Straße riskieren konnte, doch der Abstand zum Rover verringerte sich nicht.

Pia forderte Unterstützung an. Wenn von Alsen wirklich in Richtung Fehmarn unterwegs war, fuhr er geradewegs auf ein Nadelöhr zu. Spätestens auf der Brücke konnten sie ihn anhalten, wenn nicht schon vorher ein Unglück geschah. Pia sah, wie der Rover zum Überholen eines Kleintransporters ansetzte. Sie hielt die Luft an. Aus der Gegenrichtung näherte sich eine Autokolonne. Lessing bremste hinter dem Transporter ab. Die Scheinwerfer des entgegenkommenden Pkw blendeten auf, und der Rover scherte im letzten Moment wieder auf seiner Fahrbahnseite ein.

»Der ist definitiv eine Gefahr für den gesamten Straßenverkehr!« Lessing zog nun ebenfalls an dem Transporter vorbei.

»Du bist immer noch nicht schnell genug!«

»Hey, ich denke, du hast ein Kind zu Hause? Wenn *ich* mir hier den Hals breche, ist das nicht weiter tragisch … Außerdem: Wenn von Alsen das Gefühl hat, gejagt zu werden, passiert noch viel eher was.«

»Gejagt? Wir *verlieren* ihn gleich!«

»Das ist doch unmöglich, in dieser Gegend.« Vor ihnen erstreckte sich eine flache, fast baumlose Ebene. Nur wenige Kilometer östlich von Düsterbruch hatte sich die Landschaft komplett gewandelt. Das Meer war schon sehr nahe. Wenige Knicks und nur vereinzelt Gehöfte, die sich wie zum Schutz gegen den Wind nah an den Boden zu pressen schienen. Am Horizont drehte sich ein Geschwader von Windrädern im Gleichtakt.

»Da vorn ist die Autobahn«, sagte Pia nach einer Weile. Vor Oldenburg zog sich die weithin sichtbare Trasse der A1 am Horizont entlang. »Dort wird ihn ein Teil der Kollegen erwarten und stoppen!«

Der Fahrer des Geländewagens fuhr ahnungslos auf sein Empfangskomitee an der Autobahnauffahrt zu. Als sie sich der Autobahnbrücke näherten, sah Pia, wie der Rover auf die Auffahrt abbog. Doch dann schwankte der Wagen und drehte im letzten Moment ab. Statt auf die Autobahn aufzufahren, wo seine Fahrt zu Ende gewesen wäre, nahm von Alsen die Landstraße in Richtung Oldenburg.

»Er wird doch so nicht mitten durch die Stadt fahren!«, sagte Pia besorgt.

»Er will sich auch nicht stoppen lassen.« Als er dem Rover in Richtung Stadt folgte, standen Lessing feine Schweißperlen auf der Stirn. »Wo ist er lang?«, rief er, als sie sich dem Stadtzentrum näherten und keine Spur mehr von dem Geländewagen zu sehen war.

»Er kann links zur Hoheluftstraße gefahren sein, dann kommt er zur Auffahrt Oldenburg-Mitte, oder er nimmt die Burgtorstraße, dann erreicht er die A1 an der Anschlussstelle Oldenburg-Nord.«

»Siehst du ihn irgendwo?«

»Nein. Fahr weiter geradeaus.«

»Was würdest du an seiner Stelle tun?«

»Ich würde die übernächste Auffahrt nehmen. Vielleicht denkt er, dass das eben nur eine Routinekontrolle war.«

»Also weiter. Du kannst mich ja lotsen, wenn du dich so gut auskennst.«

»Bieg die nächste links ab. Selbst wenn wir ihn auf der Autobahn nicht mehr einholen, treffen wir ihn spätestens an der Fehmarnsundbrücke wieder.« Pia informierte die Kollegen per Funk über die neue Lage.

Auf der Autobahn war vom Rover nichts mehr zu sehen. Sie hoffte, dass von Alsen sie nicht ausgetrickst und sie ihn doch verloren hatten. Alles stand und fiel mit ihrer Annahme, dass er nach Kopenhagen wollte.

»Da ist ja die Ostsee«, sagte Lessing verwundert. »Und da vorn kann ich schon die Brücke erkennen.«

»Konzentrier dich lieber auf die Straße.« Pia würdigte ihre Umgebung keines Blickes. Sie wollte nur noch den Rover gestoppt wissen.

»Ich sehe noch keine Polizeifahrzeuge.«

»Die haben sich wahrscheinlich hinter der Brücke positioniert, damit von Alsen sie nicht wieder zu früh entdeckt. Wenn er erst mal mitten auf der Brücke ist, kann er uns nicht mehr entwischen.«

Sie fuhren in hohem Tempo auf die Fehmarnsundbrücke zu. Da sahen sie ihn wieder! Aus dem Auspuff des Geländewagens stießen schwarze Rauchwolken.

Pia gab eine Positionsmeldung des Rovers durch. »Es hat ihm den Motor zerlegt. Wahrscheinlich die Zylinderkopfdichtung. Weit kommt er damit nicht mehr.«

Lessing lockerte seine Hände am Lenkrad. »Gleich haben wir ihn«, murmelte er. »So ein Idiot!«

Die Brücke war leer. Als sich der Geländewagen dem Scheitelpunkt der Brücke näherte, leuchteten seine Bremslichter auf. Plötzlich zog der Rover quer auf die Gegenspur, setzte zurück und kam dann direkt auf sie zu.

»Verdammt, was soll das denn?« Lessing bremste und versuchte dann, dem auf sie zurasenden Fahrzeug auszuweichen.

Pia starrte wie hypnotisiert auf den Range Rover. Sie erkannte Enno von Alsen am Steuer. Wollte er sie frontal rammen? Hatte er den Verstand verloren? Felix! Obwohl nur Bruchteile von Sekunden vergingen, dachte Pia an ihr Kind. Sie dachte an Hinnerk und auch an Marten, und an die Dinge, die sie noch hatte sagen wollen.

Lessing setzte alles daran, im letzten Moment an dem Rover vorbeizuziehen. Der Wagen schleuderte, und der Geländewagen traf ihr Fahrzeug am Heck. Es gab einen Knall, einen heftigen Ruck und ein kreischendes Schleifgeräusch.

Pia sah die äußere Leitplanke, die Begrenzung zur Bahnlinie, dann wieder eine Brückenstrebe auf sich zukommen. In ihrer Vorstellung flog sie schon mitsamt dem Wagen über das Brückengeländer und dann auf die Wasseroberfläche zu. Sie schrie auf. Dann war alles still.

26. Kapitel

Pia hörte sich stöhnen. Sie lebte noch. In ihrer Schulter pochte ein dumpfer Schmerz. Sie blinzelte in helles, milchiges Licht. Es dauerte einen Moment, bis sie begriff, dass das, was sie sah, die in feine Splitter zersprungene Windschutzscheibe war. Das Glas schimmerte matt im Nachmittagslicht. Wo war sie? Sie erblickte den leeren Airbag, und die Erinnerung war wieder da: Sie befanden sich auf der Fehmarnsundbrücke. Lessing und sie hatten Enno von Alsen verfolgt. Die Autos waren zusammengeprallt.

»Nathan?«

Er antwortete nicht. Pia konnte keine äußerlichen Verletzungen erkennen, aber er schien bewusstlos zu sein. Ihr Kopf dröhnte ebenfalls.

»Nathan!«

Sie sah einen Schatten an der Beifahrertür. Die Kollegen reagierten schnell, dachte Pia. Oder waren das sogar schon die Rettungskräfte? Sie hatte jegliches Zeitgefühl verloren. Seit dem Aufprall konnten Sekunden, aber auch eine halbe Stunde vergangen sein. Die Beifahrertür wurde mit einem hässlichen Knarren aufgerissen.

»Raus mit Ihnen!« Jemand zerrte sie am Arm aus dem Wagen. Drohte das Auto zu explodieren? Dann erst sah sie, dass es Enno von Alsen war, der sie vom Fahrzeug wegzog. Sie stolperte, war zu benommen, um Widerstand zu leisten.

»Mein Kollege ist noch da drin. Wir müssen ihn auch rausholen!«

»Nein, der bleibt, wo er ist. Los!« Von Alsen zog so heftig an ihrem Oberarm, dass sie herumschleuderte. Da bemerkte sie sie: drei Polizeifahrzeuge, die sich mit Blaulicht von Fehmarn her der Unfallstelle näherten. Enno von Alsen hatte die Streifenwagen ebenfalls entdeckt. Er zog etwas aus seiner Jackentasche. Ehe Pia reagieren konnte, fühlte sie einen Stich an ihrem Hals. »Ihr denkt wohl, ich bin so leicht hereinzulegen? Aber so einfach ist das nicht. Dann geht es eben nicht anders.«

Pia versuchte, sich aus seinem Griff zu befreien. Was war das an ihrem Hals? Eine Pistole zumindest nicht.

»Ganz ruhig. Ich will Sie nicht verletzen. Ich tue nur, was ich tun muss. Lebendig kriegt ihr mich jedenfalls nicht.«

»Was soll das?«

»Weitergehen!« Er stieß Pia vorwärts in Richtung Leitplanke, die einen schmalen Radweg von der Fahrbahn abtrennte. Bei jedem Schritt fühlte sie, wie sich etwas Dünnes, Spitzes in ihre Haut bohrte. Von Alsen zwang sie, über die Leitplanke auf den Radweg zu steigen. Pia konnte über die Brüstung hinunter auf die Wasseroberfläche sehen. Etwa zwanzig Meter unter ihr lag die Ostsee. Das Wasser schimmerte grünblau und wurde von winzigen Wellen gekräuselt. Weiter hinten sah sie ein Segelschiff, dessen Skipper wohl nicht die geringste Ahnung von den Vorgängen hier oben hatte. Das Ding an ihrem Hals war eine Nadel, vermutete Pia inzwischen. Wahrscheinlich eine größere Spritze, wie Enno von Alsen sie in seiner Tierarztpraxis benutzte.

Die Polizeifahrzeuge waren in einiger Entfernung zum Stehen gekommen. Aus dem Augenwinkel sah Pia, dass sich auch Lessing aus dem Auto gehievt hatte. Er schaute zu ihnen herüber. Immerhin, er lebte und schien tatsächlich nicht schwer verletzt zu sein.

»Lassen Sie mich los, von Alsen«, sagte Pia. Ruhig bleiben!, dachte sie. »Noch ist nichts passiert. Ein Blechschaden. Wenn Sie jetzt überreagieren, machen Sie alles nur noch schlimmer.«

»Schlimmer geht es wohl kaum«, antwortete er in ätzendem Ton. »Mein Leben ist gelaufen. Dabei habe ich das alles nur für meine Tochter getan …«

»Was haben Sie getan?« Pia hielt den Atem an.

»Das wisst ihr doch längst!« Sein Gesicht verzog sich zu einer wütenden Grimasse. »Deshalb verfolgt ihr mich schließlich! Ich war es, der Falke zum Schweigen gebracht hat. Mit Jörg Seesen setzen Sie auf das falsche Pferd. Der wäre zu so was gar nicht fähig!«

»Und Mona Falke? Was ist mit ihr?«

»Die beiden haben die ganze Erpresser-Geschichte doch zusammen ausgeheckt. Mona wusste, dass ihr Sohn sich an dem fraglichen Abend mit mir getroffen hat. Also musste ich sie auch ausschalten.«

»Wie sind Sie überhaupt in ihr Haus gekommen? Sie wird Sie ja wohl kaum hereingebeten haben.«

»Mit einem Schlüssel für die Hintertür.« Er lächelte hämisch. »Ich war mal ihr Vermieter, bevor Mona ihre Haushälfte gekauft hat. Es ist erstaunlich, wie nachlässig die Leute in diesen Dingen sind.«

Du musst ihn ablenken, dachte Pia. Stell ihm noch mehr Fragen. »Womit hat André Falke Sie eigentlich erpresst?«

»Falke war ein Schwein. Er hat sich an meine Tochter herangemacht, und dann hat er das alles auch noch fotografiert!«

In Pias Gehirn begann es zu rattern. Puzzleteile fügten sich ineinander. »Sie waren danach in Falkes Wohnung und haben alles rausgeholt: sein Notebook, sein Handy, vielleicht auch einen Fotoapparat.«

»Na und? Falke wollte die perversen Fotos von meiner

Tochter ins Internet stellen. Er wollte Tizias Zukunft zerstören! Mein kleines Mädchen …«

Pia versuchte, ihre Chancen abzuschätzen. Ihn provozieren, um ihn unvorsichtig zu machen, war das Beste, was ihr dazu auf die Schnelle einfiel. Sie war dicht an der Brüstung, aber wenn sie von Alsen ablenkte, konnte sie sich vielleicht losreißen. Doch da war noch die Nadel an ihrem Hals. »Mit dem, was Sie hier tun, helfen Sie Tizia bestimmt nicht. Eher im Gegenteil!«

»Dieses Schwein! Ich wollte ihm gar nichts tun. Ich dachte, ich könnte ihn zur Vernunft bringen. Aber als wir uns auf dem Parkplatz getroffen haben, hat er damit geprahlt, wie und wo er es mit meiner Tochter treibt. Es schien ihn teuflisch zu amüsieren.«

»Hat er Ihnen die Fotos gezeigt?«

»Was glauben Sie denn?! Er hatte was auf seinem Smartphone, das er mir präsentiert hat.« Bei der Erinnerung daran zitterte seine Hand vor Wut. Die Nadelspitze bohrte sich tiefer in Pias Hals. »Aber das Ding liegt jetzt mit all dem anderen Zeug auf dem Grund des Ukleisees.«

Deshalb hatte die Spurensicherung die Sachen nicht so ohne Weiteres finden können. »Was wollte Falke von Ihnen?«, fragte Pia, der langsam die Ideen ausgingen.

»Geld natürlich. Viel Geld. Er hat behauptet, dass Tizia ganz wild auf ihn ist. Sogar auf diesem verdammten Parkplatz in aller Öffentlichkeit soll sie es mit ihm getrieben haben! Da hab ich rotgesehen und ihm eins über den Schädel gezogen. Da war er dann ruhig.«

»Wenn Sie Ihre Tochter so sehr lieben, dass Sie das für sie getan haben, sollten Sie jetzt keine Dummheiten machen«, sagte Pia. »Es gibt immer eine Lösung.«

»Ja – lebenslänglich«, höhnte von Alsen.

»Das hört sich für mich mehr nach Totschlag an. Vielleicht war es sogar Notwehr.«

»Sie lügen! Die werden mich wegsperren. Aber nicht mit mir! Ich geh nicht ins Gefängnis, auf keinen Fall! Und solange Sie hier bei mir sind, habe ich das Sagen. Ich kann ein Fluchtfahrzeug verlangen.«

»Das funktioniert nur im Film.« Pia merkte, dass seine Aufmerksamkeit nachließ. Der Druck der Spritze verringerte sich. Sie spannte ihre Muskeln an.

»Denken Sie nicht mal daran!« Von Alsen hob die Stimme. »Ich habe hier eine Menge Kaliumchlorid, die dazu ausreicht, ein Pferd einzuschläfern. Für Sie ist das allemal genug! Kaliumchlorid soll ein höllisches Brennen in den Adern verursachen. Dann hört das Herz zu schlagen auf. Tiere und zum Tode Verurteilte werden vor der Injektion narkotisiert, um ihnen die Qualen zu ersparen. Bei Ihnen ist mir das leider nicht möglich.«

Er sprach eher zu den Beamten an den Streifenwagen als zu ihr. Was hatte er vor? Es war ein Leichtes für ihn, zuzustechen, den Kolben der Spritze reinzudrücken und ihr das Kaliumchlorid zu injizieren, bevor sich einer der Beamten auch nur nähern konnte. Und aus dieser Entfernung mit einer Pistole auf von Alsen zu schießen, war das reinste Glücksspiel. Dazu bräuchte man einen Scharfschützen mit einem Gewehr. Und wenn von Alsen es nun genau darauf anlegte? Wollte er, dass man ihn erschoss? In diesem Fall würde er die Bedrohung für sie noch weiter steigern.

»Rauf auf die Brüstung«, befahl von Alsen, als hätte er ihre Gedanken erraten. Er stand so stark unter Stress, dass seine Stimme schrill klang.

»Nein«, sagte Pia. »Nehmen Sie die Spritze weg und lassen Sie uns darüber reden.« Niemals, dachte sie, niemals würde sie auf diese Brüstung klettern.

»Worüber reden? Ich gehe nicht ins Gefängnis!«, höhnte er. Sein Blick huschte von ihr zu den Streifenwagen und wieder zurück. Auf Lessing, der sich schräg hinter ihnen befand, achtete er nicht.

Enno von Alsen stieß Pia gegen die Brüstung, und die Nadel entfernte sich ein paar Zentimeter von ihrem Hals. Lessing war nur noch wenige Meter von ihnen entfernt. Pia wich zur Seite aus und versuchte, von Alsens Hand mit der Spritze zu fassen zu bekommen. Doch der Mann reagierte schneller, als sie gedacht hatte. Zudem hatte er mehr Kraft im Arm als sie. Aus dem Augenwinkel sah Pia, wie mehrere Uniformierte auf sie zurannten. In dem Moment riss von Alsen so heftig an ihr, dass sie stürzte. Ihr Kopf prallte auf den Boden, und sie blieb benommen liegen.

»Zurück!«, schrie er. »Ich töte sie, wenn jemand näher kommt!« Er beugte sich über sie, und sie fühlte die Nadel in ihre Haut eindringen. Einen kurzen Moment lang war nichts mehr zu hören als das Heulen des Windes. Dann erklang ein Schuss, kurz darauf ein zweiter. Enno von Alsen sog scharf die Luft ein.

Pia spürte einen schmerzhaften Stich am Hals und dann eine kalte Flüssigkeit, die in sie drang. In Todesangst stieß sie von Alsen von sich weg und kam wieder auf die Füße. Sie taumelte und hielt sich am Geländer fest, während von Alsen vor ihr zurückzuweichen schien. Wie durch einen Gaze-Schleier sah sie die uniformierten Kollegen näher kommen. Pia fasste sich an den Hals. Es fühlte sich an wie der Stich einer Wespe. Sie sah die Spritze am Boden liegen. Es war noch etwas klare Flüssigkeit im Kolben, aber sie wusste nicht, wie viel ursprünglich darin gewesen war. Dann verschwamm die Kanüle vor ihren Augen. Ihr Blickfeld verengte sich. Panisch merkte sie, dass sie nicht mehr fokussieren konnte. Kaliumchlorid! Was für eine Menge war in ihren Blutkreislauf gelangt? Sie konzentrierte sich auf ihren Herzschlag, aber ihr Atem ging zu heftig. War da ein Brennen in den Adern? Gab es ein Gegenmittel? Wie viel Zeit blieb ihr noch?

Die Brücke begann, unter ihren Füßen zu schwanken. Sie sah den blauen Nachmittagshimmel, zerteilt von den Stahlseilen, die die Brückenkonstruktion hielten. Sie liefen in wunderbarer Ordnung auf einen Fluchtpunkt zu, der hoch über ihr am Brückenbogen lag. Das sollte sie mal zeichnen. Doch die Zeit zerrann ihr zwischen den Fingern. War das ihr Leben gewesen? Würde sie hier und heute sterben? Felix … Er war noch so klein! Er brauchte sie doch! Was sollte aus ihm werden? Eine tiefe Traurigkeit schien ihr die Luft abzuschnüren. Es fühlte sich so an, als könnte sie ihre Arme und Beine nicht mehr richtig bewegen.

Sie war müde, so müde. Die Stahlseile über ihrem Kopf vibrierten, tanzten vor ihren Augen. Jemand schüttelte sie. Pia hörte ihren Namen, aber sie konnte nicht antworten. Das Letzte, was sie mitbekam, war, dass ihr seltsamerweise der Himmel entgegenkam.

27. Kapitel

Wo ist dein Stolz geblieben, Nadja Glebowna?« Oxana stand vor dem Doppelbett. Ihre Freundin lag auf der zerwühlten Überdecke, das Gesicht verquollen, ihre blondierten Haare sahen aus wie das Zeug, mit dem man früher Wasserrohre abgedichtet hatte. Nadja trug einen zerknitterten, nicht ganz sauberen Morgenmantel. Dabei war es schon nach zwei Uhr am Mittag.

»Hau ab, Oxana! Du verstehst das nicht!«

»Oh, ich verstehe sehr gut. Du hast dich wieder mit Vadim eingelassen, nicht wahr? Dabei haben wir das doch schon tausendmal miteinander besprochen. Du hast selbst gesagt, dass der Kerl ein Idiot ist. Er wird sich nie ändern. Menschen ändern sich nicht.«

Nadja setzte sich mit einem Stöhnen auf und strich sich das Haar aus dem Gesicht.

Oxana erschrak. Wie alt ihre Freundin aussah! Sie hatte dunkle Augenränder, und die Falten um ihren Mund hatten sich vertieft. Ihre Haut wirkte so, als wäre sie für eine größere, dickere Frau gemacht.

»Du verstehst das nicht, Ksjuscha«, wiederholte Nadja müde.

»Und ob ich das verstehe! Ich bin hier, damit du nicht in deinem jämmerlichen Selbstmitleid ertrinkst. Zieh dich an und komm mit! Du kannst mir alles bei einem Teller Soljanka erzählen.«

»Du bist wie meine Mutter, Oxana. Nichts hilft bei Liebeskummer so gut wie eine anständige Mahlzeit, nicht wahr? Weißt du, dass meine Mutter mit vierzig so rund war wie ein Fass?«

»Ja und? Du bist auch schon vierzig, aber ich sehe kein Fass. Ich sehe eine normalerweise sehr attraktive Frau, die …«

Nadja heulte auf und warf ein Kissen nach ihrer Freundin. Oxana trat einen Schritt zur Seite. »… die nur eine heiße Dusche und einen Satz neuer Klamotten nötig hat. Na ja, vielleicht auch noch einen Besuch beim Friseur.«

Nadja barg ihr Gesicht in den Händen. Der goldbraune Nagellack war abgesplittert. Oxana setzte im Stillen eine Maniküre hinzu. »Das bringt mir Vadim auch nicht zurück«, protestierte Nadja wie ein bockiges Kind.

»Sei froh. Früher oder später landet dieser Mann sowieso im Knast. Lebenslänglich. Komm endlich … Wir haben schon schlimmere Krisen gemeistert.«

»Wie geht es dir überhaupt?«, fragte Nadja zögernd. Sie schniefte und suchte nach einem Taschentuch. »Was bin ich dir für eine Freundin, dass ich über all das vergessen habe, was du gerade durchmachst.«

Oxana reichte ihr ein Papiertaschentuch und half ihr auf. Nadja roch säuerlich, leicht übertüncht von dem Duft eines zu schweren Parfüms. Oxana wandte den Kopf ab. »Die Polizei weiß jetzt, dass Jörg nichts mit den Morden in Düsterbruch zu tun hat. Er ist wieder zu Hause. Stell dir vor, was die rausgefunden haben: Enno von Alsen soll André und Mona Falke ermordet haben.«

»Was? Dein zukünftiger Schwager? Dieser langweilige Viehdoktor?«

»Er ist tot, Nadja. Er hat sich die Fehmarnsundbrücke heruntergestürzt.«

»Eine Brücke runter? Wie scheußlich.« Nadja wankte ins Badezimmer. Oxana beobachtete sie, wie sie achtlos den Morgenmantel auf die Fliesen fallen ließ. Ihr Rücken war glatt, leicht gebräunt, mit einer schmalen Taille und einem wohlgeformten Hintern. Sie hatte die vollkommene weibliche Figur. Es war nur eine Krise … eine der vielen. Ihre Freundin würde über Vadim Droski hinwegkommen. Zumindest, bis er das nächste Mal bei ihr auftauchte.

»Warum hat Enno das getan? Zwei Menschen ermordet.«

»André Falke hat ihn erpresst. Jörg hat mir erzählt, dass er auch erpresst worden ist. Von Mona und ihrem Sohn. Es ging um etwas, das passiert ist, als Jörg und Carola noch Kinder waren.«

»Und womit ist Enno erpresst worden?« Nadja begann, mit ruhigen, gleichmäßigen Strichen ihr Haar zu bürsten.

Oxana zögerte. »Falke hatte Fotos, äußerst kompromittierende Fotos. Und er hat gedroht, sie zu veröffentlichen.«

»Was denn für Fotos, Oxana?«

»Von Tizia. Carola will natürlich nichts Genaueres darüber sagen … Sie ist selbst völlig schockiert.«

Nadja hielt in der Bewegung inne. »Tizia? Schon wieder die!« Sie fuhr herum. Ihr Gesicht war zu einer hasserfüllten Fratze verzerrt. »Vadim hat mich ihretwegen sitzen gelassen! Wegen dieser kleinen Kröte. Tizia von Alsen. Nach allem, was ich für sie getan habe. Mitten im Restaurant hat er mich hocken gelassen und ist mit ihr abgehauen!«

»Du hast uns einen ganz schönen Schreck eingejagt.« Tom saß am Steuer seines Volvo und Pia schräg hinter ihm. Er klang erleichtert, aber auch ein wenig vorwurfsvoll. Er hatte seine Schwester soeben aus dem Krankenhaus abgeholt und lenkte den Wagen nun über die Autobahn in Richtung Lübeck. »Ich soll dich übrigens ganz herzlich von unseren Eltern grüßen, von Marlene und auch von Clarissa. Alle freuen sich, dass ich dich in einem Stück abholen darf.«

Pia war im Krankenhaus in Neustadt aufgewacht und hatte nach ein paar Debatten mit sich selbst ihren Bruder angerufen und ihn gebeten, sie abzuholen. Sie verzieh ihm seinen ironischen Unterton. Es war nicht nett, dass sie die anderen so in Aufregung versetzt hatte. Obwohl … wenn man dem Oberarzt glauben durfte, war sie ja keinen Moment in Gefahr gewesen.

»Danke, dass du mich nach Hause fährst, Tom. Und dass du Felix gleich mitgebracht hast.« Sie betrachtete ihr Kind, das friedlich schlummernd in seinem Autositz saß. Felix hing vollkommen entspannt in den Gurten, den Kopf seitlich gegen die Kopfstütze gelehnt und ein feines Spuckebläschen im Mundwinkel. Pia strich über seine weiche, gerundete Wange. Die Angst, ihn niemals wiederzusehen, verursachte ihr auch nachträglich noch ein flaues Gefühl im Magen.

»Kein Problem. Deine Tagesmutter hat mir ja geglaubt, dass wir Geschwister sind. Irgendeine Familienähnlichkeit muss es also doch geben.« Er grinste andeutungsweise. Pia war blond, hatte graublaue Augen und blasse Haut. Tom und seine Zwillingsschwester Nele waren braunhaarig, mit braunen Augen und weniger hochgewachsen als sie.

Pia hatte Fiona vom Krankenhaus aus angerufen und ihr angekündigt, dass ihr Bruder Felix abholen würde. Es war spät genug geworden. Aber sie musste wohl froh sein, dass sie überhaupt noch dazu in der Lage war, sich um ihr Kind zu kümmern.

»Wie geht's dir jetzt?«, wollte Tom wissen.

Als sie entlassen worden war, war Pia noch weich in den Knien gewesen. Ein paar leichte Prellungen waren die einzig sichtbaren Spuren, die sie davongetragen hatte. Mittlerweile fühlte sie sich ziemlich kaputt – und erleichtert. »Ganz gut. Der Arzt meinte, dass keine Spätschäden zu erwarten sind.« Ihr Lächeln geriet ihr etwas schief. »Das Zeug, das mir da verpasst worden ist, ist relativ harmlos … auch für Menschen.«

»Hab ich das richtig verstanden? Der Typ, den ihr verfolgt habt, hat dir ein Medikament für Tiere in den Hals gespritzt?!«

»Ja. Stresnil. Es wird normalerweise bei Schweinen angewendet.«

»Bescheuert. Was sollte das?«

»Es ist kompliziert.« Pia starrte einen Moment aus dem Fenster. »Er wollte provozieren, dass meine Kollegen ihn erschießen. Jedenfalls wollte er um keinen Preis der Welt ins Gefängnis gehen. Er wusste nur nicht, dass wir nicht immer gleich einen Scharfschützen zur Hand haben.« Über Enno von Alsens tragischen Tod wollte sie jetzt nicht reden. Sie hatte es selbst eben erst erfahren.

»Und was bewirkt dieses Stresnil?«

»Es ist ein Sedativ. Der Arzt, der mich behandelt hat, hat es mir erklärt: Es wird Schweinen gespritzt, wenn sie mit anderen zusammen in eine neue Box verlegt werden. Nach einer Dosis Stresnil schlafen sie erst mal und nehmen dabei den Geruch der anderen an. Dadurch bekämpfen sie sich nicht, wenn sie aufwachen. Man benutzt es auch bei Muttersauen, damit sie direkt nach der Geburt nicht ihre Ferkel auffressen.«

»Reizend«, sagte Tom.

»Nicht wahr?« Pia dachte an die Witze, die sich einem bei ihrer außergewöhnlichen Erfahrung mit Stresnil geradezu aufdrängten. »Der Typ, den wir verfolgt haben, war Tierarzt von Beruf. Er hatte das Medikament wohl gerade zur Hand. Bei Menschen wirkt Stresnil genauso wie bei Schweinen. Ich habe einfach zwei Stunden fest geschlafen.« Aber vorher dachte ich, ich würde sterben, setzte sie in Gedanken hinzu. Dass von Alsen ihr gesagt hatte, er hätte Kaliumchlorid in die Spritze gezogen, musste ihr Bruder nicht wissen.

Sie hatten Glück, dass sie direkt vor dem Rohwedders Gang eine Parklücke fanden. Tom trug Felix samt seiner Sachen nach oben. Pia folgte ihm. Oben angekommen, merkte sie, wie schlapp sie war. Der Schock, vielleicht auch die Prellungen oder die Nachwirkungen des Medikaments.

Sie ließ sich auf ihr Sofa fallen und schmuste eine Weile mit ihrem Sohn, während Tom sich in der Küche an einem verspäteten Abendbrot versuchte. Mehrmals kam er ins Wohnzimmer und fragte Pia, wo sie dies oder jenes aufbewahre. Pia gab Felix seinen Abendbrei und aß dann, mit ihrem Kind auf dem Schoß, mit Tom zusammen Brote mit Tomaten und Spiegeleiern.

»Das hat doch unsere Mutter schon gezaubert, wenn wir uns beim Spielen die Knie aufgeschlagen haben«, meinte Tom, als er die Spiegeleier aus der Pfanne auf die Teller gleiten ließ.

»Das nannte sich ›ein tröstliches Abendbrot‹«, sagte Pia. Der Anblick und Geruch dieses Essens gab ihr kurz das Gefühl, wieder acht Jahre alt zu sein. Als sie gegessen hatten, nahm Tom Felix auf den Arm, damit Pia unter die Dusche gehen konnte.

Sie zog sich vorsichtig den Pulli über den Kopf. »Willst du wirklich noch bleiben?«, fragte sie. »Ich komme jetzt allein klar. Marlene und die Kinder warten bestimmt schon auf dich.«

»Ich bleib hier, bis du fertig bist. Marlene weiß Bescheid.«

Auch gut, dachte sie. Tom sah auf die in der Küche eingebaute Duschkabine. »Du brauchst dringend eine neue Wohnung, Pia«, sagte er unvermittelt.

»Ich weiß.« Das war ein Problem, mit dem sie sich an einem anderen Tag beschäftigen wollte.

»Vielleicht habe ich doch einen Tipp für dich.«

»Wirklich?« Pia streifte sich die Jeans vom Körper. »Die Mieten eurer Objekte kann ich aber nicht bezahlen.«

»Wir werden sehen«, sagte er und verließ den Raum. Sie warf ihre Sachen über einen Stuhl und betastete kurz ihren Oberarm. Dort, wo von Alsen zugepackt hatte, waren ein paar hübsche Hämatome zu sehen. Am Kopf hatte sie auch eine Beule, aber zum Glück keine Gehirnerschütterung. Dafür stank sie nach Schweiß – der scharfe, typische Geruch, wenn man unter Stress gestanden hat.

Als Pia unter dem heißen Duschstrahl stand und mit dem Schmutz auch einen Teil der angestauten Angstgefühle wegwusch, hörte sie ihre Türklingel. Sollte Tom sich darum kümmern, dachte sie, und griff nach dem Shampoo. Das heiße Wasser war zu wunderbar, um es gleich wieder abdrehen zu wollen. Außerdem kannte sie ihren Warmwasser-Boiler. Der nahm ein überflüssiges An und Aus manchmal übel und verweigerte anschließend womöglich die Warmwasserzufuhr.

Als Pia eine Viertelstunde später im Bademantel ihr Wohnzimmer betrat, stand Tom am Fenster und telefonierte. »Vielleicht hab ich wirklich was für dich«, meinte er, nachdem er das Gespräch beendet hatte. »Ich gebe dir Ende der Woche Bescheid.«

»Das ist großartig von dir«, sagte Pia. Sie hatten sich nicht immer gut verstanden. »Wer war das eigentlich eben an der Tür?«

»Ach, der. Er sagte, er sei ein Kollege von dir. Er wollte nur wissen, wie es dir geht.«

»Broders?«, fragte Pia.

»Nein. Lassner, Lessner oder so ähnlich hieß er.«

»Lessing?« Pias Mund wurde trocken.

»Kann sein. Er meldet sich bestimmt noch mal. Die sollten dich erst mal zur Ruhe kommen lassen, Pia, nach allem, was passiert ist. Ich habe ihm gesagt, dass du für zwei Tage krankgeschrieben bist.«

»Ach so. Danke schön.«

»Habe ich was falsch gemacht?« Tom schaute sie aufmerksam an. »Ich fand den Typen etwas seltsam. Er hat mich so komisch angesehen, als ich mit Felix auf dem Arm an der Tür stand.«

»Wo ist er überhaupt?« Pia war froh über den Themenwechsel.

»Ihm sind die Augen zugefallen. Ich habe ihn hingelegt, und nun schläft er. Und du solltest das auch tun.«

Ich habe für heute genug geschlafen, dachte Pia. Aber sie fühlte sich trotzdem müde.

Als Tom gegangen war, legte sie sich aufs Bett und schaltete den Fernseher ein. Sie zappte über Arztserien und Cop-Shows hinweg, bis sie bei einem Reisebericht über Sansibar hängen blieb. In den darauf folgenden Spätnachrichten kam ein kurzer Bericht über den Vorfall an der Fehmarnsundbrücke. Es waren zum Glück noch keine Journalisten vor Ort gewesen, als es passiert war. Die einzigen Bilder, die sie zeigen konnten, waren die von einem Rettungswagen, den Polizeifahrzeugen und einem Leichenwagen am Fuße der Brücke.

Pia schaltete den Fernseher aus.

28. Kapitel

Es war kurz nach neun am Morgen. Nachdem Pia für zwei Tage aus dem Verkehr gezogen worden war, saß sie am Donnerstag wieder im Polizeihochhaus in ihrem Büro. Die Tür ging auf, und Horst-Egon Gabler stand vor ihrem Schreibtisch.

»Moin! Bist du wieder voll einsatzfähig?« Sie fühlte sich von ihrem Chef einer kritischen Musterung unterzogen.

»Ich denke, ja.« Und dann, mit einem ironischen Lächeln: »Dank dieses Zeugs, das von Alsen mir verabreicht hat, habe ich endlich mal wieder richtig ausgeschlafen.«

Gabler sah an ihr vorbei aus dem Fenster. »Du hast uns allen einen Höllenschrecken eingejagt. Als Lessing von der Fehmarnsundbrücke aus anrief und uns sagte, was passiert ist, dachten wir zuerst, du wärst tot.«

»Das dachte ich auch.« Pia wollte nicht weiter darauf eingehen. Der Schrecken, das eisige Gefühl, dass alles zu spät sei, steckte ihr immer noch in den Knochen. Doch Gabler sah nicht so aus, als würde er gleich wieder gehen.

Er zog sich einen Stuhl heran und setzte sich ihr gegenüber. Stirnrunzelnd betrachtete er das Stillleben aus Aktenstapeln, Kugelschreibern und halbvollem Kaffeebecher, das von einem aufdringlich bunten Blumenstrauß gestört wurde. Pia wusste nicht, wer von ihren Kollegen für diesen Blödsinn verantwortlich war, aber sie hatte vor, es herauszufinden.

»Lessing stand nach der Geschichte auf der Brücke ziemlich neben sich. Er macht sich Vorwürfe deswegen. Vielleicht kannst du mir sagen, was da wirklich passiert ist?«, fragte Gabler.

Sie würden den Vorfall noch bis zum Erbrechen durchkauen müssen, aber es war Gablers gutes Recht, sich auch vorab bei ihr zu informieren. Pia schilderte, was sich seit Enno von Alsens Befragung in seinem Haus zugetragen hatte. Warum sie und Lessing in der Feldeinfahrt gestanden hatten, als der Rover an ihnen vorbeigerast war, ließ sie unerwähnt. Als sie zu der Schilderung der Kollision kam und berichtete, wie von Alsen sie aus dem Auto gezerrt hatte, geriet sie ins Stocken. »Ich dachte, in der Spritze, die er mir an den Hals gehalten hat, sei das Zeug, mit dem man Pferde einschläfert. Kaliumchlorid. Das hat von Alsen jedenfalls behauptet.«

»Aber es war ein Sedativ?«

»Stresnil.«

Er nickte. »Ich habe mich danach erkundigt. Bleibt die Frage, warum von Alsen es benutzt hat.«

»Er wollte wohl um keinen Preis der Welt ins Gefängnis gehen, und die Aussicht, von der Brücke zu springen ...« Pia ließ das Ende ihres Satzes in der Luft hängen. Sie hatte letzte Nacht mehrmals geträumt, von der Fehmarnsundbrücke zu fallen.

»Wenn du willst, sprich bei Gelegenheit mit unserem Psychologen darüber«, sagte Gabler. »Manchmal hilft's.« Er klang nicht überzeugt.

»Ja, vielleicht.« Pia merkte, dass sie sich auch nicht gerade enthusiastisch anhörte, doch es war ihr egal. »Ich werde heute noch mal in die Nähe von Düsterbruch fahren«, sagte sie. »In das Altenheim, wo der ehemalige Kollege von uns wohnt. Walter Stolze. Es wird ihn interessieren, was sich vor dreißig Jahren wirklich dort zugetragen hat.«

»Tut mir leid, Sie können Herrn Stolze nicht sprechen.« Die Pflegerin baute sich mit verschränkten Armen vor Pia auf.

»Ist ihm etwas passiert?«

»Eigentlich nicht. Aber seine Schwiegertochter wünscht jetzt ausdrücklich, über jeden Besucher unterrichtet zu werden.«

»Mit welcher Berechtigung? Ist Herr Stolze entmündigt worden?«

»Es ist in seinem eigenen Interesse«, sagte die Pflegerin. Ihre Ohren leuchteten rot vor dem straff zurückgebundenen Haar. »Jede Art von Aufregung ist schlecht für ihn.«

»Ist das eine ärztliche Anordnung?«

Die Pflegerin presste die Lippen aufeinander.

»Ich habe nicht die Absicht, ihn aufzuregen. Ich bin von der Kriminalpolizei. Er hat mir in einer Ermittlung geholfen, und ich habe ihm etwas Wichtiges dazu mitzuteilen. Herr Stolze wird zu Recht empört sein, wenn er erfährt, dass Sie über seinen Kopf hinweg Entscheidungen für ihn treffen. Und dann regt er sich auf.«

»Klären Sie das mit seiner Schwiegertochter ab. Ich befolge nur meine Anweisungen.«

»Lassen wir ihn doch selbst entscheiden, ob er mit mir reden möchte«, sagte Pia und ging an der Frau vorbei. Sie hörte, wie ihr die Pflegerin auf quietschenden Gummisohlen hinterhereilte. Pia klopfte kurz an Stolzes Zimmertür und öffnete sie dann. Er saß am Fenster und las.

Die Pflegerin schoss an Pia vorbei und baute sich vor ihr auf. »Herr Stolze. Bitte entschuldigen Sie die Störung, aber diese Frau lässt sich nicht wegschicken. Dabei hatten wir doch mit Ihrer Schwiegertochter besprochen, dass Sie sich erst mal ein paar Tage ausruhen möchten, nicht wahr?«

»Wenn Betty sich etwas weniger in mein Leben einmischen

würde, das wäre schon was«, seufzte er. »Wen haben wir denn da?« Er blinzelte.

»Pia Korittki. Kriminalpolizei Lübeck«, sagte Pia. »Ich war neulich schon mal bei Ihnen, weil ich Fragen wegen eines früheren Falles an Sie hatte.«

Er reckte den Hals, um an der Pflegerin vorbeizusehen. »Natürlich erinnere ich mich an Sie!« Sein Gesicht hellte sich auf. »Nur mit Namen habe ich mittlerweile meine Probleme. Setzen Sie sich. Schwester, können wir bitte etwas Kaffee bekommen? Das wäre so freundlich von Ihnen.«

»Aber nur den kastrierten«, murrte sie, warf Pia noch einen warnenden Blick zu und eilte hinaus.

Pia setzte sich zu Stolze auf einen Stuhl. Den Ordner mit seinen Aufzeichnungen, den er ihr geliehen hatte, legte sie auf den kleinen Tisch neben ihm. »Ist es wirklich in Ordnung? Ich kann auch an einem anderen Tag wiederkommen.«

»Sachen aufzuschieben bringt nichts mehr in meiner Lage. Irgendwann ist es vorbei, nicht wahr?«

Pia zuckte verlegen mit den Schultern. »Ich will Ihnen eigentlich nur erzählen, was sich im Fall Düsterbruch ergeben hat.«

»Das rettet mir den Tag.«

Pia berichtete, was sie herausgefunden hatten. Dass Mona Falke von Bert Seesen schwanger gewesen war. Und dass Mona ihn auf die Idee gebracht hatte, den Schmuck der von Alsens zu rauben. Sie erzählte von der missglückten Entführung des Babys und wie es zu Tode gekommen war. Die Obduktion hatte ergeben, dass das Kind wahrscheinlich in der Tasche erstickt war. Es gab keine Zeichen von äußerlicher Gewaltanwendung. Weiterhin berichtete sie Stolze, was die Polizei indirekt von Hedwig Seesen erfahren hatte, über ihren Sohn Jörg, der seine Informationen wiederum von Mona

Falke hatte: dass Bert Seesen in der Nacht von Justinas Verschwinden im Schnee stecken geblieben war und seinen Bruder Karl um Hilfe gebeten hatte. Wie der die Leiche des Babys entdeckt hatte und wie er laut Hedwig Seesen so außer sich geraten war, dass er seinen Bruder erschlagen hatte.

»Es bleibt ein Unsicherheitsfaktor«, sagte Pia. »Das meiste ist Hörensagen. Alle Zeugen für die Ereignisse in dieser Nacht sind inzwischen tot.«

»Ich hatte irgendwie so etwas befürchtet«, erwiderte Stolze nachdenklich. »Seit Karl Seesens Unfall mit dem Trecker. Aber es wäre nicht zu beweisen gewesen, dass es kein Unfall gewesen ist. Er hatte an alles gedacht. Was mich damals stutzig machte, war, dass der sogenannte ›Unfall‹ ausgerechnet auf dem Schlag am Himmelshorst passiert ist. Karl Seesen hat beim Pflügen seines Ackers immerzu auf die Stelle gesehen, an der sein Bruder tot im Graben gefunden worden war.«

»Sie glauben, er hat sich umgebracht, weil er nicht mehr mit seinen Schuldgefühlen leben konnte?«

»Es ist eine mögliche Erklärung. Der Ort des Unglücksfalls war so bezeichnend. Gibt es eine Spur von Justina?«

»Ihre Leiche lag in einer Höhlung im Fundament des Seesen-Hofes begraben.«

»Sie war also die ganze Zeit in Düsterbruch.« Walter Stolzes Blick wurde starr. »Das heißt, wir hätten sie finden können.«

»Es gab zu dem Zeitpunkt keinen konkreten Hinweis darauf, dass Karl Seesen etwas mit Justinas Verschwinden zu tun hatte«, sagte Pia. »Wie konnte er den Eltern des Kindes das antun? Die jahrelange Ungewissheit, meine ich.«

»Dazu muss man verstehen, wie so eine kleine Lebensgemeinschaft wie die in Düsterbruch funktioniert«, sagte Walter Stolze. »Karl Seesen wollte seine Familie wahrscheinlich davor bewahren, auf ewig mit dieser Schuld leben zu müssen. Es sollten nicht alle Seesens für das bestraft werden, was Bert Seesen verbrochen hatte.«

»Hätten die Seesens nicht einfach woanders neu anfangen können?«

Stolze schüttelte den Kopf. »Dazu sind sie wohl zu sehr mit ihrer Scholle verbunden.«

»Letzten Endes hat Karl Seesen ihrer beider Leben zerstört«, sagte Pia. »Seines und das seiner Frau.«

Stolze nickte. »Und manchmal wird so etwas noch in die nächste oder sogar übernächste Generation hineingetragen. Angst, Schuldgefühle, Groll, ohne dass die Betroffenen nachvollziehen können, worauf das alles begründet ist.«

Ein Pfleger kam herein und brachte zwei Tassen Kaffee, die er auf dem Beistelltisch abstellte. Er lächelte Walter Stolze zu und verließ den Raum wieder.

»Und was ist mit den jüngsten Morden? An Mona Falke und ihrem Sohn?«, fragte Stolze.

Pia reichte ihm eine Tasse. Dann erzählte sie, was letzten Endes zu den Morden an André und Mona Falke geführt hatte. Eine niederträchtige Erpressung, die aus dem Ruder gelaufen war. Den Rest der Geschichte, die Erpressung von Jörg Seesen und Falkes Verwicklung in den größten Fall von Rauschgifthandel, der je in Schleswig-Holstein gelöst worden war, ließ sie weg.

»Ich habe Enno von Alsen als einen ruhigen, unauffälligen Jungen in Erinnerung. Ist er nicht Tierarzt geworden?«, sinnierte Stolze.

Pia nickte. Für einen Moment meinte sie, wieder die Spritze an ihrem Hals zu spüren, doch sie drängte das Gefühl rasch beiseite. »Wenn von Alsen nach den Erlebnissen in seiner Kindheit nicht so krankhaft besorgt um seine Tochter gewesen wäre und wenn Falke ihn nicht so niederträchtig erpresst hätte, dann wäre er wohl immer der rechtschaffene Tierarzt geblieben …«

»Danke, dass Sie hergekommen sind, um es mir zu erzählen.« Walter Stolze sah müde aus.

»Ich weiß, wie ungelöste Fälle an einem nagen können.«

»Ja«, sagte er. »Und die gelösten manchmal auch.«

Zurück im Polizeihochhaus, stieß Pia im Gang fast mit Broders zusammen.

»Jetzt hast du Nathan verpasst«, sagte er anstelle einer Begrüßung.

Pia hielt ihm mit einer einladenden Geste die Tür zu ihrem Büro auf. »Neulich hieß es doch, er bleibt uns noch bis übermorgen erhalten.« Sie traten ein, und Pia warf ihre Jacke auf die Fensterbank. War sie enttäuscht, dass Lessing sich nicht persönlich von ihr verabschiedet hatte?

»Er hat bis zur letzten Sekunde auf dich gewartet.« Broders sah sie lauernd an.

»Konnte ich ahnen, dass er Hals über Kopf wegmuss?«

»Das ist so bei den Leuten vom BKA, Engelchen. Raue Sitten. Doch er hat was für dich hiergelassen.« Broders wedelte mit einem Brief. »Aber wenn es dich nicht interessiert …«

»Gib schon her!« Auf der Vorderseite stand ihr Name. Pia öffnete den Umschlag mit einem Kugelschreiber und zog einen weißen Zettel heraus. Dann sah sie auf. Broders stand immer noch mitten im Raum und beobachtete sie. »Hast du nichts zu tun? Ein paar Berichte weghacken oder so?«

»Das kann warten.« Er ließ sich auf ihrem Besucherstuhl nieder, schlug die Beine übereinander und legte den Kopf schief.

Pia faltete den mit Hand beschriebenen Papierbogen auseinander.

Hallo Pia,

du hast unsere Wette gewonnen. V. D. war nicht an den Morden in Düsterbruch beteiligt. Ich muss kurzfristig zurück nach Wiesbaden. Es tut mir leid, dass ich dich nicht mehr angetroffen habe. Melde dich bei mir, wenn du mal in der Gegend bist. Ich schulde dir ein Abendessen.

Nathan

Pia kamen Fjodor Markows Worte in den Sinn: zwei Hartschalen-Koffer, ein Notebook und eine Sporttasche … Sie faltete den Bogen wieder zusammen und stopfte ihn zurück in den Umschlag.

»Und? Was schreibt er dir?«

Sie zuckte zusammen, weil sie Broders' Anwesenheit vergessen hatte. »Bitte sehr.« Sie hielt ihm den Umschlag hin.

Broders erhob sich. »Weißt du, Pia. Ich habe auch meinen Stolz.«

29. Kapitel

Für jemanden, der in Budapest studierte, war Hinnerk ganz schön oft in Lübeck, dachte Pia. Semesterferien, hatte er erklärt. Er wohne zurzeit bei Bekannten.

Hinnerk hatte Felix am frühen Vormittag bei ihr abgeholt. Nach dem gerade abgeschlossenen Fall um Justina von Alsen fiel es Pia schwer, ihr Kind loszulassen. Erst hatte sie sich eingeredet, sie könne die freie Zeit zum Putzen und Wäschewaschen nutzen – was bitter nötig war –, aber dann war sie doch noch mal ins Büro gefahren.

Ihre Hoffnung, die Rückfahrt mit dem Fahrrad würde ihren Kopf frei machen, hatte sich nicht erfüllt. Als Pia in ihre Wohnung zurückkam, sah es noch genauso unordentlich aus wie zuvor, und auch in ihren Gedanken herrschte Chaos.

Sie musste umziehen, keine Frage. Vielleicht konnte Tom ihr wirklich bei der Suche nach einer größeren Wohnung helfen. Felix würde irgendwann ein eigenes Zimmer brauchen. Aber ihr Arrangement mit Fiona als Tagesmutter klappte so gut, dass sie sich auch nicht zu weit von ihrer jetzigen Wohngegend entfernen wollte. Doch günstige, große Wohnungen gab es eher auf dem Land. Sie musste an Düsterbruch denken und schob die Idee, auf dem Lande zu wohnen, gleich wieder von sich.

Pia raffte sich auf und wuchtete den Staubsauger aus dem Besenschrank. Als sie die Runde durch ihre Wohnung zu drei Vierteln geschafft hatte, klingelte es an der Tür. Es war kurz nach drei. Hinnerk war pünktlich. Sie zog den Stecker und ließ die Schnur pfeilschnell im Staubsauger verschwinden. Das war der angenehmste Teil der Arbeit. Anschließend verstaute sie das Gerät. Hinnerk würde eine Weile brauchen, bis er mit Felix bei ihr oben war. Sie schloss noch die Tür zum Schlafzimmer, um den Wäscheberg auf ihrem Bett zu verbergen, und öffnete die Wohnungstür.

Hinnerk stieg gerade die letzte Treppe hoch. Er hatte Felix auf dem Arm, die Wickeltasche hing auf seinem Rücken. »Ich hab den Buggy und den Autositz unten im Treppenhaus stehen gelassen«, sagte er etwas außer Atem. »Felix ist eben im Auto auf den letzten Metern eingeschlafen. Er ist noch ein bisschen benommen.«

Als der Kleine Pia sah, streckte er ihr die Hände entgegen und ließ sich von ihr auf den Arm nehmen. »Hattet ihr Spaß zusammen, du und Papa?«

Er grinste und zeigte seinen ersten winzigen Zahn.

»Es hat alles prima geklappt«, berichtete Hinnerk zufrieden. »Wir waren zusammen an der Ostsee, Schiffe anschauen. Und danach haben wir noch ein Eis gegessen.«

»Felix hat Eis gegessen?«

»Nur ein bisschen Vanilleeis. Er wollte unbedingt probieren …«

Pia sog den vertrauten Duft ihres Sohnes ein. Sein weiches, hellblondes Haar kitzelte sie an der Wange.

»Na, was soll's! Wer ist denn ›wir‹?«

»Oh … Mascha. Meine Freundin. Sie studiert auch Medizin.«

»Ich dachte, du wolltest allein was mit Felix unternehmen?«

»Ist doch egal. Mascha mag Kinder«, sagte Hinnerk unbekümmert.

»Willst du nicht einen Moment reinkommen?« Pia fand, die Existenz dieser Mascha erfordere ein bisschen Hintergrundrecherche.

»Würde ich ja. Aber Mascha wartet im Auto auf mich.«

»Bitte sie doch, kurz mit raufzukommen«, sagte Pia. Eine Mascha aus Fleisch und Blut war bestimmt tausendmal leichter zu ertragen als die Vorstellung einer Mascha.

»Geht nicht, wir stehen im Halteverbot.«

»Ach so.« Felix zerrte an Pias Halskette und versuchte, den Anhänger in den Mund zu stecken. »Dann musst du eben anrufen, wenn du Felix mal wieder sehen willst.«

»Können wir nicht was Regelmäßiges ausmachen? Auch mal übers Wochenende oder so? In den nächsten Monaten bin ich wahrscheinlich öfter mal hier.«

»Ach ja?«

»Tu nicht so, Pia. Felix ist auch mein Sohn.«

Das wissen wir noch nicht, dachte Pia und wunderte sich zugleich über die atavistischen Muttergefühle, die sie durchströmten. Mein, mein, mein!

»Ich habe das übrigens testen lassen.« Hinnerks Stimme klang mit einem Mal wie aus weiter Ferne. »Er ist mein Kind. Sorry. Ich hätte das wohl mit dir abstimmen müssen. Aber ich fand es besser – für uns alle –, in diesem Punkt Klarheit zu haben.«

Pia wich einen Schritt zurück, getroffen von dem Vertrauensbruch, der Vorstellung, wie er ihrem Kind mit einem Wattestäbchen im Mund herumhantierte. Getroffen von dem Wissen, dass Hinnerk nun Rechte hatte. Und dass Marten damit in noch weitere Ferne rückte, wenn das überhaupt möglich war.

Als Hinnerk verschwunden war – Mascha wartete sicherlich schon ungeduldig auf ihn –, setzte sich Pia mit Felix ins Wohnzimmer auf den Fußboden. Sie lehnte sich mit dem Rücken gegen den Heizkörper und ließ ihren Sohn, der vergnügt vor sich hin brabbelte, auf ihren Beinen wippen. Sein weiches, blondes Haar schimmerte im Licht. Ganz die Mutter … zumindest das. Hinnerk war Felix' Vater. Kurz dachte Pia daran, dass sie immer noch zusammen sein könnten, wenn alles anders gelaufen wäre. Aber es war genau so gelaufen. Und das hatte seinen Grund.

Da Felix eben im Auto kurz eingeschlafen war, würde er die nächsten drei Stunden nicht zur Ruhe kommen. Zumindest nicht in seinem Bett. Quengelig würde er werden … Pia rettete einen Kugelschreiber vor dem Zugriff ihres Kindes. Sie hatte keine Zeit, hier zu sitzen und zu grübeln. Sie musste Felix' Windel wechseln, dann etwas Banane mit Zwieback für ihn zubereiten. Daran hatte Hinnerk, bei aller Vaterliebe, bestimmt nicht gedacht. Hoffentlich waren die Bananen nicht schon zu dunkel! Und hatte sie überhaupt noch genug saubere Sachen zum Anziehen?

Als sie alles erledigt hatte, schienen die Wände ihrer Wohnung auf sie zuzukommen. Von draußen wehten die Geräusche und Stimmen der Stadt zu ihr herein. Ihr Wohnzimmerfenster ging nach Nordosten. Die Sonne würde sie hier drinnen heute nicht mehr sehen. Trotz ihres Kindes fühlte Pia sich plötzlich einsam.

Sie entschloss sich, eine Runde spazieren zu gehen, solange die Sonne noch schien.

Die Backstein-Fassaden der alten Lübecker Häuser leuchteten warm im späten Nachmittagslicht. Der Himmel war strahlend blau, der Wind eisig. Ihre Laune wurde schlagartig besser. Sie ging am Dom entlang und umrundete dann den Mühlen- und den Krähenteich. Das Laub zu ihren Füßen raschelte, und der Wind zerrte an den Zweigen der Bäume und an Pias Haaren. Von der Kälte taten ihr bald Hände und Ohren weh. Spaziergänger, Radfahrer und Jogger kreuzten ihren Weg. Durch die Rüttelbewegung des Buggys auf den unebenen Wegen schlief Felix nach einiger Zeit ein. Pia fand es beruhigend, unter Menschen zu sein, ohne mit ihnen reden zu müssen. Menschen, die sie nicht kannte – wohl niemals kennenlernen würde.

Kurz vor der Rhederbrücke merkte sie, dass sie Hunger bekam, und beschloss, durch die Stadt zurückzugehen und bei einer der zahlreichen Bäckereien etwas zu essen und zu trinken.

Der erste Laden, an dem sie vorbeikam, war gut besucht. Die unverhofften Sonnenstrahlen schienen trotz des eisigen Windes halb Lübeck auf die Straße gelockt zu haben. Es war schwierig, den Buggy so abzustellen, dass er nicht im Weg stand und sie Felix dennoch im Blick behalten konnte, während sie am Tresen anstand. Sie bestellte sich einen Milchkaffee und ein Baguette mit Käse. Als sie das Tablett entgegennahm, sah sie noch mal zu ihrem Sohn hinüber. Er schlief.

Pia fand einen freien Tisch am Fenster und stellte das Tablett darauf ab. Dann bahnte sie sich wieder einen Weg nach vorn, um den Buggy zu holen. Es dauerte einen Moment, sich zwischen den eng stehenden Tischen und den vielen Menschen hindurchzuschieben. Als sie zurück zu ihrem Tisch kam, waren Kaffee und Baguette verschwunden.

Verwirrt sah sie sich um. Hatte sie sich im Platz geirrt? Doch die anderen Tische waren alle besetzt. Sie runzelte die Stirn. Pias Blick blieb an einem Mann hängen, der mit einer Zeitung allein an einem der Tische saß. Wer war das noch?

Richtig. Es war der Mann, der Mona Falkes Nachbarhaus renoviert hatte, erinnerte sie sich. Sie hatte ihn später zusammen mit Lessing noch mal in Lübeck befragt. Lars Kuhn war sein Name. Er hatte sich wenig hilfsbereit gezeigt. Als hegte er ganz grundsätzlich eine Aversion gegen die Polizei. Aber das war nicht ihr Problem.

Lars Kuhn sah plötzlich auf und warf ihr über seine Zeitung hinweg einen leicht amüsierten Blick zu. Vor sich auf dem

Tisch befanden sich eine Schale Milchkaffee, ein Espresso und ein belegtes Baguette mit Käse. Zufall? Es mussten ihre Sachen sein. Wenn sie sich irrte, wäre das allerdings mehr als peinlich.

Pia tat so, als suchte sie noch woanders. Als er einen Moment nicht zu ihr herübersah, umrundete sie ein paar besetzte Tische und trat leise von hinten an ihn heran. »Sie haben Hunger und Durst und nicht genug Geld dabei, stimmt's?«

Er zuckte zusammen. »Nein. Ich habe Sie nur umquartiert. Ihr Kaffee und Ihr Essen sind bei mir in Sicherheit.«

»Ich wollte allein einen Kaffee trinken.«

»Ausgerechnet hier?« Er legte die Zeitung beiseite.

»Man ist nirgendwo so allein wie in einer Menschenmenge.«

»Stimmt auch wieder. Ich wusste gar nicht, dass Sie ein Kind haben.«

Er hatte sie also schon länger beobachtet. Pia sah zu dem schlafenden Felix hinüber, dem die Menschen um ihn herum überhaupt nichts auszumachen schienen. Sie griff nach ihrem Milchkaffee. Gerade nahmen zwei ältere Damen mit vollen Einkaufstüten an ihrem ehemaligen Café-Tisch Platz. Jetzt war nirgends mehr etwas frei. »Ich hab ein Kind, aber keinen Tisch mehr«, sagte sie.

»Sie dürfen hierbleiben, bis wieder was frei ist.« Er zog einen Stuhl unter dem Tisch heraus. Pia kribbelte es in den Fingern, ihm ihr Baguette in den Mund zu stopfen. Er schien langsam zu ahnen, was in ihr vorging.

»Hey. Ich hab Sie wohl auf dem völlig falschen Fuß erwischt?«

»Na ja, was soll's?«, sagte sie. »Neulich war es ja anscheinend umgekehrt, oder?«

»Kann man so sagen.« Er überlegte einen Moment. Pia trank im Stehen aus ihrem Becher. Die ersten Schlucke waren mehr Milchschaum als Kaffee.

»Die Polizei hat die Morde an Mona Falke und ihrem Sohn aufgeklärt, habe ich gehört. Das ging ja direkt schnell.«

Sie musterte ihn. Es klang nicht gönnerhaft, sondern interessiert. »Entweder geht es schnell, oder es dauert extrem lange.« Manchmal Jahrzehnte, dachte sie.

»Das von Enno von Alsens Tod zu hören tat mir ehrlich leid.«

Kein gutes Thema. Pia musterte ihn, um herauszufinden, wie viel er über die Angelegenheit wusste.

»Sie wollen nicht darüber sprechen?«, fragte Kuhn.

Pia nickte. Um nichts dazu sagen zu müssen, trank sie noch einen großen Schluck und verbrannte sich an dem heißen Espresso unter dem Milchschaum die Zunge. Die Idee, nach dem Spaziergang hierherzukommen, war wohl doch nicht so glücklich gewesen. »Entschuldigen Sie mich. Sie können das Baguette gerne essen, wenn Sie möchten.« Pia suchte sich einen Weg zwischen den voll besetzten Tischen hindurch, schnappte sich im Vorbeigehen den Griff des Buggys und schob ihn vor sich her aus dem Café heraus.

Draußen atmete sie tief durch. Was war los mir ihr? Dass sie sich über Hinnerk geärgert hatte und sie Lessing ein wenig, ein ganz klein wenig, vermisste, war noch lange kein Grund, allen Männern, die zufällig ihren Weg kreuzten, ihre bloße Existenz übel zu nehmen. Felix zuckte im Traum. Sie beugte sich zu ihm herunter und strich ihm eine Haarsträhne aus der Stirn. Der Anblick seines schlafenden, kleinen Gesichts beruhigte sie.

»Tut mir leid. Ich wollte Sie nicht verärgern«, hörte sie Lars Kuhn neben sich sagen.

»Das haben Sie nicht«, antwortete Pia. Er stand mit in den Taschen vergrabenen Händen neben ihr und sah sie abwägend an. »Wenn ich so leicht zu ärgern wäre …«

»Das Wetter ist ausnahmsweise mal ganz schön. Wollen wir noch ein Stück zusammen gehen?«

»Zusammen gehen?« Pia zuckte leicht belustigt mit den Schultern. »Früher wurden für so ein Ansinnen Zettelchen unter den Tischen herumgereicht.«

»Wollen Sie das etwa schriftlich?«

»Sie wissen doch noch, was ich bin?«, fragte Pia vorsichtshalber.

»Die Staatsmacht.« Er verzog das Gesicht. »Ich hab's nicht vergessen.«

Mehr konnte sie nicht tun.

Lesejury